U0906292

路遥马急的人世间，
感谢每把你们爱
观读完这件事坚持
了十多年。

久也

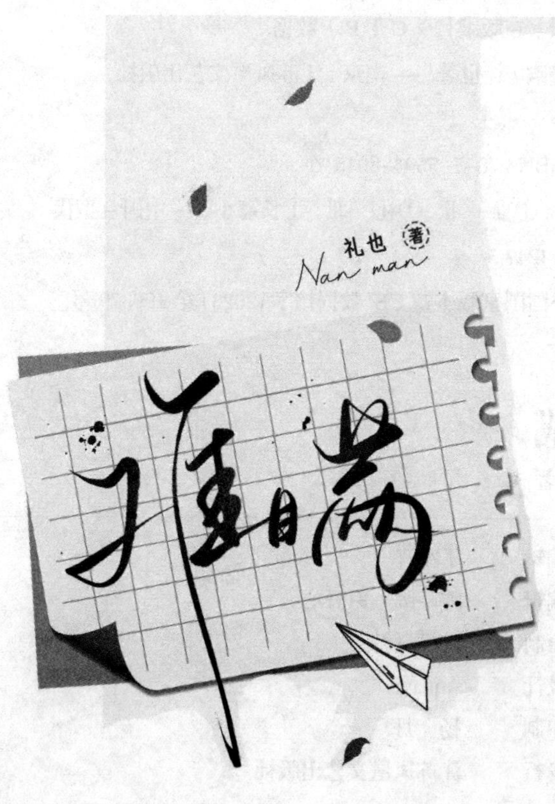


江苏凤凰文艺出版社
JIANGSU PHOENIX LITERATURE AND
ART PUBLISHING

图书在版编目（C I P）数据

难瞒 / 礼也著 . -- 南京 : 江苏凤凰文艺出版社，2024.8

ISBN 978-7-5594-8015-6

Ⅰ . ①难… Ⅱ . ①礼… Ⅲ . ①长篇小说 - 中国 - 当代 Ⅳ . ① I247.5

中国国家版本馆 CIP 数据核字 (2023) 第 190379 号

# 难瞒

礼也 著

| | |
|---|---|
| 责任编辑 | 丁小卉 |
| 特约编辑 | 眸　眸　尹开心 |
| 封面绘制 | 柠檬漫游 |
| 封面设计 | Aquavit |
| 责任印制 | 杨　丹 |
| 出版发行 | 江苏凤凰文艺出版社 |
| | 南京市中央路 165 号，邮编：210009 |
| 网　　址 | http://www.jswenyi.com |
| 印　　刷 | 长沙鸿发印务实业有限公司 |
| 开　　本 | 880 毫米 × 1230 毫米 1 / 32 |
| 印　　张 | 10 |
| 字　　数 | 307 千字 |
| 版　　次 | 2024 年 8 月第 1 版 |
| 印　　次 | 2024 年 8 月第 1 次印刷 |
| 书　　号 | ISBN 978-7-5594-8015-6 |
| 定　　价 | 45.80 元 |

# 目　录
CONTENTS



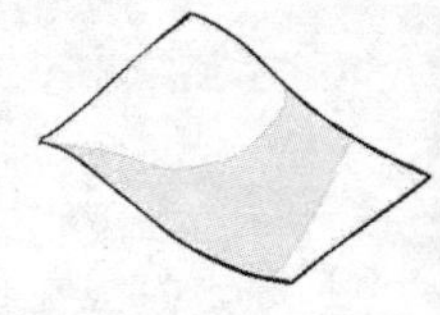

# 目　录
CONTENTS



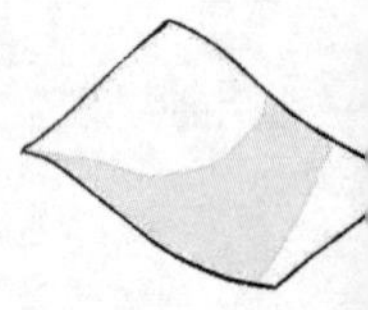

# 第一章
# 漾舟清光旁

晚上十点，湾轩大道的 Sunday bar。

炫目迷人的光线下，第二天正式开学的准大学生们纵情饮酒作乐，燃到爆炸的音乐和威士忌酒精的刺激让人如置梦境，忘乎所以。

离舞池最近的卡座上，曲妙妙一身包臀修身黑色短裙，扎着高马尾，衬得一双长腿又白又直。

曲妙妙正对着旁边的人大吼："这是姐姐给你庆祝高考结束特意包的场子，您能不能赏个脸去蹦几下？"

而她身旁的筑清光一张素白的脸蛋，五官精致，但也盖不住素颜的憔悴。

筑清光穿着高帮帆布鞋，及膝的水蓝色一字肩卫衣裙，颜色明亮却太过保守，和这里穿着清凉的靓仔靓女们显得格格不入。

筑清光刚从繁忙又压抑的高中生活中抽身，眼下还有象征着"高考后遗症"的黑眼圈，显然她对这环境有些无法适应。

第一次来蹦迪的人几乎都是这种表情，曲妙妙见怪不怪。她见筑清光实在是矜持，就去拿了一杯果酒。

曲妙妙高二转学到九中，又和筑清光一样是艺术生，两人便火速以差不多的家境和审美成了密友，现在又都考上 G 大。

不过曲妙妙读的是表演系，筑清光读的是播音系，播音主持专业录取分数比表演系高上一百多分，这就导致两个人大半年没什么往来，毕竟冲刺高考这件事情差点儿要了筑清光半条命。

筑清光家离 G 大远，她提前一天来了。

青梅和冰糖在杯子里发出当啷的响声，在这热闹的气氛下几乎听不见回响。

“来，你喝一口这个就会甩掉包袱了！”曲妙妙揽着筑清光，把酒递过去。

“我不喝酒。”筑清光的表情很酷。

曲妙妙哄着她说：“这是果酒，没多少度数的！再说了，我的地盘，你还怕喝醉了回不去吗？”

筑清光发愣，一不留神被她摁着灌了一口酒进去，顿觉喉间辛辣，呛得头昏脑胀。

曲妙妙满意地笑了，看向她微红的小瓜子脸。

筑清光的下颌生得小巧，折角高且内收。她的眼型偏圆，眼尾上翘，肤白，气质冷淡，却在不经意间流露出一股娇俏感，是一个标准的美女。

她不笑时又给人一种高傲感，像极了校园里那种养尊处优，骄纵蛮横的大小姐。

事实上也差不多。漂亮得让人讨厌，真是不容易的事儿。

曲妙妙把人拉进舞池中央跳舞，霓虹灯管绚丽夺目。

一曲摇滚歌结束，筑清光这个不爱运动的人已经没了力气，累得趴回卡座上休息。

“你就这点儿出息吧。”曲妙妙戳了一下她的脑袋，又回了舞池中央。

“滚吧！”筑清光扬声踹她一脚，正欲喝口水缓缓精神，手机屏幕亮了一下，一个备注为“不孝儿”的人发来微信。

不孝儿：你在哪儿？

筑清光握着矿泉水的手一下子收紧，人立刻清醒一点儿。她拍了拍脸，强迫自己敲出几个字。

小清光：我刚下动车，在坐出租车去酒店的路上。

不孝儿：酒店订单截图发过来。

小清光：OK。

她照做后，收到了对方一个“嗯”字。

好平静的回答。筑清光觉得不对劲，谨慎地把手机放在桌上，盯了它几秒，期待下一条信息。

没反应。

好像是安全的。她松了一口气，伸手正要关屏幕，下一秒“不孝儿”的视频通话打了过来。

筑清光举着手机如同举着一枚定时炸弹，她连忙挤进拥挤的人群里，把曲妙妙拖出来。

不需要多说一个字，她把手机摆在曲妙妙面前晃了晃，顿时，曲妙妙如临大敌。

曲妙妙一脸烦躁，说：“他烦不烦啊！”

筑清光耸耸肩，说：“你赶紧想办法，别让他找我爸告状。”

曲妙妙暗骂一声“烦人”，走到台上关了音乐。

她拿过话筒拍拍手，高声道：“收声两分钟，吧台边上那位穿着蓝色卫衣裙的小姐姐的家长查岗，大家一起来演戏，看谁演得像，今晚群里我发大红包！”

“哦！安静万岁！”

短暂的掌声响起后，场子静得像茶馆。

金钱的力量总是如此强大，筑清光向她投去感激的眼神，把视频通话切换成语音通话，说：“喂？”

手机那端的人的声音稍显低沉，带着风声：“你为什么不接视频电话？”

“在车上，灯光有些暗，影响我的颜值。”筑清光清了清嗓子，开了扩音反问他，“你有什么事？”

他没回答，又问：“出租车上这么安静？”

边上的调酒师一听这话，自作聪明地扬起吧台服务铃，大力地晃了几下，颇有种此地无银三百两的意思。

筑清光不掩嫌弃地别开眼，硬着头皮圆下去：“你听见了吗？也不算安静吧。”

男生轻轻地“嗯”了一声。

筑清光的脑子飞速运转，找出借口：“出租车有些晃，我头晕。等明天开学我再找你，拜拜。”

她说完赶紧摁了一下屏幕，挂断电话。

曲妙妙跳下舞台，提心吊胆地问："听顾漾舟这话，你是过关了还是没过关啊？"

筑清光摇摇头，表示不太清楚。

按道理说顾漾舟没这么好骗，但刚刚他分明没什么反应。

不过她深谙男人心海底针，尤其是顾漾舟这种全世界最大的太平洋里的针，心思不可能被人猜到。

筑清光煞有介事地说："事已至此。"

"嗯，你说！"曲妙妙认真地坐在高脚凳上，撑着下巴听她说下文。

筑清光端起高脚杯，说："先喝酒吧。"

"你可真是心大。"曲妙妙瞪她一眼，然后笑出声来，"好在我喜欢！"

被她们庆幸躲过一劫的另一边，G 大的男宿舍楼。

被挂断电话的顾漾舟站在阳台上，点开了手机的家庭模式，某个 ID 的定位在离自己两个巴士站远的酒吧街附近。

顾漾舟转身推开阳台门，回到寝室，室友们都在抓耳挠腮地背书。作为 G 大的王牌专业之一，犯罪学系的学生比其他系的多军训一个月，课上得早，学习任务重。

陈星丞瞥了一眼穿靴子的男生，随口问道："这么晚了你还出去？"

"嗯。"顾漾舟的嗓音依旧低冷清醇，与其说是漫不经心，不如说是漠不关心，但这声音听习惯了也没什么。

陈星丞记起对顾漾舟的第一印象，这哥们就没有外露过其他情绪，是个帅哥也不带这样跩的啊。两人相处了一个多月他才发现，这可能就是人家的本性，凉薄寡言。

陈星丞收起放在桌上的脚，好心提醒道："你早点儿回来啊，辅导员晚点儿说不定会来查寝。"

这次连回答声都没有了，一阵热风刮进来，他再抬头看，人已经走远。

王涛从知识的海洋里爬出来透口气，问道："刚刚是顾漾舟出去了吗？"

"是啊，怎么了？"

"这么晚了，他莫非是去见女朋友？"

陈星丞说："谁晓得，你赶紧温书。"

街市灯如昼，酒吧氛围正热。

筑清光打了声招呼准备拿包离开，斜前方一个染着蓝发的非主流男生拦住了她。

男生长得并不非主流，说实话还挺帅。他一脸潇洒，甩了甩额前碎发，说："美女，给个电话？我叫陈滋味。"

门口还能听见酒吧里的尖叫声，筑清光连眼前人的话都没怎么听清。她眨巴了一下眼睛，没开口。

蓝头发男生显然刚来不久，他拿出法拉利的钥匙，像耍宝一样往上空一抛，嬉皮笑脸地说："哥哥带你去坐豪车兜风，要不要啊？"

筑清光歪着头，说："好好的人怎么长了一张嘴？"

蓝头发男生长这么大第一次听见这种话，难以置信地问："你在说我？"

筑清光扯扯嘴角，问："你很有钱？"

蓝头发男生有些得意，说："还行吧，确实不差钱。"

筑清光听到这句话若有所思，她突然拿起一旁吧台上的话筒，说道："我宣布一个好消息，今晚的消费由陈公子买单，大家不醉不归。"

播音出身的人就是不一样，声音空灵清脆，辨识度极高。她的话音刚落，舞池的狂欢声更大了，大家纷纷鼓掌。

蓝头发男生还没反应过来，筑清光已经和他擦肩，她还拍拍他的肩头，笑着说："你替我朋友省了一笔钱，谢了。"

"哎，你等会儿！"蓝头发男生追出来，注意力却被筑清光身后的人吸引过去。

不远处的走廊墙边站着一道身形修长的黑影，对方不知道在那儿看了多久。

那人身着黑衣黑裤，短发干净利落，神色平淡，下颌线条干净，单凭长相自己也不算能打过他，但不得不承认，这男人有张周正的脸，气质偏冷淡，在他们表演系也该是上等样貌。

门外有人在抽烟，男人的那张脸在烟雾缭绕下显得清冷又不近人情，一双眼睛极具威慑性，像潜伏在仲夏夜的怪物，深不可测，仿佛下一秒就会冲过来咬断他的脖子。

蓝头发男生尴尬地摸摸后颈，还以为自己撬到别人的墙脚，小声问筑清光：“你后面那男的，是你男朋友？”

筑清光僵硬了一秒，面无表情地转过头。

她目光所及是男生 T 恤领口处的精致锁骨，冷白皮，再往上移，就看到他立体清晰的脸，最后对上那双幽深漠然的眸子。

他浓黑的长睫微抬，看向筑清光肩头裸露在空气中的肌肤。在昏暗的灯光下，让人看不懂他眼里的情绪。

吧台有人耍酒疯，尖叫声此起彼伏。DJ 在控场，鼓手把节拍掐得极准，现场舞得疯狂火热。

门口这条长走廊像条分界线，是享乐人间和地狱的沟壑，里头在狂欢，外面静谧而平和。

等里面的鬼哭狼嚎停止，筑清光捏着手机挣扎了一会儿，然后就听见顾漾舟缓缓出声：“出租车，好坐吗？”

“你怎么又被他抓到了啊？”曲妙妙很无语，捶了一下卫生间的镜子，给筑清光出主意，“要不你硬气点儿，别理他算了！”

“让你失望了，我不硬气。”筑清光在洗手间洗了脸，转身闭着眼讨要纸。

曲妙妙从纸筒里抽了两截给她，摇摇头，道：“你就是性格太好了，才会被他吃得死死的。”

筑清光擦了擦眼睛边的水，否认道：“我不是被他吃得死死的，是被我老爸。”

筑清光的父亲筑彬华是一名房地产开发商，虽然他忙工作顾不上女儿，但常找和她待在一块儿的顾漾舟了解情况。深夜蹦迪这件事要是被他告诉了筑彬华，她的生活费减半不说，接下来的日子还会变得十分难过，所以她只能认㞞。

毕竟筑清光花钱大手大脚，买条裙子就能花上“一笔巨款”，她还经常为自己喜欢的偶像拉票，这都是要依仗自家老爸的银行卡的。

当然，把顾漾舟当傻子骗这件事也挺不好的，她都能想到待会儿他那张脸会拉多长。

曲妙妙看她视死如归，临出去时拍拍她的肩膀，说：“清清小可怜，本来帅宏他们几个也要过来玩，但你这情况……我只能说一路好走，不要挂念我们这些父老乡亲！”

“你记得跟宏仔他们说说我的不幸，一个小时后我就争取溜出来！”筑清光十分哀痛地朝曲妙妙挥了挥手，迈着沉重的小碎步走到门口。

她看见站在门口的男生就一秒换脸，嬉皮笑脸道：“帅哥，等人吗？一起走啊！”

顾漾舟睨她一眼，显然不想接她的腔，径直迈着两条长腿往前走。

“帅哥，你好傲哦，比奥利奥还傲！”筑清光跟在顾漾舟后面叽叽喳喳个不停，虽然他一个眼神也没给她。

“漾仔，等等我，腿长了不起啊！”

“哎，你说句话呀，冷暴力是不可取的。”

“很好，你长大了，现在开始忽视我了！”

…………

大半夜的，走出酒吧街，路上的车和人并不多。

八月下旬的G市，闷热到近乎令人窒息。三十多度的天气，风吹得人脸发红。

筑清光耍宝卖萌了好一会儿，顾漾舟依旧一言不发。她索性闭了嘴，低着头给曲妙妙发信息吐槽。

小清光：“他简直不是人，我的嘴皮子都快磨破了。”

曲妙妙发了一张写着“如果彼此都这么痛苦的话，那你们还是早点儿分开”的表情包。

小清光：“你说的是人话？”

曲妙妙：“爱莫能助！就顾漾舟那臭脾气，半天闷不出一个屁。亏你还跟他认识这么多年，姐妹，我真是佩服你！”

筑清光哂了两声，只觉得莫名其妙。

她爸认识顾漾舟的爸爸，两家又离得近，他们总是一起上学一起放学，不就认识了这么多年吗？

她把手机揣进兜里，正想抬头再说两句，不料前面的人已经停下，她没留神，直接撞上了他的背。

筑清光揉着鼻尖，迅速倒打一耙，说：“你突然停下干吗？你有病啊！”

顾漾舟转过身，用幽深的眸子看她，不置一词。他军训了一个多月，背越发挺直，脸一如既往的白。

筑清光被盯得有些泄气，心虚地舔了舔下嘴唇。

“行吧，我错了，我不该骗你。”她顿了一下，开始狡辩，“但是主犯是曲妙妙啊！她带着我去娱乐场所，用灯红酒绿诱惑我！我顶多算从犯，从犯是不是……罪不至死啊，顾 Sir？”

最后那句她说得小心翼翼，她其实想说“罪不至上报”。

筑清光觉得此刻的自己尤为卑微，耐心快耗尽了。

顾漾舟不说话，她便扯着他的衣角往便利店走，拿了两盒泡面给他，自己坐在玻璃窗台那儿等。

顾漾舟付完钱，泡好泡面端过来，还拿了一瓶柠檬茶。

他倒是不饿，但筑清光坏习惯一堆，没人陪着吃饭就吃不下去。

她一直觉得一个人吃饭太孤单了，跟孤魂野鬼似的。要是没人陪的话，她就经常饿着，也不知道是谁惯的。

便利店里，两个人坐在窗边等泡面焖熟。

筑清光百无聊赖，手撑着脸威胁他：“你不会告诉我爸吧？我可警告你，你要是告诉他，我们就绝交三天！”

他依然没有回应。

从酒吧出来快半个小时了，一路上就自己一个人叭叭个没完，跟唱独角戏似的，筑清光脾气上头，直接站起来想走。

顾漾舟这才有点儿反应，沉声喊她：“筑清光。”

虽然只有几个字，但他开口就代表事情翻篇。

筑清光见好就收，端着架子坐回去，也不忘占他便宜：“我本来打算头也不回地离开，是你的一句话留住了我的脚步。”

顾漾舟从来不理会她这些疯言疯语，他把柠檬茶吸管插上，将它推到她面前。

两个人不约而同地打开泡面盒，动作一致地低头吃面。

如果筑清光抬头看身边人一眼，就会发现顾漾舟咀嚼得有多艰难，一口一口的，吃相斯文又费劲。

然而筑清光只顾着自己吃，眼睛就没离开过面桶，到最后她全吃完了，顾漾舟还剩下半桶。

筑清光又去买了两支冰激凌，把垃圾收拾了才走出去。

筑清光订的酒店离 G 大就几百米的距离，两个人刚吃完东西，慢吞吞地走在路上，像是在消食。

“给。”筑清光把撕开的冰激凌递了一支给顾漾舟。她属于吃不胖的体质，好养活，不像其他女孩似的天天喊着减肥，吃完加餐是常规操作。

顾漾舟本能地接过冰激凌，眼尾上挑，半晌来了句：“你吃完泡面又吃凉的，晚上肚子会疼。”

筑清光不在意地点点头，在他前面倒退着走，和他聊些有的没的。

“顾漾舟，你们军训是不是不晒太阳？”

“晒。”

“那你怎么还跟小白脸似的！”

顾漾舟：“……”

“哎，G 大怎么样？我还没去看过。”

“很大，环境好。”

“谁问这个啊，我是指你们犯罪学系有没有帅哥！”筑清光舔了一口冰激凌，满怀憧憬地看过去。

顾漾舟听得懂筑清光这话的意思，无非就是想谈恋爱了。

筑清光虽然贪玩，但在筑彬华面前十分乖巧，这种事情只能想想。

顾漾舟在她充满希冀的眼神下冷漠地提醒道：“你还小，筑叔不会同意。”

筑清光眉毛一挑，说：“我马上就是大学生了。不过，你看见漂亮的女生了吗？”

顾漾舟没再出声，可身前闪过一道刺眼的光，他伸手拉了她一把，随后一辆电动车疾驰而过。

筑清光猝不及防地往前扑，手上的冰激凌蹭歪了嘴，样子看上去很滑稽。

那支冰激凌也正好蹭上顾漾舟的胸膛。

筑清光低声骂了一句，掏出纸巾给他，他没接。她只好认命又敷衍地帮他擦了几下，嘟囔道：“狗脾气。”

顾漾舟好整以暇地看着她头顶的发旋。她本就泛着栗色的头发在暖黄的路灯下显得更加柔软，和脾气大的本人完全不一样。

等筑清光抬头往后退一步时才发觉了他的目光，不解道：“你看我干什么，我脸上还有冰激凌没擦干净？”

“嗯。”顾漾舟表情如常，拇指不轻不重地蹭过她的脸颊，动作不到两秒，他顿了顿，凑近她问，“你还喝酒了？”

“就一口，没事儿，你看我精神多亢奋！”筑清光含糊地解释。之前办谢师宴她也喝过一瓶啤酒，她的酒量不怎么样，喝多了容易不省人事。

不知道是不是自己的错觉，她仿佛闻到顾漾舟指间有一丝烟草味，可他显然不是会抽烟的人。

难道说两人没见面的一个月里，顾漾舟在大学已经交上会抽烟的朋友了？

但他比她还大一岁，抽烟也没什么吧。

筑清光思考了这个问题几秒，他们已经走到酒店楼下。

“你抬头看。”顾漾舟突然说。

筑清光下意识地仰起脖子，高楼大厦灯火辉煌，幽深的夜空中一架飞机划过，带着一闪一闪的光。

她翻了一个白眼，说：“你的脑子有毛病吧？这有什么好看的。”

顾漾舟是单眼皮，垂下时总给人一种阴郁感。他被骂了也不恼，直直地站着说：“以后你别和曲妙妙去那种地方。”

筑清光转过身进了酒店大厅，草率地向后扬扬手说：“我知道了，知道了。”

顾漾舟站在原地，看着她的背影，直到她走过走廊的拐角。他抬起刚刚碰过她脸颊的手指，轻轻地贴了一下自己的唇瓣。

一触即分，他一副若无其事的样子，好像什么也没发生过。

筑清光一进电梯就在群里发信息。她刚在尝到蹦迪的甜头，自然是食髓知味。

小清光：你们玩得 high 吗？等我换身装备再过来一起玩！

曲妙妙：我们已经去 KTV 了，定位我发给你，你打车来吧，注意安全！

帅宏：清光，赶紧来见我们最后一面，等明儿我和鑫仔去 Q 市读大学，我们可就只能过年见了！

万子鑫：是啊，小清光，老季已经走了，你可就剩我们两个‘狗腿子’了。

这话说得筑清光都快哭了，她没白对这些“狗子”这么好！

她拿着包，连房间都不想回，就想直接打车过去，和他们不醉不归。这个念头在她的脑子里转了两圈，她的手却一直没在包里摸到钱包。

等出了电梯，她把单肩包倒扣在地上，找了又找，最后还是没找到钱包。她回想起刚刚顾漾舟反常的行为，喊她往天上看……

筑清光的火气噌地上来了。这家伙为了约束她，居然顺走了她的“生命之源”！

快凌晨一点，酒店房间灯火通明。

筑清光躺在床上，憋得快内伤了，关键是她又不能找顾漾舟理论。万一把他惹火，她老爸就该来收拾她了。

手机振动好几下，是曲妙妙他们催她赶紧过去的信息。

曲妙妙：小清光，你换衣服换一个小时？

万子鑫：清光，帅宏已经喝晕过去了！

筑清光：我的钱包被顾漾舟偷了，他肯定猜到我会不老实。算了，你们玩吧。

万子鑫：又是他坏我们好事！

曲妙妙：他真的像你第二个爸爸！他学什么犯罪学，干脆考师范学校算了！

筑清光：你说归说，永远不要颠倒我和他的地位，他只能做儿子！要不你借我一点儿钱？

曲妙妙：做你的白日梦！你有事曲妙妙，无事顾漾舟？

筑清光懒得理她，她的信息也没再发过来。

筑清光躺在床上翻来覆去，失去了卡包的她变成了没有安全感的人。她渴望顾漾舟能看穿她现在作为一个穷人的倔强，然后大发慈悲把钱包还给她。

她和顾漾舟的渊源实在是太久远了，想来他们也认识七年了。

从小到大，顾漾舟身边除了她就没有其他朋友。他这个人性子慢热，事实上他们认识这么久了，他也没热起来过。

筑彬华和顾漾舟他爸顾明山是高中同学，虽然社会地位不同，但算得上关系不错，就连他们孩子的名字取得也巧，都出自杜甫的那首诗——渴日绝壁出，漾舟清光旁。

好像从一开始，他们就注定会变成亲近的朋友。

虽说是这样，但他们正式认识应该是在初中。其实那时候顾漾舟对筑清光还挺冷淡的，快速变熟络应该是在高中。

顾漾舟复读那年又和筑清光同班，两个人一起经历过一些事情才走得越来越近，他也越来越爱管着她。

筑清光至今记得，她高一的美好时光是如何被顾漾舟毁掉的！

那时候筑清光和隔壁（10）班的体育委员玩得好，他戴着金丝边框眼镜，长相阳光帅气，打球很厉害，经常有女生在篮球场为他的投篮尖叫。

筑清光这个颜控自然没能免俗，一来二去两个人就联系上了。

体育委员约她周末晚上看电影，月黑风高夜的电影院里，体育委员突然觉得有点儿不对劲，缓缓转过头向后看——一丝不苟的顾漾舟犹如他们的教导主任，就那么看着他们之间的爆米花，吓得筑清光差点儿发出猪叫。

第二天筑彬华就来了学校，体育委员和筑清光被多位主任、老师约谈，规模浩大得仿佛她犯了十恶不赦的重罪。

这件事之后，筑清光和顾漾舟三年间没再说过一句话，她刚刚开启的美好校园生活就这么活活被毁掉了！

罪魁祸首顾漾舟估计是在那时得到了筑彬华的管教授权，两个人“相爱相杀”又三年。

现在两人来了同一所大学，筑清光一想到还要继续这样待四年……不行！这样下去绝对不行！

筑清光灵光一闪，给顾漾舟发信息：顾Sir，你们犯罪学系有没有漂亮的女孩子啊？

意料之中没有答复消息，顾漾舟貌似还挺养生的。这可能跟他的性格有关，他闷得像一个老干部。现在已经凌晨一点多，估计他早就睡着了。

筑清光刷了一会儿朋友圈，然后果然应了顾漾舟那句会肚子疼的诅咒，但她犯着困，连眼皮什么时候阖上的也不知道。

手机随着她睡着“吧嗒”摔在她脸上，发出沉闷的声响。

次日上午，筑清光是被脸上的水分蒸发干醒的。

遮光窗帘没拉上，太阳就这么毒辣辣地晒着她，活生生把她的起床气晒起来了。

床头柜上的手机响了又响，她也没看是谁，接通电话后就破口大骂："谁啊，大早上的吵什么吵！你要是没什么重要的事汇报，小心我揍你！"

筑彬华沉默三秒后，沉声道："清清啊，说脏话这个毛病得改改啊，女孩子这样不太好。"

筑清光听见自己老爸的声音吓得眼屎都来不及擦，想的第一件事就是顾漾舟又告状了？

坦白从宽是筑家传统美德，她忙撒娇道："爸爸，爸爸，你听我说，昨天晚上是曲妙妙硬拽着我去的酒吧，我只待了一小会儿。不信你查我银行卡的消费单，一分钱都没花出去。"

筑彬华问道："你去酒吧了？"

"没有，您听错了，我去的网吧！"筑清光懊恼地捶脑袋。

筑彬华叹了一口气，有些无奈。电话那边传来助理催他开会的声音，他忙撂下话："你有事就给爸爸打电话，有急事就先找你顾哥哥。"

"好，我知道了，爸爸注意身体。"

天天找顾哥哥，你是给他工资了吗？

筑清光敷衍地应下，刚挂断这位日理万机的筑总的电话，前台就打来电话，询问要不要早餐服务，她犹豫了一会儿，决定拒绝。

她不是不饿，只是她的手机卡是新买的，银行卡也还没绑上，钱包又在顾漾舟手里，想吃东西也无能为力。

微信里的信息全是一堆上大学的同学的祝贺语和告别语，筑清光挑了几个关系好的回复后，就找到和顾漾舟的聊天界面。

很好，他又没回消息。

筑清光怒气冲冲地打字：你每次不秒回我！

这次顾漾舟回得倒是很快：刑侦加训。下楼，接你去报到。

于是话题跑歪。

筑清光盯着这段对话好一会儿，觉得顾漾舟也许这辈子都不知道怎么反驳别人骂他。她同情地摇摇头，退完房，拎着行李箱往外走。

G市实在是太热了，日最高气温高达四十五摄氏度，筑清光头上不停在冒汗。

她在日光下一抬头还有些恍惚，就看见树荫下站着的穿着学生警服的顾漾舟。藏蓝色的长袖衬衫，肩上是黑色肩章，胸前有他的警号。

他站得笔直，袖子挽至手肘，露出结实的小臂肌肉。他的长睫覆下，侧着的下颌线条流畅，神情沉静。

筑清光撇撇嘴，心想要不是他长得好看，她才不忍他这臭脾气这么多年呢。

万向轮在沥青路上发出的微弱声音，被路边车辆的鸣笛声盖过。

顾漾舟一只手拉过筑清光的箱子，另一只手给她撑着伞，动作熟练得像照顾自己家养了十几年的小女儿。

筑女儿低着头给曲妙妙发信息，顺便发了一条朋友圈：**明天我就要军训了，想替父从军的赶紧来报名。**

朋友圈下面一群男生贫嘴，筑清光乐得合不拢嘴，一条一条留言回过去。

“筑清光。”顾漾舟停下脚步唤她。

他们在一起时总是各做各的，互不理睬。至少在筑清光眼里是这样。

筑清光听到声音，一脸错愕，别过脸问：“干什么？”

“目的地到了，你去领钥匙。”顾漾舟收了伞，指着左边宿管阿姨的办公室。

“哦。”筑清光应声后，顺手把手机丢到他手上。

新生入学，热情的学长学姐很多，但筑清光身边有顾漾舟这台制冷机陪着，也就没人特地上前搭讪。

这会儿两个人一分开，她刚填完入住信息，一个学长就走上来塞给她一张表，凶神恶煞道：“填！”

筑清光看了一眼表格，播音社，好像报名也不是不行。

筑清光本来也要报这个社团的，但是这个学长态度不好，她微仰起下巴说：“求我。”

“我求你。”学长很有骨气，果然是表演型人格。

筑清光填完表格，学长还一路叮嘱她：“你不用面试了，有活动记得过来啊。你不记得的话，小心我一个电话打过去！”

筑清光一脸警惕地看着他，说：“怎样？”

学长说：“就把你的电话打响了呗。”

他说完，忽视筑清光无语的眼神，又站在女寝楼下寻找下一个目标。

顾漾舟拖着筑清光的箱子走过来，破天荒地对旁人好奇起来，问道：“他是谁？”

“不认识，就一个学长。”

“你不认识还和他说说笑笑？”

“你连我和谁说说笑笑也管？我难道要跟你一样天天拉着冰块脸？”筑清光很烦躁，踢了一脚箱子，又觉得是天气的锅，闷热得让人烦躁。

她凶完人拉不下面子道歉，拉过箱子走到楼道口，咳了一声，说：“我不会铺床。”

“我给你铺。”顾漾舟走上前。

筑清光满意地点点头，得寸进尺道：“顾漾舟，大热天的，你能不能笑一笑？都到大学了，你还想不想认识新朋友了？即使你冷着脸，我身边的温度也没有降低好吗！”

他“嗯”了一声，也不知道听进去多少，但抿直的嘴角好歹翘起来了。

筑清光算是来得早的，四人间寝室只来了两个室友。

扎着双马尾的叫林思初，短头发的叫夏语，也是播音专业，还都是活泼的性格。

趁着顾漾舟在阳台帮筑清光掸被子，林思初羡慕地说：“这是你哥哥吧？别人家哥哥真好，又帅又疼妹妹！我哥都不来送我上学！”

“独生子女体会不到这种感受了。”夏语说，“不过你们长得不像啊，你们家基因真好！谁随爸谁随妈？”

他们也不是第一次被人误会，筑清光非常淡定地说：“不是你们说的那样，他是我爸朋友的儿子，我们算是一块儿长大的。”

“哦，青梅竹马呀！”两个女生揶揄道。

林思初说：“可以有故事了，他还穿警服呢，是犯罪学系还是特警啊？”

G 大算是全国唯一一所正儿八经把警校生和其他系学生合并在一起的综合性大学，隔壁警校本来名不见经传，虽然专业能力高，但庙小。现在警校并入 G 大后，装备水平都高了不少。

筑清光想了一下，说道："犯罪学专业，但是他们好像强制辅修刑侦。"

林思初说："那他岂不是和特警学生差不多。哎，你不会是制服控吧？"

筑清光打了一个哈欠，说："我什么都喜欢，好看就行，不过我和我朋友肯定没可能啦。"

夏语理解地点点头，说："我懂，就是长相好看的异性朋友，一开始肯定动过心，久了熟了就不会了，对吧？"

筑清光一时语塞，她不知道该承认哪一个，含糊道："对啊，而且我们互相没感觉。"

夏语说："也是哦，男女朋友可能就在一起一两年，朋友还能往后加个零。不过你朋友好高冷啊，都不怎么讲话的！"

顾漾舟正好推开阳台门进来，把床铺好后转过身道："去吃饭。"

"你们去吗？我请客。"筑清光看了两个室友一眼，问道。

夏语摆摆手，揽着林思初往外走，说："我们要去食堂办卡，下次吃吧！"

筑清光耸耸肩，和顾漾舟一起下了楼。

两个人经过小卖部的时候，筑清光突然想起了自己的钱包，朝他伸出手讨要："我要买雪糕！快点 Give me five！"

顾漾舟沉默地看了她几秒，眉头微蹙。

筑清光居然从他这眼神里看出几分同情来。她纳闷地想：你同情个什么劲？要不是我的钱包在你那儿，我还犯得着来讨五块钱？偷我钱包的小贼！

接着她就看见顾漾舟抬高手肘，掌背朝上，漂亮且骨节分明的手还挣扎了两秒。接着，他的掌心带着暑热的温度，突然啪唧一掌盖在她的手上。

"Give me five"等于击掌，而不是五块钱。

然而艺术生文化课上得少，大部分人文化成绩都不高。想想每年有多少个通过了校考，却因为文化分不够就与名校失之交臂的学生！

筑清光这种水平的人已经是矮子里的将军了，至少她考上 G 大了呀！

顾漾舟这种从小到大没掉出过年级前三名的人显然不理解学渣出

洋相的痛苦，平时不怎么笑的人总在嘲笑她的时候不遗余力，笑声清朗又温暾。

以至筑清光气得最后饭也没和他去吃，躺回了宿舍的床上，手机响了好几次她也没搭理。

林思初她们吃完晚饭回来，敲敲筑清光的床沿，说：“清光，你竹马让我带上来的。”

“谢谢。”筑清光应了声，又傲慢地想：算他识相。

宿舍的床是上床下桌的结构，筑清光慢腾腾地爬下去。

外卖袋里放了一张顾漾舟帮忙办理的食堂卡，还有一份猪扒饭、一份配餐公仔面、一个面包和一杯珍珠奶茶，真算得上是满汉全席了。

只不过顾漾舟每次都点这么多，筑清光很想知道他心里的她是头猪吗？

她给顾漾舟发信息：你不用故作冷淡，我没想过继续纠缠，我最后说一次，把钱包还我！呜呜呜！

顾漾舟：你吃完饭了？

筑清光：在吃！我的钱包呢？

顾漾舟：它让我转告你，它在我这儿挺好的。

筑清光：……

以前顾漾舟也爱顺走她的钱包。

筑清光作为家里有点儿钱的独生女，花钱向来如流水。以前她办个生日宴都要请全班同学去米其林餐厅，如今她离开高中，更是肆无忌惮，也就顾漾舟能治住她这罪恶的手。

“哎，这是新室友？叫什么呀？”夏语边卸妆边问。

筑清光回头看了一眼那个内向的女生，帮她开口道：“她叫洛佩佩，是工科专业的，隔壁没床位她就住进我们宿舍了。你们互相介绍一下吧。”

“欢迎欢迎，理科生妹子颜值就是高！”

几个人形式化地认识了，还火速建了一个寝室群。

夏语说：“我说句实话，幸亏今年 G 大的分数线降了，要不然我都进不来。”

筑清光赞同道：“我擦线过二本，险中之险！九死一生啊！”

洛佩佩不擅长交际，但她还是小心翼翼融入话题：“确实降了很多分，不过艺术生的分数不是已经很低了吗？”

林思初和筑清光对视一眼，笑着打哈哈：“我们高中不爱学习呀，分数降了也觉得高。”

洛佩佩说：“哦，这样啊，其实是因为G大开新校区了，在玫瑰岗那儿，大三估计能分走一大批多出来的人。”

夏语问道：“按成绩分？”

洛佩佩拿起了一本书，说道：“不知道，反正按成绩分我就不担心了。”

四个人各做各的事，筑清光在交际方面还是挺有一套，一会儿就摸清了其他三个室友的性格。

等到了熄灯时间，寝室开启夜谈会。

夏语说起自己得到的最新消息：“你们听说了吗？明天军训由警校生代训！”

林思初问道：“学生代训靠谱吗？是学长还是同级啊？”

夏语说：“同级生已经提前军训一个多月了，我只关心他们长得帅不帅。”

林思初贼兮兮地笑道：“你看清光竹马的颜值，也该知道了。”

洛佩佩小声问：“很好看吗？”

筑清光正和曲妙妙他们组队吃鸡，猝不及防听见熟人的名字，下意识抹黑道：“就那样吧，你们不觉得他长得有点儿阴柔吗？”

夏语夸张地说：“您做个人好吗！他那长相叫阴柔的话，那你让我们系男生怎么活？”

林思初附和道：“我觉得你竹马的身材比我们系这些瘦竹竿好！”

这话还是挺靠谱的，毕竟艺术学院的男生都是精致男孩，每天早上起来都要喷发胶、抹BB霜。

这样一想，顾漾舟大概是托了皮肤白的福，不折腾也挺好看。

而且他的唇色天生就红，筑清光曾经拿卸妆棉死命擦他的嘴，把他的薄唇都蹭肿了，什么都没卸下来。最后她不得不承认，有些东西是天生的。

夏语她们还在认真地夸赞顾漾舟，筑清光不情不愿地咏了一声。

事实证明，说人坏话是容易遭报应的，筑清光没想到现世报来得这么快。

第二天清晨，东操场那边吹响了集合哨。

而筑清光因为打游戏打得太晚，此刻还在火急火燎地系皮带。她抬头说：“你们赶紧去，别被我连累了。”

等她匆忙赶过去的时候，一排穿着迷彩服的播音主持系新生站得整整齐齐，绿油油的一片，对面是穿着黑色警服的代训教官。

筑清光还以为自己眼屎没擦干净，揉了好几次才确认，那个眉眼清俊，下颌线条干净流畅的人是顾漾舟。

她竟莫名其妙地松了一口气。

下一秒，两个人对视上，筑清光打了一个哈欠，很无所谓道：“报告教官，我迟到了。”

顾漾舟冷淡道：“罚跑两圈。”

朋友，这么铁面无私的吗？

筑清光眨了眨眼，别过头用唇型和他对话：“顾 Sir，家属不能有点儿特权？”

“你不想跑？”顾漾舟的声音很平稳，没什么起伏，“那站在前面领队。”

“好的！”

筑清光丝毫没有被众人目光聚焦的尴尬，大大方方地站在前面看着顾漾舟，和他大眼瞪小眼。

筑清光站了半个小时军姿，太阳缓缓升起，日光照射在她的侧脸上。少女脸红扑扑的，一双狐狸眼耷拉下来，像一只蔫巴巴的小动物。

筑清光一脸仇恨地看向顾漾舟，这家伙不会是公报私仇吧？为什么大家都在树荫下，就她这个位置晒太阳？

她还没开口说话，一个同样穿着迷彩服的教官过来了，好像是连长，他身后还带着一个警训生，是顾漾舟的室友王涛。

连长扫视了他们一圈，喊道：“全体都有，稍息，立正，向后退三步。”

于是整个方阵完完全全暴露在日光下。

连长继续发出指令：“全体女生，向右转！”

男女两排开始对上眼，有人绷不住笑了。

而十分显眼的筑清光右边是空气，毫无疑问被挑了刺。

连长说："同学，你的腰带系得不规范，现在重新调整一下。"

筑清光一脸蒙，抬头看了一眼前面的顾漾舟，他的腰带倒是系得挺紧。

连长看见他们眼神互动，问："小顾，认识的啊？"

一说八卦，全班都竖起耳朵。

顾漾舟脊背挺直，回道："认识。"

连长是青年人，又带了顾漾舟的班一个多月，这会儿倒是饶有兴趣地打量了一番筑清光。

小姑娘长得挺漂亮，当然，播音系的都漂亮，她尤其娇艳。只不过她的黑眼圈有点儿重，垂着脑袋盯着他们的军靴，好像在发呆。

连长笑了一声，说："那你愣着干吗，示范一下腰带怎么系啊！"

连长一放松，学生更是放松。队伍里传出细碎的笑声，还有男生吹了声口哨。

顾漾舟走着正步到她面前，立定站好。

全班都在看他们热闹，教怎么系腰带这操作太怪异了，难不成要帮人家脱下来再系上？

系腰带也不是不行，不过现场直播有点儿刺激啊！

筑清光这才反应过来自己成了舆论中心。

这会儿倒是有点儿像教官和学生之间的对决。不过，教官爱逗人玩，她也大大咧咧得很。

她张开手，嬉皮笑脸道："麻烦顾教官了，系吧。"

顾漾舟："……"

艺术生大都玩得开，这下大家起哄得更厉害："清清牛啊！清清好厉害！"

"教官，让你占个便宜，这姑娘可是我们播音系系花！"

"她还是我们G大颜值天花板呢！说归说，手可别乱摸啊，几十双眼睛看着呢！"

夏语她们也笑开了："我要举报他们光明正大秀恩爱！"

"你们看小清光那副欠揍的样子！"

"教官，我也不会系腰带啊！"

"……"

在这些吵闹的声音里，筑清光仿佛听见顾漾舟轻声骂了她一句“蠢”。她拧眉抬头，正好撞进他幽深的眼眸里。

她的脸忽然有些发热，应该是被太阳晒的。

顾漾舟蓦地勾了勾唇，弧度浅得几乎让人以为是错觉。接着他的双手往她身后一捞，俯身掐着腰带拽紧了点儿。

筑清光没站稳，被带着往前了一点儿，磕到他胸前的警院学号牌。她委屈巴巴，揉了揉鼻尖，闷声道：“教官，没系好腰带而已，你还想搞谋杀啊？”

连长头一次看见有女生这样和顾漾舟说话，调侃道：“你们顾教官本来就刚正不阿，可不会怜香惜玉哦。”

底下人心想：哪里刚正了，当他们瞎的吗？老相识才会这么开玩笑。

筑清光身高一米六六，在播音系里不算高，体重又不到九十斤，身材娇小得很。偏偏她领军训服时报的身高是一米七，这套衣服她穿起来宽松得不行。

顾漾舟手指微顿，手上力道又大了点儿，把她腰上的皮带扣得更紧了。

饶是筑清光再瘦，也已经到最大限度了，她被勒得呼吸有些不畅。可没等她开口骂人，腰带又松了点儿，仿佛刚刚那一下是明目张胆地报复她。

顾漾舟站直身体，往后退了一步，低眸一看，少女的睫毛带着点儿汗水，白皙的肌肤上可见细小的绒毛。

他抬手抚了一下她额前的碎发，动作温温柔柔的。下一秒他立刻意识到这动作不对劲，一个巴掌压上她的脑袋。

筑清光立刻奓毛：“你干什么？想打架啊？”

顾漾舟收回手，背在身后，道貌岸然地说道：“我提醒你，帽子戴好。”同时他用鄙夷的眼神看了她一眼，好像在说：打架？好像你能打赢似的。

筑清光：“……”

他们站在前面，一举一动自然都在其他人的视线范围，他们听见这话笑得更大声了。

连长交代了顾漾舟几句，留下身后的王涛，自己去下一个班级巡视。

王涛一看连长走了，又跟班上的同学皮起来，问道：“热吗？”

“热！”

艺术院的大部分女生都擦了防晒霜，但在炙热阳光的普照下，汗流浃背不说，脸上还一块黄一块白的。

但美女晒得脱皮也不影响她是美女。

王涛装模作样地考虑，然后说道：“那你们再站一会儿就回棚下休息？”

“好！”

筑清光被晒得迷迷糊糊，在默念了一百句“顾漾舟是条狗”后，深吸了一口气，随后感觉自己扣着裤缝的手突然被顾漾舟不轻不重地打了一下。

她皱着眉看过去，心想：你是有顺风耳啊？还能拐着弯来听人家心里的话？

顾漾舟站在她面前，开始纠正她的站姿，说：“脚并拢，手夹紧。”

后头的人看他这么严格，纷纷站得更直了。

播音生其实都有形体课，筑清光也就是一时没好好站。她本来想站好的，突然觉得顾漾舟一直站在她跟前也挺不错，有荫可乘。她故意站不好，享受着他的身高福利。

顾漾舟也没恼火，一遍遍纠正她，最后直直地站在她跟前，像是在盯梢。

在隔壁班带完一圈走方阵的陈星丞走过来，拉着王涛躲在树荫底下看热闹，问道：“顾漾舟这是怎么回事，为难一个女同学？”

王涛门儿清，说：“你哪看出为难了，他站人家姑娘跟前这么久，明显是在帮她挡太阳呢。”

陈星丞恍然大悟，说：“哦，女朋友？”

王涛说：“目前应该只是朋友。”

陈星丞啧啧赞叹道：“艺术院的女生颜值就是高，晒成这样还挺漂亮。”

“你看最漂亮的那个，已经被我们顾教官吃住了。”

两个人心照不宣地笑了笑，陈星丞大喊了一声：“顾教官，让同

学们休息休息吧！”

大家都是同级生，中场休息免不了凑在一起玩。

陈星丞和王涛成功打入播音系内部，既给他们科普了警院生的课程，又加了不少女生的微信。

“清光，真心话大冒险玩不玩啊？”夏语喊筑清光。

不少男生也望过来，眼神里带着些殷切。

筑清光头也没抬，拒绝道：“太热，你们玩吧。”

夏语说：“她一定是被她竹马气到了，居然这么严格地纠正她的站姿！”

陈星丞和王涛对顾漾舟喜欢的人还挺感兴趣，不动声色地混进她室友圈里旁敲侧击。

林思初一脸狐疑地问：“你不会想追她吧？”

王涛赶紧摇头，说：“了解一下而已，我逛论坛的时候看见新闻部拍的她的照片，确实漂亮。”

夏语说：“啊，我知道那个！论坛里还搞了清光和表演系系花曲妙妙的投票，我偷偷投了我们清光一票！”

虽然说表演系和播音系不缺美女，但筑清光长得精细。她有精致的嘴唇，小巧饱满的脸颊，算得上当下最火的冷美人风，在一众艺术生里也很招眼。

几个人聊着聊着又聊到其他地方去了。

另一边，筑清光完全没有一点儿做美女的觉悟，远离人群，大大咧咧盘着腿坐在草坪上，给曲妙妙发信息吐槽。

小清光：你都不知道顾漾舟有多过分！我们这么熟了他也不开扇后门，晒得我如花似玉的小脸都快肿了！

曲妙妙：他代训你们班啊？同情你一分钟。

小清光：他刚刚还勒我的腰！我的蚂蚁腰估计被勒出印子了！

曲妙妙：快绝交！不绝交不是人！

筑清光：……

她盯着信息两秒，决定忽略这个天天撺掇他们断绝关系的姐妹。

顾漾舟在此时发了条信息过来：警务训练营107教室，你过去拿东西。

他也没说是什么，筑清光撇撇嘴，还是抱了一点儿希望悄悄地溜了过去。

G 大的警训部在校园教学楼最后边，因为他们平时要训练，作息时间表和其他文化生不一样。

而传媒艺术专业的课程时间表更自由些，尤其是播音主持系的学生，他们早上起来要练声开嗓，也被安排到了后边的教学楼。

两栋楼离得近，筑清光轻车熟路地走到训练营，犯着困劲儿推开了107 的门。

顾漾舟就在教室里，讲台上放着他要给她的东西，是一盒晒伤膏。

“过来，我给你上药。他们在做体能训练，你没去就小声点儿。”

“哦，我在偷懒，顾教官居然包庇我！”

顾漾舟“嗯”了一声，说道：“原则上不行，但是你说的，家属有特权。”

算你做了个人。筑清光笑嘻嘻地又问：“可是你不在，谁代训啊？”

“刚才那两个同学。你侧过耳朵。”

他不太愿意和她聊起别人，这简直浪费他们待在一起的时间。他边说边拧开盖子，拿起一边的棉签蘸了点儿药膏。

筑清光生得娇气，肌肤更是嫩滑，在太阳底下晒了几个小时，耳郭已经起了水泡。本来她没什么感觉，结果被他粗糙又带着茧子的指腹一碰，伤口刺激得她差点儿哭出来。

筑清光怕疼，坐在椅子上，眼圈都快红了：“你能不能轻点儿？”

“那你别乱动。”顾漾舟薄唇轻抿，垂眼看向她。

筑清光皱着眉往后靠了靠，瞪着他说：“你是不是嫉妒我的盛世美颜，得不到就想毁掉？”

“是啊。”顾漾舟戏谑地开起了玩笑，学着那些同学叫她，“G 大颜值天花板。”

这外号真的挺搞笑，但也名副其实。

筑清光进学校第一天比他进学校一个月都强，社交圈扩了一倍。

张扬又友好的女孩子在大学最受欢迎，更何况她还漂亮，是男女通吃的长相，当天晚上论坛就有她的帖子出现。

筑清光毫不矜持地点点头，挺胸抬头甩出播音腔，说：“是本人。我采访一下顾同学，跟天花板做好朋友是什么感觉？”

“天花板……”顾漾舟顿了顿，把药膏收起来，一本正经地上下看了看她，评价道，“有点儿矮。”

筑清光难以置信地看过去，说：“大哥，你是不是忘记了我是女生？你自己身高一米八六，就以为没有这么高的人都是矮子吗？”

“原来你知道自己是女生。”顾漾舟意有所指，示意她把脚从他鞋子上挪开。

筑清光虚伪地笑笑，起身出去。但她的步伐拖得极慢，一点儿也不想回去做仰卧起坐。

顾漾舟去校园超市给她买了一瓶牛奶，她又是无奈地叹气：“你知道这种时候我最需要什么吗？”

“嗯？”

“我要冰可乐！你给我的是什么？还是常温的！”

“快吃午饭了，你想满肚子汽水？”顾漾舟帮她拧开瓶盖，把牛奶递过去，提醒她，“冰可乐就别想了，你快来例假了。”

筑清光哑口无言。她的经期其实一直不怎么准，自己从来不花时间记，也亏得身边有曲妙妙和他。

她鼓了鼓腮帮子，没话找话：“顾漾舟，你有没有觉得隔壁班那个教官长得好帅？他是不是也是你们犯罪学系的？”

“不认识。”

“哎，你这样不好，要多交朋友啊，大学可是交朋友的好地方！你跟个社恐似的怎么行！”筑清光很不理解内向的人，她觉得世界上最轻松的事就是主动说话。

顾漾舟没什么表情，说：“没必要。”

筑清光觉得“身坚志残”的自己能多年如一日地留在他身边，并且做他唯一的朋友，实在是一件不容易的事，这人真的太不会聊天了。

她换了一个话题：“我们学校军训是不是就一周？我希望快点儿过去，这件军训服实在太丑了！”

他们走着走着，还是到了操场上。

筑清光一脸哀怨，看了一眼烈阳，认栽地走进队伍，扬扬手上的牛奶说：“谢谢你的晒伤膏和牛奶。”

“不用谢。”顾漾舟默了默，语调平和道，“反正是从你钱包里拿钱买的。”

筑清光被噎了一下，大义凛然道：“哦，那你多拿点儿用，不用给我省钱！”

顾漾舟垂眸看向她一蹦一跳的高马尾，零星笑意收敛，细密长睫覆下，没再说话。

一天的军训过去，临近晚饭时，筑清光的脸晒得几乎脱了一层皮，有顾漾舟挡着也拦不住暑气的侵袭。

去食堂吃饭的时候，大家都没什么力气，几个娇柔的女孩子唉声叹气喊着累，一进食堂都能闻见一身汗臭味。

林思初的叉子落在鸡块上，她咬牙切齿地说：“我决定了，明天一定要请病假！”

夏语拿起绿豆粥，碰了碰她的可乐，附和道：“加我一个！”

筑清光已经懒得开口说话了，嗓子干得快冒烟了，只哼唧了两声，表示强烈的赞同。

林思初说：“你也请假，那你竹马怎么办？人家对你多照顾啊。”

夏语附和道：“就是，就是，要是没你在，帅哥代训的积极性都没了！”

“他明天又不代训我们班。”筑清光喝了一口西米露，抿了抿唇，说，“帅哥也挡不住我逃往人间的决心，何况他也不算特别特别帅。”

林思初说：“你以为谁都跟咱们艺术学院的男生似的这么精致？你别看播音表演系这么多美男，说不定还有整过容的。”

筑清光不置可否，摸出手机，把手机套取下来，拿出里面的一张照片说：“是时候给你们看看真正的帅哥了。”

两个女生好奇地看过去，那是一个有着啤酒肚，笑得像弥勒佛，并且西装革履的中年男人。

夏语：“……”

林思初说：“你爸爸？”

筑清光点头，然后把照片收回去，得意地说：“帅吧？我爸爸天下第一帅！”

对面两个人不约而同地想，这女儿对父亲的滤镜未免太重了，筑妈妈的基因该有多好，才能养出筑清光这种长相的女儿？

食堂门口又进来了一拨人，他们掀开帘子，吹进一阵热风。

她们晚饭都没吃多少，打算起身回去洗澡，一个高个子男生突然拦住了筑清光。

林思初和夏语心领神会，这又是来找“天花板”搭讪的。她们用唇语说“是校草”，然后相视一笑，默契地溜走了。

筑清光抬头看过去，男生长得白净阳光，估计没经历过今天军训的毒打，看上去很是清爽。

“有事吗？”她皱了皱鼻子。

“你不记得我了？”他甩了甩额前的黑发，臭屁地挥了挥车钥匙，提醒道，“我是上次那个被你坑了一顿，包场酒吧的帅哥。”

筑清光后知后觉，这是那个非主流蓝头发男生。她又看了一眼他的头发，已经染成黑色了，显得人俊朗很多。

“所以你来找我要钱？”她不解地问。

“怎么会，我找你要手机号码啊，清清同学。”

他知道自己的名字也不奇怪，筑清光回忆了一下，说道：“啊，陈……陈滋味？”

男生被逗笑了，说道：“你怎么还嘴瓢儿？我叫陈醉，醉翁之意的醉。”

筑清光尴尬地笑笑。

按理说她长这么大，追她的人数不清，她对拒绝这项工作早已熟能生巧，但对帅哥她总是格外宽容一点儿，何况人家还不一定对她有意思，可能单纯想算算酒吧那笔账。

她拿出手机，递过去说：“你加吧，等顾漾舟给钱了就还你。”

陈醉这会儿正兴高采烈地加好友，好像听到了奇怪的东西，问：“什么？顾漾舟？”

“是有这么回事。”筑清光认真地点点头，然后转头望了望左下角一排穿警服的警训生，却没看见那个熟悉的人。

陈醉也没理会这么多，他早就打听好这姑娘单身，他对她势在必得。

两个人并排走出食堂，男俊女靓的组合，任谁都会多看一眼。石子路安宁静谧，紫红色的晚霞随着夕阳的渐渐下沉越发烂漫。

人工湖的椅子旁有几对小情侣在散步，了无纤尘的水面泛着粼粼波光，堪称约会圣地。

筑清光倒是没这么多旖旎心思，她直来直往惯了，只想着从这儿走去宿舍是一条近路，她要赶紧回去洗个澡。

陈醉把她送到寝室楼门口，然后笑着问："有空一起吃顿饭吗？"

筑清光说："行。"

陈醉对这答案并不意外，挑了挑眉，语气轻松地问："那你明天有空吗？"

筑清光眨眨眼，说："没空。"

陈醉："……"

# 第二章

# 第一个秘密

军训七天，筑清光所在寝室除了洛佩佩，其他人已经请了五天假，理由不是发烧就是腿扭到了，一寝室的“病残患者”此刻全躺在床上。

当代女大学生日常上网，筑清光刷着刷着，突然“垂死病中惊坐起”，说：“我被安排了！”

夏语说：“什么东西？”

“军训总结大会暨阅兵仪式后还有个教官送别晚会，我被班长安排去伴舞了。”筑清光把名单发在群里。

毫无疑问，被安排的还有夏语和林思初。夏语“啧啧”一声，说道：“真会玩，凭什么全让艺术生表演？搞得好像就艺术生参加了军训一样。”

洛佩佩听到这话，解释说：“艺术生多才多艺啊。”

寝室门被推开，林思初拎着一宿舍人的粮食走了进来，气喘吁吁地说：“小语，佩佩，我给你们带的外卖。清清，你不吃吗？”

筑清光慢吞吞地下床化妆，答了一句：“我和顾漾舟出去吃。”

“哦，难怪刚刚我看见他在楼下站着。”林思初喘了一口气，换了一个话题，“对了，今天我们公寓饮水器坏了，你们谁下去搬两桶水上来？我可不愿意走了。”

夏语哀叹一声，说：“以前这些事都是我哥做的，我怕干不来这体力活儿。”

筑清光一个激灵，担起重任："让我来！"

已经走到门口的洛佩佩迟疑地转身，问道："你来？"

"放心交给我，我让顾漾舟搬水上来！"筑清光撩了撩头发，英姿飒爽地走了出去。

她身后的洛佩佩小声问道："她为什么总跟在那个男生朋友身后啊？又不是男朋友。"

夏语正下床刷牙，含糊着反驳："关系好也没什么吧，何况我每次听见他们打电话，清光都是顺着她竹马的意思来，吃饭也是她竹马叫的啊。"

洛佩佩放下筷子，停了一下，从阳台上往楼下看过去。

顾漾舟站在花坛边上，背脊挺直。他穿着白衬衫，最上面那颗纽扣一丝不苟地扣着。

夕阳下，男生的影子被光影拉长，像一只落寞的大狗。

筑清光下了楼，一眼就看见了那个身影。

顾漾舟估计是刚上完课了，所以换了身衣服。他英气的眉骨下是鸦羽般浓密的睫毛，淡红色的薄唇微抿，表情有些乖巧。

筑清光一直觉得顾漾舟有些死脑筋，女生出门本来就爱墨迹，尤其是自己。他们约好了三点，她总要晚半个小时，若是别人早就学聪明了，会晚点儿到，但顾漾舟这么多年也没变过。她没来，他就一直站在那儿等，也不会发信息催她。

他们在北门那条小吃街吃过大排档，慢悠悠散步回来。傍晚，大学校园很闹腾，军训刚结束，在路上都能看见和教官们打招呼的学生。

过往的自行车发出丁零零的响声，两个人并排走着。

筑清光昨天晚上熬了夜，眼妆盖得也厚。她眼睫细长，精致的脸上洋溢着娇媚的笑，跟一只勾人的小狐妖似的。她穿着艳丽的黄裙子，裙摆至膝盖，露出的小腿修长白嫩。

"筑清光。"顾漾舟转过身来，看向校园栏黑板报那边盯着他们很久的男生，淡声道，"别往后看。"

他的话刚说完，筑清光这个一身反骨的就转过头去，正好对上陈醉的眼神。

自那天过后，他们也没怎么见过，平时倒是会聊几句，但以筑清光的脑回路一般能把天聊死。

陈醉手上还拿着自喷漆，笑得开朗，说：“清光，你和朋友刚吃完晚饭？”

筑清光点点头，有些惊讶地问：“你是美术生啊？”

“不是，我是表演系的，来帮学姐干活，你能帮我们一个忙吗？”陈醉晃了晃手上的东西，喊过一旁的学姐，“我们不是正好缺模特吗，你看她还行吧？”

学姐打趣道：“她这身段何止还行。”

所谓的模特不过是人形模版，校园栏这期主题是欢迎新生，筑清光要做的就是站在墙那边，让陈醉画个人形出来，再喷上漆。

学姐看了一眼顾漾舟，问：“清光，你朋友能不能也站在那儿？毕竟是新生入学，要有男有女才对。”

顾漾舟没说话，一副冷冰冰的生人勿近模样。

陈醉看了看他们，开玩笑道：“我和清光站着也行啊。我们身高差刚好合适，站在一起就行了是吧？要不要牵手？”

“我来。”顾漾舟打断他的话，自觉地站过去，“画吧。”

陈醉拿起粉笔，也不客气，说：“行呗，谢谢兄弟啊。”

描绘人形的时候两个男生贴得很近，他们身高差不多，陈醉画顾漾舟的脑袋时还踮了一下脚。

顾漾舟顿了顿，说：“你踩到我的脚了。”

“Sorry，Sorry 啦。”陈醉咳了一声，蹲下身去画他的腿。

顾漾舟忍着提腿把他踹倒的冲动。

艰难的一分钟过去，画完后两个人立刻默契地隔开一米远。

陈醉又立刻扬起笑容，对筑清光说：“清光站过来，哥哥给你画得漂漂亮亮的！”

这年头，是个男生就自称哥哥了，也不看年纪的吗？

筑清光翻了个白眼，说：“你再这么占我便宜，我可就不画了。”

“别啊，我错——”陈醉的话还没说完，手上的粉笔就被人一把抢过去，不满道，“哎，你干什么？你会画画吗？”

虽然是描绘人形，也是需要一点儿技术的。

顾漾舟解开领口一颗扣子，简洁回答：“会。”

会也不行，这好机会能让他抢了？陈醉正要抢回粉笔，却被学姐拉住。

学姐咬牙威胁："你别捣乱啊，明天要交差，别毁了我们一个礼拜的作品。"

陈醉别扭地站在一边，瞪着眼睛看，就快要瞪出一朵花来。

顾漾舟说会画还真的会画，线条不比美术专业的画得差。陈醉虽然吃味，也肯定了他的画工，眼睁睁看着他在画到筑清光的手的时候，往旁边移了一点儿。

筑清光虽然看不见，但感觉得到流畅的声音从耳边响起。

她这个角度，在顾漾舟画她脑袋的时候正好对着他突出的喉结。

筑清光有些罪恶感地闭上眼，屏着呼吸没敢出声。

等画好后，学姐和陈醉一起喷漆。

两个打眼的身影，一个硬朗挺直，头骨圆润，一个娇美纤细，裙摆那儿微微翘起，显得尤其可爱。

筑清光盯着画像看了一会儿，顾漾舟顺着她的视线看过去，墙上两个人的手牵在了一起。

筑清光"哎"了一声。

顾漾舟的喉结上下滚动，生怕她发现不对劲，问道："怎么了？"

"为什么我的腰被你画得这么粗？"

顾漾舟："……"

"我刚刚还特意屏气收肚子了！你知道我平时的腰围只有五十厘米吗？"

"很瘦了。"顾漾舟干巴巴地解释。

"哼，你这画得和实物不符！"

筑清光的手机振了一下，是班长周斌发来的信息，他让筑清光去试试晚会伴舞的衣服。

她和陈醉他们说了声再见，就拉着顾漾舟一起往那边走，路上又闲扯道："你什么时候会画这个的？手都不抖的呀。"

"我刚上过课。"

"啊？你们还有美术课？"

"不是，主要练犯罪现场痕迹固定线。"

筑清光听得云里雾里，脑子里涌现一个画面：警匪大片里，死人的那块地方好像有个白线画出的人形……

这个神经病！筑清光气得往后退了几步，一个助力跑，跳着朝顾漾舟扑了上去。她一只手扣过他的脖子往自己这边压，两个人身高差二十厘米，她压得费劲又蛮横，跟一只树袋熊似的，就差上脚缠着了。

“顾漾舟你这个混蛋，居然把我当尸体！”

顾漾舟显然没想到她会来这一招，被她扒拉得踉跄几步。

筑清光咋咋呼呼地揉他的头发，怒火丝毫没有平息。

顾漾舟任她压着，一路以这种怪异的姿态走到大礼堂里。

大礼堂空旷安静，人还没来几个，周斌在楼下挑礼服。

等人来得差不多了，筑清光换完衣服出来，才知道出席的不止她们艺术学院的。有工科系、计算机系……警训生也来了一部分，都拥挤地站在台上找大合唱的位置。

顾漾舟面前站着一位学姐，正被她好言好语地忽悠着上去伴舞。

学姐请求道：“你是犯罪学系的吧？你们专业的人都分去大合唱了，你能不能过来帮忙伴个舞？”

“不能。”他毫不留情地拒绝。

学姐语塞，求助般看向他身后的筑清光。

能随便拉一个男生伴舞可见这个团体舞有多简单，事实上也只是多个人凑数。一群人站在后排类似机器人，给大合唱的人拍拍手伴舞而已。

筑清光耸耸肩，表示“关我什么事”。她又不是顾漾舟，凭什么替他做决定。

学姐扫兴而归。

军训最后一天的晚训结束，在系主任一番送别发言后，又提了提欢迎新生，最后节目一个一个登场。

等大家都入场后台，顾漾舟又突然变卦了。因为那个站在筑清光旁边的男生正是他的室友陈星丞，这个舞蹈居然是要手牵手的！

陈星丞看见他，招了招手，问：“顾漾舟，你也参加表演了？”

“现在参加了。”

陈星丞没听明白，问道：“现在？什么意思？”

顾漾舟问：“我能和你换位置吗？”

陈星丞说：“行啊，你是参加合唱团还是什么？”

他们关系并不熟络，但陈星丞还挺喜欢顾漾舟身上这股冷淡的气质。好不容易人家提个要求，他当然是成人之美。

何况他们警训生被抓来站后排只是因为身高合适，也没指望他们能表演。

顾漾舟指了指台下。

"观众啊？"陈星丞迟疑地问，又好像明白了什么，说，"也行，那你让筑清光教你那几个动作，还挺简单的。"

说曹操曹操到，筑清光站过来的时候，身边人已经换成顾漾舟了。她一脸纳闷道："你怎么过来了？我记得我旁边是你室友啊。"

顾漾舟面不改色地胡扯："他不太舒服。"

"哦，你把手伸出来干什么？"

"不是要牵手跳舞？"

筑清光笑了一声，觉得顾漾舟是找不痛快，要用僵尸动作来为难自己。

她拉过他的手，说："那我先教你，就四个节拍。鼓响的时候牵手举起来，合唱停下的时候拍掌……"

顾漾舟学得很快，确实也因为动作简单，跟广播体操似的。他似乎心情不错，神情很轻松。

等他学完了筑清光才反应过来，他们还没上去，手居然一直牵着。

顾漾舟的手比自己的大很多，瘦削白皙。他的体温好像一直不算高，手掌也冰冰凉凉。她转头看了一眼他，好像在发呆。

筑清光叹了一口气，这个人和美女搭档跳舞都这么不走心！

之前那位学姐叫徐颖，也是这次晚会的主持。筑清光听到徐颖朝她喊了一声，她甩开顾漾舟的手走过去，问道："怎么了？"

徐颖脱了高跟鞋，坐在休息室的阶梯上说："我能不能跟你换一下，你替我去做主持人啊？"

"可是我没有准备稿子。"筑清光支吾道。

"照着念就行了，你不是你们年级专业第一考进来的吗？这种场面有什么好怯场的。"徐颖放软了语气，"我实话跟你说吧，我刚刚和刘念吵架了，不想和她站同一个台上。"

筑清光对这些不太关心，倒是挺想有个校园主持的机会。她听徐颖这么说，犹豫了一会儿还是答应了，说："行吧，那你和我去换一下衣服。”

徐颖脸上一喜，把高跟鞋递过去，又问：“和你搭档跳舞的朋友不会介意吧？”

是自己的调动，又不是顾漾舟的位置调动，他有什么好介意的。筑清光这样想着，点点头说：“放心吧，他肯定没意见！”

“不要。”休息室门口传来顾漾舟的声音。他手上还拿着可乐，像是买来给她喝的。

徐颖给筑清光递了一个眼神。

筑清光不觉得这是什么大事，拿过他手上的饮料，问道：“换个搭档怎么了？”

顾漾舟很强硬地说：“不准换。”

“我就要换。”筑清光被他呛得在徐颖面前很没面子，把可乐扔回他怀里，说，“我烦死你了！”

顾漾舟喊来台下的陈星丞，说：“抱歉，你回去跳吧。”

筑清光一脸莫名其妙，踹他一脚：“你怎么这么多事啊？人家不太舒服你还让人家跳！”

“我也不太舒服。”顾漾舟说完便转身离开。

筑清光的高跟鞋还没穿进去，她在后面叫嚣：“顾漾舟，你敢走！你走了就别回来——”

“哐当”一声，回答她的是门被关上的声音。

徐颖有些尴尬地问：“你们这是因为我吵架了？”

“没你的事。”筑清光踹了一脚桌脚，愤愤道，“稀奇古怪的，他就是‘羊癫疯’！”

晚会照常举行，筑清光还是替徐颖上台主持了晚会。

她以前也主持过中学的元旦汇演，第一次主持大学的也没想象中这么难。

其间，刘念大概以为她是徐颖的人，一个劲儿给她下套儿。

好在筑清光机灵，平时又喜欢看段子，接得住梗，一个个都抛回去了。

报完最后的幕，随着一阵热烈的掌声，后台的大合唱结束，整个晚会也拉下帷幕。

筑清光下台的时候，捏着旗袍边，突然被人撞了一下。

不知道那人是不是有意的，总之力气挺大。她没稳住身体，高跟鞋一崴，从阶梯上摔了下去。

五六级的阶梯，摔下去得褪一层皮，不毁容也得摔个轻微脑震荡，吓得筑清光直捂住脸。

几秒后，人群里传来一阵惊呼。

意料之中的疼痛没有出现，筑清光从指缝中悄悄睁开眼，对上了陈醉含笑的眼睛。

陈醉这个校草名号名副其实，帅得明朗，让人望而生喜，而筑清光此刻就像偶像剧里的女主角，娇小又羸弱，被他护在怀里。

两个人这么对望着，场面美得像一幅画，让周围人都像黯然失色的电灯泡。

筑清光不习惯和男生靠这么近，挣扎着下来，说："谢谢你啊。"

陈醉笑了笑，半扶着她，道："筑同学，道谢就不用了。这份情能让我请你吃顿饭了吧？"

筑清光别扭地挣脱他的手，说："啊……你很饿吗？"

"和你吃饭的话我的胃口会很好。"陈醉是典型的校园风云人物，家世好，嘴也甜。

但筑清光扭着脚，本来也挺烦躁，实在没心情和他扯皮，敷衍道："再说吧，反正这次谢谢你了。"

筑清光拿着手机，准备找曲妙妙来帮忙。

不过现在表演者都在退场，大家各忙各的，也不一定带着手机。

周边还有人在看他们热闹，筑清光习惯被人盯着，但不习惯自己狼狈的时候被人盯着，她只好一瘸一拐地往休息室走。

陈醉被她甩在后面，正想跟过去抱起她，手刚伸过去，就被一只大手攥着挥开。

顾漾舟敛着眉，直视他道："别碰。"

陈醉愣了一下。

他知道筑清光身边一直有这样一个朋友。这人寡言少语，好像从来没有脾气。

但男人之间的敌对感，只需要一个眼神对视就能互相明白。

陈醉看了一眼已经走进休息室的筑清光，双手举起做投降状，笑

嘻嘻道："OK，不过你记得提醒小清光，我和她约好了吃饭的。"

顾漾舟没回答，转过身径直提着刚买的鸡蛋仔走进了休息室。

陈醉饶有兴致地站在原地发了一会儿呆，半晌暗哧了一句：什么青梅竹马，骗谁的？

大礼堂没多少人在，有也在收拾桌椅。陈醉站在楼梯口抽烟，曲妙妙正好收到筑清光的信息赶过来。

陈醉啐了一句："你不是说她没有喜欢的人？"

"是没有啊。"曲妙妙瞪他一眼，"哪个公主身边没几个骑士炮灰，你还怕顾漾舟？"

陈醉哼笑一声，说："陪着这么多年都不敢开口追人的一个㞞包，我有什么好怕的？但筑清光油盐不进让我怎么搞？"

"什么意思？"

"意思是我在她面前是有危险性的男人，顾漾舟就不是。我懒得跟你说这么多，你自己过去看！"

曲妙妙一脸疑惑，倚着门，门缝稍开，她的手硬生生地顿在那儿。

房间里，顾漾舟半蹲在筑清光面前，拿起地上的帆布鞋给她穿上。他刚系好一只鞋的鞋带，她就气急败坏地把它扯开。

她生起气来向来无理取闹，顾漾舟绑鞋带，她就解开，两个人像是在进行一场漫长的拉锯战。

筑清光在人前有几副模样？

她在普通同学面前是友好漂亮的，在陌生人面前是张扬完美的，在亲密好友面前是疯癫可爱的，而在顾漾舟面前，就是典型的窝里横。

很久以前曲妙妙就知道，筑清光在顾漾舟面前生气从来不超过两个小时，因为他只会一味迁就容忍。

就比如现在，他们吵完架，顾漾舟在被气走后，还是会买来鸡蛋仔哄她。

筑清光向来不会探究别人对她好是什么原因，她心思不深，不细腻，对于别人对自己的偏爱总是心安理得地享受。

她任性又不讲道理，而他是纵容者。

就算不是顾漾舟，也会有另外一个人在筑清光身边对她这么好。你永远不能责怪一个从小到大都是被宠过来的女孩娇气，爱耍性子。

她如同天上的星星，本就遥不可及。

“筑清光，对不起。”顾漾舟低着头道歉，耐心地继续帮她绑鞋带。

从这个角度，筑清光能清楚地看见他凸起的肩胛骨，还有后颈处瘦削的一节节脊骨。

她很想揪一把顾漾舟柔软的头发，怎么也不明白为什么换个搭档他就撂下她走了。她很烦地说：“是我在发脾气，你道什么歉？”

“是你在发脾气，所以我在道歉。”顾漾舟重复一遍，抬起头，眸光淡淡的，让人联想起安静的山峦。

筑清光比谁都清楚自己性格差劲。她脾气差，善变善忘，一天能换八次脸，情绪发泄完就忘了，活得一直很肆意。

即使在很多人眼里，尤其是在父母那儿她也算温顺了。但在顾漾舟这儿，也许是知道会被哄着，她从来没有愧疚感。

而且由于筑清光记性差、心大，其实挺好哄的。

顾漾舟专注地看着她，问：“可以走了吗？你的脚扭伤了。”

筑清光拿起一旁的鸡蛋仔咬了一口，说：“那我给妙妙发条信息，让她别来了。”

“她来过了。”

“什么时候？我没看见啊！”

“三分钟前，她站在门口。”顾漾舟上了一个月的刑侦课，在反侦察这方面已经很警觉。

“哦，那我去换衣服，然后一起去医务室。”

“好。”

闷热的夏夜，校园里的学生来来往往。夜风吹过，一旁的湖面上的水波隐隐晃动。

顾漾舟背着她走了条小路，柔静细碎的月光从树梢上落下，缓缓地笼罩在他们身上。

“筑清光。”

“干吗？”

“你吃慢点儿，碎渣掉我衣服里了。”

筑清光：“……”

筑清光停下嘴，默默地放下手上的鸡蛋仔，拍拍他的后颈，拎起他的领子晃了晃，说：“没有了吧？”

“嗯。”

筑清光又乖巧地趴回去，戳戳他的肩膀，问道：“顾漾舟，你会不会嫌弃我？”

“不会。”

“我还没有说嫌弃我什么呢！”她撇了撇嘴，大力地拍他一掌，“敷衍！”

顾漾舟微微收了收嘴角，说：“反正，都不会。”

和筑清光从小玩到大的帅宏、万子鑫，都知道她对顾漾舟有多恶劣。

她天性爱玩，从初中开始尤其喜欢折腾顾漾舟。她把泡腾片放饮料瓶里让他帮忙拧开，偷走他文具盒里钢笔的笔帽，午休时间趁他睡着了在他脸上画乌龟……她跟帅宏他们学的欺负女孩子的损招全用在了他身上。

甚至，他们明明不是同一个年级的，她却乐此不疲地过去碰壁。

顾漾舟有时候会理她，有时候只是任由她自娱自乐。

他是不讨喜的性格，不爱说话，不和人交流，从来都活在自己的世界里。大家只记住了筑清光对他的坏，只有他记得她那一点点好。

顾漾舟的父亲顾明山是一名缉毒警，因为特殊的工作总要换家庭地址。

顾漾舟升入北角初中第二年的家长会上，因为残疾父亲的出现，他在学校一直过得不好。

小孩子最会排斥和他们不一样的人，筑清光那时候来找他玩，那些人会说：“你跟他玩那么好干什么？”

“他爸爸是残疾人，你不知道吗？好可怜哦！”

“筑清光，你好有爱心，不愧是我们的好班长！和残疾人的孩子交朋友！”

…………

顾漾舟站在楼梯口听他们嬉笑，在那些讽刺声中，女孩稚嫩清脆的声音倔强又无力：“你们不能这么说，顾叔是英雄！我爸爸说了，人在做天在看！你们再胡说八道，自行车的轮胎就会爆掉！”

多幼稚的威胁，显然效用微乎其微。

没有人把筑清光的话当一回事，直到年级里真的有人发现自己的车子轮胎爆了，还是嘲笑顾漾舟最狠的一个男生。

第二天情景再现，第三天，第四天……有人依旧不信邪，但风言风语肉眼可见少了下来。

流言四起，学生不敢告诉老师。

筑清光说这所学校以前是一座坟山，或许是真的善有善报，恶有恶报。

顾漾舟的生活渐渐趋于平静，但他还是没有交朋友，每天过着千篇一律的校园生活，心里想着很多无聊的事情。

“数学老师真的好懒，每次都让我上去讲题。”

“食堂吃饭的人太多，又闷又吵。”

“今天爸爸又发病。”

“筑清光怎么没来找我一起吃饭，她是不是不要我这个朋友了？”

…………

顾漾舟不信鬼神，曾经在放学后跟着筑清光在街上晃了两圈，然后看见她鬼鬼祟祟地在小店买了一盒钉子，跑去学校的车棚里，熟练地拿起一块石头，蹲着敲下钉子，把这一排的自行车前轮胎都放了气。

小姑娘的手很娇嫩，嫩白的掌心起了好几天的水泡，难怪那周她一次都没有来找他。

他跟着筑清光很久很久。

校园栏的十佳班干部里，筑清光那张带着婴儿肥的照片很可爱。

顾漾舟在那天傍晚有了人生中第一个秘密——他砸碎了校园栏，偷了筑清光的照片。

照片存到现在，已经是第七年。

大学生活正式开始，播音系的课程从早上到晚上。

九月末的 G 市，临近秋分，终于凉快了一点儿。

午后，阳光变淡，微风吹来，是很适合午睡的时刻。不负所望，后排一堆被高数老师催眠的同学已经昏昏欲睡。

“清光，清光，醒醒。”夏语推了推筑清光的手肘，揪了揪她的脸蛋。

筑清光乍然睁眼，站起来道：“我选 B，老师。”

夏语说：“下课了，妹妹！”

教室已经空了，筑清光打了一个哈欠，有些烦躁地说：“啊？我又没听这节课，要死。”

“你这几天怎么总犯困？”夏语拿过书，揽着她出去。

“我们社团的刘念学姐，有毛病似的，一直针对我，我都快把播音社这几年的稿子整理完了。”

“你刚进去她就给你安排事做？我都没进这个社团，听说刘念学姐很记仇的，你是不是因为上次主持抢她风头了？”

“不是吧，阿 Sir？”筑清光哀怨地喊了一声，又欠揍地说，“人太优秀真是没办法啊。”

“我可不是你家阿 Sir，你找你竹马哭号去吧！”

夏语敲了筑清光一下，走到寝室门口突然听见里面的争吵声。两个人对视一眼，寝室里突然传出“你以为筑清光很干净啊”。

夏语“啧”了一声，担忧地拉着筑清光的手臂。

女生吵架时的声音都偏尖锐，又隔着门，一时间也分不清这话是谁说的。

筑清光猛地推开门，若无其事地问：“谁说的我不干净啊？我三天没洗头的事被你们发现了？”

“清光，你……你回来了？”洛佩佩惊慌地喊道，她看向和她站在对立面的林思初。

筑清光也没打算刨根问底，她看了一眼自己桌上被打开的香水，盖上盖子放回原地，说：“你们刚刚在吵架啊？”

林思初没好气儿地坐到自己椅子上，抱怨道：“我就喷了一下你的香水，然后唇釉没了，借你的抹了一下，结果洛佩佩一直说这样不好那样不好，搞得我用了她的似的。”

洛佩佩站在原地，支支吾吾说：“本来就不好，人家又不在。”

“哦，没事，这些东西又不贵。”筑清光看了看涨红着脸的洛佩佩，安慰地拍拍她的肩膀，“谢谢你啊，不过室友没必要分这么清楚，你也可以用我的东西。”

洛佩佩有些别扭，说：“我才不会那样。”

筑清光耸耸肩，进了浴室洗澡。等门一关上，她还能隐约听见外头夏语劝架的声音。

她坐在角落的凳子上，叹了一口气，拿出手机给顾漾舟打电话：

“待会儿去吃饭吗？我想去陈记大排档吃辣鱼蛋和小煎饺。”

“好。你不开心？”

“没有啊。”

“那你的声音怎么这么低沉？”

“我……”筑清光顿了顿，抓了抓头发，发泄似的说，“我跟你说，我们那个副社长学姐好烦，一直让我整理陈年旧稿，我的眼睛快瞎了！是不是她男朋友出轨了，她就来报复社会了？”

顾漾舟：“……”

“你怎么不说话？”

顾漾舟放下枪，上下晃晃手腕，说：“你以前都是找曲妙妙说这些事。”

“哦，妙妙没下课。”筑清光也察觉到说女生坏话的事情实在不能找根木头分享，要是曲妙妙的话，估计她和自己一唱一和骂起来了。

“你要不要来警务训练室玩？”

“你在上射击课吗？”她好像听见了枪声。

顾漾舟说：“嗯，今天我值日，待会儿下课就没人了。”

“那你等会儿，我必须得洗个澡。”

“嗯？”

筑清光咬了咬下唇，说：“我怕有人说我不干净。”

顾漾舟愣在原地好一会儿。

在他的印象中，筑清光从小到大就没遇到让她失落太久的事情，更何况是“怕有人说”。她什么时候在乎过别人的想法？

或者说，什么时候有别人会说她？

筑清光虽然娇蛮，但她只把这一面给亲近的人看。在外人眼里，她应该算好相处的，否则也不会在哪儿都吃得开。

一旁的王涛拍拍顾漾舟的肩膀，说：“枪拿反了，你也不怕走火。”

顾漾舟回过神来，看了看时间，下课了。

筑清光洗完澡，换了牛仔裤和露脐 T 恤出去。

临出门时，她在用唇釉的时候犹豫了一下，把唇釉放到了外面的笔筒里。

警务训练室里，顾漾舟正检查完最后一个靶子，其他的警训生下课后早就走光了。

筑清光走过去，拿起一把枪问："这个是真的还是假的啊？"

"你别玩那个，我跟你换一把。"顾漾舟没正面回答，只是把自己腰上那把塑料模具枪递了过去。

筑清光往后退了一步，拿枪指着他，得意扬扬道："别动啊，顾Sir，你们以后当警察了，被人拿枪指着该怎么办？话说回来，这把枪到底是真的还是假的？"

顾漾舟神色未变，弯起唇道："你试试。"

筑清光被他这么一说，还真有点儿害怕。她的手刚松开了一点儿，手臂忽然被敲了一下，瞬间麻了几秒，整个人立刻被顾漾舟环住。她的锁骨处被他的左手环绕，她的后脑勺贴着他的胸膛。

然后身后的人手肘微微抬高，对着前方的靶子利落熟练地开了两枪，"砰砰"两声枪响，枪口还在冒烟。

"实……实弹？"筑清光捂着耳朵往他怀里钻，那枪声震得她耳朵发麻。

等她缓过来后，悄悄睁开眼睛看靶子，心想顾漾舟有点儿酷，两个十环。

"不是实弹。"顾漾舟低沉的嗓音在她头上响起。

接着他现场给她展示了一次十秒拆枪，手捏着弹夹一放，速度快得她都没反应过来，就见几颗子弹掉在了地上。

筑清光的嘴都没合上，说："哇，你们警训生也太爽了吧！你快让我玩玩！"

"那你拿这把枪。"顾漾舟把托盘上的步枪扔给她，手把手教她怎么握枪。

筑清光今天把头发扎起来了，拿枪托抵住自己的肩窝，找了一个距离五米远的靶子玩。

但她和大部分第一次玩枪的菜鸟一样，何况她臂力小，明明瞄准了靶子，也会被后座力冲击得抬高手，前几次都脱靶。

她有点儿泄气了，说："怎么打中啊？我又没近视眼，居然老是瞄不准！"

"我教你。"顾漾舟从后面握住她的手，为了配合她的身高，他往下蹲了一点儿，"别闭眼，手别抖，枪的轴线跟手臂要重合。"

筑清光刚洗完澡出来，头发上的柑橙香很浓烈，两个人身上的气息也不知道是谁包裹了谁。

她别过头时正好看见顾漾舟轮廓清晰的侧脸，薄薄的单眼皮，秀挺的鼻梁骨，一副安静又专注的模样。

筑清光真情实感地想问他皮肤怎么做到这么白净的，嘟囔道："漾仔，你长得真好看，难怪能和我这个大美女做朋友，这就是近朱者赤！"

她文化水平不高也不是一天两天的事了。

顾漾舟的下巴抵在她的肩上，和她的脑袋碰了碰，声音清朗："你别说话，认真一点儿。"

这动作其实过于亲密了，筑清光露在外面的腰被他的警服摩擦得有些痒。她的手垂下来，往后推他的时候不小心撞到他硬邦邦的腹肌，下意识地说："啊……对不起。"

她刚说完，顾漾舟再度举起她的手，毫不犹豫地扣动扳机，"砰"的一枪，九环。

这算是一个荒唐的失误，也许是因为他的呼吸比之前急促了一点儿。

"筑清光。"顾漾舟低着头看她，看了好一会儿。

门口有人推门进来，停顿了几秒，又把门带上出去了。

筑清光茫然地对上他的视线，说："怎么了？"

不知道为什么，她好像感觉到眼前人在生气，但又有些难以置信。毕竟她认识的顾漾舟连脏话都不会说，何况是情绪大的起伏。

顾漾舟把枪放下，注视着她。他的眉头微微蹙起，喉咙里像淬了冰块，一字一句地问："谁说你不干净了？"

筑清光一怔。她在电话里明明是一种开玩笑的语气，没想到顾漾舟会记这么久。

她挠了挠脸，垂下眼睛，闷闷地说："我也不知道，应该是我室友之一。"

顾漾舟皱眉道："她们有病？"

筑清光被他的话逗笑了，说："哈哈哈，你干吗骂人？被我教坏了吗？"

顾漾舟捏捏她瘦削的肩胛骨，一脸温润地说："你别听她们胡说八道。"

“知道了，知道了。”

筑清光有一个优点，心大能容海，吃完一顿麻辣烫，这些糟心事就能抛之脑后。

顾漾舟收完枪支，就进更衣室洗澡换衣服。

筑清光坐在外面等他，顺便跟曲妙妙发语音，吐槽了一堆关于刘念给她安排的工作。

曲妙妙那边在小组聚餐，声音杂乱：“我好像也报名了这个社团，但开学快一个月了，怎么一直没通知我去面试啊？”

筑清光说：“这玩意儿还用面试？你是不是那个叫廖冬生的憨憨学长招的？直接来就行了！”

筑清光找到了和自己并肩作战的战友，简直容光焕发，巴不得她立刻过来和自己一起反抗刘念。

“那我明天去一趟，确实是那个冬瓜学长招的我。”曲妙妙喝了一口酒，好像被谁推了一下，又说，“对了，中秋假期你去不去南洲岛玩？听说有流星雨看！而且我们组有个拍摄作业，缺个播音系的录旁白。”

筑清光问：“南洲岛那座白塔山吗？”

“是啊。”

“那你等我问问我爸有没有让我回家的打算。”

“行，要是你来的话，顺便喊上顾漾舟呗。”

“你不是不喜欢他跟着我们吗？”筑清光纳闷地问。

曲妙妙看了一眼对面朝她挤眉弄眼的陈醉，笑了笑说：“你们关系好又不是一天两天了，估计我不说，你也会带他来吧。”

这倒是。筑清光点点头，说：“得，等安排好了，我再跟你们一起订票。”

筑清光刚挂完电话，顾漾舟就带着浴室里蒸腾的热气出来了，熏得筑清光一阵恍惚。

记得很早以前，大概是初中，顾漾舟其实是长得有些秀气的，唇色又红，但依旧是好看的。他性格沉闷，总是望着一个地方出神，一副很好欺负的模样。

而现在，他精瘦的腰身，宽肩窄臀，手臂上流畅的肌肉线条，连着侧脸看过去，下颌角的弧度都很完美，和之前小男孩的样子相差很大。

他的头发还是湿的，碎发半遮住英气俊朗的眉骨，嶙峋的喉骨凸出，俨然一副成熟男人的模样。

顾漾舟的头上搭着一块白毛巾，他看筑清光在发愣，随意地擦了擦头发，水珠溅到她脸上。

果不其然，筑清光抹了抹脸，提高音量骂道："顾漾舟，你给我离远点儿擦头发！"

天色渐渐暗下来，路灯依次变亮。落日燃尽，天际犹如被铺张晕染开的墨纸。

等到了大排档，筑清光又扯住顾漾舟的衣角问："为什么来这儿？"

顾漾舟说："你说的要吃辣鱼蛋。"

"我不想吃那个了，我们去吃烧鹅濑粉？"筑清光笑得像狡黠的小动物，明显是在诈他。他要是答应了，走到那儿估计还得回来。

顾漾舟拉起筑清光的手往里面走，说："不去。"

筑清光半顺从地跟着他，一副勉为其难的样子："行吧，谁让我宠你呢！漾宝，我对你是不是很好？"

点完餐后，顾漾舟拿纸擦了擦桌子，抬头看过去，问："你有事？"

"没有啊，我就是觉得我对你这么好，你被我看几眼怎么了？"

顾漾舟："……"

筑清光厚着脸皮继续说："以后我看你也是应该的，养这么大，看看都不行吗？"

顾漾舟："……"

"你又不理我，今天的你对我爱搭不理，明天的我长高十厘米！"

顾漾舟端着茶水烫了烫杯子，把碗筷递过去，说："那你看。"

他就这么直愣愣地盯着筑清光，眼睛一眨不眨，目光从她的睫毛到唇线，一点点描绘下来。

筑清光虽然自认 360 度无死角，但是被这么灼热的目光注视着还是有些不自在。她拿手指戳他的脸，不自在地说："到此为止，再看收费！"

吃完饭，顾漾舟去结账。

筑清光看了一眼他手上的钱包，微恼道："你怎么回事？拿了我的钱包却不用我的钱付账，你是不是看不起我？"

“没带。”他道。

“那你下次要带我的钱包，不然以后不让你管了！”

“知道了。”

筑清光数了一下桌上点的小吃，懊悔不已，早知道她就不点这么多了。她把没吃完的煎饺装进袋子里，往外走了几十米，走到一条老巷子的小角落，听到了熟悉的流浪猫叫。

“喵喵，过来吃。”她把饺子倒在墙角下。

逆着路灯，猫的影子和人的影子都变得庞大。

筑清光看着它们吃完煎饺，正要站起身，突然被一个男人拽住了手。那个男人用方言说：“宝贝，别闹了，跟我回去啊。”

“你是谁啊？谁是你宝贝？”筑清光甩了一下手，没甩开，又闻到这男人身上有酒味，只能扒着墙喊救命。

大晚上的，路边倒是有几个人驻足，但这醉汉人高马大，嘴上又一直说着让人误会他们是情侣吵架的话，持观望态度的路人更多，一直没人敢来帮忙。

顾漾舟付完账，转身就没见到筑清光的身影，他看了一眼桌上被扫空的餐盘，了然地往附近的小巷子走。

他找了几条街才找到人，但没想到她被疑似人贩子的男人碰瓷了。

“你说你认识我是吧？”筑清光一鼓作气，也不挣扎了，“那你说我叫什么？”

醉汉摇摇晃晃，不吃她这套，还是醉醺醺地说：“叫宝贝！”

筑清光还没来得及反抗，身边一个男人大步走来，一记直勾拳把醉汉打退几步。

筑清光看清他的样子后，喊道：“顾漾舟，你……你加油！”

顾漾舟的声音很低沉：“你再说一遍。”

“喀喀，杀人了，我要去告你！”醉汉大着舌头咳嗽，路灯下可见他的脸有多扭曲。

路边有人举起手机拍照，筑清光急忙过去拉开顾漾舟，对着醉汉深吸一口气，说：“你去告啊！记住我的名字，我叫巴布罗·迪戈·何塞·法兰西斯科·狄·保拉·胡安·纳波穆西诺·玛莉亚·狄·洛斯·雷梅迪奥斯·西普里亚诺·狄·拉·圣地西玛·特里尼达·克里托·瑞兹·布拉斯科·清光！你记住了吗？”

醉汉都听蒙了，连带着周边的路人也蒙了，亏得这女孩肺活量还挺强，一串话下来居然都不中断。

顾漾舟错愕地转过头，一脸疑惑地问道："筑叔什么时候给你取的英文名字，还随了毕加索的姓？"

趁着众人发蒙，来不及解释了，筑清光拉起顾漾舟就跑。

等她气喘吁吁地跑到南门，已经累得直不起腰："你为什么都不喘气？你是什么妖魔鬼怪？"

"我们每天都有体能测试。"顾漾舟默了默，问，"为什么要跑？"

筑清光边喘气边说："你……你打人了啊！我可不想今天晚上陪你在局子里度过。"

顾漾舟："……"

他该怎么给法盲科普自卫反击？

说到这儿，筑清光又想起刚刚他打架的样子，她握着拳头给他背上来了一拳，兴奋地感慨："哎，不过你打架的样子真的好帅啊！"

顾漾舟被她夸得有些赧然，手背抵着嘴唇。

偏偏身旁的筑清光仿佛犯了花痴，一个劲儿学他刚才出拳的样子，说："顾哥哥，顾哥哥，你刚才实在是帅爆啦！"

顾漾舟："……"

筑清光只有在彼此的家长面前才会这么喊，而那也是高中之前的事了，人越大反倒越不喊哥哥这种称呼。

顾漾舟一脸僵硬，停下脚步，说："筑清光，你正常一点儿。"

"哦。"她一秒变乖。

临近宿舍楼，顾漾舟又喊住筑清光，想提醒她别老一个人往巷子里跑，去喂猫，但又怕她记起以前的事。

"筑清光。"他站在那儿，背脊挺直，晚风把他的 T 恤衫吹得鼓了起来。他说，"以后喂猫你喊我一起去。"

筑清光眨了两下眼睛，问道："你是怕我再遇见刚刚那种人吗？"

"不是。"顾漾舟顿了顿，说，"我怕你太闹腾，吓到猫。"

"你对猫都比对我温柔！"筑清光叹了一口气，谴责道，"你指定有点儿猫病！"

顾漾舟："……"

第二天一大早，去电脑房打印完稿子的筑清光收到群消息，她们播音社团的副社长又开始作妖：“@筑清光，五分钟内赶过来，紧急事件。”

不知道是哪门子紧急事件，筑清光经过操场的时候，还听见警训生喊训练口号。

她快进去的时候，被廖冬生拦在门口：“小清光，刘念学姐现在在气头上，待会儿她说什么你别和她争，慢慢解释啊！”

“什么意思啊？”筑清光边不解地问，边推开了门。

刘念坐在正前方看她，说：“进来吧。”

其他几个人也一脸严肃地看着她，她把稿子放在桌上，规规矩矩地坐下。

“是这样的，我丢了一条四叶草项链，本来是放桌上的，但昨天忘记带走了。”刘念意有所指，说，“昨天最后走的人是你吧？”

这么多稿子都是我弄的，是不是我最后走的，你心里没数吗？

筑清光很想跳起来给刘念一个回旋踢。她闲散地靠在椅背上，问：“是我，然后呢？”

刘念说：“我也不想说得太难听，那条项链都能抵你一年学费了，报警的话可是能立案的。”

筑清光乐了，肩膀微塌，说：“你为什么说是我？今天早上来得早的人不是也有嫌疑吗？”

她这话一说，来得早的那几个女生开始愤愤不平，说：“筑清光，你可别拖好人下水！”

“你脖子上戴着几百块钱的红绳玉观音，就看上念姐的四叶草项链了呗，装什么装！”

“筑清光，你的家境也不算好吧？你和你那个警院朋友经常吃大排档，大家可是有目共睹的。”

“你们别胡说，没真凭实据呢。”廖冬生瞪她们一眼。

筑清光往后靠了靠，抬起眼皮说：“你们的意思是我吃大排档，我戴玉观音，我最后一个关门，就是我偷了项链是吧？”

这话听起来确实欠缺考虑，几个人面面相觑。

刘念拍拍桌子，说：“你把你的包打开，让我们检查一下。”

旁边一个女生焦急道：“万一她没把东西藏在身上呢？”

刘念哧笑一声，说：“这么贵的东西，谁偷了肯定都藏在身上。我那条四叶草项链是两年前的限量款，当时售价三万多块钱。”

说到这儿，刘念挑着眉看了筑清光一眼，慢悠悠地说：“我不是只针对你，我是让这间屋子里的人都了解了解事态的严重性。”

筑清光嘴角微扬，说：“哦，就这？”

刘念的脸色立刻变了，说：“你什么意思？”

筑清光把自己朴素的手提包扔在桌子上，站起来俯视着围着桌子坐的几个人，最后目光锁定刘念，说：“我这个手袋论价格是你八条项链的总和还不止。翻我包可以，但要是里面没有你那条便宜项链，你该怎么向我道歉？”

筑清光这个莹白色手袋看上去平平无奇，连 logo 都没有。懂行的人可能一眼就能看出它上乘细腻的材质，但很明显，这个屋子里的人都不认识。

筑清光和喜欢满是大牌 logo 的曲妙妙不一样，她的很多衣服和包都是私人定制或者小众设计师的牌子。

“你骗谁呢？就你这个包——”刘念的话没说完，廖冬生用胳膊肘推了推她，把他从手机上搜到的这个手袋的售价信息展示给她看，几个人瞬间没了声音。

筑清光冷笑道：“就我这个包，你们还翻吗？”

“翻什么？”外面，曲妙妙收到信息赶了过来，几乎一眼就看清了局势，立刻坐到筑清光边上，温柔地问，“亲爱的，怎么了？”

筑清光歪歪头，说：“听说我偷了副社长的项链。”

曲妙妙毫不顾忌地笑出声，指着刘念说：“你们知道 G 市的唯董地产吗？”

筑清光：“……”

对面的人脸色越来越差。G 市一大半房产都是唯董地产的，这谁能不知道，可谁也没有想到这能和筑清光联系在一起。

曲妙妙跷起二郎腿，说：“你们知道小清光宝宝是我好姐妹吗？”

刚开学时，论坛里还有筑清光和曲妙妙竞选女神的投票。她们又不常在一起，没人知道她们的关系好似亲姐妹。

筑清光虽然高调，但不是炫富式的高调。比起曲妙妙母亲是校董的身份，她清水得就像所有大学里普普通通的校园女神一样。

几个人现在话也不敢说。

刘念拉不下面子，喝了一口水，说：“我也没有说一定是你，只是大家都有嫌疑。不如这样，大家一起把包翻出来看看？”

“凭什么啊？警察也不能随意翻人的包包吧。”曲妙妙横起来很不给面子。

刘念没辙了，说：“那你说怎么办？我的项链三万多块呢，说丢就丢了！”

“那就翻。”筑清光说完把包打开，倒扣在桌子上。

一本《节目主持艺术学》，一本《影视艺术概论》，两支口红，一个气垫，两包辣条。

曲妙妙还拿了一包辣条撕开，说：“你该不会怀疑项链能藏这里面吧？”

刘念尴尬地笑笑，说：“本来我也没说一定是你，你这样搞得大家多难看。”

旁边几个人一起帮衬着赔笑脸，廖冬生一言不发。

看她们这样子，好像刚刚逼着筑清光把包打开的人是别人似的。

筑清光慢条斯理地把东西收回去，说：“包也翻了，你们也冤枉人了，你今天要是不报警，我会让在场几个人更难看。”

“报警是不是太严重了？”一个女生担忧地说，“传出去对我们社团名声也不好吧。”

这就很讽刺，今天要是一个没钱没势的女生在这里，就算包里没翻到东西，怕是也会被她们强行按头污蔑。

筑清光疾言厉色，近似咄咄逼人道：“你别给我扯这么多，你今天不把这事报上去，明天G大论坛里就有‘大三学姐校园暴力，带着一群人给无辜学妹搜身’的报道！”

“这个噱头好啊！”曲妙妙边吃着辣条边鼓掌，“到时候我就去校长室坐坐，跟伯伯谈谈，这种品德败坏的学生，到底还值不值得G大给她发毕业证书。”

刘念慌乱地站起来，说：“你胡说什么！报警就报警，我还吃亏呢！再说了，我什么时候对你用暴力了？”

廖冬生看不下去了，说：“刘念，你带着一群人围攻人家，跟外面那些小混混有什么区别？”

筑清光提起手袋，说：“我说过了，不分青红皂白冤枉我是要付出代价的。你这半个月也没少折腾我这个刚入团的新生，这样吧，你自己退团，我就当这件事没发生。”

曲妙妙站起来，倚着筑清光的手臂说：“你听见没，自己退团，别等我来找事！”

屋里的气氛更压抑了，大概是没想到会有这样的反转，刘念被气哭了，扯着纸巾擦眼泪。

筑清光居高临下地看了一圈这里的人，毫不怜悯，也没再多说什么，扯着曲妙妙离开了。

一大早就被冤枉偷东西，搁谁都心情不好，何况是筑清光这种从小到大没在人际关系上栽过跟头的人。

她从幼儿园起就一直是众星捧月的存在，性格咋咋呼呼，长相却是高傲冷艳的大美女。到了中学时代，校园里到处是她的好哥们，没人敢欺负她。谁知道一进大学又是学姐又是室友的，总能给她添堵。

曲妙妙正愁着怎么安慰人，就听见筑清光像活宝似的问：“我刚刚是不是帅毙了！”

曲妙妙：“……”

果然，这个女人没有心。

曲妙妙敷衍地点点头，举起辣条说：“你跟你的辣条一样帅！我还寻思着跟你一起反抗这个古怪学姐，结果你直接让她三振出局了。”

筑清光有些挫败地说：“唉，我是不是真的哪里做得不好啊？”

“绝对不是你的问题！大学就是这样啊，又不比高中。几万人的学校，素质良莠不齐是正常的，你又不能满足所有人，是吧？”曲妙妙拍拍她的肩膀，说道，“走，我带你去吃大餐！米其林大厨在向你招手！”

“下次吧，我没什么胃口，今天晚上还要等顾漾舟一起去吃饭。”

“啊？顾漾舟什么时候能独立行走？”曲妙妙舔舔唇问，“要不带他一起去？”

筑清光想了两秒，婉拒道：“不行，他吃不惯牛排。”

曲妙妙“嘁”了一声，说：“你可真是富有同情心。”

“你不要这样说！”

“顾漾舟离了你会死吗？”

“曲妙妙，别咒人，我生气了！”

“好吧，我不说。我今天生日，百无禁忌行了吧？”曲妙妙没好气儿道，她伸出手问筑清光，“大小姐，礼物呢？”

“我自己生日都不怎么过，你肯定包了场。”筑清光吊儿郎当地说，“我特地给你准备的辣条，来，这儿还有一包。”

“你这个无情的女人！”

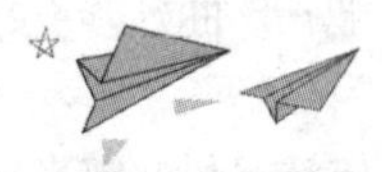

# 第三章 上上签

Nan man

犯罪学系的痕迹检验课上。

教授正在教大家拓印指纹的第三种方法，台下的每个学生桌上都放着采集胶、量筒等器材。

“顾漾舟，把特制硅胶和固化液倒进去。”王涛推了推顾漾舟，说，“你想什么呢？”

他顺着顾漾舟的视线往外看，发现花坛那边坐着一个女孩子，她正百无聊赖地玩着手机。虽然隔得远，但他可以依稀辨认出这人是筑清光。

入秋后，晚风潮热，似流彩溢光的轻纱，吹到人身上有些黏腻。天空中布满阴云，风雨欲来。

顾漾舟拿着搅拌盒晃了晃，下一秒就收到筑清光的信息。

小清光：你们老师上课好催眠啊，还要拖多久的课？大学还拖课，我可真是服了！我被蚊子咬了，胳膊上有几个大包！

这话说得其实很没良心，毕竟她中学的时候也经常因为没做完作业、上课和同学打闹、看老季和帅宏他们打球而被老师罚留堂。

他们住的地方可以坐同一辆公交车抵达，于是筑清光经常赖着顾漾舟等她，一起回家时又偷偷摸摸带他吃烤串。

久而久之，补作业的人就变成了顾漾舟，写检讨的人也变成了顾漾舟。

外头的筑清光一脸烦躁，挠着胳膊。她穿着一字肩短袖，连腰上都被蚊子叮了好几个包。她等了几分钟没等到顾漾舟的信息，终于听见教授说了下课。

人流往外涌出，有人经过她身边的时候总会好奇地看上几眼。

筑清光等人走得差不多了才走进去。

顾漾舟正在收拾容器。他这个人天生招老师喜欢，也许是因为一张冷冰冰的脸，让人觉得靠谱。

“你们刚刚上什么课啊？”筑清光看了一眼桌上的瓶瓶罐罐，也不打算帮忙，干坐在讲台上看他反反复复清洗容器。

顾漾舟头也没抬，说：“研究你的课。”

黑板上写着几个大字：变态心理学。

“你能不能好好说话？硬要我打你一顿是吧？”

“我说了你也听不懂。”

他们犯罪学就如同艺术学院的传媒专业，什么都要会一点儿。刑侦、禁毒、刑法、法医学……都会涉及，很难和别人解释。

筑清光气愤道：“这些我看得懂啊！烧杯，量杯，注射器，我高考化学可是满分！”

顾漾舟淡淡地说：“也就这一科。”

筑清光心想要不是杀人犯法……

半晌，她平静地舒了一口气，说：“算了，我不跟你计较。你中秋回家吗？”

“不回。”顾漾舟把最后的量筒洗干净，放到原位。

在教室的白织灯下，他的双手在手套里闷久了显出病态的白，但骨节分明凸起，看上去十分美观。

筑清光没忍住摸了一下，还挺嫩滑的，和他的脸一样好摸。她从指尖慢慢摸到手腕，有些凉，但触感柔软细腻。

顾漾舟的手停在那儿没动，话也没说一句，幽深的眸子微垂，看向她，呼吸清浅，像是怕吓跑谁。

两个人四目相对，顾漾舟还穿着实验室的白大褂，护目镜后是深不见底的黑眸。

筑清光后知后觉地反应过来，大教室安静得连一根针掉下来都能听见。她立刻收回手，清了清喉咙，解释道：“我可能有点儿手控，只是觉得好看。”

只是她说了实话，然后遵从本能碰了碰。

就像遇到任何一双好看的手，一只漂亮的猫，她都会不自觉地想靠近。

顾溇舟把护目镜摘下，收起书本，没什么情绪地“嗯”了一声，示意她一起出去。

一个小插曲过去，筑清光已经全然想着是吃云吞面还是吃菠萝包。

吃饭前，顾溇舟去小店给她买了驱蚊手环，附带一瓶花露水。

筑清光不爱闻花露水的味道，嫌弃地退了几步，说：“你给我戴这个手环已经够丑了，还让我变臭吗？”

顾溇舟说：“听话，靠过来。”

筑清光皮肤嫩，指甲长，挠得胳膊上都出血了。顾溇舟有些无奈，这要是倒上花露水，她得在这儿哭几个小时。

“顾溇舟，你身上的气味这么多年都一样。”她丝毫没觉得这话题多隐私，还凑近闻了闻。

和艺术学院那些喷着花里胡哨香水的男生不一样，顾溇舟身上的衣服是干净的皂角味，皮肤上是沉木香，大概是十几年一直用同一种牌子的香皂。

等到了饭馆，筑清光拿着手机给顾溇舟发了几张图。他放下筷子，点开手机，看到五张流星雨的照片，下面是她配的一句话：“心动吗？中秋假期南洲岛白塔山顶，激情团游，只需五百八十八元就可领取一张优惠券，快来加入我们吧！”

顾溇舟抬起头问：“你想我去？”

“去啊，妙妙她们同学也一起去！你老闷着也无聊，那天又刚好有天蝎座流星雨。”筑清光撑着下巴，眼睛眨啊眨，满脸期待。

“好。”

他正要把钱转过去，筑清光朝他伸手：“现在你可以把钱包还我了吧？我已经订完票啦！”

顾溇舟面无表情地道：“那我把钱转你。”

“不用！本来就是我拉着你玩。”筑清光低下头，叉起一个菠萝包，含糊着说，“你要是想分这么清楚的话，那到山上你给我买东西吃好了。旅游区的零食好像都挺贵，我可舍不得花自己的钱。”

顾漾舟放下手机，盯着她头顶的发旋没再说话。

吃完晚饭，筑清光从顾漾舟那儿拿回了钱包，重掌财政资金的人走起路来都嚣张不少。

两人经过一家奶茶店，筑清光立刻买了两杯双皮奶。

顾漾舟说：“我不吃。”

“我没说让你吃！你帮忙拿一份，我拿两份的话，人家看见了我的面子往哪儿搁！”

筑清光理直气壮，把芒果双皮奶放他手上，自己那份红豆的已经吃了一半。

等快到宿舍楼了，顾漾舟手上多了一个空杯。他拿出纸巾递过去，远处突然传来起哄声。

女生宿舍楼下，红色蜡烛围成一个爱心圈，里头撒满了玫瑰花瓣，而站在中心的男生捧着一束玫瑰花，正朝他们这个方向看过来。

连带着楼上窗口都有人探出头来看，筑清光听见自己室友的尖叫声，好像是林思初还是谁在喊她的名字。

路灯下，男生的眉眼越来越清晰，是她隔壁班的班长，叫黄阳，也是播音生。他们在广播室见过几次，但不算熟络。

顾漾舟皱了皱眉，问道：“你认识？”

“认识是认识……”筑清光犹豫地回答，下一秒，她就看见那个男生从地上捡起一个大喇叭。

不好。

晚风在此刻带了些凉意，昏黄的路灯下，有一群乱舞的飞蛾，小虫子飞在皮肤上的感觉让人很烦躁。

按理说校园里这么大动静，宿管阿姨应该操着扫帚过来“灭火”了。但筑清光往左右看了看，发现管理室门口的大妈正坐在小凳子上嗑瓜子，兴致勃勃地往这边瞧。

筑清光把另一个空杯扔到顾漾舟手上，带着点儿抱怨：“唉，宿管阿姨也太不负责任了！”

顾漾舟把垃圾丢完回来，淡声道：“等两分钟。”

“什么两分钟？”

顾漾舟没再回答，筑清光只好硬着头皮走上前。

那边，黄阳在此起彼伏的尖叫声中大声喊道："筑清光同学，开学那天我就注意到你了！你穿着一条蓝色裙子，笑起来像天使！"

那明明是绿色，你这个色盲！

筑清光心想：自己笑起来人人都说像狐狸精，你怕是碰多了鬼才会觉得我身后有翅膀？

"都说有缘千里来相会，果不其然，我在广播室又遇到了你。从你把我的稿子不小心撞到地上的那一刻起，我仿佛遇到了爱情！"

我仿佛倒多了霉，怎么偏偏撞到你这个黏人精！

筑清光站在瞩目的地方，心不在焉地想，他这些该死又糟糕的台词能不能快点儿说完。

"清光，你愿意做我女朋友吗？我当着你哥哥，你室友们的面发誓，我一定会成为忠实的、疼你的、爱你的男朋友！"

"轰隆"！一道闪电从天际劈过，黑幕乍然亮了一瞬。接着又是震耳欲聋的雷响，把周边本该起哄的人震蒙了。紧接着豆大的雨珠倾盆而下。

九月底的雨向来不讲道理，猝不及防就把人淋成落汤鸡。

黄阳一句脏话梗在喉咙里，为什么这时候打雷？

人群轰然而散，顾漾舟揽着筑清光往宿舍楼下躲。两个人站在大门前，看向还没反应过来的黄阳和被淋灭的蜡烛。

"难怪你让我再等两分钟。"筑清光喃喃。

顾漾舟没听清她说什么，低下头拧了一下衣摆的水，抬起头就看见她上身的衣服湿透了，紧贴着里头那件吊带背心。

他抿了抿嘴唇，别过头。

姜还是老的辣，宿管阿姨放下瓜子，一只手拿门边的伞，另一只手拿扫把，走了过去。不到几分钟，她就把黄阳的爱心蜡烛和玫瑰花清扫得一干二净。

黄阳瞪大眼睛，说："嘿，阿姨，您……您……"

"还您什么啊，人家姑娘还在等着拒绝你呢，赶紧过去吧！"

雨声这么大，黄阳只当自己听错了。

"清光！"黄阳还捧着那束玫瑰，他跑到楼下，将玫瑰递过去，"虽然发生了一点儿无伤大雅的意外，但我的心意没变！"

顾漾舟把筑清光往自己身后扯了扯，低声提醒她："衣服。"

筑清光垂下眼睛看了一眼，连忙双手抱胸，躲在顾漾舟背后，然后探出湿漉漉的小脑袋。

黄阳快被这姑娘水蒙蒙的眼睛迷住了。

殊不知下一秒，筑清光用一言难尽的眼神看了他一眼，熟练地说道："谢谢你的喜欢，你人挺好的，但是我对你没有感觉，所以非常抱歉。"

"你再考虑考虑……"黄阳有些急，还想再多说点儿什么，却被筑清光身前的顾漾舟一只手推开。

"她说不考虑。"顾漾舟一脸沉静，又带着点儿压迫感。

筑清光默默地在他背后点赞，额头磕着他的脊梁骨，又吃痛地往上打了一拳，有些恼怒地说："顾漾舟，我先上去了。"

顾漾舟侧着脸，点了点头，他没让开，依旧挡着前面人的视线。以至于筑清光只能看见他挺直的鼻梁骨和一小截白皙的下巴，头发上的雨水顺着他的侧脸往下流，流至他凸起的喉结处。

她本来还在犹豫要不要给他拿把伞，但看他被淋得差不多了，干脆作罢。

等筑清光上了楼，宿管阿姨又搬着凳子往里头坐了点儿，看着两个浑身湿透的青年。

黄阳一脸挫败，揪了一把头发，说："唉，兄弟，你这妹妹到底喜欢什么样的？"

顾漾舟说："不喜欢你这样的。"

"那她喜欢什么样的？真难追！"黄阳被这突如其来的暴雨天气整得焦躁不安，手一抛，把那束玫瑰花进了远处的垃圾桶。

顾漾舟没理他，浓黑的眼睫毛沾了雨水，连眼神都不屑给他。

雨势变小，顾漾舟踏出屋檐前转过身。他的下颌微敛，面色冷淡地补充："还有，我不是她哥哥。"

宿舍里，筑清光洗完热水澡出来，疲惫地吹着头发。

几个吃瓜室友有一搭没一搭地聊着刚刚的事，夏语把接好的开水递过去，问道："清光，你后面还和黄阳说什么了？"

"能说什么，发好人卡呗。"林思初胸有成竹道，"黄阳比不上建筑系的系草，又比不上表演系的陈醉，清光怎么可能看得上。”

筑清光不解地问：“这个比得上比不上是按什么标准评判啊？颜值？”

林思初说：“经济条件啊！”

筑清光翻了一个白眼，说：“你这也太‘唯钱主义’了。”

说唯钱主义还算好听的，这简直就是拜金女的心理。

洛佩佩看了一眼筑清光，小声辩解：“清清不是这种人……”

林思初的嘴唇动了动：“不然你为什么看不上你竹马？”

筑清光关了吹风机，寝室彻底安静下来。

夏语推了推林思初的手肘，林思初恍若未闻，说：“不过我若是你，肯定也不中意，成年人不比过家家谈恋爱嘛。”

“衣服四百块，裤子两百块，鞋子两千块。”筑清光倚在床边，看向林思初，顺便扫视了一圈她的化妆桌，继续数道，“香水两百块，气垫两百块，口红三百块，加起来一共三千三百块钱。”

林思初一脸奇怪，问：“你在干什么？”

筑清光瞥向她衣柜上那几个包，继续说道：“两个包，一个四千块，一个三万块，不过三万的那个是假货，估计顶多值三千块。”

林思初的脸涨得通红，笑得有些勉强，问她：“你到底在干吗？”

“你生气了？”筑清光不紧不慢地喝了一口水，问，“被人用金钱衡量价值的感觉怎么样？我用你对待别人的方法对待你而已，这就生气了？”

林思初：“……”

“那个，准备熄灯了，辅导员快来查寝了。”夏语小心翼翼地插话。

宿舍暗了下来，每个人都做着自己的事。

因为刚才筑清光和林思初不知道算不算撕破脸的争吵，几个人都没有开口说话。

筑清光倒是不别扭，她从小到大不缺钱，也从来没有势利眼，对林思初这样的说法自然嗤之以鼻。何况林思初有什么资格揣测她的想法，又有什么资格在背后对她的人指指点点，胡乱评判。

筑清光不会忍着怒气，也不缺这一个朋友。

正好社团里的廖冬生又发信息来说刘念的事，算是撞在她的枪口上了。

廖冬生："今天下午，刘念说那条项链找到了，不知道谁偷偷将它放回了她的储物柜里。"

筑清光："哦，所以她退社了没有？"

廖冬生："我就是来说这件事的，刘念学姐在社团好几年了，现在误会已经解除了，你看看能不能让她道个歉了事？"

筑清光："那道歉啊。"

廖冬生心中一喜，正想把老好人原则贯彻到底。

下一秒他又收到筑清光的信息："道完歉请她尽快退社，我不想委屈自己的眼睛。"

看她这态度，事情转圜不了了，廖冬生也懒得再在两个人中间转圜，只好把她的原话转回给刘念。

几分钟后，事情尘埃落定。

筑清光扫了一眼列表的信息，大部分是问她和黄阳的事，她实在没有心思回。

当然，很多事依旧没有结果。比如，偷项链的人是谁，上次在晚会上推她的人又是谁，但这些已经不重要，她的诉求被满足就已经达到了目的。

也许是一天的事情太多，也许是淋了一场雨，筑清光很快入睡，甚至做了一个短暂的梦。

与其说是梦，不如说是回忆，那分明是她读初一那年去顾漾舟家做客的场景。

顾漾舟一家人是他读五年级时搬到 G 市的。

如果没有发生顾明山的那场意外，筑彬华可能不会给这两个孩子互相认识的机会。

拥挤闷热的老房子，筑彬华提着几箱补品带着筑清光去看望负伤的顾明山时，顾漾舟正被顾母赶到楼道里躲着。

那时候的顾漾舟其实还不算特别阴郁，是一个长得秀气瘦削的少年，剑眉星目很是耐看，脸上还有对陌生人的好奇。

筑彬华操着带口音的普通话问道："小朋友，你是不是顾明山的儿子啊？我和你爸爸是高中同学，以前一起在 Q 市读书的。"

顾漾舟点点头，把人领上了楼。

大人有大人的谈话，小孩有小孩的玩法。

筑清光对顾漾舟的认识不再只是学校里成绩很好却不爱说话的学长，而是父亲朋友的儿子。

十三岁，绕床弄青梅的年纪，她该喊顾漾舟哥哥。

少年穿着及膝盖的裤子，小腿被什么东西砸破了一个洞，血流个没完。

筑清光拉着他坐在楼道口，认认真真地给他贴上创口贴。

顾漾舟其实很抗拒别人的靠近，但筑清光的力气很大，死死地抱住了他的脚。

“我是初一(3)班的。”筑清光那时候不知道顾漾舟不是G市人，说的方言，“我阿爸讲顾叔是因为被罪犯吓到才会不小心打你的。”

“我知道。”

“哦，那好吧，你别哭啦。”

顾漾舟推开筑清光的手，不耐烦却又克制道：“谁哭了。”

筑清光那时候在陌生人面前脾气算是好的，尤其在长得不错的顾漾舟面前。她像跟屁虫似的跟在顾漾舟身后一年多，才和他熟络一点儿，或许很大原因还是顾漾舟看在了筑彬华的面子上。

筑清光一直没说为什么她喜欢拖着顾漾舟一起留堂，留完堂还故意在路上买烧烤，拖到快天黑才让顾漾舟回去。

那是因为有一个下午她去找顾漾舟时，正好碰上了发病的顾明山，他把儿子当成了要搏斗的毒贩。

一个身患残疾的中年男人可能对一个十四五岁的男孩子造成不了太大威胁，但顾漾舟从来不躲开。

满地狼藉，一片残红，死气沉沉的顾漾舟就这么倒映在筑清光的眼睛里。

在那之前，他分明是穿着一尘不染的校服，看上去腼腆又干净的男孩子。

筑清光记得，在更早的时候，顾明山是来过她家的。一个正气浩然的阿叔最后变成那副样子，实在令人唏嘘。

筑清光从小到大没受过委屈也没遭遇过坏事，潇洒地活着，前有护花使者，后有雄厚家底。她同情顾漾舟，他没朋友就算了，还和她一样没有妈妈在身边。

所以很多有关他的事情，筑清光总是格外在乎。

梦境的最后，是顾漾舟坐在楼道下面发呆，夕阳洒在老房子外的一条窄水沟，像是为它铺上一层金光。

筑清光从便利店买来两瓶百事可乐，向他递过去。

窄水沟的水面上波光粼粼，泛着金色，她的好心情和那景象一样，像是疲惫生活里的一抹春光。

凌晨两点半自然醒简直是人间恶疾，筑清光眯着眼睛往被子里头钻，摸索出手机给顾漾舟打电话。

警院生作息时间很严谨，而此刻面临考试周，犯罪学系学生除了体能要过关，还要应对理论考试。

几个人熄灯后，又复习了一遍《心理学》和《刑事诉讼法学》，顾漾舟还在浴室洗澡时，陈星丞就听见他的手机一直响，于是看了看备注。

“顾漾舟，有个叫中一的人给你打电话了。大半夜的，真是……”陈星丞念叨两句，“这名字也是奇怪，中一，比中二还牛的意思？”

他的话音刚落，顾漾舟就推开门出来了，面上看不出急急忙忙，实际上衣服都穿反了。

顾漾舟擦了擦手上的水，拿着手机去了阳台，开口就问：“你还没睡？”

“我刚醒！你在干什么？”筑清光那边是用气声说话，中气不足得很。

“洗澡。”

“洗澡之前呢？”

“复习。”

筑清光安静了几秒，问：“我们玩不玩游戏？曲妙妙睡了，没理我。”

有她这样半夜打电话的朋友，恐怕没人会不开免打扰模式。

顾漾舟靠着墙，点了一根烟，说：“不玩，你再不睡明天早课起不来。”

“我睡不着啊！”

顾漾舟低低地笑了两声，这声音在四下无人的夜里其实有些惊悚。他收了笑，催促道：“快点儿睡觉。”

大概是因为顾漾舟太敷衍，筑清光翻来覆去很晚才睡着。她就知道，顾漾舟这个人只会让她更难睡好。

第二天筑清光起来时，宿舍里只剩下洛佩佩还没走。她见筑清光起来，担心地问：“你和思初是不是吵架了？”

筑清光说：“不算吧。”

三观不合，道不相同而已。

何况她好像听清了上次那句话：“你看她一身名牌，几个包就几百万了，你以为她很干净啊？”

很无厘头的恶意，她还以为和这个室友关系不错呢。

筑清光向社团请了两周假，没什么急事她就不过去了，反正也快到假期了。

G 大进入考试周，筑清光考完最后一科即兴评述，老师给了她很高的评价，看上去是稳了。

筑清光神清气爽，去找曲妙妙吃饭，然而曲妙妙最后一科话剧表演考得很差，为了不做一个讨人厌的姐妹，她只好往警院跑。

警院教学楼前，一群穿着作训服的人断断续续地往外走。

筑清光看见顾漾舟站得规规矩矩，衣摆塞进黑色警裤里，在一群警院青年里，皮肤依旧白得显眼。他的脖子上挂着一个相机，他正专心致志地调焦距。

她第一次看见他认真做一件和专业有关的事，感觉还挺奇妙。

旁边蹲着的两个男生是他室友，几个人站在大檀树下并不突兀，因为旁边也有这种小组，貌似他们在做什么实验。

“顾漾舟，你们在干吗？”筑清光走上前问。

王涛他们站起来朝她打招呼，说：“刑事技术课的作业，老师给每个小组分了任务，模拟杀人……哦，不，是犯罪，犯罪现场！”

筑清光一脸好奇地问：“为什么要模拟这个？”

王涛说：“就是一种行为分析，犯罪心理分析可以在刑侦案件上预防犯罪。模拟现场也可以代入罪犯心理，增强勘察能力。”

筑清光若有所思地点点头，看向地上的那几样东西，宣纸上画着房间的平面图。

王涛和陈星丞正在摆弄案件至关重要的几样证据。

前夫因爱生恨，挑衅检察官妻子，杀人后留下一朵檀花。

顾漾舟蹲下来拍照，指着王涛从树上扒拉下的花说：“这个换成印着唇印的纸会更好。”

陈星丞说：“有道理，血红的唇印凸显罪犯的杀戮欲，而且更显得变态啊！但唇印怎么弄？”

“你带口红了吗？”顾漾舟抬头问筑清光，掏出一张纸巾递过去。

筑清光猛地被三个男生盯着擦口红还有点儿紧张，囫囵抹浓了一点儿，印了一个唇印上去。

拍完照，王涛很客气地问道：“要不要一起去吃饭？”

顾漾舟冷冰冰地回答：“谢谢，不用了。”

王涛和陈星丞早已习惯这回答，也没再多费口舌，收拾完东西就走了。

筑清光帮顾漾舟拿相机，看着他整理地上的东西，说：“你能不能别总是这么冷漠，那好歹是你室友。”

“马上就不是了。”

“啊？”

“我下学期搬出去住。”顾漾舟解释道。

“哦。”筑清光擦了一下镜头盖，抬头看见他紧抿的嘴唇和嶙峋的喉骨，忽然生出一个想法，说，“顾漾舟，我给你擦口红，要不要？”

她说着，已经把新买的口红伸过去了，却被顾漾舟一把攥住。

他虽然温润如玉，但处事却很冷厉无情。比如筑清光现在觉得自己的手腕可能不是被他的眼神冻僵，就是被他这样活生生折断。

“你弄疼我了！”她一字一句控诉。

顾漾舟捏着她手腕的力气轻了点儿，黑眸紧盯她那不断开合的红唇，指腹往上蹭，摩挲了一下。

筑清光的注意力被转移，问道：“是我刚刚擦花了吗？”

“嗯。”顾漾舟面不改色地松开手，由着她拿镜子去补妆。

那张印着筑清光唇印的纸巾，在没人注意的时候被他折好放进了口袋里。

各个系的考试周在几天后正式进入尾声，而筑清光和曲妙妙他们约好的南洲岛之行也如期而至。

G 市通了海底隧道后，直接坐三个小时的巴士就能到岛上，上白塔山山顶还需坐十分钟的缆车。

当天下午阳光明媚，顾漾舟背了一个背包，手上拖着筑清光的行李箱。

而曲妙妙那边，同专业的人有陈醉和一对情侣，他们都拿了拍摄器材。

陈醉穿着粉色外套，乍一看和筑清光有点儿像穿情侣装。于是等车的时候，他这嘴就没停过，一个劲儿地说这是缘分。

等上了车，陈醉坐在筑清光前面，转过身说："清光，你还欠我一顿饭来着。我托你朋友告诉你，你怎么没来？"

确实该请客的，人情要还。

筑清光一脸狐疑，问过道那边的顾漾舟："你怎么没说？"

顾漾舟对上陈醉的眼睛，不为所动，说："忘了。"

陈醉也不恼，笑呵呵地扯了扯筑清光的头发，说："下次你记得请回来啊。"

"知道了，就一顿饭嘛。"筑清光拉上窗帘，戴上眼罩准备睡觉。

过了一会儿，顾漾舟转头问曲妙妙："我和你换个位置可以吗？"

因为自己旁边坐着筑清光吧，曲妙妙点点头，正想起来，筑清光的脑袋顺着椅背滑到她肩上。

"不用换了，麻烦你了。"顾漾舟看了看睡过去的筑清光，又坐了回去。

曲妙妙坐在筑清光旁边，看了一会儿电视，中途巴士经过加油站，车上下去不少人。

等筑清光醒来的时候，发现窗帘又不知道被谁拉开了，太阳晒得她脸疼。

顾漾舟下去给她买了一瓶水，她一脸嫌弃，没有接，说："我不想喝矿泉水，我要喝可乐！"

曲妙妙知道她作得不行，也知道她起床气厉害，立刻拿着手机去了陈醉那里打游戏。

顾漾舟把水放在筑清光旁边，自己的包也丢过去占位置，接着他下车给她买可乐。

和陈醉他们一起来的那对情侣，男的叫周哲，他见他们那样笑了一声，说："哎，你这闺密的竹马还挺有耐心，两个人挺般配啊。"

他女朋友陶芷疑惑道："人家又不一定喜欢，你这样点鸳鸯谱干吗？"

周哲眉头一挑，说："这你就不懂了吧，近水楼台先得月！甭管喜不喜欢，不亏呀。"

陈醉听见这话，给了他一个栗暴，骂道："配什么配！"

陶芷很护短，说："陈醉，你追没追过射手座女生？喜欢我的我不喜欢，不喜欢我的才让我有征服感，这就是射手座，你的态度这么明显，活该追不到人家啊。"

陈醉憋了气，在游戏里摁着周哲打。

曲妙妙看了一眼黑着脸耍性子的筑清光，话里有话："我闺密又不缺人疼，哪来这么多配不配。"

陈醉低声哧道："顾漾舟这些年放着一个大美女在身边是怎么忍过来的？"

曲妙妙喃喃细语："你怎么知道他忍了？"

陈醉的注意力放在游戏上，没听清，问道："你讲什么？"

"没事。"曲妙妙放下手机，朝后座望过去，手指蜷进掌心。

上岛的山路崎岖颠簸，青年正垂着眼听旁边的女生絮絮叨叨，发脾气，帮她举着镜子，安静地看着她擦防晒霜。

曲妙妙和顾漾舟算认识了两年，他们之间几乎除了筑清光，没谈论过其他问题。她自以为对他是了解的，因为寡言少语的人反倒好懂。

高中时，顾漾舟总是垂着眼睫毛，一副礼貌平和的模样。

但曲妙妙现在越来越怀疑毕业那天晚上看见的人到底是不是他，他真的像他看上去这么自持、冷静、克制吗？

高三毕业举行谢师宴的那天晚上，KTV 包间一片混乱，玩大冒险游戏的，拼酒的、拼歌的……什么都有。

筑清光当时抽到和左手边的异性喝交杯酒的大冒险，但那个男生有女朋友，她为了避嫌，只好喝了一瓶酒代替。

一瓶酒见底，筑清光也醉得差不多了。偏偏还有几个外班的男生来找她说话，她又平白多喝了几杯。

班主任喊离她家近的同学把她送回去，这个任务自然落在顾漾舟身上。

曲妙妙当时喝得也不少，初夏的晚风异常凉爽，她踉踉跄跄走出去醒酒，看见了扶着筑清光坐在街道长椅上的顾漾舟。

少年那时已经长得挺拔俊秀，白色衬衫下的身板硬朗有型，他站在四下无人的路边，很给人安全感。

筑清光喝得头昏脑胀，想吐又吐不出来，脸颊醺红，倒在长椅上。她的裙子肩带往下滑，后背大片嫩滑的肌肤露在外面。

顾漾舟蹲在地上看着她，问："回家吗？"

"顾漾舟，你看，我是一瓶百事可乐！"筑清光笑得犯傻气，两只手举在头上做塔状。

顾漾舟微微皱眉，把她的衣服扯好，蹲在她面前，戳戳她的脸，问："我背你？"

筑清光委屈地捂着脸，紧张兮兮地说："你别戳我呀，我没拧紧瓶盖，可乐要起泡了！"

顾漾舟被她逗得罕见地笑了笑。

筑清光戳他的脸，含混不清道："你……你这里也有酒窝，挺好看的，我想咬一口。"

顾漾舟站起来问："你是不是不知道我是谁？"

"我不记得了，我只是一瓶五块钱不到的可乐，不要问我这么多问题！"筑清光莫名其妙又哭了起来，呜哇声逐渐变大。

"那我可以亲你吗？"

曲妙妙听见顾漾舟轻声问。她作为偷窥者，站在离他们不到五米的地方。下一秒，她看见顾漾舟好像搂过筑清光的腰。

里面的同学出来喊曲妙妙，一辆大货车从路边经过。她抬头看过去，昏黄的路灯下已经没了人影，只剩下大货车的尾气。

夜色朦胧，曲妙妙一直觉得那天晚上的自己喝多了。

颠簸一路，巴士终于临近山脚。

乘客陆陆续续地在途中下车，车厢内人少了一大半。

筑清光有点儿不习惯大巴车里面的味道，睡得也不爽利，皱着眉，仿佛在梦里和恶龙搏斗。

她右手边的窗帘一遇刹车减速就会往后移动几厘米，余晖从罅隙里渗进来，照在她白嫩的脸颊上。

她不愿睁开眼，隐隐约约感觉眼前再度覆上一层黑暗，她再醒来就看见面前横亘了一只手，是顾漾舟的，正抓着那边的窗帘。

筑清光神情恹恹，眼睫微颤，问道：“快下车了是吗？”

“嗯。”顾漾舟拧开矿泉水给她漱口。

筑清光坐这种长途车的经历没有几次，哪哪都不痛快。她垂着脑袋，刚睡醒有点儿蒙。

她比了比自己的膝盖和顾漾舟的膝盖到前面椅背的距离，好像差了五六厘米？

“顾漾舟，你是不是又背着我偷偷长个儿了？”她一脸惊讶地问。

“不知道。”顾漾舟顿了顿，转过头说，“可能因为我不怎么喝可乐。”

筑清光听出他影射的意思，说：“你这样说我也不会放弃肥宅快乐水的，除非它会让我往回缩！缩成侏儒！”

顾漾舟：“……”

她跷起二郎腿，自娱自乐地敲打膝盖骨，脚尖一下一下地往他腿上踢。她的语气十分欢快：“这不怪我哦，这是你教我的膝跳反应。”

顾漾舟看了她一眼，把自己憋屈已久的长腿往过道上放，像是对某人小短腿赤裸裸的嘲笑。

踢久了也觉得没劲儿，筑清光良心发现，从包里掏出几包蜜饯果脯，递了一包给他，说：“谢谢你帮我挡太阳。”

顾漾舟接过东西，嘴角还没扬起，就听见筑清光喊道：“妙妙、陈醉，你们那儿有没有零食？过来这边拿！”

曲妙妙走过来，扔了几包零食给陈醉他们，坐在筑清光前面说：“刚刚陈醉用手机搜了一下，山脚有个寺庙。陶芷和周哲去求个同心结，我们要不要也去？”

筑清光吧唧一下嘴，说：“我们两个单身人士也去求同心结？你想和我这个老姐妹捆绑一辈子啊？”

“放屁！”曲妙妙轻拍她的脑袋，说，“我听说那里求签特别准，我们就当算算运势啊。”

“哦，行吧。那我们求年年岁岁不挂科，朝朝暮暮有帅哥！”筑清光笑得妖里妖气，把头抵在玻璃窗上，唇边那道美人沟若隐若现。

旁边低头看手机的顾漾舟眉头稍蹙，然后推了推她的手肘，说：“到了。”

暮色渐浓，山下的人在缆车前排成了长队。

落日燃尽，海面上浮现一层薄薄的水雾，犹如一片轻纱。天际线的靛蓝减退，云端显露几颗星子。

寺庙立于一条石子路的尽头，群山环绕。大概是因为就在山脚下，香客很多，香火十分旺盛。

庙门口一棵参天古树上挂满了红丝带和木牌，上面写着来往俗人的诉愿。

筑清光挽着曲妙妙的手臂，照着念了几条：“保佑陈循拿冠军，天天不牙疼。”

“里里明年能去南美雨林探险吗？希望能和大鳄鱼打个照面！”

“拜托，让我快点儿瘦四十斤，好想追上那个哥哥，呜呜呜！”

“今年夏天蚊子别再喜欢我了，换成我男神吧！叮死他，吸他的血！粉丝愿望，偶像买单，谢谢！”

…………

曲妙妙说：“这种愿望，佛祖真的能帮人实现吗？”

“这谁知道，神如果能看见人间疾苦，那他救人一定很随心所欲，总有些不被眷顾的小可怜呗。”筑清光耸耸肩，很无所谓地说。

陈醉和顾漾舟把行李箱放好后走过来，看见陶芷和周哲正虔诚地跪在佛祖面前。

方丈诵完一段经文后，把一只瓷碗摔在堂前，然后向两个人递上了同心结。

陈醉挠挠后脑勺，问：“他摔碗是什么意思？碎碎平安？”

筑清光道：“可能是什么宗教习俗吧，就像犹太教男女举行婚礼，也会打破一个杯子，提醒彼此幸福易碎，需要小心呵护。”

“你懂这么多？”陈醉拍拍她的脑袋，语带赞赏道，“我们小清光很厉害哦。”

筑清光别过头，瞪他一眼，说：“佛门净地，别逼我一拳把你揍成流沙包！”

“好了，你们别闹了，快点儿进去抽签。”曲妙妙推开两个人，朝后面的顾漾舟招了招手。

摇签这种事倒是可以自己完成，曲妙妙求姻缘是中签，陈醉不知道求的什么，是上上签。

筑清光求下学期期末考试优异，也是上上签。她笑呵呵地凑到顾漾舟身边，小声问：“你抽到什么签了？”

“下下签。”他把拇指从那根竹签上的字上移开。

筑清光一愣，显然没想到他的运气这么差，问道：“你……你求什么了，让佛祖这么不给你面子？”

顾漾舟没回答，正打算把竹签放回去，筑清光立刻抢过来，把自己的递过去，说：“好了，祝你心想事成。”

至于她，大不了下学期好好备考。

顾漾舟拿着那根上上签发愣。

他的心理课教授曾经给他的作业写过一个批注：“You tend to darken the world,so you omit the step of disappointment than others.（你倾向于把世界想得黑暗，就比其他人省略了失望这一步骤。）”

他其实不信这些，所以刚刚他什么愿望也没许，只是单纯地想着一个女孩。

南洲岛上有好几座山，适逢流星雨宣传火爆，山上有不少露营的背包客爱好者。曲妙妙他们为了避开人流，特意选了游客少的白塔山。

游客少当然是有原因的，筑清光看着这荒无人烟的原野，一点儿精神也打不起来。

等走到所谓的旅舍门口，她才知道什么叫绝望。

一家民宿酒店，外观看上去十分简陋。前台是有点儿耳背的大叔，说话时总会突然提高音量，以至于空旷的大堂全是他的回声。好在房间还不错，男生和女生各分了两间大套房。

山涤余霭，夏秋的夜晚来得晚，外头天还没黑。

几个人洗完澡在客厅坐着，筑清光出来的时候看顾漾舟和陈醉在大眼瞪小眼，陈醉在抽烟。

大概是刚出浴，少女头发上的水珠顺着柔软的发丝滴下，头发绕到一旁，露出纤细而修长的脖颈，无端显出一股青涩而温柔的味道。

陈醉一瞬间看呆了，回过神后朝她吹了声口哨。

顾漾舟抬腿踹了他一脚，眼神冷淡。

大概陈醉也反应过来自己这口哨吹得有点儿没礼貌，不好意思地笑笑，说："小清光，你们女生素颜都这么漂亮吗？"

筑清光认真地点点头，说："是啊，平时为了隐藏美貌我们都化妆的。"

"说你胖你还喘上了？"陈醉当然不信这鬼话，看向她时顺便熄了手上的烟，"玩牌吗？三个人刚好'斗地主'。"

顾漾舟说："不玩。"

陈醉"啧"了一声，说："你这人怎么这么扫兴啊。"

"我也没工夫玩儿。"筑清光看了看四周，说，"陶芷呢？我想找她陪我出去买点儿东西。"

陈醉说："人家和周哲找个小树林约会去了，你要买什么，要不要我陪——"

"走吧。"顾漾舟已经站起来。

陈醉："……"

真烦人！顾漾舟看着什么都不在意，每次却比他反应快。

他再抬头时，两个人已经走到了门口。

葱郁的树林在傍晚时分显得愈加幽静，沿路有供登山人休息的茅棚。二人问过酒店前台，最近的一家便利店在两千米外。

筑清光才走了几百米就觉得山路难行，抓着顾漾舟胳膊的手指都用力得泛红了。

"你要买什么？"顾漾舟问。

"卫生巾。"

顾漾舟顿了顿，问道："你那个不是刚走？"

"是妙妙来了。"

他没再多问。

筑清光想起曲妙妙蹲在马桶上一副愁容的样子就觉得好笑，不自觉地加快了脚步。

便利店前有块小空地，零零散散十几个游客在买特产。

筑清光买完东西在那儿逛了逛，她看中了一个绿色小恐龙钥匙扣。等她将东西挂在手机壳上要付钱，摊主来了一句：“三百块。”

筑清光难以置信道：“你说这个？”

摊主说：“嗯，我看你漂亮，给你打个折，两百八十块。”

“你这是黑摊。还打什么折，这东西顶多二十块！”筑清光据理力争。

摊主不依不饶，开始赶人：“你不买就走，白塔山纪念品本来就值钱！”

顾漾舟买完烟出来就看见角落的筑清光和摊贩吵了起来。

筑清光显然是第一次遭遇景区卖品非法涨价的事，要知道景点的普通矿泉水都能卖十六块一瓶。

摊贩吵不赢她，朝身后喊了一句。三个壮汉从后面走了出来，围观的几个游客瞬间躲得很远。

白塔山景区管辖范围广，警察就算上来一趟也得几十分钟，一般人在这种时候都会认㞞作罢，但筑清光不是一般人。

她咽了咽口水，看出摊主在威胁自己，于是打肿脸充胖子，指着对面几个人说：“你是不是以为我朋友怕你们？他一个能单挑你们仨！”

刚走过来准备说一句“不买了”的顾漾舟：“？”

事情的处理结果就是摊主把价格又降低了一点儿，最后顾漾舟花了二百五十元——一个明摆着虚高的价格把那个钥匙扣买了下来。

筑清光不情不愿地抱怨：“他们这种摊贩就应该被城管抓去教育一番！”

顾漾舟沉默不语。

绿色的小恐龙越看越硌硬，筑清光索性拆下来丢给身边人，说：“这个送你吧，我手机壳的颜色和它不搭！”

顾漾舟接过钥匙扣，捏在手里。

吃过晚饭，天色彻底暗了。

曲妙妙和陈醉他们边打牌边聊天，正说到大家的高中。

陈醉一个劲儿打听高中时代的筑清光是什么样的，曲妙妙说：“她那时候比现在野蛮多了，整个九中唯她独尊！”

为了满足他们的好奇心，曲妙妙把筑清光在化学实验室把高锰酸钾溶液打翻后又在主席台上做检讨的事情添油加醋了一番，活生生把她塑造成了女霸王。

“有一次月考完，有同学给筑清光买了一瓶果酒，老天啊，她当时还没彻底醉昏过去，然后全校五千人站在操场上听她对五十多岁的王校长发问：‘你是小王吧？’”

“哈哈哈，然后呢？”

曲妙妙说：“她就指着远处那栋职工楼和食堂说‘我父皇打下的地皮和领土就交给你了，你要记得把它们发扬光大！’”

“校长气得发抖，指着她们班那块地方喊‘这学生的班主任呢？给我过来！’筑清光拿着话筒敲了两下，说‘小王啊，别瞎指！那块江山，我父皇还没批给你呢！’”

陈醉听得起劲，说：“哈哈哈，她以前怎么这么可爱，那学校没给她处分？”

“没有惩处，她指的那几栋楼本来就是她爸捐的。”曲妙妙说，“而且这丫头事后认错可积极了，一口一个王伯伯叫着，殷勤地拍足了马屁。毕业举办谢师宴那天晚上，校长都特意来找她喝酒。

“反正筑清光这人啊，就是浑蛋又会卖乖的综合体，全校师生没几个人不喜欢她。你看现在上了大学，她也一样混得风生水起。”

“原来她家还挺有钱，平时看不出来啊。”

陶芷说：“妙妙，你看清清吃东西这么细嚼慢咽，难怪瘦啊。之前我看一个博主说，吃口面包要嚼三十多下才不会发胖。”

“你不懂，她这娇小姐是因为没胃口。”曲妙妙了然地开口。

“没胃口不吃不就行了？”

陈醉说：“你没看见顾漾舟在边上监督吗？”

周哲笑道：“她还挺乖。”

曲妙妙叹了一口气，说：“她骄横惯了，在顾漾舟面前反倒软尿，这就是中国家长式管教的魅力了。”

事实上，很多时候筑清光跋扈是有度的，但偏偏在顾漾舟面前，她没有。管她的人成了宠她的人，自然也成了忍受着她的人。

青梅竹马向来被人津津乐道，陶芷又小声问："他们男帅女靓的，这么多年没擦出一点儿火花？"

"我高二才认识他们的，你问我，我问谁去？"曲妙妙打出一对对子，说，"不过，应该是没有。"

"怎么说？"

曲妙妙说："之前高三还是什么时候问过真心话啊，清光当时的原话是'玩归玩，闹归闹，别拿朋友开玩笑'。"

筑清光和顾漾舟正好吃完饭过来，曲妙妙站起来，拉着筑清光的手说："顾漾舟，替我打一下啊，清光陪我去上厕所。"

大姨妈混着拉肚子的感受大概只有"不幸运"的女生才能体会到，曲妙妙憋着气出来时，外头已经没了人影。

"死清光，每次都没耐心等人！"她骂骂咧咧地回了酒店。

陈醉他们玩牌玩得非常没意思，顾漾舟又不参与讨论八卦，连带着整个气氛都低沉下来。

顾漾舟不爱玩牌，他讨厌这种三份靠运气掌控不了输赢的游戏。毕竟他的运气一向很差，不想浪费精力在这些事上。

"哎，那个流星雨是今天晚上还是明天晚上看啊？"曲妙妙走过来问。

陈醉说："应该是明天晚上吧，现在快下雨了。"

"也好，明天我们去采风，把表演课作业的外景拍了。"

顾漾舟往后看了一眼，问："筑清光呢？"

曲妙妙一脸莫名其妙地说："她没回来？我让她在厕所外面等我，然后出来没见到她，就以为她先……顾……顾漾舟，你现在是打电话给她吗？没用的，她没带手机出去。"

"你带出去的人不会带回来吗？"他眼眸幽深，挂断通话，站起来。

顾漾舟少有这种不平稳的语气。

曲妙妙被他这么质问，也有点儿不爽，说："她是十八岁，又不是八岁，你有必要这么阴阳怪气吗？而且这里是景区，还能出事不成，又不是只有你是她朋友！就你担心她啊！”

这里一瞬间安静了，周哲他们不知所措，面面相觑。

顾漾舟静静地听她说完，道：“抱歉，你们刚刚往哪儿走的？”

“就十字岔路口左转，最里边儿那个公厕附近。”曲妙妙也有点儿着急，安慰道，“清光可能是绕近路了吧，会不会去小卖部了？”

陈醉咂舌：“大姐，你上个厕所跑这么远？”

曲妙妙：“……”

几个人等了十几分钟，还没等到筑清光回来。

周哲把前台大叔喊来，大叔仿佛对这种事司空见惯，说：“没事没事，山里有原住民，人都很好。山上也没有蛇兽，路边多的是茅屋可以躲雨。”

陶芷小声说：“可是快下雨了，会不会有滑坡什么的……”

几个人刚放下的心又因为这句话收紧了。

顾漾舟已经在房间里穿好外套，手上拿了一把剪碎了的红布，对众人说：“两个小时后我没回来，你们就报警。”

“哎，一起去。”陈醉和周哲拉着他，交代曲妙妙她们，“要是清光回来了，你们就给我们打个电话。”

前台大叔无奈地摇摇头，说：“我在这儿都十几年了，都说不会有大危险，年轻人逞什么能啊。”

曲妙妙看着外面风雨欲来的样子，有些担忧。

陶芷拍拍她的肩膀，若有所思道：“清光的朋友对她真的没话说，一点儿都不懂得……适可而止。”

这个“适可而止”是指什么，二人心照不宣。

曲妙妙想起高二的元旦汇演，各班有才艺比赛，筑清光跳的舞拿了第一名。

当时她兴高采烈地下来，找他们几个朋友拥抱，顾漾舟拿着一杯热水，还没来得及收起来，她就突然扑过来，热水泼到了顾漾舟手上。

一个两秒的拥抱，筑清光大大咧咧，没发现任何不对劲，又往人堆里庆祝。

曲妙妙目睹他再摊开手时，手变红了。她一脸惊讶道：“你有病啊，不推开她！”

顾漾舟波澜不惊，反问她："我为什么要推开？"

顾漾舟在筑清光面前不会拒绝，不会说不，没有底线，毫无原则。

曲妙妙比顾漾舟还清楚他为什么不敢对筑清光说实话。

筑清光心思坦荡，对他没有半点儿朋友之外的感情。

曲妙妙只能暗叹：顾漾舟，如果她和你在一起，只有一个原因——一时兴起，见色起意，撑不过两周的新鲜期。

雨丝飘下，顾漾舟和陈醉他们分头找人。

月亮隐匿于乌云背后，夜色开始变得更暗。

远处有莹绿色的亮光，顾漾舟盯着那个方向看了一会儿，慢慢地朝着光亮走去。

细密的雨声中夹杂着一阵微弱的求救声，顾漾舟陡然松了一口气。他潜意识里知道不会发生什么事，但还是控制不住乱想。

及膝盖的蓬草下有好几个大坑，雨水冲刷着泥土往下陷。

筑清光摔进了一个坑里，那是原住民以前挖来埋酒坛子和菜坛子的，又宽又深。

"筑清光。"顾漾舟喊了一声，他的声音被雨声盖过一半。

好在筑清光耳朵灵敏，立刻回应："我在坑里！"

顾漾舟："……"

筑清光非常憋屈地在这逼仄的坑里蜷缩着，下一秒顾漾舟突然跳了下来。

两个人在夜色里对视着，筑清光差点儿一口气没上来，抬头看他，说："你不应该拉我上去吗？你下来做什么？"

"拉不上来。"顾漾舟把外套披在她身上，道，"你不是怕黑吗？"

筑清光："……"

他打电话给周哲，说："我在沿途的树上绑了红布条，你和陈醉先回酒店找前台要绳梯，这是一个深坑。如果雨势变大，你们等雨停了再过来，目前这里算安全。"

大概是第一次听他讲这么多话，电话对面的周哲还呆滞了一下，连忙给陈醉他们回电话。

电话挂断后，顾漾舟弯下腰，蹭了一下筑清光的脸，湿湿的，不知道是眼泪还是雨水。

他叹了一口气，坐在她旁边，说："过来。"

筑清光蹭了一身泥，把他的外套举过头顶盖住两个人，边挪边委屈巴巴地说："我看见萤火虫想捉两只，一不小心走远了，就掉下来了。"

"你说那个泛光的东西？"

"嗯。"

顾漾舟抬起头，想揽她肩膀的手顿了顿，说："你好歹是理科生，那是磷火，是人去世后埋在地下，骨骼中的磷元素会转化为磷化氢，这是一种无色、可以自然的气体。"

筑清光傻愣愣地"哦"了一句，反应过来后赶紧抱着膝盖往他身旁缩，被他这话吓哭了："顾漾舟，你就是想吓死我！"

"我又……"顾漾舟顺其自然地把手搭在她的肩上轻拍。

"你给我闭嘴！"筑清光本来就胆子小，还要被他告知刚刚自己追着磷火跑，回想起来都后背发麻。

她憋屈得不行，哼哼唧唧地哭诉："我容易吗，刚刚还感觉人生不值得了，我只想来看场流星雨，结果现在在这儿淋雷阵雨！你别拿狗尾巴草挠我脚踝了，痒死了！"

顾漾舟清咳两声，说："清光，我没碰你脚踝。"

沉默两秒后，筑清光尖叫一声，整个人跳到顾漾舟身上，害怕地说："呜呜呜，我怕，真的有东西在摸我的脚！"

顾漾舟皱着眉，一只手虚揽着她的腰，另一只手往她脚上摸去，好像是一只毛毛虫。

他不动神色地捉起虫子，将它扔远了点儿，骗她说："是草。"

他席地而坐，筑清光脚踩在他腿上蹲着。这姿势十分费力，也幸亏她不重，不至于把人的骨头弄断。

雨势慢慢变小，山林里传出野鸟的咕咕声，夜晚的静谧中带着点儿惊悚。

筑清光从他腿上下来，脸上还挂着泪痕，问道："顾漾舟，他们什么时候来？我有点儿害怕。在《荒野求生》的电影里，我们就是炮灰配角，下一秒可能就死了。"

"要等好一会儿，你跑得太远了。"顾漾舟的声音像攀过了格陵兰冰原的雪山，一贯地冰冷。

“哦。”筑清光消停了几分钟，脑袋挨着他的肩膀，慢慢平复自己的心跳。

雨水打湿了两个人的头发，一瞬间彼此的呼吸声都变得清晰。

顾漾舟眸光黯淡，浓黑的长睫毛微垂。他静静地靠着泥壁，像是在享受这份安稳。发梢的雨水慢慢汇聚，轻轻滴下几点在手背上。

筑清光用手肘戳了戳他的胳膊，问：“你怎么不说话了？”

“说什么？”

又是漠不关心的语气，筑清光气得蹬腿，说：“就随便说点儿什么啊，这里就我们两个活人，你——”

“筑清光，抬头。”顾漾舟打断她，把两个人头上的衣服拿下来，披在她身上，手指从她的后颈擦过，带着凉意。

筑清光对他说的“抬头”这两个字实在是没什么好印象，她撇了撇嘴，往天上看。

雨已经停了，雨后的山林别有一股泥土气息。

夜幕下，一颗流星划过夜空。

筑清光揉揉眼睛，还以为是自己眼花了：“顾漾舟，流星！这怎么和图片上不一样？”

顾漾舟说：“那个图是星轨，是景区用来揽客的，肉眼能见到几颗就算不错了。”

他的话还没说完，眼前蓦地凑上她漂亮又狼狈的脸。山风吹过，她的发丝拂过他的下颌。

筑清光瞪眼道：“你别废话了，天蝎座流星雨，你的本命座！快点儿许愿！”

顾漾舟绷紧下颌，头往后移了移，说：“我没有愿望。”

“哎呀！流星快没有了！”筑清光有点儿着急，闭上眼匆匆忙忙说了一大段话，“祝顾漾舟万事顺意，以后当警察了也要平平安安，健健康康，开开心心！犯人遇到他就自首！子弹都打不到他身上！晚上他睡得着，白天吃得香！”

顾漾舟看见她认真地犯傻，嘴角弯了弯。

“筑清光，我有点儿冷。”

“啊？那你穿外套。”筑清光正想脱下外套，发觉衣服已经湿透了。她只好蜷缩成一团挨着他，正气凛然道，“我给你挤挤你就不冷了，你可以抱着我的肩膀。”

“嗯。”顾漾舟得逞地笑了一下，顺从地把手伸过去。

莫名其妙地，他想到曾经在网上看见的一句话：热爱时渴望一生年少，拥抱时希望瞬间变老。

没人了解真正的顾漾舟，哪怕是筑清光。

# 第四章 红玫瑰

顾漾舟十四岁那年，顾明山出警被抓，在毒贩窝里顽强坚持一个月，终于等来同伴的救援，毒贩被捕。

顾明山被送回家时，断了一只手，左腿残疾，还被割了半块舌头，如同废人。

顾漾舟一家的不幸自此开始。

母亲罗玉是初中语文老师，一线城市的生活压得人喘不过气，物价上涨，药物治疗负担加重，父亲因病情失控，时不时地暴怒打骂，真是一个彻底可悲的家庭。

顾漾舟读初三的时候，罗玉的突然离开对这个家无疑是雪上加霜。她成功摆脱了这个破烂不堪的廉租房和他们父子，只留给顾漾舟一句“对不起”。

顾明山自此越发安静，无尽的病痛之夜，他咬着牙坚持。

来来往往的记者在这个家里采访、拍照，然而镁光灯和关注度渐渐散去后，这里什么也没变。

光荣勋章贴满了一面墙，老旧的房子在这座城市摇摇欲坠，墙纸泛黄褪色掉落，两个人领着每个月那点儿补贴资金过活。

顾漾舟的世界是一点儿一点儿崩塌的。

他早熟的标志是变得寡言孤僻，惰于交流。

他依旧是那个成绩斐然的好学生，一丝不苟地穿着校服。温和友善是他，疏离淡漠也是他。

他生得温润清秀，皮肤很白，在同龄人里偏瘦。他长着单眼皮，眼睛细长，很有中国人含蓄的韵味。

也有别人过来对他展示善意，他却机械般地控制和别人交谈的分寸和情绪，像戴上一张厚厚的面具，筑起了一道宫墙。

难自渡，无人救。没人能走进去，他更不会主动出来。

别人的学生时代是篮球场、下课后的肆意闲聊和游戏娱乐。顾漾舟的生活伴着油烟、下水道的老鼠和一个全身药味的父亲，即使这个父亲曾是他的骄傲。

亚里士多德说离群索居者，不是野兽，就是神明。顾漾舟显然是一只野兽，并且藏匿在深渊已久。

盛夏，蝉最聒噪。

体育课的操场属于少年，却不属于顾漾舟。

他经常跑去后山，戴着黑色棒球帽，爬到那棵香樟树的枝条上半躺着。

高处风大，学校背山环海，视野开阔。在那棵高大的树上能看见远处波澜壮阔的海面，却不是他会瞧第二眼的风景。

顾漾舟的长腿肆意垂下，在空中晃悠，他随时有摔下来的危险。

他把帽子盖住脸，只要黑暗的面积够大，光就透不进来，哪怕是夏季的烈阳。

他祈求这沉闷的风吹走自己身上压抑又乏味的味道；被顾明山半夜做噩梦发病时抽打的伤痕；一无是处的自怜自艾和被皂角洗得发白的未来。

时间在此刻变得缓慢，风声在耳边呼啸。

身下的树枝晃动不止，有人爬了上来，他的耳边传来稚嫩如铃铛的笑声："原来你平时都躲在这里呀！"

帽子被她掀开，细细碎碎的光透过树叶缝隙洒落下来，温暖但刺眼，顾漾舟下意识眯起眼眸。

他睁开眼望过去，就这么猝不及防地撞进她带笑的瞳孔里。

她是顾明山高中同学的女儿，筑清光。

顾漾舟从五年级开始转到和她一样的小学，直到现在的初中。

她父亲是有名的富商，很懂人情世故。顾漾舟初二这年他来看望

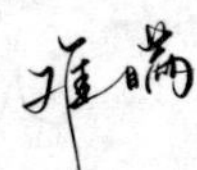

顾明山，得知两个孩子在同一个学校，还特意让他们互相照顾。

夏意氤氲，青叶婆娑。

筑清光穿着薄荷绿的及膝裙子，上面有几朵刺绣玫瑰，蕾丝边，有流苏点缀，露出光滑笔直的小腿，她像树林里的小精灵。她的头上戴着荆条编织的花环，显然是哪个男生送的，粗制滥造，戴在她头上却增色不少。

这种家庭养的女儿也温山软水，面若桃花。她虽然脾气差，人却很呆软。

顾漾舟别过头看她，感受到枝桠的重心越来越下，忽而勾起唇，想看看她哭是什么样子。

不出所料，树枝断裂，他们一起重重地摔在蓬草上。

筑清光白嫩的胳膊被荆棘划开一道口子，伤口不深，却渗了血。

这下好了，娇气小姐该号啕大哭了。

但她笑了出来，边盯着顾漾舟笑边揉着自己摔疼的屁股。

几十度的高温，更像是一个梦。

等她笑够了，伸出手把他头发上的一根灰色羽毛取下来。也许是哪只野鸟的。

他们最近的距离只有三厘米，他能清晰地数出她的睫毛数量，能看清她粉红脸颊上的细细绒毛和雪白肌肤下青色透明的血管。

在她胳膊上的血珠凝固之前，顾漾舟把嘴唇覆在伤口上，而那个花环静静地被丢弃在草丛里。

筑清光于顾漾舟而言到底是什么？

顾漾舟从来不信救赎这种虚无缥缈的东西，没有谁有义务去渡另一个人。

他们相遇是在小学，正式认识是在初二这年。

一个人活在光亮里，一个人匍匐在阴影里，他们像两条平行线，不相交，只相遇。

筑清光在顾漾舟眼里像一幅夸张的印象派绘画。她在穿着上很爱堆积色彩，橙红鹅黄、珊瑚粉水蓝……高调又极具特色，以彩色代替光，嚣张又明亮。

她智商不高，一身俗气。

她人缘很好，漂亮张扬却不令人讨厌，家境优渥，对外却没一身高不可攀的公主病，有个庞大的交际圈，几乎没有人会不喜欢她。

她不爱穿校服，等老师一检查完，就赶紧换上新裙子。

自习课上，他偶尔会看见她和别人一起鬼鬼祟祟地穿过他们年级的走廊，去小卖部买东西。

她有时扎高马尾，有时将头发披散在肩头。

她做错事会和老师撒娇，成绩虽然不好，却也没差到不能看，化学考试好像还拿过满分。

她身边总是有一群人，男男女女，和她一样喜欢笑，却没她笑得好看。

筑清光的眼睛像月牙，笑起来带着薄唇上扬。她偶尔遇到他，会热情地打招呼。

即使他们不是同一个年级，也经常遇见。

操场、后山、拥挤的走廊、回家的77号公交车……他们频繁相遇，像是约好了一样。

蝉鸣一夏，能嚷则嚷。

声音嘶哑的蝉就和筑清光似的，叫得让人讨厌，那么热烈又用力，于是所有人的注意力因为她放在自己身上——

“清清，这是你朋友啊？我们知道他，顾漾舟嘛，学校常年不变的前三名。”

吸引力法则里说：当你极度渴望某个事物时，她也会向你靠近。

筑清光贪玩不爱学习，成绩越来越差，从六百分降到二本线以下。

高二那年，她去读了传媒艺术，学的播音主持。学校广播里偶尔会传来她清脆响亮的声音，叽叽喳喳，像一只小鸟。

她和他越走越近，事实上一直是她单方面靠近。

顾漾舟比筑清光高一年级，艺术班和他的班级离得很近，她找不到人吃饭会拉上他。

顾漾舟对中学时代的记忆其实很模糊，回忆起来只剩下她聒噪的声音：

“顾漾舟，顾漾舟，我们今天去五号窗口，好不好？我想吃糖醋排骨！”

“今天五月二十号，有好多人给我送花，我分一半给你呀！”

“你帮我写一下英语作业，那个老头好凶！”

“顾漾舟，我发现你长得真的好好看哦，帅到爆！”

“今天你等我一起回家吧，呜呜呜，我又被罚留堂了。”

…………

筑清光觉得他们关系好是理所当然的，两边的父亲是旧识。

她父亲也一直信任顾漾舟，私下拜托过他照顾她。不过这也挺好，让他有一个不怕被人说闲话的身份。

“家里人认识的一个哥哥”这个身份让他能光明正大地管制地管制她，站在她身边，赶走那些对她心怀鬼胎的人。

顾漾舟在高三暑假疑似患了流感，那年流感特别厉害，他被送进医院隔离了三天。

在确定只是普通感冒发烧后，医生让他拿了感冒药就离开，他出来时看见筑清光蹲在门口哭。

在这之前，他们刚因为他不陪她过生日闹得不欢而散。

而现在人来人往的医院门口，她的眼睛红得像兔子，哭得快背过气去，生怕他死了似的。

此后他再刻薄她、讽刺她，她都笑得软软糯糯，看上去好像是他在欺负她。

其实她本来也不凶神恶煞，和那些染头发、叼根烟谈七八个对象的小混混不一样，她乖顺又带着点儿叛逆。

她的脖子上系着一根红绳，红绳绑着玉观音，很少有女生会把妈妈送的礼物当饰品。

她夏天穿的衣服领口开得很大，雪白的肌肤贴着那块玉。汗液沾湿头发，黏在她的脖子上，她仰着头吹风时，像一只脖颈修长的白天鹅。

那天她哭的样子好丑，涕泪纵横，整张脸皱在一起。但他居然觉得这感觉不错，原来他死了会有人难过。

在王尔德的故事里，夜莺想要一朵红玫瑰，需要用自己的胸膛顶住玫瑰树身上的刺来培育。刺穿透血管，血液流进玫瑰树的身体里，它才会绽放花朵。

顾漾舟突然觉得如果这就是得到红玫瑰要付出的代价，倒也值得。

他比谁都清楚自己和筑清光的差距，也比谁都清楚筑清光对自己的感情。一个涉世未深的千金小姐给予弱者的丁点儿同情，被他当成苦海浮木。

山涧里吹来风，温柔又致命。

它一面抚慰他心中的善，一面激起他心底的兽。凛冬将至，这风不再触及他，却依然经过他身边。

他到底是想拥抱她，还是想摧毁她?

“顾漾舟，你想做什么？”他问自己，另一道声音已从胸口发出——

“沉溺，落俗。”

下过一场雨，不少游客又见到了流星，上午下山的人很多。山涧的溪流潺潺，花卉随风伸展，这些景区风景反倒无人驻足观赏。

顾漾舟不爱睡懒觉，但罕见的，他今天早上起得很晚。他睁开眼时，整间套房都没有人。

吃过早饭，他给筑清光打了电话。

筑清光那端风声呼呼作响，她笑着说：“你醒了啊？我们起床的时候你一直在睡，我就没让他们叫你。”

顾漾舟“嗯”了一声，问道：“你在哪儿？”

“我们回去了啊。”她憋着笑回答。

顾漾舟没出声，在空旷的走廊上停住脚步。

“回去了。”他重复了一遍，声音却无端低沉。

听他的语气，他像被人丢弃的小狗，筑清光这才有点儿良心，察觉到自己玩脱了，声音都放轻了点儿，说：“骗你的，骗你的，我们在山顶拍视频，你现在过来，好不好？”

顾漾舟平直的唇线开合，说：“好。”

筑清光他们拍的视频用途十分广泛，周哲他们是导演系的，需要完成短视频作业，表演系的曲妙妙和陈醉需要完成出镜作业，而播音系的筑清光需要完成配音作业。

三个艺术专业的人凑在一起，算是合理地利用了资源。

顾漾舟过去的时候，几个人已经把视频拍完了，正在录台词。

筑清光穿着橙色扎染裙子，长发张扬飘逸。

她本来就是比较随心所欲的人，掉坑里这件事后，她乐观地认为那是一个意外，完全没有昨天晚上那股㞞劲。

筑清光正对着陶芷剧本里那句引用台词吐槽：“这句‘要月亮奔我而来’，月亮奔我而来叫什么月亮，那叫取你狗命的陨石！”

陶芷一脸抱怨，捶了一下身边的周哲，说：“你看她这个直女，真没情调！”

这是一个久别重逢的小剧本，女生为了心中喜欢的少年不断成长强大，免不了有些矫揉造作的句子。

“还有这句‘他要是结婚了，她就会装牙疼，吃不了喜糖，错过他的婚礼’，”没情调的筑清光被句子酸得牙齿快掉了，继续吐槽，“你们文科生是真的牛。”

曲妙妙颇为赞同，站在理科生的阵营：“还别说，我刚刚和陈醉对戏都有点儿起鸡皮疙瘩。”

陈醉逗她：“难道不是因为哥哥太帅？”

现场三个女生不约而同地翻了白眼。

几个人慢慢收拾机器，顺便拍了几张风景照和自拍照发放朋友圈里。

筑清光错眼看见顾漾舟，朝他招了招手，然后跟其他人说：“回去我请你们吃饭，昨天晚上让大家担心啦！”

“那你欠我的饭不能算里头！”陈醉咋呼道。

筑清光点头答应，一只手费劲地揽过顾漾舟的脖子，对陈醉说：“行，我和漾宝单独请你一次！”

陈醉：“……”

曲妙妙和陶芷憋着笑。

中秋三天假期过去，上了一个月的课，又到了国庆节的长假。

曲妙妙说要和筑清光回她家那边看看，因为都在本市，坐高铁一个小时不到就能抵达。

“顾漾舟怎么不一起回来？”曲妙妙问旁边的筑清光。

筑清光买了两杯奶茶，递了一杯过去，说：“他在附近公考学校应聘兼职讲师，反正回来也没什么事。”

曲妙妙赞叹道：“厉害啊，他才大一就能兼职讲师了，难怪每个学期都能拿全额奖学金。”

“他一直是‘别人家的孩子’，我家的噩梦！”筑清光无奈道。

筑彬华每次说到她就要提提老同学的儿子，以“你看看你顾哥哥”开头，然后就是三百六十度无死角的吹捧。

筑家长时间没人住，也没请人打理。山顶别墅区很清净，山下就是顾漾舟的家。

筑清光也没娇气到生活不能自理，带着曲妙妙去了菜市场，随口说：“我爸不在家，他这段时间好像在抛售G市房产的股份。”

曲妙妙心不在焉地玩着手机，说：“叔叔不在G市发展了？”

“可能是换个新环境吧，现在房价炒得太贵，市场萧条。”筑清光挑着菜架上的西红柿，推推她，“你会不会挑不酸的西红柿？”

曲妙妙放下手机，说：“这你可就为难我了，一般挑长得好看的准没错。我们为什么不点外卖？我来一趟你家，你就搞个西红柿应付我啊？”

筑清光说：“我不爱吃外卖，而且自己做比较卫生。”

其实是因为顾漾舟给她发过无数个外卖店捞地沟油和厨师往锅里吐口水的视频……导致她对外卖十分排斥。

曲妙妙叹了一口气，说：“好吧，那你会做什么？”

“西红柿炒鸡蛋，你要是敢吐槽，我就灭了你！”

曲妙妙认栽，转移话题：“刚刚我在群里看见老季说他回来了，估计又是躲他爸……哎，你干吗去？”

筑清光突然往前跑过去，一个中年男人肩上扛着一袋米，见她来了便放下米，艰难地用左手做了几个手势。

筑清光喊了声“顾叔”，慢慢解释道：“顾哥哥在学校挺好的，您别担心他。”

顾明山点点头，浅浅地朝她笑了一下，又背起东西往货车那边走。

曲妙妙顿时知道他是谁了，她提起筑清光落下的菜篮子，说：“清清，走吧。”

“嗯。”筑清光边低头给人发信息，边和她说，“顾叔他太犟了，都说让他少干活了。攒钱有什么用，反正他就顾漾舟一个孩子，顾漾舟肯定不会用他的钱啊。”

曲妙妙看了一眼顾明山单薄的背影，心情有点儿微妙，喃喃：“他可能是在抓紧时间呢。”

筑清光和曲妙妙整个国庆假期都待在家里做米虫。起初两个人还会敷衍地做菜，后来直接到饭点就请厨师回来。

厨师精通八省菜系，七天后两个人回了学校，都胖了一圈。

曲妙妙悔不当初，说：“这下我们形体老师应该能要了我的命！”

“谁不是呢。”筑清光看着镜子里自己圆润的脸，真情实感地叹道，“可能世界上吃不胖的人是因为吃得不够多吧。”

“清光，你的手机怎么放浴室，刚刚好像响了一下。”夏语把手机拿出来给她。

筑清光擦干手上的水，接过手机，发现又是陈醉这个小尾巴骚扰她。众多大学同学里，他算得上是最持之以恒的。

筑清光摸不准他到底想干吗，说想追她吧又不太像，毕竟熟悉了之后，她发现陈醉和女生说话都那样。

他也不说目的，仿佛只是想挤进她的生活圈。

陈醉：去不去吃饭？我请客。

筑清光：大哥，你能不能别一天到晚和吃饭过不去啊，我约了顾漾舟，告辞！

筑清光关了屏幕，为了避免他又在楼下守着，她胡乱地套了一件衣服，就往警院教学楼跑。

顾漾舟正拿着教科书进教室，看见她跑过来还有些诧异：“你还敢过来蹭课？”

筑清光：“……”

这个“还敢”也是有原因的，上次筑清光闲来没事说蹭他的课，结果蹭到刑侦实验室的课。

那名老师一整节课都在放 PPT，里面全是血淋淋的案例。筑清光那张漂亮的脸苍白了一个多小时，完美诠释了什么叫“生无可恋”。

筑清光配合地点点头，说：“我这周都没课了，来找你玩啊。你们上什么课？”

她说着探头往他那边看，书上写着“行政职业能力测验”，果然是她看不懂的东西。

“我想喝东西，顾漾舟。”她拿过他的书和练习册，坐在花坛那儿，抬头看他，一副可怜兮兮的懒鬼样。

顾漾舟抿了抿嘴唇，转身打算走。

筑清光开始凄凄惨惨地喊："顾漾舟，顾漾舟，顾漾舟，我想喝东西！"

他扔下一句："知道了。"

两分钟后，筑清光拿着冰可乐，和他一起坐在教室后排。这堂课是大课，座位几乎被坐满。

顾漾舟安安静静地写笔记。他今天穿着宽松的衬衫，袖子半挽至手臂，唇色淡淡的，睫毛微垂，一副心无旁骛的学霸模样。

筑清光小声打了个嗝，凑过去问："我脸上有东西吗？"

他别过脸看她，说："没有。"

"那他们怎么老盯着我，我还以为我脸上写着'不是你们专业学生'几个大字呢。"筑清光嘀咕着，拍拍他的手肘，"顾漾舟，左上角第二排那个女生一直看着你！你别抬头看啊，容易暴露我。"

教授还没来，教室里闹哄哄的。

顾漾舟放下笔，手指蜷着敲敲桌面，说："你要一直和我说这些乱七八糟的事吗？"

"这哪里乱七八糟了！"筑清光不服气地反驳，手一挥，没拧紧的可乐瓶倒在桌上。

长桌边的另一个男生惊呼一声，赶紧把书拿了起来，可乐顺着桌面往下流。

有人递了一包纸巾过来，筑清光接过后赶紧擦，她十分愧疚地拿起顾漾舟的书和练习册，已经湿了一大半。

她手足无措地问："怎么办？你的作业要交吗？"

顾漾舟叹了一口气，下巴微抬，说："你问问他。"

"啊？"筑清光一脸蒙，回过头，看见一个老头站在过道上，笑眯眯地拿着教案盯着他们。

全场焦点都集中在他们身上了。

筑清光吸吸鼻子，开始装乖："对不起，教授，我把您学生的作业弄湿了。"

教授一点儿也不古板，理解地摆摆手："顾漾舟，你还带人来上课了？"

正常来说，在大学里带异性一起上课好像都会被误会成是男女朋友。

顾漾舟站起身道："抱歉，教授，家属不太懂事。"

教授以赞赏的目光看过去，说："小姑娘不错啊，我们警院的优等生都被你收了。"

筑清光："……"

"不过这作业关系到学分，晚点儿交也可以。"老教授顿了顿，补充道，"但不能就这么算了吧？"

班上的人开始起哄："那就按老规矩办呗！"

筑清光转过头问他："什么老规矩？"

"就是负重俯卧撑五十个。"有人替他答了。

顾漾舟解开领口两颗扣子，喉结微动，走到过道上，说："随便来个人吧。"

王涛跃跃欲试，站起身往他那边走："顾漾舟，这千载难逢的好机会，给你室友一个福利吧！"

"哎，我来吧。"是左上角那个女生，她扯扯王涛，示意他回去。

前边的陈星丞笑着对筑清光解释："做俯卧撑时背上坐个人，这是这位老教授罚人的特色。顾漾舟算是班上为数不多没被罚过的人，多的是想坐垮他的人！"

筑清光算是看明白了，合着警训生受罚还这么花里胡哨。

顾漾舟已经趴下，撑着地板的手肘显现出青筋，表情冷淡得仿佛不是在受罚。他除了脸微微泛红，看起来与平常无异。

老教授把投影仪放好，看见他们闹哄哄的，拍拍桌子说："安静，你们欺负人的时候怎么话一段段的，到底谁上去啊？趴下的顾漾舟同学还坚持得住吗？"

"上次谁体重超一百八十斤来着？给你一个机会，坐在我们院的学霸身上啊，哈哈哈。"

有人喊道："林茵，你体重这么轻，上去也太便宜人家了！"

"就是啊，要背女生也轮不到你啊，人家正牌家属还在这儿呢。"

林茵被那些人说得脸红，说："因为清光看上去好像不太适应我们警院的规矩。"

"筑清光。"一直没说话的顾漾舟突然开口，声音沉沉的，"你还要站在那儿多久？”

“哦哦。”筑清光傻愣愣地往过道上挤，轻轻推开林茵，朝她笑道，“没事，我能适应！”

筑清光说完，一屁股坐在顾漾舟的背上，脚也提了起来，远离地面，拍拍他的脑袋，说：“做吧！”

顾漾舟：“……”

“十五……十九……”

背上的女生掰着指头瞎数，顾漾舟停下动作，说：“筑清光，你数错了。”

旁边有人附和：“是啊，数错了，你不能这么明目张胆地作弊吧？”

“四十八、四十九、五十！”筑清光从顾漾舟的背上跳下来，拉着他坐回位置上，随意地跟周围同学说，“好啦，好啦！谁说我作弊了？教授都没说呢！”

全班人的注意力被讲台上的人吸引了，教授乐呵呵道：“便宜顾漾舟同学了，不过下次我的课上，哪位同学能找到女生合作领罚的，我也会睁一只眼闭一只眼的。”

“嘁！”众人发出嘘声。

这话说了等于没说，警院女生是珍稀物种，加上筑清光也才三个女生，哪有这么容易找到配合的。

周围几个男生都用暧昧八卦的眼神看过来，筑清光皮笑肉不笑地盯回去，盯到对方自己都不好意思了。

其实中学的时候他们也被人起哄过几次，但她威信强，顾漾舟又是典型的“两耳不闻窗外事”，被人八卦的次数也就不多。

后来时间久了，大家都知道顾漾舟是和人不亲近的性子，同学之间就都传着筑清光很有同情心，人美心善什么的。

筑清光把还没倒完的可乐递给顾漾舟，很是殷勤：“漾宝，喝水！”

顾漾舟看了她一眼。每次她犯了错就乖巧得像一只猫咪，一副任人宰割的软糯样。

他接过可乐，手指抵着瓶口，在某人热忱而歉意的目光下抻长脖子，把可乐倒进口中，喉结上下滚动了一下。

他平常不爱喝碳酸饮料，筑清光吧唧一下嘴，问他：“可乐是不是还挺好喝的？”

顾漾舟舔了舔唇边残余的可乐液体，把瓶子递给她，轻声回道：“太甜了。”

筑清光耸耸肩，瞬间松了一口气。他喝可乐了，那就证明她弥补过错了。

“侦查学是通过犯罪学，对犯罪进行研究来达到查处犯罪的目的，因此犯罪学更偏向理论。以后你们当刑事警察的……”

讲台上的教授正侃侃而谈就业论，犯罪学是一个很广泛的专业，正因为什么都学，以后就业的机会也多。

有人毕业转刑警、巡警，有人去考公务员，有人考法医……筑清光听得犯困，戳戳顾漾舟，问道：“顾漾舟，你以后做什么啊？”

顾漾舟说：“缉毒警。”

筑清光点点头，垂下头去扣指甲，心想：缉毒警，和他爸一样为人民服务，也挺好的。

她又戳戳他的手臂，脸凑过去。

顾漾舟的手从课桌上放下来，把她的脑袋推开，说：“我身上有汗味。”

“我又不嫌弃你，没想到你的偶像包袱还挺重。”

顾漾舟：“……”

筑清光撇撇嘴，又问：“缉毒警察是不是挺危险的？”

顾漾舟一愣，反应过来她在想什么。

筑清光其实很少关心外界的事情，她除了了解自己的专业知识，就是吃喝玩乐，对警察这个职业的了解止步于顾明山。

顾漾舟想说“是”，但对上她明亮的眸子，又一时说不出话来。

“筑清光。”顾漾舟拍拍她的头，说，“别胡思乱想。”

筑清光“哦”了一声，就趴在桌子上，直勾勾地盯着讲台。

一节课被她这么走神发呆混了过去，曲妙妙给她发信息，说月底有校园篮球赛，让她去加油送水。她回了个“好”字，就跟着顾漾舟出去。

顾漾舟拉着她，小心地避开人潮，边走边问道：“二十九号我们警院有警务公开训练，你要不要来看？”

她心不在焉地应了一声，看见楼梯口的林茵正望着他们，那是一种让人不太舒服的眼神。

林茵长得很秀气，一看就是端庄的南方姑娘长相，在警院绝对称得上是一枝花。

筑清光揉揉脸，小声说：“顾漾舟，我觉得林茵好像喜欢你。”

“嗯。”

“嗯？‘嗯’是什么意思？”

顾漾舟看着筑清光今天抹的唇釉，边往前走边解释：“她说过。”

筑清光惊讶地张开嘴，说：“她……她告白了？”

顾漾舟：“……”

“不过我要是喜欢一个人，肯定也会这么勇敢的。”筑清光赞赏地多看了林茵几眼，跟着顾漾舟下了楼，又问，“那你不喜欢她吗？”

顾漾舟闻言，在檀树下停下脚步。没察觉的筑清光直直地撞上他的后背，气恼道：“你又干吗？”

他的个子挺拔修长，皮肤很白，安安静静的样子总给人心情低落的感觉。

秋日暖阳从树翳落在青年薄薄的眼下，顾漾舟沉默了十几秒。

筑清光不知道自己又说错什么了，纳闷地拽了拽他的衣角，有点儿不耐烦地说：“嘴巴是用来交流的，不是长着好看的。”

顾漾舟低着头，鞋尖和她的相抵，他目光沉郁地看向她被撞红的鼻头，声音有些沙哑：“你要我喜欢她吗？”

这是什么没头没尾的话？筑清光将鬓边的碎发拂到耳后，嘴里的话也没经过脑子：“跟我有什么关系？”

她说完后，顾漾舟眼里的情绪好像更明显了，压抑，纠结，让人快要窒息。

他没说话，就这么直直地看着筑清光。

半晌，他弯弯嘴唇，说：“你说得对，没关系。”

筑清光跟不上他的思维，把这几句话想了又想，恍然大悟道：“哦，漾宝！你是不是觉得我应该给你做个参考？”

顾漾舟：“……”

他不反驳的样子让筑清光更加肯定了自己的想法。

顾漾舟从小到大就她一个朋友，谈恋爱这种事当然要有个人在旁边看着！

筑清光拍拍他的肩膀，大义凛然地说：“放心，等你有了喜欢的

女生，我会帮你注意她为人怎么样的！”

顾漾舟声音很轻道：“蠢死你算了。”

举办校际篮球赛那天，筑清光才发现是他们艺术学院自成一组。表演系和播音主持系一组，对面是建筑系和计算机系。

按颜值比，艺术学院赢得很彻底。按实力比，艺术学院上半场被虐得很惨。

下半场开始换人，曲妙妙抱着半箱水过来说：“清光，待会儿你陪我一起去给男生送水。”

“给谁送？”筑清光拧开一瓶水喝，她看着场下穿着红色和白色球衣的男生们跑来跑去。

“陈醉他们几个啊，难道你还想送对手水？”

曲妙妙看不懂球赛，观众席上大部分女生是来看系草和校草的，自然呼声不断。

陈醉顶着一张帅脸在里头极为显眼，他的头发染成红色，配上红色球衣，张扬得不行。他的几个投篮动作，还有骚气的走位，引得观众席发出一阵尖叫。

中场休息，曲妙妙拉着筑清光下去送水。

事实上，一堆女生都拿着矿泉水往陈醉那儿挤。

陈醉在一堆矿泉水里长身鹤立，一瓶也没接，他抬头看见另一边的筑清光，喊道：“哎，你怎么不给我送水，偏心啊？”

旁边他的几个队友调笑道：“行啊，陈醉，和校花搭上边了啊。”

男生们在起哄，陈醉含着笑说“滚”，语调却没有一点儿被冤枉的意思，反倒很享受。

筑清光手上的水已经分完了，只剩下一瓶她刚刚喝过的。她眨了眨眼，说：“缺我一个吗？”

“缺啊。”陈醉懒懒散散地回道，手往她那瓶水那儿伸。

筑清光往后退了退，说：“我喝过了。”

陈醉挑眉道：“我又不介意。”

“我介意啊。”她说。

陈醉的舌尖顶了顶腮帮子，“啧”了一声，拽住她的肩膀说：“小清光，我说你怎么就……看不见我呢？”

筑清光微怔。她之前在这种事情上冤枉过别人，不想再背负自作多情的骂名。有些话不说明白，她就不会往那儿猜。

何况是陈醉这种常驻酒吧的玩咖，说甜言蜜语就和背台词似的信手拈来。

周围突然有人带节奏，喊“亲一个”，声音越来越大，连女生也参与了。

手机铃声在此刻响起，筑清光下意识接通电话。

起哄声没停，陈醉松开手，桃花眼却没从她身上移开过。

筑清光半捂着话筒说：“喂？”

“你在哪儿？”顾漾舟听见对面的杂音，沉默了一下，才说，“你不是说来看警务训练吗？”

筑清光心里咯噔一响，说：“啊？”

顾漾舟听这语气就知道她忘了，轻抬下颌，从单杠上一跃而下，轻松地拍了拍裤脚，说：“现在来也行。”

“现在？那我尽量快点儿跑过来。”

她还没说完，对面的陈醉大声喊道：“筑清光同学，没听见他们说什么吗？”

“你到底在哪儿？”电话那头的顾漾舟皱起眉。筑清光那边的声音他听得清清楚楚。

筑清光也有些烦，她喜欢万众瞩目，但不喜欢道德绑架，边挂电话边说：“我待会儿来了再跟你说。”

筑清光将视线转回陈醉身上，蹙着眉，很不给面子地问：“听见了，然后呢？你不会以为我听了就照做吧？”

“我跟你开玩笑呢。”陈醉语塞，抬手摸摸她的头发，又喝止身边的人，“你们闭嘴，再起哄都给我滚。”

曲妙妙看完了整场戏，顺势过来递台阶。她拉着筑清光往外走，说：“你刚刚有点儿过了，好歹都是同学。”

筑清光平时鲜少这么咄咄逼人，不留情面。她刚刚要是再多说几句狠话，就彻底把这场比赛变成了八卦闹剧了。

“我也没说什么啊。”筑清光鼓鼓腮，看了看手机上的时间，说，“你还得送下半场的水吧，别跟着我了。我先去寝室换件衣服，待会儿去警务室找顾漾舟。”

曲妙妙点点头，多嘴了一句：“今天警务训练，难怪人流被分走一半，都去看警察哥哥了啊。”

筑清光笑着摆摆手，手腕突然被身后的人拉住，她被扯进他怀里。

那人呼吸急促，心跳声在她耳畔响起。

校园论坛是八卦的中心，筑清光站在篮球场被陈醉按住胳膊的照片被上传到论坛里，顾漾舟很轻易就知道了刚刚发生的事。

一路经过教学楼和便利店，顾漾舟带着筑清光进了男生宿舍。

G 大秉承着“女生宿舍，男生止步；男生宿舍，女生乱入”的原则，筑清光进去时倒也没显得太突兀。

没到警院生下训时间，宿舍人并不多，走廊上偶尔遇到几个盯着他们看的。

筑清光还在回信息，陈醉一直在道歉。她也摸不清自己是因为被起哄有儿点恼才生气，还是因为他刚刚没个正经跟着闹而生气。

曲妙妙也发了信息来求情，说大家都是闹着玩，她这么认真就太过头了。

筑清光想了想，回道：没关系，下次我不去看打球了。

临近暮后，夕阳在下沉，天色开始变暗。

顾漾舟不声不响地走了一路，关上寝室门，拉开椅子让筑清光坐下。暮霭铺散在他额前的碎发上，像撒上一层薄薄的金粉。

他垂下眼睫毛，欲言又止，不知道在酝酿什么话。

“我忘了，不是故意的。”筑清光支支吾吾解释。她确实记不起警务公开训练的事，都没印象是什么时候答应他的。

顾漾舟冷淡地“哦”了一声，依旧站着，压迫感很强。屋里低落的情绪随着外头的落日一起往下沉，让人感觉闷闷的，说不出话。

筑清光托着腮和他对视，说：“你刚刚训练完，要不要先洗澡啊？”

又是良久的沉默，顾漾舟没答话，拿了身衣服进了浴室。

水流声哗哗作响，倒是让筑清光松了一口气。

貌似她每次放顾漾舟鸽子，他的心情就会变得很差。虽然大家都不喜欢不守约的人，但他的表现更明显。

顾漾舟心情的好坏其实差别不大，“话少”和“话更少”而已。

上一次出现这样的情况大概是临近高考的一个周末，两个人约好去图书馆学习。最后一次模拟考试，筑清光的英语差到没及格的地步。

但当时好像是因为邻班的班长过生日，他们关系还不错，她去送了礼物，就迟到了两个小时。

顾漾舟知道她为了蛋糕放弃课后补习时，也是这副模样，一言不发的冷暴力。

筑清光打开顾漾舟的电脑玩小游戏。十几分钟后，他从浴室出来了。他没穿上衣，一身水汽随着门开而漫出。

筑清光一时不知道该看哪儿，索性继续玩打豆豆。然而电脑突然黑屏了，她“啊”了一声，问道：“你的电脑被我弄坏了？”

“我看看。”顾漾舟正擦着头发，从后面绕过来，两只手环着她。

黑色的屏幕中倒映出他的上半身，性感的喉结配上白皮肤红嘴唇，简直诱惑人。

筑清光偏着头想往左边躲一点儿，又因他左手敲键盘的动作被推着脑袋往里面靠。她有些尴尬地开口道：“你……你能不能先把衣服穿上？”

顾漾舟操作了三两下，电脑又亮了。他退开后，站得挺直，说：“怎么了？”

“就……男女有别啊。”筑清光说。

这话对她来说有点儿生疏，潜意识里，她没把顾漾舟当外人，可刚刚他的手环过来时，身上那股熟悉清冽的男性荷尔蒙味道还是让她有点儿受不了。

因为性别不同而觉得应该疏离，对她而言简直荒谬。

顾漾舟一贯清冷的脸上漾起一抹笑，更像是在自嘲：“原来你还知道我是男人。”

筑清光被他这话弄得晕头转向。

她的手机响了几声，是社员廖冬生发的信息，催她去播音室替刘念播报校园稿子。

筑清光觉得头疼，拍了拍脑袋，吃得多了就总是记不住事。

顾漾舟已经套上衣服，问：“你有事？”

“嗯。”她耷拉着眼皮，扬扬手机道，“我忘了得播报半个小时的稿子，你自己吃饭吧，我待会儿和社团里的人去吃。”

筑清光没等他回话，边回信息边快步走到门边，犹豫着回头看了他一眼。

猝不及防地，她撞进他的眼眸里，像撞进一片混乱的海。

筑清光说不清这种感觉，只觉得他可能还在生气，但他这种寡言性子也不会说。自己放了他鸽子又不陪他一起去吃饭，真的太没责任心了。

但她也就匆匆看了这一眼，勾着唇讨好地笑了一下，表情轻松地往外走。

到吃晚饭的时间，宿舍楼的人也都慢慢回来了。

陈星丞和王涛在楼下正好和筑清光打了个照面，上楼就开始懊恼："你说有妹子来我们寝室，我的臭袜子还挂着呢！顾漾舟太有心机了，就他一个人独美！"

"嘿，他这叫时刻准备呈现最好的一面，你这个邋遢鬼就算机会来了也把握不住。"

两个人推开宿舍门，瞧见顾漾舟坐在书桌前用电脑，默契地闭上了嘴。

"亲爱的老师同学们，大家好，这里是G大校园广播站。感谢你们收听今天的《G市一角》，我是播音员筑清光。"

广播里缓缓传出女孩标准的播音腔，声音十分脆亮。

顾漾舟打开手机，开始录音，这是他常做的事。

从高中开始，下第一节晚自习，筑清光就会去广播室播报寻物启事和失物招领。她的声音一直没变，空灵细渺，平时说话不太控制，但一正经起来就很抓人的听觉神经，撒娇时声音又很甜美，很适合晚上听着入眠。

"今天的节目就要和大家说再见了。更多关于G市校园广播站的信息，请关注G大校园广播站微信平台和QQ认证空间。

"节目的最后，附上特别的一则放送，犯罪学专业今日的警务训练真的太太太太帅啦！特别是我的好友顾漾舟同学！小筑决定为你点播一首歌，《单车》送给你！谢谢大家，下期节目再见！"

同寝室的王涛他们要乐疯了，说："顾漾舟，你家这小青梅怎么这么逗呢，《单车》是父子情吧？"

"哈哈哈，她长得好看又好玩，难怪这么多同学喜欢她。"

顾漾舟："……"

桌上的手机振动两下，筑清光邀功般来求表扬：“漾宝，这个道歉够有诚意了吧？我去吃饭啦！”

在全校人面前把他的名字挂在嘴边，确实挺有诚意的。

顾漾舟上下滑了滑手机屏幕。和她的聊天记录里，他总是一句两句话，以至于其他全是她发的表情包。

他想起筑清光现在眉飞色舞觉得自己很会哄人的样子，眼睫毛低敛，哑声笑了一下。

算了，明明她什么也不知道。

筑清光正为自己英明神武的行为沾沾自喜，虽然不可避免地被廖冬生说教一番，但好歹顾漾舟应该不生气了。

吃过饭，社团几个人懒懒散散地往校门口走。

廖冬生还在念叨：“你下次再这样利用公共设施表达自己的迷妹心情，我就不让你播了！”

“嗯嗯，知道了，知道了。”筑清光敷衍地说，她一抬头就看见停在校门口的白色轿车。

从车里出来一位穿着旗袍的美艳妇人，她将一袋衣服递给在车前站着的曲妙妙。

筑清光下意识地跑过去，喊道：“妈妈。”

“清光，董阿姨给我送衣服……”曲妙妙对于她突然过来有点儿惊慌失措，又对董琴颔首表示感谢，“那个，我还有晚课，先走了啊。”

董琴笑着点点头，然后才把注意力放在筑清光身上，说：“你先上车，我们去附近找个咖啡店坐坐。”

中途董琴接了一个电话，大概是曲谷生打来的，她到底还是有些避讳，走到外面去接。

筑清光打开手机，兀自刷了一会儿朋友圈，她心烦意乱，往外看那个身姿窈窕的人。

董琴确实是美的，身段好又会保养，哪怕现在四十岁了，和她站在一起也像姐妹花，难怪筑彬华会对这样的女人念念不忘。

电话挂断后，董琴推门而入，坐下抿了一口咖啡，问：“大学还好吧？”

筑清光乖乖地点点头，说：“挺好的。”

“对了，你办升学宴那天我在巴黎，因为有点事儿耽搁了，就没去，这个给你。”董琴从包里掏出一个蓝色丝绒盒放在桌上，推过去，笑眯眯道，“庆祝你考上大学，还是名校呢。”

庆祝吗？这学期都快结束了，而她只是在给新丈夫的侄女送衣服时顺便给自己的女儿送来礼物。

筑清光呆愣着打开盒子，里面有一条珐琅玫瑰金骨链，精致小巧，很漂亮。

董琴问道：“你喜欢吗？戴上看看。”

筑清光合上盖子，说：“我脖子上有一条了啊。”

“你这条又旧又不好看，哪有女孩子一直戴玉观音的，丢了它换成新的吧。”董琴说着，伸手来摘。

筑清光往后躲了一下，抗拒的动作有点儿大，她抬头看董琴，说：“旧的东西明明什么也没做错，为什么要丢了呢？”

筑清光小时候身体差，经常生病，这块玉观音是董琴特意跑去邻省一个很有名的尼姑庵里求来的，她戴了十多年。

因为这不太友善的反问，桌上的气氛降到冰点。

筑清光娇纵的脾气其实是从董琴身上学来的，两个人都不是会委屈自己的主。

董琴冷哼了一声，说：“你知道我为什么不愿意见你吗？你一天天跟一个怨妇似的，是我抛弃你了？我让你跟我的时候你不跟，现在跟我撒什么气？”

筑清光一脸平静，说出来的话却很尖锐：“跟你？跟你一起住进你的出轨对象家吗？”

董琴和曲谷生的相识其实早于筑彬华，曲谷生算是她大学时期的初恋。

读书时两个人都不成熟，董琴爱发脾气，曲谷生那时候是穷小子，又极看重自尊，两人分分合合很多次。

最后董琴出国留学深造，回来后和家里安排的商界新起之秀筑彬华结了婚。

曲谷生为了等她，半辈子没结婚，而筑彬华是“当备胎到最后应有尽有”。

筑清光读初中那年，曲谷生和董琴在柏林秀场意外重逢。

两个人都还有感情，谁也没放下谁，于是天雷勾地火。

只是这破镜重圆的美好结局只存在于董琴和曲谷生的爱情里，她的丈夫和女儿都成了她追求幸福的绊脚石。

他们的破镜重圆在法律上无效。

筑清光那年就听过筑彬华和董琴争吵，确切地说应该是筑彬华卑微地求着她别离婚。

筑清光那时刚上初一，某科考试不及格，她刚偷偷摸摸地模仿家长的笔迹在试卷上签完字，小心翼翼地推开阳台门，就听见他们在说自己的抚养问题。

“妈，我不乖吗？你们为什么不要我？”那明明是一个再简单不过的问题，和所有闹离婚家庭里的孩子一样，筑清光怀着忐忑不安的心情发问。

可董琴却像是把她当成了导火线，带着情绪说：“是因为你闹腾不听话，所以妈妈不想在这个家待下去了。”

筑清光呆愣着看向一旁没有任何反驳的筑彬华，他只是说：“你好好听话，妈妈就不会走了。”

她那时候年纪小，傻愣愣地相信是自己的原因，于是开始收敛脾气，也不和那些朋友在校园里耀武扬威。

可董琴和筑彬华的婚姻还是没有坚持多久，几个月后他们就离了婚。筑清光却是在高二才知道真相，因为她看见董琴和曲谷生一起在商场逛街。

她回去问筑彬华，为什么没有告诉她，他们已经离了婚，筑彬华美其名曰：“为了你好。”

可是这个谎言坚持了五年，以至于筑清光潜意识里一直觉得是自己不懂事、不乖巧，才会让董琴想离开。

两个长辈失败的婚姻要她承担后果，筑彬华说：“你要做一个懂事的好孩子。”

而筑清光从董琴那里学来的是一辈子忠于自己，那些世俗眼光都不用理会。

就像董琴如今四十岁也能理直气壮地反驳自己女儿，她是为了爱情，爱情无过错。

于是筑清光变得越来越茫然，她该做一个听话的人还是做一个随性的人？

显然，她的父母没有教好她这些。

和董琴闹得不欢而散后，筑清光迈着长腿，随意地沿着街道走。其实她也没这么委屈，但还是会难过，为什么她的母亲不能多分一点儿爱给她？

筑清光甚至有些嫉妒曲妙妙，因为曲谷生是她伯父，董琴分给她的关心都比自己多。

筑清光还是慢慢活成了董琴的样子，成为一个享乐至上者。

她的唯一桎梏是希望在筑彬华面前成为好孩子，她想让董琴知道抛弃她是错的。

她骨子里羡慕董琴那股自由劲儿，但是大多时候她只能够学到一两成。

凉风沁人皮肤，白昼已骤然收缩，天色慢慢暗下来。

曲妙妙发来信息：清光，你没事吧？和你妈妈谈得好吗？

筑清光没回信息。如果曲妙妙能够提前和她说一句就好了，她和董琴快一年没见面了……但她也深知这件事和曲妙妙没有半点儿关系，所以她只是单纯地不想聊天。

她往相对安静一点儿的码头走去，翻了翻手机通讯录。虽然她的朋友很多，但交心的也就身边那几个。

她的指尖触到顶部的号码，没犹豫就拨了出去。

几秒后，顾漾舟气喘吁吁地接通电话。他们晚训刚结束第一轮。

“喂？”他的头发上附了汗水，衬得清秀的脸更俊朗英气。

筑清光坐在海岸线路边的一条长椅上，脚也放了上来，下巴抵着膝盖。她朝电话那边的人报了地址，恹恹地说：“我给你十分钟，你快来找我。”

她话音刚落，顾漾舟边扯开手上的护具边往外面跑，身后传来王涛的声音：“哎，顾漾舟，晚点儿辅导员查勤啊。”

当顾漾舟赶过去的时候，筑清光还在玩游戏，她见他来了也没说话。

远处人群的喧嚣声和近处的海潮起落声形成对比，顾漾舟安静地坐在她身边，表情温和地看着她。

手机屏幕上显示胜利两个字，筑清光关掉屏幕，大声道：“你怎么不说话？”

“说什么？”顾漾舟抬起眼帘，手捏着她的下巴。

筑清光睫毛轻颤，瞪他说：“你神经病啊？”

“这里。”他的手指蹭过她微红的眼尾，轻声说道，“星星溢出来了。”

眼泪应声掉下，跌在他的手背上。

“呜呜呜，她都没对我感到抱歉吗？我爸爸这么爱她！”

“我爸爸公司的名字都是她的姓氏！她真的好过分，坏女人！”

“顾漾舟，我想和她同归于尽！凭什么她就能和那个男人双宿双飞，我爸爸就要当孤家寡人！”

…………

筑清光丝毫不顾及形象，坐在那儿痛哭流涕，像三岁孩子似的说些气话。

顾漾舟从便利店买完东西出来，就看见她闭着眼睛，咧开嘴边哭边骂。

筑清光每回情绪崩溃就会这样发泄，怎么丑怎么来是她的特色之一。

他站在原地看了好一会儿，邋里邋遢的一个女孩，头发被她抓乱，眼妆花了一半。

她那张瓷白的小脸哭得全是泪，沾着水汽氤氲开来。如果这时候把她的丑态拍下来，她大概会羞愤得几天几夜不理人。

其实她什么样都很好看，只要是她，就是没有理由的惹人怜爱。

顾漾舟坐回去，俯下身从她包里熟练地拿出卸妆水，抽出湿巾给她擦脸，压低了嗓音说：“你哭小点儿声，待会儿嗓子疼。”

“擦左边一点儿啦！”她的眼泪都快流完了，干号也觉得累，索性停下来看他给自己卸妆。

顾漾舟是真的手笨。筑清光高三学艺术时少不了化妆，她娇气，把妆哭花是常有的事，而他始终把卸妆这项工作做得不尽人意。

筑清光低垂着眼睛，吸了吸鼻子，说：“我真的好恨她。”

顾漾舟反问一句：“是吗？”

当然不是，筑清光很喜欢董琴，因为很喜欢，所以才会难受。

筑清光被拆穿后有点儿下不来台，抬手推开他的手臂，说："烦死了，你知道你真的挺烦人的吗？我好嫌弃你什么都管着我，和我爸爸一个样，天天只会让我听话！"

顾漾舟抿着唇，把东西收拾好，默默地听她骂些有的没的。

筑清光一旦心情不好就六亲不认，路过一只猫都能被她嫌恶地说成枉为猫。

反正这么多年，他也不是没被她讨厌过。

"你看，那里有几颗星星。"她骂够了，盘着腿坐好，语气闷闷的。

顾漾舟别开眼，下巴微抬，看向她手指的地方。

微风拂漾的海平面上方缀着几颗星星，光芒小得可怜，如在大海中随时可能被淹没的几叶孤舟。

筑清光蛮不讲理地说："我想看星星掉进海里，最好砸个稀巴烂！"

顾漾舟："……"

"你听见了吗？今天晚上星星太少了我不开心，我想看整个银河系的星星！"她恶狠狠地屈肘，撞了他的胸膛一下，憋着火气说，"顾漾舟，我说的事你就要想办法做到！"

他凝视着她被撞红的手肘，低声问："怎么做？"

筑清光自暴自弃道："我怎么知道！你什么都不会，你还会干什么啊？你连哄人都不会，你也不会陪我一起骂人，我要你有什么用？你给我走开！"

她只负责出难题，顾漾舟负责为她找答案。

他垂下眼，嘴唇浅浅地弯了一下，突然站起身，往后面的小店走去。

筑清光望着他的背影，慢慢心虚起来，刚刚她是不是说得太难听了？

可是她的心情差啊，心情差就能理所当然地发疯，就是天王老子来了也不能要求她这么多。

何况是在顾漾舟面前，他本来就应该无条件地接受她的臭脾气。

筑清光没想过为什么他要无条件接受，也正因为他没拒绝没反抗过，所以她一直觉得自己的做法是没有错的。

几分钟后，顾漾舟拿了一束仙女棒出来。

筑清光觉得很惊喜，又不是过年，这个时候店里居然有烟花卖！

她全然忘记了刚刚说的狠话，伸出手去接仙女棒。

“等一下，去那边，我带你玩点儿不一样的。”顾漾舟想拉她的手腕往海边走，她正好转身拿包，他的手抓了个空，心里微微一动。

顾漾舟的新玩法就是在点燃仙女棒后把它抛向海里，起初筑清光还骂骂咧咧说他脑子有毛病，几秒后，她就看见了神奇的现象——

仙女棒并没有因为遇水就熄灭，反倒继续燃烧着，在深蓝的海水里闪烁光芒。

“一根仙女棒的燃烧时间是九秒，能瞬间释放出一百八十亿个火焰，比银河系星星还多。”顾漾舟轻声说。

等于她既看见了砸在海水里的星星，细碎的光亮照明一隅，又看见了银河系。

“这真的太神奇了！”筑清光感叹道。她以前只知道炮仗丢进水里还能响，现在发现仙女棒也可以！

顾漾舟笑弯了眼。他笑起来总有种细雨中檀花落下的意境。

筑清光显然被他这副温柔的皮相迷了眼，舔舔唇瓣问道：“你笑什么呀？”

“这些提前加好了硝酸钾、氯酸钾的氧化剂产品，燃烧起来不依赖空气中的氧气。”顾漾舟一本正经地解释，他似乎是真的不解，“你高三学的东西，忘得这么快吗？”

筑清光：“……”

什么一半是海水，一半是火焰，筑清光的浪漫情怀此刻变成了泡沫幻影。

臭直男！

夜风清凉，缓缓吹动筑清光的发梢，也吹动顾漾舟的上衣。衣服贴着他精瘦的身体，隐隐约约能看见他小腹的肌肉线条。

女宿舍楼下免不了有一些难舍难分的小情侣，筑清光视而不见，对上身边人的视线，正要告别，但就这一眼，却让她有些说不出来的感觉。

刚刚她哭了太久，眼睛酸涩得很，抬头就看见顾漾舟盯着自己。

那种不经意时，发现有个人一直看着自己的感受是非常微妙的。

顾漾舟背对着昏黄色的路灯，筑清光只能瞧见他高挺的鼻梁，清

俊的眉眼。

筑清光其实一直觉得顾漾舟长了一双幽深有神的眼睛，和阴郁的外表不一样，里面像缀了星星一样亮。

他看似温润平和，但是看着什么东西的时候总是带着点儿难以言喻的情感。就像现在，他表情冷峻，眼神却多情。

与其说是多情，不如说是病态。

也许是因为他从小到大都很沉默，性格孤僻，筑清光是唯一和他走得近的朋友，以至于他总是会似有似无地流露出对她的依赖和亲近。

他大部分时候会收敛情绪，大概是自己也清楚这种眼神有多压迫、压抑，让人产生沉闷的情绪。

筑清光瞬间打了个冷战，错开视线后不怎么友好地骂他："顾Sir，你这种神情能不能留在审讯犯人的时候用？你想吓死我啊？"

"你是潜在罪犯。"顾漾舟垂下眼说。

"你放屁！我可是从幼儿园起就一直拿三好学生奖状的，我还是少儿先锋队员，共青团团员，高中优秀班干部呢！"筑清光不服气地狡辩，搓了搓手上不存在的鸡皮疙瘩，问道，"我犯什么罪了，我难道是偷心盗贼吗？"

"你尿床。"

筑清光："……"

顾漾舟云淡风轻，继续说："麦克唐纳三要素：超龄尿床，纵火，虐待动物，在以后有很大概率会成为连环杀手。"

"我怎么超龄了？"筑清光的气势很足，仿佛下一秒她就能跳起来勒他的脖子。

"你五年级还在尿床。"顾漾舟用手指抵了抵嘴唇，补充道，"筑叔告诉我的。"

筑清光心如死灰，心想为什么她爸爸连最后一丝尊严都要替她抹去，她在顾漾舟面前像一只蠢猪。

筑清光一脸木然，跟他挥手："友尽，我上去了，拜拜。"

"筑清光。"

"干吗？"

她懒洋洋地回过头，突然被他一把拉住手，径直往他怀里带。

一个结结实实的拥抱。

筑清光被迫踮起了脚尖，下巴搁在顾漾舟凸出的肩胛骨上，险些磕着牙。

他刚运动过，汗味并不难闻，衣服上清爽的皂角香反倒给人一种很干净的感觉。

筑清光攥着手指抵在两个人中间，错愕地仰头看他，只看见他瘦削的下巴和紧绷平直的唇线。

顾漾舟没给她开口的机会，侧脸小心翼翼地贴着她柔软的头发，明目张胆地闻着她发丝上的橙香。他的两条手臂环绕她的肩和腰，最后手掌放在她头上，顺着头发轻轻地摸了两下，低声呢喃了几个字。

筑清光对他突如其来的安慰还有点儿蒙。其实她不爱把烦心事记这么久，总觉得哭过了这件事就翻篇了。但既然是高冷怪为数不多的安慰，她也就欣然接受了。

筑清光拍拍他的后背，算是回应。

“你要开心。”顾漾舟说。

他其实见不得筑清光哭得这么惨。冰肌雪肤，像瓷娃娃的明媚大小姐，笑起来最好看。

至于他，道德控制他的行为，但情感永远主宰他的心。他太想靠近她了，日思夜想却不敢惊动，克制隐忍成了他的常态。

过犹不及。月满则亏，水满则溢。

情深不寿，情浓自缢。

他唯恐热烈过后就是永远的冷淡，所以闭口不谈喜欢。

筑清光见过董琴之后，筑彬华大概是听董琴说了什么，特意打了电话来训斥筑清光。

他倒也没说重话，无非是老生常谈。

她爸爱了一辈子的女人，就连分开时的毫不体面都不影响他的宽容。

“你别总气你妈妈，她现在过得好就行了，你要做让她省心的女儿。”人文课上，打语音电话过来的筑彬华粗声粗气道。

筑清光把耳机取下，关了手机屏幕，靠在桌上，眼睛盯着前面一个小黑点发呆。

她有时候挺想问问筑彬华，一味地让步到底能换来什么，无条件地对董琴好真的值得吗？

但这好像都不用问，答案一定是值得的。筑彬华在董琴面前没有尊严。

“清光，下课了。”一旁的洛佩佩推了推筑清光的手肘，提醒她，“你的手机在振动，是不是有人打电话来了？”

筑清光反应过后接通电话，那端传来曲妙妙急促的声音：“你上论坛看了吗？”

“没有啊，怎么了？”她不明所以，于是借洛佩佩的电脑查看校园论坛。

曲妙妙大声喝止：“别看！我想办法帮你撤掉帖子！”

还是晚了几秒，筑清光一眼瞧见了飘着“HOT”的那个帖子——谈谈名校女大学生 Z 某和豪车的关系。

帖主真情实感地概括了自己对 Z 某的印象，是一个非常有辨识度的大美女，在 G 大的人缘也很好。她平时生活得和普通大学生没差别，但身边来来回回的异性诸多，光是帖主能数出来的人就超过了十只手指。

铺垫一堆话后，帖子开始进入阴阳怪气的主题。

字里行间都是帖主对 Z 某的恶意揣测，还表现得有理有据，连 Z 某寝室里的名牌包包和贵妇化妆品都做了一番不切实际的分析，底部还附上了 Z 某在校门口爬上豪车后座的照片。

虽然帖主虚伪地做了半张脸的马赛克，但 G 大长成筑清光这样的倒也不多，只凭半张脸都能认出 Z 某是谁。

曲妙妙喊了几声，把筑清光的注意力拉回来：“我找人问问帖子在哪儿发的，看看能不能找人黑了它，你要不要找……董阿姨过来一起解释？”

“不用。”筑清光鼓了鼓腮帮子，她怎么可能因为这种小事麻烦董琴。

曲妙妙说：“那行吧，我找人帮你删帖子。”

清者自清在这个网络时代早已不适用，一人一口唾沫就能把人淹死。好在这个帖子下被帖主带歪的人并不多，反倒有挺多反驳的言论。

“咦，这张照片我好像在思初的电脑上看过。”洛佩佩小声地说。

筑清光眯了眯眼睛，说：“林思初？”

“嗯。”洛佩佩说，“不过我也不确定是不是这张……”

是不是她，只要回寝室看看她的电脑里有没有这张照片就能判断了。

但听洛佩佩这么一说，筑清光心里也了然一半。

帖主连她衣柜里有几个包都了解得这么清楚，除了寝室里前几天和她闹别扭的林思初，她一时还真想不出谁来。

筑清光收拾着课本，想着想着越不得劲，重重地叹了一口气。

洛佩佩安慰般拍拍她的手臂，道：“你也别太着急了，回去问问思初，还好没多少人相信。”

“你不懂，我最烦的是这上面说我的包包要八万块，我明明是在古淘店花两万块买的！”

洛佩佩：“……”

“这不是把我形容成冤大头、败家女吗？”

洛佩佩：“……”

“清光，我发现了。”洛佩佩慢吞吞地说，“你的脑回路果然和我们不是同一个频道的。”

她以前还挺不喜欢筑清光这种女生的，学艺术，又靠着一张通行无阻的脸蛋，这么容易就进了名校，每天大大咧咧的，除了吃就是玩。但接触时间久了，她就发现这个女生直爽大方，没有什么坏心思。虽然这人不怎么学习，但专业课的作业都认真完成。

她们播音主持有录音作业时，为了创造一个吸音的环境，避免回声影响录音质量，她曾经好几次看到筑清光把自己闷在衣柜里录音。大热天的，她闷得满头大汗也没抱怨，跟一个小太阳似的乐观向上。

筑清光点点头，说：“我也发现了，第一次见面就有很大好感的人不一定能玩得来，对吧？”

“嗯。”

两个人心照不宣，相视一笑。

因为帖子在校园论坛上挂了快一天，不少人给筑清光发来信息慰问。

吃晚饭前，筑清光拉着顾漾舟鬼鬼祟祟地走到寝室楼下，煞有介事道：“顾漾舟，你就在这儿等我，如果待会儿我后面冲出来一个疯子，你要保护好我！”

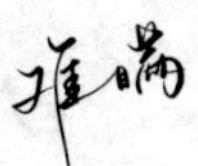

顾漾舟垂着眼，一脸蒙。

“你这人活得像个老干部，我都怀疑你是不是生活在3G时代。”筑清光恨铁不成钢地掏出手机，把帖子被删掉之前的截图页面展示给他看。

顾漾舟皱着眉看完截图，问：“你想做什么？”

“是时候给我的银行卡放放血了！”筑清光从包里摸出一片刮眉刀刀片，在他面前晃了晃，张扬道，“我要把她的包全划烂，祭奠我死去的名声！”

顾漾舟：“……”

筑清光扬扬眉，道：“你还有什么要说的吗？”

顾漾舟说：“你确定是她？”

“我待会儿查查她的电脑，估计就是她。”她抬起脑袋，瞪大眼睛道，“你可别让我算了啊！”

“不会。”

她这种不吃亏的性子，说让她算了她也不会同意。而且，她被欺负了，凭什么算了。

顾漾舟向来是“帮亲不帮理”，何况这次筑清光还占了理。

他拉住她的手，把刀片取下来，放上小水果刀，说：“这个不容易伤到手。”

筑清光握着小水果刀，顿时觉得此刻的自己十分有气场。

她本来以为会和林思初互扯头发吵个架，但打开房门看见空荡荡的宿舍后，松了一口气。

没有人在反倒好，筑清光是万年吵架常后悔没发挥好的选手。她和别人闹矛盾的时候很少，说来说去就那几句台词。每次她和顾漾舟吵完架，都会在几个小时后懊悔，应该换种思路骂他呀！

趁着她们都去食堂吃晚饭，筑清光打开了林思初的电脑，里外找了一通却什么都没有发现。

她心急地给顾漾舟打电话，说：“怎么办，没有啊，我是不是冤枉人了？”

顾漾舟顿了顿，说：“你看看回收站。”

对啊，她差点儿把回收站忘了。

筑清光拿着鼠标一点，那篇长帖子和偷拍的照片赫然在回收站里头躺着。

筑清光佯装心平气和地关掉电脑，举起小水果刀，对着手机那头的顾漾舟说：“漾宝，让你听听什么叫‘包治百病’！”

她的话音刚落，皮革被划破的声音传来。

筑清光显然没划过瘾，怒火未平，又气急地多划拉了几下。

顾漾舟：“……”

他听到这种罪恶的声音还有点儿发愣，仿佛没反应过来。

几分钟后，筑清光举着刀冲下楼来，正好和从外边回来的林思初打了个照面。她下意识把小水果刀往身后藏，想了想觉得没必要，又大大方方拿出来，还给一旁的顾漾舟。

林思初刚和男朋友约完会，两个人非常虚假地打了声招呼，笑着挥挥手。

她们平静的神情让顾漾舟叹为观止，原来女生之间的友谊还可以这样。

等林思初一上去，筑清光立刻拽着顾漾舟的胳膊往校门口跑：“快走，快走！别让她追上来！”

顾漾舟：“……”

筑清光想得挺简单，肯定是免不了一场腥风血雨的。在暴风雨来临前，她先玩一场再说。

等她气喘吁吁地跑到公交站，才大喘了几口气，仰起头问：“我们去哪儿？”

“你问我？”顾漾舟好笑地问，明明是她拉着他一直跑的。

筑清光扬起手在耳边挥了几下，散散热气，她咽了咽口水，朝他伸手说：“你给我五块钱。”

下一辆公交车来了，她连车的路线也没看，又拽着顾漾舟上车了。

正值下班高峰期，车上只剩下一个位置，筑清光毫不客气地坐下去。她其实很享受这种不知道目的地的公交车。车子一路开到终点站，她有很长的时间可以把糟糕的心情调节好。

车上人越来越多，顾漾舟扶着扶手，挡在她身前，替她隔开喧嚣的人群。

筑清光酝酿了一下，拉拉他的衣角问道：“你是不是有晚训？”

“嗯。”

车里嘈杂拥挤，他被推推搡搡，站得不太直，和她说话时得稍微弯腰。

“那你坐到下一站就先回去，我随便转转。”筑清光很善解人意地说。

顾漾舟问道：“你去哪儿转转？”

“不知道，我坐到哪儿就在哪儿。”筑清光想起来自己没带钱包和手机，苦着脸又朝他伸手，“你再给我十块钱。”

他拒绝得很干脆：“不给。”

筑清光屏着气，撇嘴威胁：“十块钱你都不给我，你别逼我在这儿哭啊。”

顾漾舟沉默了一会儿，刚想说话，筑清光已经开始表演了。

她摸着肚子，指着他激情发言：“渣男！你连我去医院的车费都不给我，你还是人吗？你这种男人在古代就应该进宫里做太监！”

快石化的顾漾舟：“……”

他认识筑清光这么多年，早就习惯她想一出是一出，但每次都能被她的语出惊人震惊到。

她这话一出来，周围人都看热闹似的往他们这边看过来，看顾漾舟的眼神简直像看败类一样，就差来个大妈大姨帮腔了。

筑清光一向是表演型人格，她眨巴了一下眼睛，暗示顾漾舟：你还给不给钱？

顾漾舟冷笑一声，语气冷淡道：“继续。”

因为这抹笑，筑清光感觉自己的演技被挑衅了。她直接往他手臂上捏，小声道：“快点儿给我！”

顾漾舟一脸漠然，舔了一下嘴唇，说：“给你什么？”

他明知故问，筑清光瞪着他，眼泪唰地流下来了：“你这个杀千刀的，十块钱都舍不得给我！我今天就是从这辆车上跳下去，也要和你分手！”

这下彻底把身边的正义路人刺激了，有个大叔推了推顾漾舟，说：“小伙子，敢做就要敢当啊，你把一个好姑娘弄成这样，还不负责任？”

“就是啊，你看着高高帅帅的，面相冷就算了，心也这么冷！”

“小姑娘，这十块钱我给你，就当长教训了，别一股脑儿栽上去。”

…………

筑清光对事情的发展非常蒙。她做事向来不考虑后果，现在却感觉有点儿收不回来了。

先不说顾漾舟的渣男形象，主要她哪能真要别人的钱，岂不是成骗子了。

顾漾舟推开那个给钱的大叔，目光沉郁，给了她重重一击："是不是我的孩子，你心里不清楚？"

筑清光瞬间语塞，他这说的是人话吗？

大反转啊，吃瓜群众也默不作声地看着这场大戏。

筑清光演不下去了，正好公交车播报"G市市中心游乐公园到了，请下车的乘客从后门下车"，她捂着脸，拉着顾漾舟下车了。

"你说说你，害我这么尴尬！"她迅速把责任推卸到顾漾舟身上，皱了皱鼻子，朝他伸手，"给我十块钱，算你的补偿费。"

筑清光往周边看了看，发现这儿是游乐场所，擦擦手道："算了，你给我一百块吧，我想在这里玩！"

顾漾舟盯着她白嫩的手掌心看了一会儿，想牵着。

他道："我陪你。"

"那你晚训怎么办，你们老师不会罚你吗？"

"不会。"

反正他也没少因为陪她吃晚饭迟到，顶多在睡前负重跑几公里。

筑清光却没有想这么多，老神在在地拍拍他的肩膀，说："行吧，那我带你去坐海盗船！"

# 第五章 天光大亮

正值工作日，游乐园人并不多，很多设施都空着，连一向抢手的旋转木马都有空位。

顾漾舟宁死不屈，没有陪筑清光坐旋转木马，只是在下面看着她转了一圈又一圈。

灯火通明的游乐场，有情侣有家人，他们正亲密无间地拍合照。

筑清光完全把寝室里不愉快的事抛在脑后，咧开嘴露出一排白牙齿，笑得风情万种。她乌发红唇，肌肤莹润剔透，灯光打在她娇俏动人的脸上，她像是迪士尼乐园里跑出来体验生活的小公主。

顾漾舟心神一动，拿出手机给她拍了照。

和大部分漂亮的女孩子不一样，筑清光活得有些粗糙，也不爱往朋友圈发自拍照，平时分享的都是冷笑话和表情包。

这是她在他手机里为数不多的几张照片之一。他的手指触在屏幕上，依着她小脸的轮廓勾勒了一遍。

筑清光从旋转木马上下来，意犹未尽地跑过来，就看见顾漾舟盯着手机出神。

他时常会露出这种神态。他有着瘦削立体的五官，明明心情好时是眼带暖意的，却总是一副勉勉强强的模样。

他在朦胧的灯光下站立着，笑起来嘴唇稍稍抿起，弧度也不大，生怕谁看出来似的。

“顾漾舟。”筑清光大喊了一声，却没走上前，只是指着远处的射击摊说，“我们去不去砸场子？”

十分钟后。

筑清光还是高估了顾漾舟的技术，现在的射击摊主为了盈利，玩具枪大都微调过。前面好几枪都被他用来练手感，后面两枪才渐渐找回正常水平。

筑清光指了指远处那个一米五高的恐龙玩偶，双手合十：“顾漾舟，你要是给我打中那个，我就请你吃一天的饭！不，一星期的饭！漾宝冲呀！加油！我为漾漾疯，我为漾漾狂，我为漾漾哐哐撞大墙！”

顾漾舟：“……”

他的手握久了枪，在闷热的夜里已经开始出汗。他捏了捏指骨，发出嘎吱的声响，再度拿起枪，瞄准了老板的镇摊之宝。

筑清光和摊主以及几个路人都非常紧张地盯着顾漾舟，一声枪响后，只见那枚子弹完美地擦过气球边缘，路人一脸惋惜，摊主松了一口气。

筑清光哀怨道：“你连获得免费午餐的机会都没有把握住！”

顾漾舟抿了抿嘴唇，垂下眼也没看目标，随手把最后两发子弹打出去，居然意外打中了两个气球。

摊主傻眼了，取下两个发箍递给他，难以置信道：“这也可以？那你之前费那么大劲瞄准干吗？”

筑清光的表情立刻阴转晴，乐呵呵地拿过发箍，一个是大灰狼，一个是长耳兔，看上去还挺可爱的。

“你戴这个！”筑清光把大灰狼发箍戴在自己头上，歪了歪脑袋，眯着眼笑，“你有没有觉得这个很配我？”

顾漾舟拿着长耳兔发箍没动。他实在不理解筑清光为什么总把一些很女性化的东西给他，比如他手机上那个绿色小恐龙吊坠，比如现在自己手上这个兔子发箍。正常来讲，她不应该把大灰狼的给他吗？

他想是这样想，话也顺着问出来了。

筑清光理直气壮道：“凭我比你强！你就是一只单纯的小白兔啊！你别磨磨蹭蹭的，快点儿戴上它，我们待会儿一起去鬼屋探险！”

她夺过发箍，示意他低头，动作温柔地帮他戴好，末了还揪了一下那只兔子的耳朵，于是兔耳顺着她的力度左右晃了晃。

顾漾舟抬起头，冷漠的脸配上颤动着的长耳兔，反差感极强。他下唇绷紧，握住了筑清光正要收回去的手腕。

筑清光笑意未散，被他这举动弄蒙了。她呆愣地看着他，睫毛轻颤，不解地问："怎么了？"

他低下头，白皙的脸在莹亮的灯光下更显俊朗。他的声音有些沙哑："你不知道，摸了兔子的耳朵就要对其负责吗？"

顾漾舟浓黑的眼睫毛垂下，嘴唇浅浅地弯着，衬衣下摆被风吹得往上卷，他难得地跟她开了一次玩笑。

他漫不经心，说话带着少见的散漫语气。他定定地看着她，沉郁冷静。

这不对劲啊，这家伙是不是在打什么坏主意？

筑清光一时间没反应过来，望着他洁净的脸，又慢慢地把视线移到两个人握着的手上去。

顾漾舟的手指好看，手修长白净，指节分明。

筑清光使了点儿蛮劲挣脱，虚虚地按着他的肩胛骨，老气横秋道："顾漾舟，色诱对我来说是没用的，我每天照镜子都不会爱上自己这张脸，何况是别人的脸。"

顾漾舟张了张口，否认道："我没想——"

他的话还没说完，人工湖边"砰"的一声响。

顾漾舟下意识地把她拉进怀里。

紧接着远处的烟花腾空而起，幽深的夜空瞬间被照亮，细碎的光亮如锦簇的花团般缓缓向四周扩散，接着是夜光蒸汽机在空中掠过，划出"love"的单词。

是有人在求婚。

女主角离他们不远，穿着睡衣和拖鞋，表情看上去非常不爽快。

筑清光笑了两声，推推顾漾舟的手肘，说："你看这男的是不是脑子缺点儿东西？他女朋友该恨死他了。"

"为什么？"

"就浮夸啊，而且他女朋友满脸写着四个大字——我没化妆！"

顾漾舟低头看着她的发旋。他们离得很近，而她也并不排斥这种靠近。

他问道："浮夸吗？那你喜欢什么样的？"

筑清光想了想，说：“要几十辆超级跑车挤满广场，然后对方单膝跪地给我送上七克拉的蓝钻，最好婚礼那天放个炮助助兴！”

顾漾舟非常确定她在胡说八道，因为这显然是迪拜小王后才有的待遇。

大概是被自己的脑洞逗笑了，筑清光挠挠头发，往喷泉那儿的烧烤摊走。

她拽着顾漾舟的衣角，撒娇道：“其实我没有这么多要求，夏天会给我挑甜西瓜的，冬天给我点炸鸡的……还有现在给我买面筋和鸡翅的！”

说到最后一句，她眨巴了一下大眼睛，指着烧烤摊的表情很真挚：“你给我买烧烤，今晚就能收获一个不作妖的小甜心哦！”

顾漾舟扯扯嘴角，给她付了钱。

两个人边吃着东西边往公交站走，事实上是筑清光负责吃，顾漾舟手上一把被吃干抹净的竹签。

丢完垃圾回来，筑清光摸了摸肚子，感叹道：“这下我装孕妇都不用担心被人揭穿了。”

她其实很瘦，额头窄，是平扇型双眼皮，还有莹润秀气的嘴唇，不看人时常是一副高高在上的姿态。明明她是和初恋脸压根儿不搭边的长相，却因为古灵精怪的性格，拉近了和别人的距离。

顾漾舟手痒，捏了捏她脸上的软肉。

筑清光难以置信地抬起头，立刻像受了天大的委屈般跳出一米远，捂着自己的脸说：“你刚刚是打我了吗？”

顾漾舟：“……”

“顾漾舟，没想到你是这种人！你居然殴打一个孕妇！”

她这是演上瘾了。

顾漾舟充耳不闻，走上前，拉着她的手腕往公交站台走。

也许是顾漾舟的恐吓起了作用，也可能是玩好吃好让人费精力，筑清光上了车后就一直靠着窗子犯困。

他看着她的额头一次次往车窗上磕，红了一小块，人却跟没知觉似的睡得很沉。

离学校还有八站路程，顾漾舟注视了她好一会儿，终究是伸出手把她的脑袋挪到自己肩膀上。

随着车子转弯，筑清光的头一垂，嘴唇碰在他冷冽的锁骨上，呼吸的热气也喷洒在他的脖颈上。

顾漾舟喉间干涩，放在膝盖上的手紧了紧。他想低头吻上那张红唇的欲望越来越强烈。

顾漾舟本来就不是正人君子，至少在筑清光面前从来不是。

忘记在多久之前，少年心里开始装了不与人言的心事。

他自小寡言少语，于是他偶尔会在日记本上记录一些说不出口的话——

我沉闷又无趣，找不到话题，但我想和她聊天。

筑清光今天又生气了，因为我不理她。谁让她一直对别的男生笑。

筑清光，筑清光。

她不喜欢我。

幸运的是，她也没喜欢别人。

不用急的，她还没有跟别人走。

筑清光虽然嘴上什么都敢说，但是内心深处却因为董琴和筑彬华的婚姻有些排斥恋爱，排斥对她有所求的异性，顾漾舟是知道的。

所以他一遍遍地告诉自己，不用急，不用惊醒她，要等她愿意。

筑清光赶回宿舍的时候，正值宿管阿姨锁门。

阿姨看见外面迟迟归来的女学生张口就要教育，等看清了筑清光的脸，又叹了一口气，亲昵地捏着她的脸蛋，说："哎哟喂，你怎么这么晚才回来啊？"

"阿姨，我和朋友去游乐园玩了！"筑清光把头上的大灰狼发箍取下，戴到她头上，嬉皮笑脸地说，"这个送您，真好看。我上去啦，阿姨晚安！今天晚上早点儿睡，明早年轻十二岁！"

"嘿，这小女娃！"宿管阿姨宠溺地笑笑，又把头上的发箍取下来欣赏了一会儿。

筑清光一口气跑上楼，推开宿舍门的手却猛然顿住，耳朵贴着门，听了一会儿里面的动静。

然而宿舍里头安安静静的，像是在酝酿一场暴风雨。

做都做了，自己又没做错什么！筑清光做完心理建设，雄赳赳气昂昂地推开门。

洛佩佩在写作业，夏语在敷面膜，而另一边床的主人居然不在。

筑清光拍拍洛佩佩，用唇语问："她去哪儿了？"

"你说思初啊？去她男朋友那儿了。"在一边敷面膜的夏语对两人之间的恩怨丝毫没有察觉，说，"她走的时候边打电话边哭，也不知道怎么了。"

哭着走可不是这姐的风格啊，居然没和她正面闹一场！难道谈了男朋友后人都变软弱了？

筑清光一脸复杂，慢吞吞地洗漱完，准备上床睡觉。

门口有人敲了敲门。

"开门开门，查寝！"学姐中气十足地喊道。

筑清光爬上铺的脚又慢慢放下去，疑惑地问："今天晚上来查寝的是不是空乘专业的那个魔鬼学姐啊？"

另外两人皆是一惊，不约而同看向林思初空了的床位。

这位魔鬼学姐叫蒋沁，她的传说从她进入学生会起就没断过，她简直是严厉版的宿管阿姨的亲弟子。

她平时查违禁电器一查一个准，上报收缴从不留情。只要轮到她值日，没有哪个寝室的人敢在外留宿。

往常宿管来查寝，筑清光她们撒个娇就能糊弄过去，但在这位面前，撒谎简直是找死行为。

夏语把面膜纸往脸上拍紧实了点儿，说："林思初怎么办啊？"

筑清光把厕所里面的水龙头打开，顺便把厕所门关上，也算是仁至义尽了。

门打开后，蒋沁横眉冷眼地问："怎么这么久才开门，你们干什么了？"

"我在床上没穿衣服。"筑清光笑得人畜无害。

蒋沁冷哼一声，搓了一下她的脸说："大晚上的还化妆，难道你还想偷偷出去……"

结果她搓完一看，什么也没有。

筑清光也没介意，这位学姐在年级里几乎没有交好的朋友，为人处事还挺酷的。

她坐在床梯上，悠闲地晃了晃腿，说："蒋学姐，我们宿舍挺干净的，你赶紧去查下一个吧。"

蒋沁走到门口，又往后扫了一眼，说：“这个床位的人是在厕所洗澡吗？”

“嗯，刚进去不久。”筑清光脸不红心不跳地说。

蒋沁点点头，人已经到了走廊上。

“晚安啊，学姐。”筑清光正要把门关上，蒋沁突然一把推开她往里走，又拧开厕所的门。

几个人的呼吸都停了一秒，蒋沁看着空空如也的厕所，嘲讽地笑了一声。

她把矛头对准筑清光，说：“亏你还是寝室长，居然和两个室友一起骗我！扣三分！这个女生去哪儿了？”

筑清光硬着头皮解释道：“去她男朋友那儿了。”

“等她回来写检讨吧！”蒋沁撂下一句话，在值日本上唰唰写上林思初的名字，然后扬长而去。

洛佩佩和夏语安慰了几句，筑清光颇为不爽地爬上床，打开几个小时没动过的手机，林思初的咒骂信息涌了过来。

我的包是你划的吧？你怎么这么贱！

你对我有什么不满可以直接说，背地里划我的包算怎么回事？

这就是你的真面目吧，天天装女神，素颜还不是一个普通人？没想到你的报复心这么强，平时一副盛世白莲样，你的心可真是够歹毒的。

…………

原来真的会有那种只字不提自己错事的人，筑清光看着林思初的信息简直想笑。要不是她看见回收箱里那篇帖子出自林思初之手，还真就觉得这人受委屈了。

筑清光气愤地回信息：你不也在背地里污蔑中伤我吗？校园论坛的事你不会真以为做得天衣无缝吧？人经常做的蠢事，一是把电脑密码设成自己的生日，二是做完坏事不把尾巴剪干净，恭喜你全部做了。

过了几分钟，林思初的信息回了过来：你敢说你那些包和钱不是男人送的？我不是污蔑，只是说了实话。

筑清光看着屏幕那行字气得脑胀眼酸，迅速回道：我以为你至少会对我有歉意。包确实是男人送的，我爸爸送我几个包怎么了？你那几个A包的修理费我现在发你，以后见面不用打招呼，爷反胃。

她打完那行字立刻转账，输入数额的时候又非常小心眼，转了二百五十元，还补上一句：什么人配什么价，你的思想这么肮脏，不如从现在这个男朋友这里骗几个包。

林思初没收钱，阴阳怪气地讽刺回来：你以为你有多坦荡？陈醉和其他男生追着你，你又吊着顾漾舟，自己绿茶就别道德制裁别人。

其他男生要追我是因为我美，你嫉妒你去整容啊！还有，我听说你最近新交了一个建筑系的男朋友是吧？一天天制造这么多破事，能不能把自己对象先管好？别每天一到晚上就发信息来骚扰我！

筑清光噼里啪啦打完几行字，突然觉得隔着屏幕骂人真的思如泉涌，看见她后面的话又气得不行。

谁吊着顾漾舟了？顾漾舟又不是鱼！

刚刚发过去的话杀伤力太大，林思初估计和她男朋友打架了，信息再也没回过来。

筑清光的胸口起伏不定，直接把她的号码拉黑，想了想，又给顾漾舟发了信息。

男寝，刚洗完澡的顾漾舟一身水汽，眼眸幽深，正歪着头拿毛巾擦拭黑发。

手机响了一声，大晚上的也不会有别人找他了。

他点开屏幕，一眼看见了筑清光莫名其妙的信息：以后你再敢带我吃鱼，我就死给你看！

顾漾舟：“……”

午饭时间，筑清光和曲妙妙在三食堂吃饭。

虽然队伍排得很长，但因为她们在年级里认识的人很多，排在前面的男生便直接帮她们打了两份饭，还殷勤地给筑清光买了牛奶。

筑清光今天特别心不在焉，点点头道了声谢，就再也没理过人。男生尴尬地站在原地好一会儿，还是曲妙妙给了他台阶下。

“你想什么呢？”曲妙妙看着她出神的样子，在她面前挥了挥手，“被帅哥勾了魂啊？”

筑清光表情恹恹，打开她的手，默不作声地舀了一勺饭塞嘴里。她对于林思初昨晚的话还是耿耿于怀。筑清光因为有一副好皮相，从小到大就很受男生欢迎。可她自问从没有仗着这张脸当海王，养一群备胎。

她自小身边就有很多朋友，异性就有帅宏、老季、顾漾舟他们。

尤其是顾漾舟，两家的父亲关系好，他们自然也走得近。

筑清光自认为能把这种朋友关系控制得很好，却没想到还是会被人说些难听的话。

吃过饭，曲妙妙带着她去南广场喝奶茶。

曲妙妙推推她，说：“大姐，你忧郁大半天了，终于被顾漾舟传染得自闭了？”

筑清光听见顾漾舟的名字，脑子放空了一秒，疑惑脱口而出：“你觉得我喜欢顾漾舟吗？”

“咯咯——”曲妙妙被呛得咳嗽，皱着眉问，“你被谁刺激了？”

她很了解筑清光，正常情况下筑清光要是看上了一个男生，会闹得沸沸扬扬，全城皆知，绝对不会这么小心翼翼地问。

如今她问出这样的问题，一定是被人引导了。

筑清光简单地把林思初的话复述了一遍。两个人撕破脸的事情一笔带过。否则以她这个好闺密的性格，说不定会大动干戈。

果不其然，她再怎么一笔带过也阻挡不了曲妙妙破口大骂：“你这个室友是不是有病啊？可别让我逮着了！”

“我懒得和这种可悲的人计较。我骂得很狠，气也出过了。”筑清光一向佛系，有仇当场就报完。

她咬破了几颗珍珠，含糊着说：“我是不是真的给别人错觉了？”

曲妙妙说：“你自己是什么人不清楚？你从小到大心动的男嘉宾没有一千也有八百吧？”

这倒是，筑清光因为“朝三暮四”“见异思迁”的德行，就连追星都是“人生处处是墙头”，从来没有稳定的本命。

她看见一个符合自己口味的明星就会砸钱支持其代言的产品，她没少在这上面花钱和消耗精力。

不远处一个女生给兼职发传单的男同学送了一瓶水，男同学羞赧地低着头道谢，脸上几乎是藏不住的欢喜。

曲妙妙看了若有所思的筑清光一眼，不经意地道：“这女生觉得自己是善意接近，但对于别人来说是动心的瞬间。其实挺没必要的，对吧？”

你只是一时兴起，却让别人当了真。

筑清光还差了点儿领悟能力，曲妙妙再接再厉：“你不应该把你们的关系往别的地方想，你会想做老季的女朋友吗？”

“当然不想！”

“你能接受和帅宏牵手吗？”

“你有病吧？”

“你能接受和顾漾舟接吻吗？”

“我是撞邪了吗？”筑清光听到这儿实在是忍不了了，捂住曲妙妙的嘴，“被你说得跟鬼片一样，我快恶心死了！”

曲妙妙得逞地笑笑，拍拍筑清光的丸子头。

她太了解筑清光了，知道什么话能让筑清光产生反感，然后钻进死胡同里。

“孺子可教，你又不喜欢他，谁还没几个异性朋友？要是老季和你一个校区，那也会有嘴碎的人说你们的闲话啊。你随心所欲惯了我们都知道，反正顾漾舟也不喜欢你。”

筑清光赞同地舔舔唇，又反驳说：“谁说顾漾舟不喜欢我？”

曲妙妙迟疑了一秒，听见她补充：“怎么可能有人不喜欢我，我简直是万人迷！”

“你不自恋会死吗？”曲妙妙翻了一个白眼。

其实刚刚听见曲妙妙前面说的话，筑清光顶多是生理拒绝，但听到“和顾漾舟接吻”这几个字，她仿佛身体过了电。

说不出来的感觉，但肯定是不自在的。

不经事的年纪里，她确实喜欢黏着顾漾舟。

筑清光当时的想法也简单，这个比自己大一级的哥哥顶着秀气冷冽的脸，人酷酷的不爱说话，就是很吸引她。她偏喜欢顾漾舟这不理人的劲。

加上筑彬华交代过她多带着孤僻的顾漾舟一块玩，越长大就越成了习惯。

不是没有人说过他们的关系，但两个人在一起时从来不探究感情问题。

他们之间没有人往那方面想，也不该想。

筑清光身边有不少青梅竹马在一起的例子，一方告白之后两人就冲动地在一起了，结果不过几个月就分手了，往后再见面，双方都局促无比。

友谊沾上爱情的色彩，就像白纸被渲染上了墨水。倒上去容易，但一旦厌倦，就不可能变回原样。

而且，筑清光幻想了一下和顾漾舟手牵手在大街上相拥接吻的画面，只觉得尴尬。

他们明明彼此条件都挺不错的，为什么要捆绑在一起？各自独美不香吗？

兔子还不吃窝边草呢。

何况筑清光自认为是一只独特的兔子，更不能啃窝边草了。

曲妙妙正在发信息，抬头问她："陈醉让我问问你，下周举办的全国大学生朗诵诗歌大赛，你参加吗？"

"我报名了啊。"说到陈醉，筑清光犹豫了一秒，问，"他最近怎么一直执着地想和我吃饭？"

曲妙妙问道："一直？"

"是啊，好几次我和顾漾舟出去，他都踩点似的跟过来，然后和我们凑一桌。"

"你觉得陈醉怎么样？"

筑清光说："很好啊。"

曲妙妙促狭道："不如你和他试一试？我觉得他对你应该有点儿感觉。"

"不要吧。"筑清光拖着长音，说出理由，"他一副花心大萝卜的模样。"

曲妙妙被逗笑了，说："你太以貌取人了吧。你知道我们班男生怎么说你吗？他们说要是你烫个大波浪，绝对是顶级的渣女。"

筑清光："……"

筑清光是妥妥的浓颜系美人，化上浓妆就像二十世纪九十年代的明星。也因为这样，她被不少老师说不适合吃新闻主播这口饭。

筑清光无所谓地耸耸肩。她自高二那年知道是董琴出轨才导致两人离婚的，就有点儿讨厌爱情这种虚无缥缈的东西。

她这种人会长久地爱人吗？会被人长久地爱吗？

她一刻也不想考虑这种问题。

也许她平时会调侃两句想谈恋爱，但真的有人来告白了，她还是会拒绝。这大概是传说中的倔强式单身。

曲妙妙把手机放进包里，揽住筑清光的肩膀，说："那个比赛海选初期好像要靠人投票，陈醉说帮你在广场上占了一个广告牌位，明天你要不要一起去拉拉票？"

"去啊，奖金好歹有三千块呢。"

筑清光立刻给筑彬华发了信息，把海选活动也发给了他，低调地炫耀了一番自己凭本事挣钱的机会来了！

筑彬华非常给力，给筑清光的对手投了一票，还乐得自在地转到了朋友圈，配文："犬女有貌无才，各位亲朋好友和老板们就看着投票吧。"

筑清光："……"

他真是她的好爸爸。

和曲妙妙谈过心事后，筑清光已经把事情捋清楚了一点儿，林思初无非是觉得她和顾漾舟走得太近了。

于是她一连几天和其他同学一起吃饭，男女都有，颇有一种雨露均沾感。

和林思初撕破脸之后，筑清光考虑过要不要换寝室。但上次蒋沁把她彻夜未归的事上报扣分后，她对着筑清光撒了一次泼，还是夏语和洛佩佩说了筑清光帮她骗蒋沁的事。几个人成功把她弄得难堪，最后她搬到了楼下一个学妹的宿舍里。两个人再见面也没交流，在班上也是能避则避，谁也不想找不痛快。之后林思初的男朋友没再骚扰筑清光，却出轨了表演系一个女生。

林思初被人看了笑话，好长一段时间都在低迷状态，也曾经几次找筑清光想求和。对此，筑清光没有一点儿同情心。她又不是圣人，更不缺朋友，何必挽回一个伤害过自己的人。

当顾漾舟打电话给筑清光时，她正在广场的商圈中心义演。

和她一起的还有同专业的几个同学，都是为她下周的主持大赛拉票的。

筑清光正举着二维码给路人扫呢，手机屏幕就亮起了顾漾舟的号码。她一接通电话，手机里就传来言简意赅的几个字：“你在哪儿？”

筑清光被太阳晒得发晕，蹲回棚下，声音有气无力：“我在外面拉票，就是那个比赛的事。”

一旁的陈醉给她拧开一瓶饮料，递过去，喊道：“清清。”

顾漾舟无疑也听见了，心想难怪她这一个星期都没来找他。他抿了抿嘴唇，说：“我来找你。”

“不用。”筑清光看了看陈醉的手表，快到吃晚饭的时间了。

顾漾舟没再说话。

两边沉默下来。

筑清光想了想，把电话挂断，把投票链接发了过去：“你帮我投票吧！我累得不想说话了。”

顾漾舟还在上散打课，他坐在盾牌上，点开链接，发呆了好一会儿，投完票后，他开始研究这东西。

一旁和他搭档的王涛察觉到他开小差，正想委婉地提醒他一声，就看见这哥们一只手拿着警棍，另一只手拿着手机，破天荒地转过头和自己搭话。

他把手机转过来给王涛看，面无表情地说：“你想投一票吗？”

这感觉就很奇妙。

王涛在顾漾舟的注视下替筑清光投下了神圣的一票。

接着这哥们朝下一个人走去，像后援团似的又向别人亮出手机二维码：“你想投一票吗？”

其他人：“……”

大概是顾漾舟的高冷形象深入人心，全班同学都被他主动拉票的行为惊呆了，有的人还特地提早拿出手机给他看投票结果。

有男生故意跟他反着来，嬉皮笑脸地说：“这是你女朋友啊，我不想投怎么办？”

顾漾舟声音平淡道：“月底的警务英语、法理学、射艺、文件检验……”

“哎，你别说了，我投票，我投票！”那人收了笑，嘟囔两句，“多大点儿事啊，犯得着用考试来要挟吗，真是要了我的命。”

“谢谢。”

顾漾舟平时不爱往人堆里凑，清清冷冷的性格独树一帜。虽然他沉默寡言，但在班上只要有人找他借笔记、借考试资料或者问题目，他都以诚相待，所以他的人缘好不好，其实要看他愿不愿意交流。

林茵看顾漾舟走过来，不情愿地拿出手机，皱着眉自觉地搜索页面上的投票链接。她投完票想给他看，谁知他直接从她身边走过，一秒都没有停留，往她后面那个男生走了过去。

那样高傲安静的顾漾舟，从不求人的顾漾舟，现在为了一个女生的比赛居然在班级里周旋。

林茵是真的不服气。难道因为筑清光是先来的，所以别人就挤不进去了吗？

下课铃声响，人陆陆续续走出去。

林茵盯着顾漾舟收拾器具，站在门口咬咬牙，扯了扯他的衣袖，说："顾漾舟，我有话想和你说。"

顾漾舟轻轻地挣脱她的手，站直身体看向她。他一脸淡漠，幽深的眼珠里藏匿着不耐烦的情绪，外人却看不出分毫。

"你为什么刚刚忽视我？"林茵咬咬下唇，有些委屈。

视线触及女孩微红的眼角，顾漾舟移开眼，睫毛垂下，说："我以为你不想投。"

林茵一脸倔强，问："我确实不想投票。你们在一起了吗？"

"和你无关。"顾漾舟再度低下头，把警棍摆好，清俊的脸上没有一丝别的情绪。

"那就是没有！"林茵的脸涨红，一字一句道，"你喜欢她是吗？可是她不喜欢你啊！你看不出来吗？我一个局外人都知道她对你没有一点儿感情！"

空荡的训练室里，女生的声音发颤，哭腔在室内扩散。

这种时候，大喊大叫的人其实已经输了。

聒噪，这是顾漾舟的直观感受。

但筑清光其实比林茵要无理取闹得多。他微微地皱了皱眉，手上的动作没停。

而林茵也是第一次知道原来有人真的能无情到这种地步。她就站在过道上，站在顾漾舟身边，可是他像是把她当成了摆设。

她盯着男人洁净的白色 Polo 衫领口，心里有了想法。

林茵今天擦了口红，身子一歪，直愣愣地朝顾漾舟身上倒过去。

她的额头靠在他的肩胛骨上，唇瓣擦过他的衣领。

果不其然，顾漾舟伸手扶住了她。他手心的温度偏低，攥住了她的手臂。

肌肤相触的一瞬间，林茵的心脏跳得厉害。

“对不起，我没站稳。”她有些心虚，看向另一边。

东西摆放整齐后，顾漾舟错开身，若无其事地出去，不疾不徐地回了一句：“没事。”

林茵不甘地看着他清瘦修长的背影慢慢消失在自己的视野里，她不免在心里发问：怎么会有这样一个人？拒绝也是彬彬有礼的，戴着面具似的陌生，旁人都不能影响他的情绪。他像是一座孤岛，对来往船舶不屑一顾，独独遥望一面没有归期的帆。

真可怜，这样的顾漾舟。

晚上没有带上顾漾舟一起吃饭，筑清光也意识到两个人有一段时间没见面了。她和几个同学聚完餐，买完甜品，提着两杯奶茶进校门时，陈醉还没走，仿佛一直在等她。

“抱歉啊，我没买你的那份。”她不好意思地笑笑，脸上却是没有歉意的。

陈醉也没介意，眉毛一挑，说：“没事，我送你回寝室。”

“可是我待会儿要去男寝。”筑清光指指手上的东西，解释道，“给我朋友送奶茶。”

然而男寝和女寝还是有一段距离的，筑清光吃得有点儿撑，想了想，说：“算了，我给他打个电话，让他下来拿奶茶。”

“嗯。”陈醉安静地站在一边等她，想也不用想就知道她那个朋友是谁。

筑清光打完电话还有点儿难以置信，刚刚是顾漾舟的室友王涛接的电话。他告知了她，顾漾舟帮忙拉票的事，而且说顾漾舟现在还在洗澡。

距离顾漾舟散打课结束已经过了一个多小时了。

他什么时候这么爱干净了，以前不是十几分钟就好了吗？洗这么久不会洗破皮？

“怎么了？”陈醉看筑清光的眼睛眨了好几下，难得出现了一丝萌感。

筑清光回过神来，说："你们男生……"洗澡花多长时间?

她及时止住口，和陈醉聊这些实在没必要。

陈醉不在意地拍拍她的脑袋，问："周末去不去看电影？我听曲妙妙说你喜欢这个导演，周日他的新作首映，我买了电影票。"

他说着把电影票拿了出来，显然他在曲妙妙的助攻下做足了准备。

电影的诱惑力真的很大，筑清光看了看手机日期，迟疑道："不行，我也很想去看，但是我周日有事。"

"推后一下呗，这票很难抢的。"

他没说的是，这是临近午夜档的票。

筑清光鼓鼓腮帮子，说："要不我在你这儿买两张票？"

"然后你跟别人看？"陈醉被气笑了，舔舔下唇说，"我还不至于被你羞辱成这样吧。"

话说完，他就对上女孩水蒙蒙的眼睛。她的眼尾上翘，长长密密的睫毛扑闪两下。

陈醉抓了一下头发，无奈地说："电影票送给你了，下次你请我吃饭。"

筑清光立刻喜笑颜开。很多时候她都过得很顺遂，她太擅长利用自己的优势了，做不到的事撒个娇就有人帮忙。

"谢啦，看你也不会要我的钱，那这个请你喝吧。"她把奶茶递过去，站在女寝楼下笑着挥挥手，"我到了，再见。"

陈醉看着手上的奶茶，一瞬间哭笑不得，这姑娘还真是缺心眼又滴水不漏。

筑清光周末是真的有事，也不算是拒绝和陈醉一起看电影的幌子。

在这之前，网上第一轮朗诵比赛海选已经开始。毫不意外地，筑清光的人气最高。

准备好监听耳机、电容话筒、音频接口（声卡）这三件录音设备后，又有隔壁导演系的同学给她拍摄朗诵总决赛的视频。

大家都以为她的名次稳了，甚至宣布决赛选手那天他们能庆祝去喝杯酒，然而她落选了。

她选的是余秋雨的一首诗——

"每个人都有一个死角，

自己走不出来，别人也闯不进去。

我把最深沉的秘密放在那里，

你不懂我，我不怪你。

每个人都有一道伤口，

或深或浅，盖上红布，以为不存在。

我把最殷红的鲜血涂在那里，

你不懂我，我不怪你。”

…………

视频里的筑清光着一身蓝白色西装，头发盘成干干净净的丸子头。她身材好，很适合穿正装。她脸小，下巴尖细，皮肤白，嘴唇红似烈焰，潋滟生波的眼睛也媚俏得很。

筑清光很容易和人打成一片，以至于大家因为她平易近人的性格，忽略了她美得不太好接近的脸。

视频把她的长相优势扩大了好几倍，被上传到 G 大的论坛里，不少人说她是“最美播音生”。

“长成这样还缺男朋友吗？我知道她单身的理由了！追求者太多，容易挑花眼吧。”

“好看是好看，就是念诗跟机器人一样，看来是一个花瓶啊。”

“我听说筑清光为了这个比赛做了不少准备，这样都没拿奖，要我都得哭了。”

…………

筑清光确实要哭了，不过不是因为没拿到奖，而是被专业课教授骂了。

那个教授听说她要参加这个比赛，起初还挺看好她的，结果看完了视频，就差抄起一旁的书开打，阴阳怪气地把她训了一顿：“你挑的什么诗，暗恋的诗歌，你一点儿感情也没有，选情诗起码你要读懂它啊！你这气势汹汹、激情澎拜的样子活该落选。”

筑清光恼羞成怒，在顾漾舟跟前吐槽：“读首诗要什么感情，好看不就行了吗，亏我那天还化了两个小时的妆，气死我了！”

顾漾舟：“……”

筑清光看他一脸平静，越发恼火，恰好大赛公布了第一名的参赛视频。

“她好看吗？”筑清光戳着屏幕上女生手上的奖杯，气道，“我比她好看，是吧？”

“嗯，你好看。”顾漾舟注视着她未施粉黛的脸。他第一次看她出门连妆都不化，看来的确气得不行。

筑清光平时读新闻只要客观就行，所以专业课的成绩都不错。但她也被老师说过读稿子没有感情色彩，又不知道怎么改，只能盯着那个奖杯小声说：“我也很想得奖的。”

顾漾舟稍稍拧眉，安慰地说：“你不得奖也很优秀。”

“是吧，我就知道我很优秀！”她就等着这句话呢。她擦了擦不存在的眼泪，声音拔高问道，“你带身份证了吗？我们去不去看电影？”

顾漾舟正不解为什么看电影要带身份证，筑清光已经在查路线了。

两个人沉默时，街口有一个朝他们这边疯跑过来的男人，他身后跟着一个女人，女人大喊：“抓小偷！抓小偷！”

筑清光不知所措，想着该怎么帮忙，小偷就已经从她身边跑过，甚至狠狠地撞了她一下。

身后的顾漾舟扶稳了她，下一秒他往前跑了几步，拽着男人的领口，提腿踹在他腰间，一个利落的抬膝后，迅速把人摁在地上。

男人还想挣扎反抗，顾漾舟将刚被筑清光喝了一半的可乐的瓶口抵着他的后脑勺，声音低冷：“别动，警察。”

男人吓得发颤，赶紧求饶：“阿 Sir，我偷钱而已，不至于拿枪对着吧？”

顾漾舟这把可乐瓶当成手枪吓唬人的本事真是让筑清光叹为观止，执勤警察和女人也赶了过来。

“你是警院学生吧？刚刚那个踢腿练得不错啊。”警察看上去很年轻，应该是警院出来一两年的学长。他给小偷铐上手铐后，夸了顾漾舟几句。

女人连连道谢，拿回钱包说要给报酬。

顾漾舟神色冷淡，温声推脱了，错眼看见筑清光站在路灯下揉手臂。

“你被撞疼了？”他走过来，自然地抬起她的手肘捏了捏。警院生训练少不了脱臼扭伤，治愈的办法当然也学得很好。

筑清光的手肘是被撞麻了，小偷冲过来的力度很大，她哼哼唧唧享受着顾漾舟的服务。

午夜档的电影，满座，几乎全是情侣，黑暗中能听见后排人接吻的声音。筑清光非常没情调，附在顾漾舟耳边骂人：“他们是不是有病啊？”

顾漾舟垂着眼看她手上刚领的房卡，一时分不清到底谁有病。

电影结束，两个人往商场后面的酒店走。

“你要带我去酒店？”顾漾舟蹙眉问，语气很难以置信。

筑清光愣了一秒。好像听起来是这样，但为什么他说出来这么奇怪？

用曲妙妙的话来说，他们就算从同一个酒店出来，她也只会以为他们在里面打了一宿扑克牌。

筑清光上下打量着顾漾舟，说：“你在想什么呢，你脏了啊！你已经不是那个纯洁的顾漾舟了！”

顾漾舟：“……”

他们站在电梯里，镂空设计的镜面反射着莹白的光线，筑清光哼着歌，等着电梯到达房间所在楼层。

刷卡进门前，筑清光看了看时间，献宝似的喊道：“铛铛铛！”

一进门，入目便是大床上的蛋糕，旁边还摆了一瓶红酒，两个高脚杯。

“你生日？”顾漾舟不太注意这种日子，筑清光也很少过生日。之前筑清光在中学过过一次生日，一群人闹着玩，很热闹，是和顾漾舟没半分关系的热闹。

筑清光瞪着眼，说：“也是你生日啊，还有二十分钟！”

他们一个是射手座的尾巴，一个是摩羯座的开头。

筑清光不爱过生日，她理解的生日聚会就是变相的社交 party。后来她的生日只过二十分钟，在零点筑清光就会给顾漾舟发信息祝他生日快乐。

前年她忘了，去年她在艺考，好不容易今年他们凑在一块。

筑清光把红酒瓶撤了，拿起刚买的可乐倒进杯子里，两个杯子碰了一下。

“你知道吗？其实可口可乐更好喝，但是每次我都会不由自主地拿百事可乐。”筑清光打了一个嗝，嘴里都是汽水味，“因为百事可乐，生日快乐，祝……嗯……筑清光祝顾漾舟下一年也要平平安安。”

她的眼睛亮晶晶的，顾漾舟看得失了神，定定地看着她笑，看着她喝汽水，看着她切蛋糕。

最后蛋糕“啪”的一声盖在他头上，筑清光笑得更欢了。

他们都说筑清光美丽乖巧，落落大方，但在顾漾舟面前，她占有欲强，爱较真儿，性格差劲又自私。

她最恶劣的一面总是留给他，最无理取闹的一面也总是留给他。

筑清光对顾漾舟不好，但会对顾漾舟好的也只有筑清光。

因为只有两个人，顾漾舟又是喜静的性格，以至于筑清光把整个大蛋糕都盖在他身上后，还往他脸上泼了可乐。最后把他整得很狼狈，她倒是看得很爽。

能够自娱自乐是筑清光和顾漾舟相处起来最大的优点。

酒店房间是套房，顾漾舟进浴室洗澡的时候，筑清光正在外面玩游戏。

没吃蛋糕，她喝了两口红酒就已经晕乎乎的。

筑清光的酒量不行，自上次她被曲妙妙带着喝了几口酒后就喜欢上了。平时聚餐吃饭时，啤酒红酒，她总喜欢喝几口解解馋。再多的她也喝不下，毕竟几口下去她就会醉倒。

本来以为顾漾舟能很快出来，结果筑清光强撑困意看了好几场比赛也没见他洗完，估计是头发里的奶油太难洗。

最后，筑清光迷迷糊糊地倒在地毯上睡过去之前，才看见他踏出来的长腿。

也许是顾及孤男寡女共处一室，他没换浴衣，还是黑色长裤和白T恤，皮带扣得不算正经，头发湿漉漉的，领口处浸了水。他的鼻子挺直，唇色和冷白的脸相比，红得像是被咬过一口。

“我就睡这儿吧，你随便找个房间，晚……”筑清光吸吸鼻子，酒精麻醉得她有点儿大舌头，话也没说完，眼皮已经无力地阖上。

下一秒她整个人被他抱起，额头磕着他冷冽的锁骨。她手上的游戏柄掉在地毯上，发出一声闷响。

这样的夜最难熬，明明已经是冬天，室内空调也是适宜的温度，身上冲了凉水都燥热难安。

这是筑清光第二次在顾漾舟面前不省人事。她的腰是软的，身上有自然的少女体香和好闻的香水味。

说不清她是酒品好还是差，会吵会闹，有时还会喊着想吐，却也挺乖巧，任人摆布。

筑清光有点儿意识，但又困又微醺，不愿意睁眼。她被放到床上的时候，能感觉到顾漾舟好像在床边说些奇奇怪怪的话。

“你就这么放心我？你别这么放心我。”

“你不能和别人喝酒了。”

“筑清光，你睡着了吗？”

耳边嗡嗡鸣响，让人听得不真切，筑清光在睡梦里只觉得又烦又吵，下意识抬腿踹了一脚，腰腹间的空调毯被踹开，喧杂的声源也随之消失。

在她彻底没了意识之前，感觉到从唇瓣至脖颈处有一道弧线划过。

触感温软，大概是毯子的一角。

清晨，淡红色的晨曦从半开的窗帘中照射下来。筑清光迷蒙着睁开眼睛，看了看床头柜的手机，才七点不到。

大床很软，但身上被被子压着，她使劲一拔，才看见靠着床沿睡下的顾漾舟。

顾漾舟猝不及防被她弄醒，呈现难得的呆滞放空状态，幽深的眸子直勾勾地盯着她。

筑清光也愣住了。

他们认识七八年了，还没有过这种在一个房间醒来咫尺相对的情况。顶多是以前筑清光起个大早，拿着作业本去敲他的房间门，可至少那时候的自己是梳妆整齐的，而现在……

她俯视床下盘腿坐着的顾漾舟，他头发凌乱，衣服压得有些皱痕，颜值依旧在线。虽说他平时矜持清冷的样子荡然无存，但是现在他有股温润的少年气。

筑清光思索两秒，粗声粗气地问道：“我眼睛里有眼屎吗？”

顾漾舟似乎清醒了点儿，皱起眉，伸出手指从她脸上搓了一圈，轻声道："没了。"

筑清光："……"

她心想，她在顾漾舟面前果然没有形象，也没有尊严，正常人哪能像他这么回答问题。

"你昨天晚上一直睡这儿？"她凑近闻了闻他的头发，想确认还有没有奶油味。

顾漾舟对她突如其来的靠近有些不知所措。

"嗯。"他挺直背脊，把她的脑袋推开，"你出去一下。"

筑清光觉得莫名其妙："为什么？"

顾漾舟沉默了一会儿，硬着头皮强装镇定，握紧了掌心："你身上的味道有点儿怪。"

筑清光："……"

筑清光反应过来，自己昨天身上也有奶油和红酒、可乐的混合味道，没洗澡就睡着了。

她闻了闻自己的头发和衣服，确实味道大。她"哦"了一声，扯着毯子把自己裹住，接着跳了出去。

门打开后，浴室响起哗啦啦的流水声。

顾漾舟在这静谧中闭上眼睛，重重地舒了一口气。

回去的路上，筑清光把手机前置摄像头当成镜子，问："顾漾舟，你看看我的嘴皮是不是破了？"

顾漾舟盯着手机里她的脸看，唇色淡淡的，嗓音喑哑："嗯，我咬的。"

筑清光翻了一个白眼，敷衍地笑了两声："哈哈！大早上的你就想冷死我吗？"

她显然不相信顾漾舟的话，估摸着这是昨天晚上她咬红酒瓶塞时不小心划破的。

"筑清光，我——"

一阵手机铃声打断了他的话，筑清光在一旁接通电话，听她回答的语气，打电话的人应该是曲妙妙。

"我？昨天晚上请过假啊，现在回来。"

"你给我送什么了？我不要你送的老奶奶衣服！你太土了……顾

漾舟？他在我旁边呀，好，回去说。”

临近年底，几场寒雨纷纷袭来。

G 市的冬天十分南方化，沿着海也没有什么雪景，湿冷的风倒是穿过厚重的冬衣钻进人的躯体里。

大学进入考试周，播音专业和表演专业的学生都穿着正装，顶着刺骨的寒风，站在教学楼下练声和练站姿。

“筑清光，有人找你。”专业课老师喊了一句。

筑清光正躲在洛佩佩身后偷贴暖宝宝呢，抬头一望，远处出现一个熟悉的身影。

站在大树底下的顾漾舟穿得和她们一样单薄，凸出的喉结和修长的脖子裸露在外，宽直的肩线给人安全感，衬衣外是警服外套，黑色作训裤里的长腿很结实。他的皮肤一如既往瓷白，甚至可以媲美她们打了底妆的人。

他站得很是挺拔端正，像一棵松柏树。冷清的气质让他在一群艺术学院的男生中也很打眼。

不少女生都偷偷往他那儿看，女生们的窃窃私语让筑清光想起高中生活。

那时候顾漾舟读高二，筑清光读高一。

她们年级的女生一半崇拜老季、万子鑫那种张扬的男生，另一半就天天盯着自律孤独的顾漾舟。

一个高中有这么几个长相出色的男生，总是惹得一群少女崇拜，而这几个男生还都是和筑清光关系好的，而她又好说话，因此没少帮人送信。

顾漾舟性格温和，没当众拒绝过人，顶多是当成没听见没看见。

实际上这种人骨子里很冷情。筑清光看见过那些信被他带回家，然后毫不留情地出现在楼下的垃圾桶里。

虽然这和筑清光没关系，但筑清光还是小心翼翼地避开了顾漾舟这种类型的男生，第二天就答应和隔壁班体育委员去玩了。

那时候她觉得，找男朋友一定要找性格开朗点儿的，和自己一样健谈活泼才有共同话题。不过筑彬华管得严，坚决不让她早恋，总觉得谁也配不上他家宝贝女儿。

筑清光也没想到现在的自己反倒对感情需求越来越淡。她其实很怕麻烦，也很胆小，实在不愿意冒险。

筑清光潦草地把暖宝宝往自己的肚子上拍了两下，兴冲冲地跑过去，说："你怎么来了？"

"等你吃饭。"顾漾舟的视线移向她被冻红的脚踝，蹙眉道，"你不冷？"

"冷啊。"筑清光搓搓手，从口袋里掏出两张暖宝宝，"但是我有这个！"

顾漾舟一脸不解道："她们穿了裤子，你怎么不穿？"

筑清光一愣，说："我什么时候不穿裤子……"她顺着他的目光看向自己的双腿。

播音生大多穿光腿神器类的丝袜，但筑清光太懒了，觉得那玩意脱和穿的时候都费劲，索性就光着腿。

"我不爱穿那个，你等会儿，我贴两个暖宝宝到脚底。"

筑清光坐在花坛上，正要弯下腰，顾漾舟已经先她一步蹲下来，一条腿屈膝脱下她的鞋。他握着她脚踝的动作像是练习过无数次，贴好暖宝宝后，他又拿起地上的高跟鞋。

他们这姿势实在是太引人注目了，又离同学不远，大家都能看见。

筑清光平时觉得顾漾舟蹲下给她绑鞋带是理所当然的，但是今天，也许是能清晰感受到其他人的眼光，她忽觉如芒刺背，如鲠在喉。

她移开脚，穿好高跟鞋，若无其事地站起来，说："陈醉和曲妙妙也要过来找我。快放寒假了，要一个多月见不到，他们舍不得我，说要一起吃火锅，晚上去唱K。"

顾漾舟点点头，说："好。"

筑清光抬头问道："你和我们一起去吗？"

老师说了下课后，教学楼下原本站得规规矩矩的人一哄而散。

教学楼下只剩下他们，筑清光打了一个喷嚏，没听清顾漾舟的话，下意识帮他做了决定："那你自己去吃饭吧，反正你和他们也没什么话聊。"

其实每次带顾漾舟一起去玩筑清光的压力也很大，很多时候她都是把自己觉得好的强加于人。

她觉得顾漾舟孤僻自闭，就把他推进自己热闹的生活圈里，结果一群朋友因他的到来也变得沉默。

后来她慢慢想开了，不是重要的聚会都没再找顾漾舟。她一直希望他有自己的朋友圈，但这么久了，他什么也没变。

筑清光还是和顾漾舟去吃了晚饭，所以到KTV时也比他们晚了半个小时。她被曲妙妙领进包间那会儿，做东的陈醉已经醉得不清醒了。

筑清光捂着耳朵，减缓了房间里的魔音贯耳，一抬头就看见大屏幕上的情歌，她才发现这居然是一个表白局！

“曲妙妙，你要死啊？”筑清光把她拉到一边，指指自己，“不会是我吧？”

曲妙妙掐住她的腮帮子说：“不然是我？他向你献殷勤也好几个月了吧。”

这倒是有点儿感觉，但对筑清光献殷勤的人太多，陈醉顶多是和曲妙妙关系好，才让她对他印象深刻一点儿。

筑清光无奈之下摇摇头说：“我想想该怎么说。”

那端趴在沙发上的陈醉已经看见了她们，包间里还有同专业的七八个同学，都看戏似的望过来，好在都是平时比较熟络的。

有人手疾眼快地打开了麦克风，抒情的音乐响起。

陈醉拿着话筒唱了一首《可爱女人》，最后他在大家的呼声中说：“清光，你能不能给我一次机会，让我站在你身边？”

平心而论，这大概是今年以来筑清光的追求者中最礼貌的一个，没有把她立于高位的强迫，也没有高高在上的语气。

筑清光想给他一点儿面子，指指刚订下来的隔壁包间：“我们去那儿说吧。”

陈醉知道筑清光会拒绝，却又不想她身边一直站着另一个人，冲动和妒忌的心理在酒精的刺激下达到极致。他拉着筑清光的手说：“我哪儿也不去，你就在这儿说！”

筑清光的力气没他的大，没办法逃开，只能说：“谢谢你的喜欢。”言简意赅得近似无情。

陈醉顾不得曲妙妙在身后扯着他的袖子，一股脑儿把话全倒出来：“我有钱有长相，他们都说我和你很配。你这个不要那个也不要，那你到底喜欢什么样的男人啊？”

筑清光："……"

"哦，我差点儿忘了，你身边不就藏着一匹狼吗。"

"陈醉，闭嘴！"曲妙妙大声叫他的名字，仿佛知道他想说什么。

筑清光被扯得手腕疼，脸立刻冷了下来，忍着怒气没有发作，说："别拽着我，你什么意思？"

陈醉手一挥，把桌上的酒瓶扫到地上，半倚着墙道："你不知道啊，你当然不知道。你关心过身边人什么？"

筑清光："……"

陈醉这是在发酒疯，和以前那些没酒品的男性朋友一个样。

筑清光对他为数不多的好感被消磨殆尽，她转身想走，却被陈醉后面那句话硬生生惊到了。

"顾漾舟啊，他喜欢你。"陈醉破罐子破摔。

筑清光听后想笑。

她按下门把手，脚刚动，陈醉的脸靠了上来，他弯下腰，额头贴着她的脖子，带着热气道："你不信？你问问你的好闺密，她看过顾漾舟趁你酒醉亲你。"

旁边的男生急忙把他拽开，说："我说陈醉，你够了啊，清光没答应你，你也不带这样欺负人啊。"

表白这件事本来就是有风险的，几个同学也想到了这件事可能成不了，正打算过来圆个场。

下一秒，筑清光拿起一边的酒杯往陈醉的头上砸去，利落地从包里掏出几百块钱，说："去看病。"

事情变化太快，一时间谁也没反应过来。

反倒是陈醉捂着被砸破流血的脑袋，看着筑清光气冲冲走出去的背影笑出了声。

他既然得不到她，那顾漾舟也别想得到。

戳破暗恋的结果会是什么？友谊破裂，关系不复从前。

曲妙妙跟在筑清光身后追过去，走廊上传来她们一前一后的脚步声。

筑清光没离开，在楼上开了一间房。她没点水果，歌也不放，干坐着灌了一大口啤酒。她担心待会儿会睡死过去，又悻悻地放下酒瓶，坐着醒了十几分钟的神。

曲妙妙在旁边如坐针毡："清清……"

"你别说话，让我先骂一会儿！"筑清光屏着气，一口一个"神经病"，"你说你这同学是不是脑子有问题？企图破坏我和顾漾舟的感情，还破坏我们的姐妹情！"

原来她还是没信，曲妙妙心里不知道是什么滋味："那你刚刚打他干吗？"

"我差点儿被占便宜了啊！"筑清光气愤不已。

"那你就没怀疑过这是真的？"

筑清光一愣，都说人生两大错觉就是：他喜欢我；我能反杀。

她回想起平日顾漾舟高冷的样子，摇摇头立刻否定："谁都别想玷污我们的友情，凡事要讲证据！而且他的话逻辑不通啊，你要是看见顾漾舟亲我，为什么不说？所以说他就是说瞎话不打草稿！"

曲妙妙："……"

曲妙妙身侧的手机振动几下，是陈醉打来的电话。

她随手拿起一瓶酒递给筑清光，哄小孩似的说："别气别气，你喝点儿东西，待会我送你回去，我先去趟洗手间。"

曲妙妙甩开筑清光，特地去楼下K房看了一眼，几个同学说陈醉回学校了。

她把电话回拨过去，一顿劈头盖脸痛骂："你傻吗？不去医院回学校干吗？你该不会去找顾漾舟了吧，别吃饱了撑的，行吗？"

陈醉只问："她怎么说？"

曲妙妙没好气儿地说："她说你没证据造谣，你这下算是彻底把她惹恼了。有你这么追人的？"

彼时站在顾漾舟面前的陈醉笑了笑，捂着额头也没挂断电话，反而放了扩音。

"顾漾舟，本少爷今天表白失败了，心情不爽得很。"他扬着眉，和顾漾舟平视着，语气不善道，"所以我不能让你这个有狼子野心的男人一直待在她身边啊，你说对不对？"

顾漾舟刚下晚课，闻见陈醉身上的酒味，听到他的话也没什么反应，他慢条斯理地从口袋里拿出一根烟点燃，倚着一棵大树，垂眸看陈醉。

陈醉见不得他这么冷静的模样，刺激道："你是不是亲过她？我刚刚也摁着她亲了一口，还真挺甜的。”

手机另一边的曲妙妙一愣，突然意识到他在干吗，激怒顾漾舟给他一拳吗？

她很想说一句：兄弟，活着不好吗？

“顾漾舟，你别……”她的话还没说完，电话已经被掐断。

曲妙妙叹了一口气，蹙着眉头回了楼上。她推开门，看到筑清光抱着酒瓶靠在沙发上，也不知道是睡了还是没睡。

曲妙妙回想起她刚刚义愤填膺的质问：“你要是看见顾漾舟亲我，为什么不说？”

为什么不说，为什么从来不提，甚至还诱导筑清光往顾漾舟不喜欢自己的方向想？因为她也有私心。

曲妙妙走进房间，坐在筑清光身边，确定她昏睡过去后才敢开口。

在她的印象中，筑清光什么都好，什么都有。

曲妙妙转学第一天，就被这个全身都在发光的女孩子吸引了。她们成了好闺密，她也因为筑清光收获了一群朋友。

曲妙妙扪心自问，从来没有嫉妒过筑清光，更没有做过于她不利的事。

自己也很漂亮，家世背景也很好，父母关系和睦。自己的脾气和筑清光的也像，顶多是心思比筑清光敏感一点儿，演技也比筑清光好，所以为什么顾漾舟会喜欢筑清光？

顾漾舟那样不苟言笑的人，给筑清光补作业，帮她撒谎骗老师，在她午睡的时候温柔地看着她的睡颜，浅浅的笑意从黑眸里浮现……

明明自己和筑清光没差多少啊，只不过自己晚几年认识他。她分得清谁对谁错，没有因此和筑清光反目成仇。

于是她和顾漾舟站在同一条战线上，坚信只要筑清光不发现就不会有回应的一天，也许顾漾舟会自己放弃。

曲妙妙知道，不管筑清光的答案是什么，最后一层遮掩秘密的幕布如果被扯落，他只会更肆无忌惮，越陷越深。

“清光，反正你也不要他，可以给我吗？”她低喃。

门被推开，走廊上迷离的灯光照射进来，一瞬间有点儿刺眼。曲妙妙没挡住眼睛，就这么静静地看着门口的人。

顾漾舟身上带着屋外的寒气，他的到来一下子让小包间拥挤了。

他眉目微沉，视线却投向沙发上。

曲妙妙若无其事地站起身，笑着说：“你刚刚没和陈醉打起来吧？”

顾漾舟垂眸看了她一眼：“嗯？”

“陈醉刚刚骗你的，清清没理他的话，也没信。”曲妙妙顿了顿，欲盖弥彰，“你们警院生在校打架的话，处分比其他专业的学生要严重很多的。”

“我不介意。”顾漾舟侧过身，把瘫软在沙发上的筑清光扶正，背在自己身上。

曲妙妙一愣，没反应过来他的意思，不介意被说出来还是什么？

她扯着他的衣角，说：“我和你一起送她去宿舍吧。”

顾漾舟对上她的目光，没什么情绪道：“不用。麻烦你跟她的辅导员请个假，我有事和她说。”

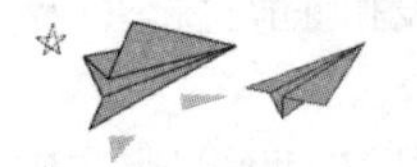

Nan man

# 第六章 各奔东西

顾漾舟没带筑清光回宿舍，而是把她送去了自己下学期要租的房子里。他假期在机构代课，挣的钱够他付上半年的租金。

出租屋面积不大，接近一个小地下室，但在寸土寸金的G市其实租金有些昂贵。快放寒假了，他已经搬了一部分东西进去。

其间筑清光醒过一次，喊着要喝水，却也只是喝了水又睡过去。

顾漾舟在昏黄的灯光下盯着她的脸看了许久，嘴唇轻轻覆了上去。

“你刚刚……”筑清光被他的动作弄醒，本能地选择把刚刚的触感当成是自己酒醉未醒的错觉。

她坐直了点儿，靠在床头，往四周看了看，说：“哎，这是不是你租的房子啊？还挺干净的。”

“把话说完。”顾漾舟的声音低冷，在冬夜里像是淬进冰啤酒，浸润进雨后的芽叶里。

筑清光的思绪被他一把好嗓子打断，她一脸蒙地看着他，问：“什么话？”

“你不是说要证据吗？”他直勾勾地盯着她，欺身压过去，搂过她的腰，说，“我给你。”

筑清光睁大眼睛，看着他吻下来，她想躲开，却被他攥着肩膀。

被强迫的感觉让人非常排斥，筑清光蓦地眼睛一酸，眼泪顺着脸颊滑落在两个人的唇间。

明明知道她是在演戏，但顾漾舟还是松开了手。

桎梏没有了，筑清光气得拿起床头柜上的台灯想往他头上砸，可他没躲开，任由自己处置的样子又刺痛了她的眼睛。

或者说，他让筑清光彻底迷茫了。

“你喜欢我？

“你以前没说过啊，我也没听别人说过。

“这太突然了，原来陈醉没骗我。”

…………

她不懂很多事情，或者说就像陈醉说的那样，她对很多事都漠不关心。

“能成为密友大概总带着爱意”这句话盛行的时代，和她认识七八年的顾漾舟就这么向她告白了。

筑清光的脑子乱成糨糊，垂下眼不去看他，吸吸鼻子，用手背擦了一把嘴，说：“你怎么突然亲人啊！告白也这么突然，我最近行情这么好吗？一个两个的。”

她嫌恶的表情没有特意遮掩，顾漾舟掐着她的下巴，把她的头抬起来，指腹一遍遍摩擦嘴唇，像是要拭去什么痕迹。

但有些东西就像射出去的箭矢，出去了就回不来。

筑清光“嗞”了一声，嘴皮被磨得有点儿痛。她望向顾漾舟的脸，他的表情是冷淡的，眼神却是炙热的。

“筑清光，没有人会突然爱你，只是你突然发现而已。”顾漾舟攥紧她的手腕，低沉地说。

沉寂的冬夜里，只剩下两个人的呼吸声。

他的黑眸濯濯沉沉，注视着她的嘴唇，迷蒙的眼眸。她绯红的脸上还带着羞赧和无措。

又是这种风雨欲来的感觉，筑清光背脊发凉，出了一身冷汗。

她知道顾漾舟是有点儿偏激的，很多时候他只是不表现。她下意识想着是筑彬华让他看着自己，自己觉得麻烦、无关紧要就从来没提出来过。何况每个人都有性格，他只是和大部分人不一样而已。

筑清光天真地以为他们俩已经熟悉到光用意念就能交流，但现在房间里的烟味、他刚刚吻自己的样子，都让她陌生得不行。

这种不常见的反差才让人害怕。

筑清光的手腕被他抓得越来越紧，像是要硬生生扯成他的一样。她居然产生了赶紧逃的错觉，根本无力和他对视，她总感觉下一秒会死在他手里。

她皱着眉头，身体往后缩，说：“你抓得我手疼。”

顾漾舟低着头，力道小了点儿。他垂下眼睫毛，冰凉的指尖在她手腕上轻轻滑过，一下下擦拭那块被他攥红的皮肤。

他的动作已经温柔得不像话了，筑清光却还是往后退，甚至下床站在地板上。她浑身僵硬，收回手，说：“已经不疼了。”

顾漾舟的手还没收回来，保持着刚才的姿势。

他听出她声音里的颤音，一时间有些恍惚。

从秘密被曝光开始，他也变成了“别人”。

他可以把抽烟的习惯藏好，也可以把对她的在意藏七年，现在因为陈醉就忍不住了。可全盘托出后，得到的果然是疏离。

“你要去哪儿？”他低声问。

筑清光趿着帆布鞋，正打算推门出去。墙上的挂钟已经显示凌晨两点了。

她虚虚地叹了一口气，说：“大晚上的，我待在你这儿不太好。”

说来也是好笑，她之前可以和他住同一个酒店，住一个套间，甚至醒来发现两个人睡在同一个房间也没说其他话，现在她居然因为两个人大半夜在同一个屋子里而避嫌。

说到底，不过是问心有愧。

在不知道他的感情之前，有些亲密的接触她也能一笑而过。但是现在……总归她不想继续给这个“追求者”靠近的契机。

那些人是怎么做的？

好友间产生了别的感情，如果不是两情相悦，是不是就该悲剧收场？

友情这种东西对筑清光来说其实不太重要，拥有得太多就不会珍惜。但如果是顾漾舟，她大概会觉得很可惜。

顾漾舟伸手抵着门，说：“太晚了。”

“那我去住酒——”

他推开门，打断她：“我出去。”

深夜，楼道内的声控灯因他说话时的回声亮起。他的高瘦身影变成一大块阴影，笼罩在筑清光的头顶，凉风顺着门的夹缝缓缓吹进来。

门被带上，外头没有传来脚步声。

筑清光倚着门坐下，有点儿犯困。但在大量信息冲击下，她也不可能在这儿突然睡着。

顾漾舟没走，在门外抽烟，不知道是第几根。筑清光往窗户那儿看，玻璃上已经有了烟气。

她犹豫很久，终于打开门，抱着膝盖坐在他旁边，门里惨白的灯光延伸至她的脚下。

顾漾舟盯着她出来没一分钟就已经被冻红的脚踝，道：“冷，快进去。”

筑清光冗杂的情绪因为他这句话又驱散了一点儿。

看吧，筑清光，他其实也没太大改变，还是时时刻刻以你为先。

因为这认知，她找回了一点儿自信，舔舔下唇，说：“顾漾舟，我仔细想了想，你平时没怎么和别的女生交流过，就容易对身边人定位不清楚。都是我不好，我一定给你什么错误讯号了才会……”

面前陡然靠近一张脸，筑清光说着说着就说不下去了，头往后仰了仰。

“你别动，你要是再敢亲我，我真会打你的！”她捂着嘴，含混不清地说，声音闷闷的，瞪着他。

声控灯好像坏了，忽明忽暗的。

越暗的环境人的感官更清晰，顾漾舟大概洗过澡，身上有一股皂角香。

筑清光越想越觉得自己的思路没错。

“我分得清。”顾漾舟似是呓语，他捧起她的脚，认真地给她绑上鞋带，手法娴熟。

这画面像放了负倍速的老电影，胶带在放映机里发出喀嚓喀嚓的转动声，嘈杂又让人烦躁。

时间也走得慢，一分一秒变得难熬。

筑清光后知后觉，耳边嗡嗡作响，像有虫子在振翼，估计是酒精作祟，但这足够让她听清他的话了。

他分得清对自己是依赖还是爱。

他分得清……可是她分不清啊！

成年了还要被他以男朋友的身份管着，两个人天天黏在一起，筑清光光是想到这些就想反复去世了。

“其实谈恋爱不就那点儿事，可我觉得我们并不合适。”她自顾自地说，打了一个酒嗝，有些大舌头，“嗯，而且现在我还不想谈恋爱，太麻烦！当然也可能是目前为止还没有出现能让我觉得不麻烦的人，反正那个人也不会是你……你在听吗？”

顾漾舟的眼尾有些潮红，他听懂了她的话，却固执地不肯应一句。

她越轻松，他越沉重。

越靠近那阵熟悉的柑橙味发香，他内心深处的欲望就越可憎。

每个带着拒绝意味的词都在撕扯他，像千军万马踏过胸腔，让人很窒息。

声控灯又开始闪烁不定，越来越暗。

筑清光别开眼，只当没看见他难过的样子。

左不过才十八岁的少女，什么都只顾自己才是筑清光。

筑清光扬起唇，小心翼翼地问：“那我们现在能做回朋友了吗？”

黑暗中，任何微小的细节都会被发现，何况是长达一分钟的沉默。

两个人对峙着，不对，也许只有顾漾舟一个人执拗地盯着她的方向。良久后，他听见了自己嘶哑的声音：“能。”

筑清光听到了满意的答案，轻快地耸了耸肩，站起来拍拍裤子，说：“那我回去睡觉啦。”

顾漾舟没说好也没说不好。他的睫毛轻颤，嗓音压得更低：“筑清光，你不能喜欢我吗？”

筑清光顿了顿，转过身，两个人四目相对。

筑清光活得同样矛盾，却又应该是这个样子。她表面上乖巧骄矜，骨子里却追求自由。

她的一双媚眼能杀人，柔顺的发丝能轻而易举扼住他的喉咙，言语的放荡分分钟能把他击溃。可她眨眨眼，又是一副人畜无害的模样。

顾漾舟知道，自己完了。

筑清光没回答，只是歪头看顾漾舟。

乌黑的头发如丝绸般垂落在她莹白的肩颈，红唇扬起潋滟的笑。她的淡妆未卸净，仍是小妖精模样。

妖精在对他撒娇："顾漾舟，我的胃不舒服。刚刚我看见你屋里有锅和小冰箱，你能不能给我煮汤喝？"

顾漾舟喉间发涩，没再出声，绕过她进了厨房。

筑清光窝在客厅的沙发上，盯着他的背影瞧了一会儿。

他换了家居服，宽肩窄腰，肩胛骨线条平直，看这挺拔的背影就知道他是倔强的人。

太尴尬了，筑清光想。她可以是很多人的小太阳，不可能只为他一个人发光发亮。

一码归一码，她喜欢顾漾舟，但没到可以爱他的程度。

她可以喜欢这个顾漾舟，也可以喜欢第二个长得好看的顾漾舟。

异性之间存在纯友谊吗？当然存在。两个人的故事里，有一个不愿意就够了。

顾漾舟把粥熬好端过来时，筑清光已经在沙发上睡过去了。他知道她也不是很想喝东西，只是想逃避那个话题。

小出租屋安静下来，凌晨三点多钟，细雨密密麻麻，如针尖般砸在湿透了的玻璃窗上。

筑清光睡得很沉，大概是真的累了。

顾漾舟把毯子盖上去后，甚至不敢再多碰她一下。他盘腿坐在沙发边上，手指在离她的脸不到一厘米的地方描绘完她的轮廓。

外头路灯的光亮越来越淡，快到黑夜的尽头，不知道她的梦有没有做完。

他突然就对这样的明天感到悲哀。

怎么漫漫长夜，和你对望两眼就天光大亮了。

因为这突如其来的告白，筑清光自己买了机票回去过寒假，甚至没有通知顾漾舟一声。

临近年关，万子鑫和老季他们也都回了家，几个人一起约了一个饭局。

总归也就分开了小半年，他们高中毕业后虽然各奔东西，但是家离得不远，从来不怕失去联系，还是互相嫌弃地凑在一起说说笑笑。

吃过饭，大家一起去了会所打保龄球。

帅宏喝大了，过来搭着筑清光的肩膀，说："小清光，你家顾漾舟呢，你不是天天黏着他吗，这会儿又不在一起了？”

“你胡说八道什么，谁跟他在一起过啊！”筑清光这会儿反应有些大，一挥手扇了他一巴掌。

帅宏被扇蒙了，指了指自己的脸，看向一旁斜倚着栏杆的季其野说：“她，那啥来了？”

“滚滚滚！”筑清光不耐烦地把人推开，转过身来问男人，“老季，我漂亮吗？”

季其野丢开烟，漫不经心道：“那可太漂亮了。”

筑清光说：“那你喜欢我吗？”

“喏，1808XXXXX51。”

“这是什么？”

“我私人医生的号码，你该去看看脑子。”

筑清光握紧拳头，说：“那你对我那么好干吗？”

一旁的万子鑫听见这话，笑道：“小清光，我、你、帅宏都认识多少年了，再加上后来认识的顾漾舟和曲妙妙，哪个对你不好？你问问他们喜欢你吗？”

她该怎么反驳呢，顾漾舟还真喜欢她。

季其野点点头，附和道：“我们这么熟了，迫于旧情多疼着你也正常，你说什么喜欢，别赶尽杀绝行吧。”

筑清光奓毛了，说：“绝交！”

“嚯，今天什么好日子啊。”

筑清光一把抢过他的手机，瞥他一眼，说：“你聊什么呢，女朋友啊？”

季其野把手机拿回来，哧道：“你想什么呢，就我侄子的同学，人家可是单纯的小朋友。”

筑清光翻一个白眼，从这位哥这里听出怜爱感可真是不容易。

她百无聊赖，盯着远处的一个男人发呆。

那人的侧脸非常好看，皮肤很白净，在清清亮亮的灯光下显得有些冷淡。

筑清光看得愣神，忽然包里的手机振动。她打开一看，是曲妙妙发的信息：清光，我在你家门口，你要出来陪我喝杯咖啡吗？

“我猜你盯着他看这么久，是不是觉得他像顾漾舟？”一道声音响起。

筑清光回过神来，立刻反驳：“放屁！顾漾舟才不会和他一样，穿着大花袄来这种地方玩。”

季其野收了手机，敲敲她的脑袋：“啧，有情况啊。”

都是玩得好的朋友，筑清光也没打算瞒他。她把事情说了后，愁眉苦脸道：“我怎么办？他又不是别人。”言下之意就是太熟的人拒绝得也不干脆，她还真是第一次遇到这种事。

筑清光漂亮归漂亮，但在性格上更适合做有趣的朋友，平时她吸引的都是看上她脸的追求者。

季其野顶顶腮帮子，无所谓道：“那你们就在一起，人家对你多好啊。我们这几个人里，顾漾舟算是对你无底线忍让的。知足吧，就你这刁蛮任性，又喜欢演戏的人，除了脸能看，也没什么用了。”

筑清光：“……”

被他这么一说，筑清光都不知道是该开心还是该揍他一顿。

“你去哪儿啊？”后头传来男人闲散的声音。

筑清光扬扬手机，头也不回道：“我们家妙妙突然来这边了，我回去陪她喝东西！”

筑清光刚刚还在忧心，一秒后就切换心情了，这丫头真是没心没肺到了一种境界，也难怪她能天天这么乐呵呵的。季其野无奈地摇摇头，笑出声。

曲妙妙家离筑清光这儿不算近，虽然都是同一个城市，但一南一北的，又是年关，明眼人都知道他们这是有事要谈。

但筑清光没想这么多，乐呵呵地赶了过去。然后她就在家对面的豪车专卖店门前遇见了曲妙妙，还有顾漾舟。

顾漾舟穿着黑色大衣，里面那件衬衫领口解开了几颗扣子，白皙的锁骨露了出来，他像是急急忙忙刚跑出来的一样，正在听曲妙妙说话。

筑清光没和曲妙妙说他们的事，这会儿看见了顾漾舟还是想躲，却被眼尖的她喊住：“清清！”

顾漾舟歪着头看过来，眼神冷淡。

“哈哈哈，好巧啊，妙妙。哎，顾漾舟，你也在。”筑清光皮笑肉不笑地转过身，说话没什么底气。她想了想又补充道，“我之前买票买早了，就忘记告诉你，我回来了，然后这些天一直在老季家里玩。”

那天她在出租房起了个大早，一睁眼看见顾漾舟屈着长腿坐在地板上守着她，食指虚虚地搭在她小尾指的末端，像条怕被人丢弃的小狗一样。

顾漾舟睡着后没有防备的样子非常乖，秀气挺拔的鼻梁骨，薄又白的眼皮，眉心蹙着，身上的味道清清淡淡。这会儿他不像平日里似的板着脸或收敛表情，整个人都是放松闲散的状态。

他不是那种普遍意义上的帅气长相，但就是每个部位组合在一起就有一股温润的味道，很难让人移开眼。

“你不要喜欢我了，行不行啊？”筑清光轻声问，并且小心翼翼地移开手。

他没睁眼，也没动。

但筑清光觉得他听见了，他是一个浅眠的人。

她临走关上门时好像听见他在说话，声音闷闷的。

他说：“不行。”

放假回来也有十来天了，两人以这种方式见面确实挺猝不及防。

一般来说，接下筑清光这个尴尬不失礼貌的借口才叫正常，可顾漾舟显然没有作为正常人该有的样子，毫不留情地拆穿她：“你又说谎话。”

筑清光：“……”

很好，他还是一如既往地不善交际，又不给人后路。

曲妙妙在一旁看笑了，揽着筑清光的胳膊说：“哎呀，我刚刚告诉顾漾舟说你也在，就把他叫来了。”

筑清光对她眨眨眼，暗示她：姐妹，把他赶走！

曲妙妙说：“清光，你的眼睛怎么了？”

筑清光：“……”

筑清光觉得这样下去忒不得劲，干脆从包里拿出花园钥匙，伸手递给顾漾舟：“那个，帮我家的花浇下水。”

筑彬华要到除夕夜才会回来陪她吃顿饭，家里没其他人，花园里的花在冬天估计也就那两棵腊梅。

筑清光这会儿也不想跟他你来我往说太多话，把钥匙塞进他手心后，就扯着曲妙妙往旁边的咖啡厅走。

她走了两步，没忍住回头看了一眼，顾漾舟站在原地没动，背挺得很直，低头看着手心的钥匙。他狭长的眼尾也耷拉着，好像变回了初中形单影只的模样。

不行，不能心软。筑清光攥紧了手，心想他不就是表白被拒绝了吗，也没什么可怜的。

被她拒绝的人这么多，况且就算是她自己，小学追喜欢的男孩子也被拒绝过啊。

“你忧心忡忡的干什么呀？”曲妙妙拿起糖勺在筑清光眼前晃了晃，了然地笑笑，“顾漾舟跟你告白了。”

这事怎么她的身边人都不惊奇？

筑清光没和曲妙妙说这件事其实还有一个原因。她纠结了片刻，尽量以轻松的语气开口：“上次陈醉说你看见顾漾舟亲我，真的假的？”

曲妙妙说：“真的啊。”

“那你怎么不告诉我？”

“我也不确定呀，毕业那天晚上我也喝了很多酒。而且万一因为我一句不知道是不是事实的话，你们闹崩了怎么办？”

筑清光苦着脸说：“离崩也差不多了，我现在真的除了躲着他，没其他办法了。”

曲妙妙若有所思地点点头：“你要等他喜欢上别人，你们之间才算能重新回到纯粹的友情轨道上啊。”

这话倒是没错，社会上多的是以朋友之名实行绿茶目的的女生，筑清光一点儿也不想成为其中之一。

“可是筑清光，你很过分啊。”曲妙妙话头一转，语气都严肃了。

筑清光一脸不解：“我哪里过分了？”

曲妙妙说：“你都平白无故享受他对你这么多年的无条件纵容了，跟人家谈场恋爱怎么了？”

筑清光皱着眉，似乎不太相信这话是一向站在自己这边的曲妙妙说的。

她有些气恼道：“我从小到大就是被人捧着的，你难道不知道？

谁要求他这样做了，有本事绝交啊！”

曲妙妙说：“你第一天知道他没本事？顾漾舟这人，在你跟前就不知道自尊这两个字怎么写。我一直觉得他在你面前没有底线，你看他一副正气凛然的样子，但总对你放水。”

筑清光沉默了。她回到家整理东西的时候，不是没发现一些小细节。

高中的毕业照上，顾漾舟的目光一直望向她。

同学录上，别人都写一堆不舍或者祝福的话，就他一句敷衍的“会给你买可乐的”，好像没考虑过他们会分开。

可筑清光此刻有些烦躁。凭什么不管是老季还是曲妙妙都要因为一句“他对你最好”，就判定她应该和他在一起？

她讨厌被压力和对顾漾舟愧疚的情绪推着走，讨厌被曲妙妙指责没心没肺。

她确实自私又胆小，贪财好色，俗不可耐，遇到解决不了的事，第一反应是逃避。

这就是她，这就是筑清光。

任性妄为的女生和不会解释不懂表达的男生是注定走不到一起的。

她只是不喜欢顾漾舟，又不是犯了十恶不赦的罪，凭什么她要被身边的人推向他。

没有什么事可以让她心烦，没有什么事可以让她不开心，如果有，她就会想方设法逃离。

“你安排一下，让我下学期转个校区吧！”筑清光灵光乍现。

G 大有新校区，在玫瑰岗那儿，面积比老校区小，设备也不齐全。

本来老校区的人在大三就要移一部分过去，但有曲妙妙妈妈在，大一换个校区也不是难事，只不过像筑清光这么主动要更换校区的学生实在不常见。

曲妙妙嘴唇一弯，说：“行啊，我帮你联系一下。反正老季和之前班上几个同学在那儿，不愁没人陪你玩。”

“哎，你真的只是找我来喝咖啡的？”

“是啊，我陪我伯伯来走亲戚，顺便在你家这边坐坐。”曲妙妙抿了抿唇，笑得温柔。

事实上，在筑清光来之前，曲妙妙就已经以她的名头把顾漾舟约

了出来。

曲妙妙没有蠢到说出自己的心意，只是明嘲暗讽地问他到底喜欢筑清光什么。

她们明明没差多少，曲妙妙对筑清光甚至有点儿负面评价：任性俗气，蛮不讲理。

结果这话好像提醒了顾漾舟什么，他垂下眼睛思考了一会儿，一本正经地回答："喜欢她任性俗气，蛮不讲理。"

曲妙妙轻哧一声，没再说话。

她第一次看见顾漾舟是在升旗仪式上。

少年高高瘦瘦的，穿着一尘不染的校服，一张瓷白温润的脸，站在八九点的日光下念演讲稿。

他眼里如缀了璀璨的黑曜石，在光影下看着筑清光偷偷和同学搞怪的模样笑了笑。

他这副温柔的样子没被筑清光看见，却被定格进曲妙妙的眼里，成了她多年的念想。

其实到现在，她也分不清对顾漾舟是因为得不到才耿耿于怀，还是单纯喜欢。

但不管是哪种，她唯一能确定的是，她可能很想和顾漾舟在一起，所以非常不想撮合他们。

"顾漾舟，你挺活该的。你惯的她，那你就受着。"

大概是因为解决了一件大事，筑清光整个人都轻松了。但她完全忘记了刚刚把钥匙扔给了顾漾舟，以至于一推开门就和他直勾勾的眼神对上。

"啊，你还没走？"她吞了吞口水，试图绕过他去冰箱里拿水喝，结果她错眼看见桌上热气腾腾的菜，一瞬间有些说不出话来。

顾漾舟扯住她的手腕，只一秒就松开，哑声说："你的生理期快来了，不要喝冰的。"

"哦。"她讷讷地应着，垂着小脑袋，显得异常乖巧。

筑清光什么时候变成这样了？

顾漾舟觉得她神经紧绷，不放声大笑的模样很陌生。

他还是喜欢那个走在路上鞋带散了，就抬脚让他蹲下的筑清光；

那个被老师叫家长时就垮着脸向他求救，帮忙在筑彬华面前说好话的筑清光；那个有点儿小脾气的筑清光……

这一切是被他自己搞糟的，他不该有那种心思。

顾漾舟喉咙发涩，难堪的一句话哽在喉间——筑清光，我后悔了。

他的话没说出口，坐在餐桌旁的筑清光舔舔唇，试探性地问："顾漾舟，要一起吃饭吗？"

门外的院子里传来鸣笛声，应该是筑彬华提前回家了，顾漾舟看见她悄悄地松了一口气。

筑清光站起来，在落地窗前朝外面挥了挥手，等人进门就开开心心地喊道："爸爸，您今年回得这么早？"

"公司事务在交接中，再说了，我回得早不好吗？"筑彬华把公文包丢到沙发上，朝顾漾舟抬抬下巴，"你吃过饭了吗？留下一起吃吧。我刚从你家过来的，去看了看明山。"

顾漾舟点点头，说："我爸还是老样子，有劳您挂念了。"

筑彬华摆摆手，说："多少年的老友，不说这个。"

筑清光这会儿已经在餐桌前吃起来了，任凭这两个男人在客厅里说话。

突然她被一张餐巾纸擦过嘴边，纸巾上是她没擦干净的甜辣酱。她错愕地抬起头，那两个男人已经走到餐桌边上。

筑彬华无奈道："你都多大的人了，你顾哥哥照顾你六七年已经够烦了，难道你还想拖着人家过一辈子啊？"

顾漾舟垂眸看筑清光，话像是说给她听的："不烦。"

筑清光："……"

她此刻只当他是"罪魁祸首"，好端端的干吗白让她挨顿批评！

筑清光天不怕地不怕，偏偏只想在她爸面前做乖孩子，她只能低着脑袋乖乖道谢："谢谢顾哥哥。"

错眼间，她好像看见顾漾舟的嘴唇稍稍勾起，像在嘲笑她！

筑清光没好气儿地补充："不会拖着你一辈子的，我还要嫁人呢，绝对离你远远的。"

这话一说完，她的后脑勺被筑彬华拍了一巴掌："你长本事了，翅膀硬了，打算飞哪儿去？"

"嗯，我说说而已啊。"筑清光委屈巴巴地起了身，"我回房间了，你们自己玩儿吧！”

既然说了要转校区，筑清光自然是回房间收拾行李去了。但她想了很久，该怎么和顾漾舟说，或者直接不说？

她正这么想着，楼下筑彬华的声音突然大了点儿，乍一听还以为在吵架。

隔着这么远的距离，筑清光听不太清楚，但她能确定他们不是在吵架。

筑彬华对顾漾舟好得就差把他纳入户口本了，要不是顾及顾明山的自尊心，筑彬华早就把他家从别墅区下的老房子移上来了。

筑清光刚打开门，脚就和顾漾舟的碰上。

“你和我爸聊什么了，他情绪这么激动？”筑清光踮脚往他身后看，却被他摁住脑袋，又按回了原始身高。

筑清光气恼地瞪了他一眼，腮帮子鼓成花栗鼠。

她在家也没怎么收拾自己，没了精致的妆容，是少见的娇憨样。

顾漾舟的心情被她这表情逗好了点儿。他的大衣放在了楼下，此刻只穿着白衬衣。他站在她的房门口，显得房间逼仄不少。

筑清光赤脚站着，额头只够得着他的肩膀。她倔强好胜地踩在他的脚背上，左手下意识揪住了他的衣领。

虽然摇摇欲坠的，但她没看出顾漾舟想扶她一把，反而好整以暇地抿紧唇线看她。

筑清光眨了两下眼睛，脑子轰得像放了烟花。

我上来干吗？为了争那长高三厘米的气吗？现在怎么下去才能保住我的面子啊？

“你是不是又想亲我？”筑清光恶人先告状，仰着头和顾漾舟对视，颇为得意扬扬。

不知道为什么，她脸皮厚起来也不怕他了。

而且筑清光很会得寸进尺，在喜欢自己的人面前，她格外会恃宠生骄。

原来要离这么近，才闻得到他身上的烟味，很淡，淡得可以忽略。

顾漾舟身上的气息总是清清淡淡的，可能是皂香和家里常焚檀香的原因，干净又好闻。

他置若罔闻，没有说话，眼神却带了些探究，像是想知道她要做什么。

筑清光在他脚上踮起脚来，目光所及处是他微微敞开的领口，白皙流畅的锁骨线条，很是活色生香。

她扶着他的肩膀，把脸贴近他好看的脖子，漫不经心得像在调戏他：“顾漾舟，你怎么不吸取教训啊？”

他喉结稍动，下颌紧绷着。

原来真的会有反应，筑清光像是发现了不得了的事情，扑哧一声笑出来。

“筑清光，是。”他是想亲她。

她一脸蒙，把头抬起，下一秒却突然天旋地转，被顾漾舟按在了门上。

咔嗒一声，门落锁，他顺势进了屋，一只手搂着她的腰，另一只手握住她两只手腕，扣过她头顶，低头吻她。

一门之外还能听见筑彬华上楼的脚步声。

顾漾舟温热的指腹轻轻摩擦她的侧脸，掌心隔着薄薄的衣服打了个转。他们鼻息相融，这是真正意义上的吻。

筑清光现在很清醒，但她没推开他，仿佛也在好奇。

筑清光双眼泛水，浓密卷翘的睫毛跟两把小刷子似的，从顾漾舟的鼻梁骨刷过。他们身体相贴，恍若一对情到浓时的爱人。

她快要喘不过气来，他沉默又炽热，她无措而紧张。

门口突然响起敲门声，筑彬华站在外面问道：“漾仔，东西找到了吗？”

筑清光吓了一跳，意识回笼后又急又气，连忙呜咽着推他的胸膛。

顾漾舟握着她的手，他面色无波地朝外面的人回答：“找到了。”仔细听，他的嗓音低哑得不成样子。

好在筑彬华没说要进来，只留下一句：“记得带给你爸。”

“嗯。”

两人沉默许久，筑清光装作无意地说起其他事：“刚刚我爸让你来我房间找什么？”

“拿他和我爸的合照。”

筑清光的衣柜上确实放了挺多老照片，大都是以前一家人的合照。

“那我待会儿给你找找。”她说。

顾漾舟没再应答，他有些贪婪地嗅着她的头发，贴近她的颈窝。

筑清光没推开他，就着这姿势开口：“喜欢我肯定很难受，我没心没肺，不在意别人的想法，察觉不到别人的心意。”

就算她察觉了，也给不了回应。

她矛盾又笨拙地在朋友和喜欢的人两个身份之间徘徊，试图平衡顾漾舟对于她来说是哪一种。可是她确实不聪明，这么多年也分不清。

友达以上，恋人未满，她所有的逃避，只是为了躲开他的刨根问底。

顾漾舟突然意识到她想说什么，不太想听了。

筑清光正经了点儿，说：“顾漾舟，你让我觉得，我们的关系不止这样，却又只能这样。”

他何尝不知道她的意思。

筑清光只是想和他做朋友，心安理得地享受他对她的好。都怪他乱动心思，觉得他们不该仅仅是朋友。

“清光，我不会要你负责，你也不用回应。”

大学生活平平淡淡地过，警院生后两年实习的实习，进修的进修，顾漾舟和筑清光进入了漫长的对峙期。

与其说是对峙，不如说大家在各自的生活里忙碌着。

分开的前两年，筑清光其实非常不适应。

近十年的友谊，就连平时吃顿饭，她都会下意识地想打电话给顾漾舟。

出去唱 K 被筑彬华打电话查岗，她也是被训完后委屈巴巴地想找顾漾舟帮忙求个情。

但好在身边热闹，她就不会觉得孤单，新校区也有一群陪着一块儿玩的同学朋友。

毕业季在即，大家都站在各奔东西的岔路口。

有人求职、有人考研、有人结婚……筑清光回过头来，发现大学四年也就这么回事，她过得太懒散、太顺利了。

曲妙妙在大三那年签了一家娱乐公司，以爱豆形象在一个小选秀节目出道。但因为她和其他成员一直不亲近，所以在镜头前也没给人留下深刻的印象。

筑清光去老校区找曲妙妙时，顺便给顾漾舟打了一个电话。按道理说她应该避嫌的，可那年他们在房间里把话说完之后，就好像捋清了很多事，他没再打扰她。

其实他们之间主动联系的一直是筑清光。

顾漾舟喜欢她，那是他的事，他不能让她失去一个朋友，顶多只是让她多了一个追求者。

可仔细想想，顾漾舟几乎没追过她。

他不会像其他男生一样送束花告白，不会在被拒绝后就另觅新欢，只是寡言又热烈，一如既往。

电话没有打通。

警院生大三就开始在当地警察局或派出所实习，刑侦、巡警在实习期算比较简单的工作。用电脑软件对比指纹，按时上下班。巡逻时值完自己轮到的那班就算结束，在派出所是做笔录，做调解……

工作不紧张却又忙碌，想来顾漾舟应该相差无几。筑清光没再打电话给他。

咖啡厅里虽然人不多，但是筑清光考虑到曲妙妙那为数不多的几千个铁粉，还是特意找了一个靠墙角的位置。

“我说大明星，你这帽子都敢随便摘下来了？”

曲妙妙撩撩头发，苦笑一声。

她前段时间还被同公司一个男艺人捆着炒 CP 绯闻，连续一个星期都不太痛快。

筑清光非常不会看眼色，抱怨完上次没抢到某个大品牌新出的包后，又开始说这几天要搬家的事情。

筑彬华两三年前就开始把事业重心往 Q 市移，筑清光以前一直以为是房地产经济发展问题，直到上周回家看见了书房垃圾桶里躺着的新婚邀请函。

董琴和曲谷生新婚，大家都说是“缘来还是你”的幸福。

实际上只有筑清光知道董琴这行为有多厚脸皮。她妄想一笑泯恩仇，居然要用这种方法毁掉筑彬华对她的最后一点儿好感。

筑清光看见那张被丢弃的邀请函时才明白，筑彬华可能很久以前就不爱董琴了。他爱的可能是回忆里的妻子，而不是那个出轨初恋的女人。

两个人很久没见，筑清光话越说越多了起来，她拍拍桌子，说：

"你怎么这么无精打采的？"

"我在想正式毕业了，公司要给我影视资源，该走哪种风格比较好。你也知道，我一直对自己的定位不太清楚，和你不一样。"曲妙妙咬着勺子说。

她确实有时候和筑清光待在一块儿能很疯，甚至和筑清光为人处事的风格很像。

但因为她的心思更敏感些，独自在新环境中不一定能成为团宠。

筑清光显然不懂这些，问道："我是什么样？"

"就感觉是很自由自在的人，没什么顾虑。是那种因为心血来潮就可能会抛下一切，去一趟日本吃三文鱼的人。"

"听起来好像是这样。"筑清光无所谓地搅了搅糖，歪着头说，"你和我差不多啊，要不然我们怎么能玩得这么好，你说是吧？"

"不是啊。"曲妙妙坦然开口，"我一直在有意识地学你。"

筑清光绝对不是那种在熟人面前好相处的人，她落落大方的女神形象仅呈现在其他人面前。

中学时期，曲妙妙羡慕筑清光有一呼百应的交际圈，就想方设法和她用一样的东西，听一样的音乐，在交友这方面，曲妙妙一直有无意识的讨好行为。

后来她成功通过筑清光认识了帅宏、老季这些校园的风云人物，人也越来越放得开，但本质上她不过是将筑清光的特点放大了。

曲妙妙叹了一口气，像是开玩笑道："其实你在熟人面前脾气真的不好，但你好像天生招人喜欢。"

筑清光有些惊讶："好端端的你说这个干吗？"

"不干吗呀，我只是想说，虽然我也羡慕嫉妒过你，但是我没有做过对你不好的事。"曲妙妙笑笑，身体坐直了点儿，"对了，最近你和顾漾舟和好了还是好事将近？"

"什么鬼东西？"

"呀……我说漏嘴了？"

筑清光皱眉道："既然你说漏了嘴，就继续说完呀。"

曲妙妙支支吾吾回答了几句，又把话题引去了别的地方。

当所有人在规划建设未来的时候，筑彬华投资了一家广播公司，为筑清光在Q市开了一个专属夜间电台。

筑清光喜欢播音，又浑浑噩噩没什么志向，自然是没有任何意见。

当她收拾行李准备离开时，突然收到了顾明山去世的消息。

顾明山从毒窝出来那年就染上了毒瘾，他陆陆续续花了八年时间，反反复复进出戒毒所。

顾家十年前搬来G市，亲友一直不多。

顾明山为了顾漾舟坚持了苦难的八年，最后觉得顾漾舟能自力更生了，他才像是松了一口气，撒手人寰。

这些都是内情，筑彬华没打算告诉筑清光这么多，只解释说是顾明山的病情突然加重，猝死在家中。

关于顾明山的事情，筑清光了解得也不多。她只知道他是缉毒英雄，但伤重残疾，这几年身体每况愈下。

一两年没见过面，突然就听到人没了，筑清光心里不知道是什么滋味。

或者说她明明还在对顾漾舟生气，现在却在想他该有多难过，毕竟他是彻彻底底茕茕孑立了。

接到筑彬华的电话时，筑清光已经在机场办完了行李托运。

筑彬华说："你没有见过去世的人，我怕吓到你，你不回来也行。你顾叔走得很突然，他的身后事我帮你顾哥哥照料一下，过几天再回Q市。"

成年人似乎到了一定年纪就会把死亡看得很轻，顾明山这副身子骨在一两年前就已经初现病重端倪，对他们来说，可能离开也是一种解脱。

筑清光的手机里没有顾漾舟的消息，他没有找过她，即使在这种时候。

筑清光走向安检通道的脚步越来越沉重，心里仿佛有个人在告诉自己，这次不转身就真的完了，就可以摆脱他了。

她向来知道怎么狠心地把纠缠不清的人踹开，只要她不回去，顾漾舟会死心的，会放过她的。

另一个人却在唱反调：去看看他吧，他现在一定需要你。

你可怜可怜他吧，反正也没几次了。

他那么爱你，你哪怕是看在这么多年朋友的分上。

…………

两个人的声音越来越大，筑清光感觉心悸气闷，在把背包放进检查盒前，她猛地停住脚步往回跑，拦了一辆出租车回家。

筑清光赶到家门口前一站的公交车站，和正从墓园回来的筑彬华、顾漾舟碰上面。

他们上一次见面还是筑清光毕业答辩那天，有个学弟给她送了毕业礼物，正好被他看见。

顾漾舟盯了那个男生很久，以一种不太善意的目光，一时间让筑清光非常下不来台。她只好敷衍着说："顾漾舟，你下次……不是，我要去吃散伙饭，改天再来找你。"

顾漾舟垂眼看她，问："改天是哪天？下次是哪次？"

他又来了，兜兜转转大学一两年，他们没怎么好好说过话，他一开口还是在逼她考虑两个人的关系。

所以，那一次并不算友好的相处。

城市里的葬礼办得低调，顾漾舟穿着一身黑衣，左臂上戴着白色布条。他安静又冷淡，面色显得有些苍白，但比筑清光想象中的状态要好些。

筑彬华见她来了也没太惊奇，倒是顾漾舟定定地看着她，他反应过来后拉着她的手腕抱了上去。

筑清光一脸尴尬，看了一眼一旁的筑彬华，似乎想解释他们突然变这么亲密的原因。

"我先回去了。"筑彬华倒是没介意，拍拍她的肩膀，往坡上走。

筑清光像是意识到了什么，张口问："你是不是和我爸说什么了？"

出租车司机在路边等了好一会儿，顾漾舟别过头看过去，上前付车钱。

手机里显示筑彬华发的消息：我才知道你顾哥哥对你的感情，爸爸觉得这事挺好。难怪你都快上飞机了还跑回来，那这几天你就在家里陪陪他。

筑清光不耐烦地"啧"了一声，忽然觉得脑子糊成一团。

她真的很讨厌顾漾舟把这种事广而告知，因为两个人关系好，只要他说了喜欢，几乎就会被默认成他们两情相悦。

顾漾舟回过头，半屈膝蹲在她面前。她的一根鞋带散了。

筑清光回来的路上就一直在想，该忍下去的。在这种事情上，她不能耍脾气，顾漾舟没有爸爸了。

后来那几天，顾漾舟家里来来回回地多了很多警察，大部分是顾明山曾经警院的同学、队友、上司，都是来吊唁的。

筑清光自然忙着沏茶倒水。她不是没想过回家，然而她被筑彬华赶回来了。

筑彬华觉得她该学着点儿人情世故，帮衬着顾漾舟。

那天下午，其中一个老警察和顾漾舟在楼顶聊了很久。

他们下楼时，顾漾舟面无表情。他一向不显露情绪，这次却连筑清光都看得出他不太高兴。

夕阳下沉，众人渐渐离开。

筑清光看见顾漾舟孤零零地站在窗前，不知道在想什么。他人高腿长，即使低着头，旁人也能看出他作为警校生挺拔有型的身姿。光影打在他清俊的侧脸和颈线轮廓上，依然有一股清冷疏远的气息。

这样的顾漾舟很少见。他经常一个人，这次却是连筑清光都觉得他冷冰冰的，难以接近。

他两三天没合眼，此刻却不见困倦，就是有些颓丧。他礼貌地接待每一个人，用一张不该这么温和的脸。现在，他好像终于有了自己的空间。

筑清光没打扰他，有点儿看怔了。

良久后，顾漾舟黑眸微动，侧眼看她，问道：“筑清光，你饿了吗？”

屋里没开灯，筑清光胆子小，抱着胳膊坐在他腿前的小矮凳上。

他们离得很近，十年来一直离得近。

初中毕业、中考、每年的生日、补习、高中、初恋、第一封情书……顾漾舟参与了她人生一半的事情。

筑彬华做地产项目，得罪了一些人，那些人对他无从下手，就盯上了他的女儿。

筑清光读高二那年的六月份，她被绑架受了惊，顾漾舟守在她的病床边两天两夜，就为了等她开口说话，连高考都没参加。

他选择当警察，大部分原因是害怕有一天他找不到筑清光了。她都知道的，她没这么蠢钝。

筑清光确实心大，但谁对她好，她门儿清。

“顾漾舟，你别太难过了。要不你进我家户口，跟我们在一起吧，我和我爸都是你的家人。”

寂静中，她说起话来没来由觉得紧张。

顾漾舟应了一声，不是“嗯”，好像只是轻哧。他的嗓音有些沙哑，应该是有点儿感冒了。

他蹲下身，冰凉的手指捻起她嘴边的头发，语气很平静：“那我和你算什么？”

“你可以不喜欢我，不就不是了……你可以吗？”

“不行。”

筑清光：“……”

很难想象他们会有四目相对，无话可说的时候。

筑清光叽叽喳喳惯了，第一次对这样的谈话感到疲惫。她的声音很轻，心情有点儿烦躁：“我以为我们早就说明白了，可是妙妙说你会偷偷跟在我身后回学校，你是警察，不是变态。你真的不能去喜欢别人吗？我真的被你弄得很烦！”

其实他以前也会跟着她。她被老季他们叫去网吧通宵、和筑彬华吵架离家出走，一个人走在四下无人的街上时，转头就能看见少年修长的身影。

所以那些理由都不是理由，她只是单纯生气。

他们的关系因为他戳破暗恋已经疏远了很多，换校区的这几年，他们来往的次数更是屈指可数。

她以为所有事情都在往原来的方向发展，可顾漾舟没变，几年也改变不了他对她的执着。

筑清光对他的固执很生气。她这辈子可能也很难明白什么叫“非你不可”，也不相信他会一辈子都喜欢她。

没有人会喜欢一个人一辈子的，她这种新鲜感至上的人不可能，自私自利的董琴也不会，筑彬华更是由爱生厌。

筑彬华对董琴大概就是最愚蠢的固执。

筑清光不想看见顾漾舟和筑彬华一样，因为自己变得可怜又可悲，她巴不得他赶紧和别人在一起。

“如果你接受不了我们是朋友的事实，就不要再联系了，我的意思是，不要再刻意联系了。”

筑清光没什么出息，解决不了问题只会逃避。他真的快压垮她了。

顾漾舟沉默良久，点头说：“随你。”

那天过后，两个人又陷入了僵持期。

直到筑清光准备去Q市的前一天，顾漾舟给她发了一条消息，说他在机场，他申请了去边境金三角地区执行任务。

顾漾舟等了二十分钟，筑清光披着外套，连睡衣都没换就赶过来，站在值机柜台那儿等他。

“我能不能抱你一下？”他穿着黑色警服，脸被衬得更白净了。

穿上制服的男人在机场很打眼，明明他身后还有一群队友，偏偏他最显眼。

他的肩胛骨平直，脸也比旁人好看，眼睫毛浓黑，单眼皮薄薄的，嘴巴轻抿着。

筑清光一直觉得顾漾舟的脸很好看，即使艺术学院有不少帅气的男同学，但没一个比他禁得住打量的。

“抱一下又能怎么样，一路平安吧。”她顿了顿，对这样的分别不知道作何感想，她说话带了点儿鼻音，“顾漾舟，对不起了。”

可她的语气却听不出抱歉，甚至有一些畅快。

很滑稽的是，她被这么多人告白过，从来都是温婉地说谢谢，还能继续做朋友。

唯独他，只得到一句对不起。

顾漾舟自问二十二年来从没做过伤天害理的事，可他确实一直过得坎坷，一直在接收别人的歉意。

母亲罗玉不想承担这样的家庭，离开时留给他一句对不起。

顾明山也是一样，遗留的东西是这些年攒的钱和一句对不起，连其他话也没交代他。

现在他喜欢了近十年的女孩也在远离他。

他以前总觉得是筑清光不会爱人，此刻却顿悟，不过是自己不招人爱，也不懂怎么去表达正常人的喜欢。

他的爱很自私，他总希望筑清光所有的视线都放在他身上。可现实是，她一皱眉，他就会丢盔弃甲，俯首称臣。

顾漾舟苦笑了一下，点点头说："筑清光，我走了。"

先转身的是筑清光，她不擅长站在送机口说不舍得。

人来人往，熙熙攘攘。顾漾舟知道他要尽量少和她见面，靠近即失礼。那不动声色的隐晦爱意只会让她难堪。

暗恋者从来只有全身而退的权利，开始和结束都是一个人的决定。

他们关系的选择权，也一直在顾漾舟手上。

分开时他没眨眼，他知道"常联系"这句话是骗他的，所以他想看她久一点儿。

他生来不合群。会者定离，一期一祈。那些节假日的问好不过是成年人世界里的体面。

有些人不刻意联系，真的就很难再有交集。

毕业，工作，搬到另一个城市生活，再到后来，筑清光连新年快乐也没再发给顾漾舟。

她用一场心照不宣的离别，对着他的心脏开了一枪。

在奔向她的路上，他处心积虑；在试图放过她的日子里，他悄无声息。

每一条她疏离却礼貌的问候，都在叫他克制。他怕吓跑她最后那点儿主动。

他们做了十年的朋友，暗恋终止的时候，友情也在消散。

她是审判者，他在被凌迟。

十月份的雨天，D 国与西南边陲的国界线相近的地区依旧闷热潮湿。风刮得路边的塑料袋飞起，雨珠打在车窗上，噼里啪啦响。

夜色深沉，棕榈树下一辆平平无奇的小面包车里坐着几个男人。后座三个人在狼吞虎咽地吃面包，动作虽大，声音却控制得很小。

驾驶座上的人轮廓立体，穿着深色衣服，修长的右手闲散地搭在方向盘上。他的头上戴着黑色鸭舌帽，只露出白净的下巴和修长的颈线，喉骨凸出，上下缓缓滑动了一下。

车内电台播放夜间广播，副驾驶座上放了一部没插卡的手机，正在录音。

广播里那个女主持人的嗓音很空灵，和观众互动时说话很有意思，不容易让人忘记。她的声音让在刀口舔血的人都有了兴趣听她讲鸡毛蒜皮的小事。

后面的邓禄把东西吃完，问道："顾Sir，新人怎么还没回来？"

顾漾舟抬头，下巴微微收敛，他望向窗外，有种漫不经心的懒意，让人看不出分毫情绪。

十米远的大棚车库里有了一点儿动静，半分钟后，两个男人扛着一个麻袋出来。

车里几个人心照不宣，握紧了拳头，暗骂：这些畜生。

目标毒贩叫秃鹫，J市人，心狠手辣，是一个逃犯。

金三角有能力的毒枭手下都有军队武装力量，这次秃鹫逃到这里来，就是打算和当地赫赫有名的毒枭头领合作。

只要阻止他们见面，就能很大程度避免国内毒品流通渠道的增加。这也是顾漾舟被调任回国前要办的最后一个案子。

车门一开，外面那股黏稠的肉腥味和呛鼻的大麻烟草味一起飘进来。

顾漾舟压下帽檐，淋着雨踏出去，男人挺直的背陡然佝偻，几乎是一秒就融入了当地颓废的居民中。

这个村庄里到处是形如枯槁的行尸走肉，一米八几的男青年，半死不活的瘸拐样，和僵尸没什么区别。

车内剩下的两个人一动不动，视线投向那个麻袋，直到被称作新人的赵小杰回来。

常琛问他："你这么久才回来，队长呢？"

"唉，我被一个精明的小女孩缠住了。队长帮我引开了她，顺便去他们的车那边看看。"赵小杰说着说着，看见顾漾舟的身影渐远，已经转过拐角。

邓禄笑了两声，说："顾漾舟这是用美色诱惑小姑娘了吧？"

车内响起调侃的笑声。他们都是下一刻就可能身首异处的人，平时工作时大多喜欢开玩笑来放松放松。

赵小杰"啧啧"两声，说："队长这长相气质，扮成普通人还真不容易！我听说他大学学的犯罪学，犯罪学专家不去开讲座，来做缉毒警？”

邓禄解释道：“子承父业吧。”

他和顾漾舟同级进的缉毒队伍，对顾漾舟还算了解。

大四那年，顾漾舟还是见习警校生时，就参与了两次大的行动。

他伪装成罪犯，进监狱套毒贩的话，后来执行卧底任务，单枪匹马闯毒窝。五个毒贩中三个人有枪，而他当时只拿了一本杂志，中了两枪。

那应该是他从业以来最危险的一次行动，好险，他最后捡回一条命，还升了二级警员。

因此，顾漾舟被推荐参与一起特大案件的侦查，调入六省一市组成的专案组，经过七个月的追踪调查，他们端了三十多个毒贩的老窝。

当天晚上押解嫌疑人，一颗子弹打在车窗玻璃上，距离他的太阳穴不到五厘米，他离死亡就差五厘米。

自此，顾漾舟风头大盛，被边境这块毒三角区域悬赏缉拿人头。为了他的安全着想，上头决定先把他调回来。

“我就佩服漾仔这一点，硬汉啊，子弹飞过来，眼睛都不带眨一下的。”

凌晨将至，雨势渐渐变小，雾气渐渐弥漫。被大雨洗刷一番，棕榈叶绿得发亮，恶心的味道也冲散不少。

顾漾舟回来时身形踉跄，带着一身雨水。深色衣服看不太清楚变化，但脖子上湿得很明显。

“队长，你怎么受伤了？手臂还在流血！”新来的警员第一次接触真枪实弹，此刻还没摸清楚状况。

顾漾舟恍若未闻，别过头，看清了远处那辆车的车牌号，后轮胎的东西也已经绑好。

五秒后，那辆车在拐弯时一个急剧的侧滑，车轮在地上摩擦发出尖锐的声响，车身猛地翻转。火花剐蹭地上的汽油，顺势点燃炸弹。

“嘭”的一声巨响，黑烟滚滚而来，赵小杰瞪大了眼睛。

顾漾舟对这些事早已麻木，他不是几年前的菜鸟，不会因为执行任务而彻夜不眠。他一只手靠着窗，语气冷淡道：“难受了就去买张彩票。”

赵小杰揉揉眼睛，不解道：“这有什么特殊含义吗？”

说起来这还是老警员的爱好。他总在侦破一件案子后就去买张彩票，不管在哪儿，都要弄张类似刮刮乐的东西，暗示自己“又是一次大难不死，看看能不能有个后福”。

之后老警员为了救一个老人，替他挡了一枪，至今都还在医院里躺着。

买彩票成了他们队里的一个习俗，有人盼望着中个奖安慰安慰自己，但几乎没人中过。

“收队。”顾漾舟踩动油门，打着方向盘，车子向市区方向驶去。

任务顺利完成，大家都松了一口气。

路上，赵小杰还真在一家小店里买了彩票，顾漾舟接过彩票，刮了第一个字，是“谢”字，他立刻将彩票丢回去。

“怎么不继续了啊？”赵小杰接过彩票问。

顾漾舟垂下眼，嘶哑声音响起：“谢谢惠顾四个字没必要刮完。”

赵小杰似懂非懂地点点头，却像有强迫症般把字全刮了出来。他定睛一看，笑着说：“队长，看来有必要刮完的。”

到底还是毛头小子，心情转换快得很。

几个人被他这高兴的语调吸引过去，看见那张彩票背面写了四个大字——谢谢中奖。

另一边的 Q 市，秋末初冬之季，气温骤然下降。

深夜的电台播音室里，主持人坐在真皮座椅上，姿态优雅，纤细玉指按了按耳麦，有条不紊地把稿子念完：

“我们告别了两年，告别的结果却总是相见，听来无限唏嘘。关于爱你这件事，我怕你知道，也怕你不知道。

“节目的最后，一首顾城的诗送给大家。生活愉快，清光赠你。明天晚上同一时间，我们不见不散。”

外头的小助理一看主持人出来了，立刻递上外套，说：“清光姐，台长让你带团队去 G 市跟一个综艺节目报道，说已经安排人明天来接了。”

筑清光把头发随意放下，小助理托着脸看她，心想这才是美女啊。

她天天熬夜皮肤都这么好，小脸像剥了壳的鸡蛋一样白皙水嫩。她有一双多情妩媚的眼睛，笑起来风情万种，却又因为人生顺遂，别有一番纯情少女的娇憨感。

筑清光慢条斯理地穿上外套，说：“我家就在 G 市，不用人接也行。”

“我还以为您是 Q 市人呢，平时说话也没那边的口音。”

这话说得就太没水准了，播音主持专业出身的人说话怎么可能带口音。筑清光懒得反驳她，点点头说：“我大学毕业被分到这个电台，这几年也没怎么回过 G 市。”

小助理特别崇拜筑清光，一进台里就听说了筑清光把上一位贪财好色的领导举报了的故事。那个领导背景还挺硬，走之前摆了她一道，把她的午后节目改成了半夜节目。

筑清光乐得自在，撂下一句“我还就爱熬夜了”，这话说得非常飒气。

第二天新领导上任，对她毕恭毕敬的，台里人才意识到这姑娘有多重要。

当大家都担心自己职位被抢时，筑清光也没换岗位，乖乖做了夜间档节目，她算是台里的风云人物之一。

所以关于她的事，小助理什么都想知道点儿。

小助理好奇地问：“逢年过节你不回家，是因为家里人都搬来 Q 市了吗？”

“差不多吧。”筑清光边扣扣子，边拿起车钥匙往外走，脚步僵硬了一瞬，“还有一个……但他职业特殊，我们已经很久没联系了。”

她走到停车场，手机响了好几声。

筑清光看了看信息，是几笔大数额的转账，来自不同的海外账户。她正疑惑时，正在国外度假的筑彬华打来电话：“清清，有收到钱吗？”

“收到啦，爸爸，你干吗呀？”筑清光把车缓缓倒出去，笑得很不正经，“这么快就把财产分我一半了，也不怕我卷钱跑路，不给你养老！”

筑彬华的声音不大，配合地笑笑，没有解释，他问她：“年底前爸爸可能回不来，有工作要忙，你回你妈妈那儿吗？”

“不去，不去，您别老提这个女人。您忙您的，大不了我一个人过呗。”

筑彬华沉默了一会儿，又问：“你顾哥哥还回来吗？我之前还以为你们能走到一起。当年因为他要去边境缉毒，我第一次骂了他。你要是能劝着他，他也不至于跑到那么危险的地方去。”

筑清光没再说话，有点儿犯困。

车开到公寓楼下时，筑彬华收了话头。年纪越大，他絮絮叨叨交代的话也多，来来去去担心的只有她和顾漾舟。

电梯里，莹白色的光照在筑清光乌黑的头发上，她又想起筑彬华刚刚说的话。

她不是没有去了解过顾漾舟在做什么，但确实查不出来。

若唤我名，持枪待命。

前程似锦不如一生平安的职业，缉毒警从入队那刻起就没有固定的警号，即使牺牲，也只能隐姓埋名。

何况在境外，他连手机都不能用。

两年前，筑清光倒是打通过一次电话，是和顾漾舟说顾明山那块墓旁有人迁进来的事情。

但顾漾舟当时回答也是急匆匆的，筑清光知道正事要紧，也很怕他发生意外，再也不敢轻易给他打电话。

只是时间久了，她也会恍惚，原来离他们上一次见面已经过了这么久了。

明明印象最深刻的还是中学的时候，喜欢穿亮色小裙子的少女和经常戴着黑色帽子的少年站在学校的后山，一起笑着看海潮褪去。

# 第七章
# 长久的爱

秋雨淅沥带寒，恒温的大棚里正在拍上半场最后一段。

导演是新人，临场指挥一直不太爽利。

“十五秒倒计时，声音拉一下。插播广告，嘉宾先退场。”

“对不起，筑老师，我看错时间了，离直播结束还有两分钟，麻烦您和场上的嘉宾谈个话题拖一下时间。”

筑清光：“……”

她面带微笑，摸了摸耳返，无奈之下只好拉着旁边的男明星瞎唠了几句。

被搭话的男明星叫钟渝，有很多女友粉，所以他们的话题无非是择偶标准之类的，用来满足粉丝的好奇心。

《你瞒我瞒》这档综艺节目本来是关于展现智商和演技的游戏，类似于风靡国内的“狼人杀”。但这档综艺节目主要看节目组安排的剧本，并根据嘉宾的演技和台词问答环节来判断哪位是间谍。

起初都是一些名不见经传的五六线艺人来参加节目，后来其中一个年轻嘉宾因为演技突出，又有梗，一炮而红后也带火了整个节目，现在不少一线大腕也会来串个场。

节目的亮点可能就是全程直播，很难造假。

原本的主持人临时要做阑尾炎手术，筑清光几乎是刚下飞机就开始记节目环节和背主持词。

这个节目的主持人只做裁判，以及和观众电话互动，必要时需要对意外控场。

筑清光被拉进休息室补妆时，是插播广告时间。她哈欠连连，还在看下半场的剧本。这是她为数不多的出镜主持时刻。

“我听你助理说，你一天没合上眼？黑眼圈都没有，你这脸是天生的明星脸吧。”化妆师刚收了筑清光团队送的礼物，嘴甜得不行，“说真的，筑老师，我给这么多一线女星上妆都没你这么服帖，你不做爱豆也太暴殄天物了！”

筑清光哼唧两声，一点儿也没客气地回答：“我爸说做明星太累了，我还怕大家因为我的颜值忽略我的演技呢。”

其实这也是因为她不爱被一堆网友评价来评价去，演艺圈露脸机会越多，隐私保护就越难。

化妆师笑着点点头，看向镜子里的女人。

她肤白如瓷玉，红唇点绛，乌发垂落胸前，微微打着卷儿。身上米白色的小西服套装并不喧宾夺主，却很好地衬出她精致柔媚的五官。

筑清光念词念到一半，没等来导演喊人，倒是门外响起一阵一阵的喧闹声，吵得她刚刚记的东西这会儿全忘了。

化妆师闻声出去，筑清光敷衍地调整了一下坐姿，估计又是哪个明星的粉丝偷跑进楼里激情告白。

大棚里请了一百来个隔壁大学的学生来做捧场观众，小半天下来尖叫声就没怎么停过。

她索性把耳机戴上，耳麦声音开到最大。

直到空气里飘来烧焦味，筑清光才意识到不对劲。

助理急匆匆地推开门，把大衣披在她身上，拉着她出去：“清光姐，演播厅着火了！你先跟着大家从安全出口一起出去，我去叫杨老师他们。”

筑清光鞋子都没穿上，耳返也没摘，里面的音乐盖住了一大半杂音。但她听懂了小助理的意思，立刻跟着人群往外走。

经过通道时，她领口处的麦克风靠近音响便发出刺耳的鸣嗡声。

筑清光别过头，正要去摘开它，外套上虚绑着的腰带又被人撞散。她皱着眉靠在墙角，手忙脚乱地把缠着头发的麦克风扯开。

消防员在大厦外面开了洒水器，高压下，一列穿着黑色警服的警察正从外面往里面走。

筑清光抬头避让，顿时傻了眼。

警队带头的男人比以前更沉稳和冷静，棱角分明的脸倒是没太大变化，线条依旧清晰。

两个穿着职业正装的人在狭窄的通道相遇，一个往前逃生，一个往后踏进火海。

筑清光愣了一会儿，脱口而出：“顾……”

顾漾舟只扫了她一眼，淡漠得犹如她是陌生人，和她擦肩而过时甚至没停顿一秒。

筑清光心里涌起一股酸涩，但更多的是不爽。

他们好几年没见面，一见面他就这反应？不知道他是什么时候从金三角那个鬼门关出来的，回了G市也不联系她，亏筑彬华和她以前对他这么好，白眼狼！

筑清光闷着气继续扯头发，呛着烟又咳嗽个不停，赤裸着脚丫往外走。

前面的顾漾舟转过身，对后面的队伍做了几个手势，然后大步走向筑清光，把氧气面罩拿下来戴在筑清光的脸上，又弯下腰给她绑好腰带。

周遭人和事物都成了背景，来来往往的警察和消防员穿插其中，有几个人被扣上了手铐。

“这不是我们缉毒支队的神话吗？这是什么情况？”秦仰调完人进去救火，手肘撑在旁边的李青伟身上，不正经地开口。

李青伟扯下氧气面罩，半遮住口鼻，说：“神话被调来我们刑侦大队做队长了，看这情况是一见钟情了？”

秦仰饶有兴致道：“难说哦。”

他实习那年和顾漾舟同期，只知道顾漾舟性子冷淡，后来又听说顾漾舟把家里的丧事办完后就申请去了边境缉毒。这种三棍子打不出一个闷屁的男人，能一见钟情就已经够骇人听闻了，还能这么主动？

“咯，咯，顾漾舟！”筑清光的话没说完，整个人被他抱了起来，她下意识勾住了他的脖子。

顾漾舟身上都是冷的，穿的也不是消防衣。他单薄的衣袖贴着筑清光裸露在外面的腰，大衣起了褶皱，隔在两人之间，她贴着男人的胸膛，打了一个喷嚏。

大厦外面已经被控制起来，救护车上躺着几个被烧伤的人，筑清光这才意识到这不是一场普通的失火事故。

浓烟渐远，围观群众越来越多，黄线隔离区外有好几家媒体的记者在拍照抢头条。

他们旁边的男明星是钟渝，身边五六个人轮着验伤关心。他离着火点最近，此刻脸被熏黑不少。

消防队出动几分钟，火便尽数被扑灭，还剩下几个困在窗外的人，一个个往楼下跳。

秦仰摘下手套走过来，问：“顾漾舟，公安刑侦部的跑来灭火？”

“我们接到匿名举报，有人纵火。”顾漾舟言简意赅地说。

这就是刑事案件了，确实归他管。

但他怀里的女人又是怎么回事？

秦仰一脸促狭地说：“顾 Sir 刚回来就当差，挺勤快啊。”

顾漾舟懒得接他的腔，把筑清光丢进一辆巡警车的后座。

没错，是丢。

筑清光扶着被撞到的腰，难以置信地朝着窗外看过去，有些气恼，却又没找到发作的机会。毕竟他们太久没见，总归有些生疏。

顾漾舟置若罔闻，坐在驾驶座上，连个眼神都没给她。

李青伟坐在副驾驶座，笑着转身对筑清光点点头，翻翻手上的资料，道：“筑小姐是吧？我们怀疑录制现场有人恶意纵火，麻烦相关人员和我们回趟局里做个笔录。”

“好的。”筑清光遵纪守法二十多年，还是第一次坐警车。

她安静几分钟后，车没开动，只听得见前面顾漾舟翻资料的声音。

后座门被拉开，秦仰笑眯眯地坐进来，跟她打了个招呼：“筑老师，您好，我以前可爱看您的节目了，主持得很有意思！”

“我的节目？”筑清光往旁边移了一点儿，心想她毕业以来只做过少儿频道和财经新闻的幕前主持。

“他看的幼稚园。”顾漾舟终于开口说话，声音有些沙哑，他缓缓地转着方向盘，车子跟着前面的警车流入车道。

秦仰“啧”了一声，说：“你这人不损我会死啊，别听他胡说！我是跟着我爸看你播报的财经新闻认识你的，不过就那几期，我也反复看了好几次呢！”

一个紧急刹车，车内的人身体全部往前倾。

秦仰骂道：“喂，你能不能好好开车？”

顾漾舟目不斜视，冷哧道：“你能不能闭嘴？”

“哦？你看不得我向女神示爱啊。”秦仰其实对筑清光没半点儿了解，纯属是看完她的个人信息后故意来硌硬顾漾舟的。

筑清光猝不及防被喊女神还有点儿赧然。她也不是没被声控粉丝激情告白过，但是第一次被警察当面夸。她忽然就想膨胀了，瞧瞧她的粉丝群体，多宽广！

警车在警局门前停下，和筑清光一起下车的还有导演以及刚刚录制节目的几个嘉宾。

这件事已经立案了，是人为的纵火案，火源在监控死角，进进出出的人太多，一时间要找出嫌疑人也有些困难。

有人给秦仰送来一份文书，秦仰顺手递过去：“火场勘验笔录和火灾损失，都在这儿了。”

“嗯。”顾漾舟接过文书，他身后的李青伟立刻把人一个个送进了审讯室。

顾漾舟踱步进了审讯室，波澜不惊地看向坐在中央的女人。

屋内的灯光把人脸的美感都照丢了一半，惨白的灯光下，筑清光咬着嘴唇，有些局促不安，扯住他的衣角，问：“顾漾舟，我要做什么啊？”

顾漾舟一言不发，又想起刚刚所有人都在往外逃命，她跟不要命似的在那儿整理仪容。他冷着脸，把一个像手表一样的仪器戴在她手上。

“顾……阿 Sir，我要做什么啊？”筑清光松了手，语气闷闷的，又问，“这是什么？”

“认真回答问题，你的言词在一定情况下可作为辅证录入卷宗。”顾漾舟顿了顿，面不改色地回答，“测试心跳速率，给你缓解紧张情绪的。”

“是否和人发生冲突，或今天拍摄过程中有人发生口角？”

“没有吧，对了，门口的保安大哥说我今天气色差，我就骂他了，这算不算？”

顾漾舟：“……”

真话。

“你有值得猜测的嫌疑人吗？”

“没有。”

真话。

“和钟渝是否有超乎同事之外的关系？”

“没有。”

真话。

“你想我吗？”

“不想！”

假话。

审讯室里，两人沉默了一会儿，顾漾舟垂下眼睫毛，轻声笑了。

纵火案的调查人员走访知情人、证人，做笔录只用了两个小时。封锁现场后，刑侦队几个人又查看了烟熏和燃烧痕迹，流程走完，已经锁定了嫌疑人。

嫌疑人是刚上高二的女学生，另一个身份是钟渝在机场走秀时的站姐，自钟渝出道以来，她就往他身上投了不少钱。

《你瞒我瞒》中，钟渝和另外一位女演员绑定了CP炒作，导演为了话题度，也乐见其成把他们的镜头剪在一起，这个小姑娘因此由爱生恨。

秦仰纳闷道：“她一个小姑娘怎么带进去这么多汽油的？”

“外卖。”顾漾舟指了指那几个咖啡杯。

往往混入拍摄现场还不被怀疑的只有默默无闻的后援会成员，他们借着送咖啡的名义狸猫换太子。

那个女学生本来只是想吓唬吓唬女演员，顺便警告钟渝离女明星远点儿。

但一路滴滴洒洒的汽油太多，火势一起，她显然控制不住。当时正是整个节目组最懈怠的时候，有些人躺在工作椅上休息，下半场的助演观众又在更衣室换衣服。

冬日的拍摄棚里十分干燥，里面存放的物品一点即燃，品牌方的产品被烧了个一干二净。好在火起之后并没有人的生命受到伤害，伤势最严重的是一个场记，他抢救道具时被小面积灼烧了小腿。

领导审批的速度很快，小半天不到，已经把调查结果交上去了。

逼仄的审讯室里，还有正靠在椅背上小憩的筑清光。

她本就困得不行，起初还有点儿紧张，但刚刚被顾漾舟那无厘头的问题一问，瞬间觉得没什么可怕的。

她想他吗？当然想啊。

她是人，又不是没有感情的机器，他们都认识多少年了，几乎是彼此生命里不可或缺的存在。不仅她想，筑彬华也没少在逢年过节说起他。

他们害怕他没了音信，又害怕突然来了他的信息——多半还是不好的信息。

可筑清光又怕他对自己余情未了。他们好不容易见上面，能避开这种不开心的问题最好。

隔着厚厚的隔音墙玻璃，外头的导演和助理已经过来要人，又被顾漾舟三言两语打发走了。

秦仰看着男人，轻哂道："顾 Sir，人家只是配合作证的无关人员，你关她这么久是几个意思啊？"

顾漾舟不答，反问道："消防队今天这么清闲？"

"哪能啊，我今天本来就放假，是因为离演播楼近才被临时喊过去的。"

顾漾舟对别人的事丝毫没有兴趣，抬头朝审讯室里看。

筑清光睡得迷迷糊糊，突然蹬了一下腿，直接从椅子上摔了下来。

于是审讯室的门开了又关。

秦仰摸摸下巴，问一旁的小女警："哎，刚刚你们顾队是笑了吗？"

小女警说："也可能是脸抽筋。"

秦仰："……"

筑清光从睡梦里惊醒，就见顾漾舟居高临下地看着她，也不把她抱起来，顿时就来了脾气。

桌上的笔录本子被她拿着丢到他身上，她屏着气，一屁股坐在地上，眼泪吧嗒吧嗒往下掉。

她经常演这出，顾漾舟已经分不清她是真的哭还是又在装，却还是蹲在她身前。他抹掉她的眼泪，看着她泛红的眼尾问："你哭什么？"

筑清光推开他的手，声音有点儿大："你说呢？你回了 G 市也不联系我，把我抓来这个破地方关几个小时！我好饿，呜呜呜，我刚刚梦见自己在吃饭，吃得正开心，你突然把我的碗摔了，呜呜呜！”

顾漾舟：“……”

他开始好奇自己在她心里到底是什么形象。

他捏捏眉心，说：“你因为梦见我摔你的碗，所以现在你打算拿凳子摔回来？”

筑清光一愣，松开了握着凳脚的手，讷讷摇头，道：“我想回去睡觉。”

其实她还有点儿烦，以前顾漾舟哪会对她这么冷淡，但今天，他跟她说的话还没有和他同事说得多，在梦里他都对她不好。

一向对自己有求必应的人突然冷漠，筑清光很难适应，这种别扭感让她很想逃开。

“队长，筑小姐的助理在外面等。”耳返里传来女警的通报声，顾漾舟抿紧唇线，把人抱起来，说：“你跟你助理说一声，待会儿跟我回家。”

他的手还是一如既往好看，干干净净的，在冷光下更显白皙。他把人抱到椅子上后，又慢条斯理地捡起地上散落的纸张。

筑清光把手肘撑在桌子上，盯着他的手看了十几秒，压根儿没听见他说了什么。

直到小助理推开门把鞋子和包送过来：“清光姐，导演他们先走了，说这两天暂时开不了工。”

“那你先回去休息，工作上的事在手机上跟我说。”筑清光穿好鞋子站起来，拿着镜子补了补妆，在外人面前又是那副不会出错的高贵女神姿态。

她拿脚跟抵着顾漾舟的膝盖，没好脸地说：“我要回去了。”

“嗯。”顾漾舟的手臂绕过她的腰，把她身后的椅子扶好，走了出去。

神经病！爱理不理，她回去就跟筑彬华告状！她愤愤不平，咬着牙在心里把这个人骂了一万遍，顾漾舟突然转过身，问道：“你回哪儿？”

没想到顾漾舟会现在回来，筑清光坐在他的车上还有些恍惚，但

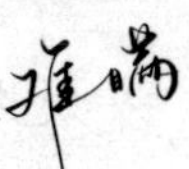

也就是那一瞬间。

手机里铺天盖地的消息全是朋友来问火灾的事，事情发生得突然，让整个节目组都措手不及，最慌的还是Q市台里，得知筑清光安然无恙才松了一口气。

中途，顾漾舟在便利店买了水，他把筑清光送到公寓楼下时，筑清光还睡得天昏地暗。

他把身后的毯子盖在她身上，倚着方向盘静静地看着，在她睁眼前又立刻移开了眼睛，害怕她说他死性不改。

筑清光哈哈两句，试图缓解口水流在毯子上的尴尬，问："我睡了很久？"

"没有。"

"没有？天怎么黑了。"她看了看手机，自己大概睡了两个小时，"你回来还走吗？"

顾漾舟冷淡地看着玻璃窗上的倒影，说："近段时间我走不了，你住这儿？"

在他的印象中，筑清光应该和筑彬华一起在Q市定居。

"嗯，这房子租了没多久，我打算辞职回G市休息一段时间。你也知道的，我做电台有好几年了，腻得不行。"

她新鲜劲儿大，之前没换职业是懒得折腾。正好筑彬华给她打了不少钱，她又不缺吃穿，想给自己放几个月的假。

筑清光把脑袋靠在一边，想跟他多说一会儿话，却又跨越不了这几年的鸿沟，不知道从何谈起。

"你这几年是不是过得挺辛苦啊？也回不了家，联系不了我们。"

"习惯了。"顾漾舟解开安全带，和她缓缓地走到楼下。

他的事来来回回就那些。

他做缉毒警前就是在刑侦队实习，每天面对的都是一些阴暗黑暗的恶性犯罪案件，看刀子多长，怎么捅的，看着各种各样的家属哭天喊地。

他在国内是没完没了的值班备勤，看案件卷宗，写材料，做笔录。他在金三角又是没完没了的侦查抓捕，拼枪引爆。这样一想，这都不是能和她分享的话题。

因为他这简洁的几个字，筑清光把一大堆安慰他的话吞回到了肚子里。

“筑清光。”顾漾舟突然站定，缓声说，“我有女朋友了。”

“啊？”

“我有女朋友了，你可以放心。”

筑清光：“……”

筑清光蒙了一瞬，然后懂了他的意思。

两个人兜兜转转十几年，好像因为他这句话，那几年的裂缝慢慢修补起来。

筑清光不是没被人关注过感情生活，但是她在校园时挑花了眼，初入社会又受不了那些世俗意义上的喜欢，总是让她无可避免地想起董琴。

而顾漾舟居然比她先有交往对象了……

看吧，她就知道，没有什么是永恒不变的。这样也好，幸好她一早就没给顾漾舟机会。

筑清光轻松地舒了一口气，说：“那你有空带出来一起吃饭？我爸……哦，他年底有事回不来，等他回来了再说！”

顾漾舟点点头，指骨握得泛白。

“我跟你讲，我现在做那个深夜电台节目的主播……”她没了歉疚感，又好像丢了点儿包袱，开始讲自己的事情。

其实顾漾舟都知道，知道她做过哪些工作，现在哪个时间段播音，但他还是乐衷听她絮絮叨叨。

“对啦，我还会做饭了！”筑清光舔了舔唇，不太好意思地补充道，“有你们陪着我的时候，生活容易很多，我一个人的时候就更像大人了。”

其实二十几岁的筑清光说这种话还有点儿难为情，有点儿像公主出笼。但她也算不得什么公主，筑彬华和身边的朋友虽然宠她，但不溺爱。

她大学毕业后，之前的朋友联系慢慢变少。

朝九晚五变成生活常态，日子过得快，过得慢，都是这样过去的。

顾漾舟看着她按了电梯，三楼。他没打算再上去，停住了脚步。

筑清光进电梯后诧异地看他，眼睛眨了两下：“你不进来吗？”

“太晚了，你早点儿休息。”他站得笔直，犹如一棵峻松。

筑清光摸摸鼻子，觉得好像哪里不对劲，又好像这才是正常的距离。她笑起来，说：“那我明天找你吃饭！嗯……顺便带嫂子一起？”

以前想听她认真喊声哥哥倒是挺难的。

顾漾舟嘴角抿紧，垂眼盯着她冻红的脚踝，点点头，敷衍道：“再说吧。”

电梯门缓缓合上。

筑清光按了指纹进屋，脸上已经收了笑。

一天发生的事太多，工作暂停终于也让她有了休息时间。

见到顾漾舟回来确实是一件值得高兴的事，她有那种几年不见的亲人突然回来的心安感。最重要的是，他没有像自己想象的那样缺胳膊少腿。

“平平安安就很好啊。”筑清光自言自语，她拿起手机打算给筑彬华打电话说一声，才恍然想起没有问顾漾舟的联系方式！

她懊恼时，一个未知号码打了通电话过来。她正要接通电话，身后突然伸出一只手帮她挂断。

“啊！”筑清光吓了一跳，还没转头，脖子上就被贴上一把刀片。

身后的男人声音粗犷：“筑小姐，别乱动，刀子可不长眼睛。”

半夜，警局值班室。

“时间。”

“在晚上九点到十点之间。”

“顾……呃，这位家属，请您详细说明事件经过。”

“被害人亲属与绑匪有纠纷，导致被害人被绑匪绑架勒索五千万。交赎金的地点在西湾废弃工厂，你还有两分钟，立刻调人行动。”

值班的实习生快速记着面前男人说的话，手下的笔唰唰没停下过。

因为是上级领导，小实习生更是胆战心惊，要不是顾漾舟此刻表情冷得能冻死人，他都以为这是实习考验之一了。

这是一宗绑架案，刑事案件的笔录很简洁。实习生抬起头问：“报案人与被害人的关系？”

顾漾舟一愣，看着实习生笔下“情侣”二字已经写了一半，他拿过回执单，提笔改成“朋友”。

即使是在大晚上，出警的效率也很高。

更衣室里的几个人看着脚步凌乱的顾漾舟，小声议论了几句。

“被害人是不是顾 Sir 家里人啊，我看他眼睛里都有红血丝了，看来是真急得不行。”

“领导亲自报案，搞得我好惶恐！”

“你这算什么，我刚刚看他改笔录上那两个字的时候，无端替顾 Sir 感到心酸啊……”

“确实，我第一次看队长慌成这样。”说话的是和顾漾舟一起从边境派回来的常琛。

这种以钱为目的的绑架案，说白了就是赎金没到之前，人质都是安全的。他们都懂的道理，顾漾舟没理由不明白。

在他们眼里，顾漾舟除了好看的皮相，谨慎沉稳的性格更让人敬佩。但这件绑架案一出来，大概是真的很重要的亲人，令他连鞋带绑了死结也没意识到。

几辆警车关了警笛，如捷豹般在路上飞驰而过。

恍惚间，常琛听见副驾驶座上的顾漾舟说道：“我该和她一起上楼的。”

东湾村的废船厂里，筑清光被绑来这儿之前被强行喂了好几颗安眠药，她意识模糊，眼睛有点儿睁不开。

她不是第一次被绑架。富人家的女儿，多多少少会容易被不法分子盯上。

印象中，她在高二那次被绑走后，筑彬华就让她低调点儿。安排保镖在日常生活中太夸张，与其这样，不如不露富。

再后来治安越来越好，筑彬华也不怎么树敌，生意不再是一家独大，这种事再没发生。

没想到过去这么多年，往事还要重演一次。

脖颈处的疼痛渐渐唤醒筑清光的神经。她手脚被绑着，手腕被勒得生疼。

她不动声色地打量周围的环境，破旧不堪的铁棚区，皮革轮胎味道浓呛。两个像是民工的中年男人站在大门口交谈，离她最近的是高中生，居然还在一旁写语文试卷。

筑清光伸长脖子瞄了一眼，一面的红叉叉。她心里纳闷，居然还有这么蠢的学生，比她还蠢。

她没好气地提醒：“君子博学而日参省乎己，则知明而行无过矣。”

男生闻声抬头，有些惊奇地望着她。

有什么好看的，没有看过大美人？筑清光怒道：“你犯法了，知道吗？”

这话没让男生起什么反应，倒是门口那两人走了过来。年纪稍长的中年男子开口道：“筑小姐，你最好配合一点儿，等钱拿来——”

“知道了，知道了！”筑清光不耐烦地打断他，又被往咽喉里灌的药呛得咳了两声。

她对被绑架已经是一回生二回熟，心想着只要等来警察就行。这些鼠辈从来都是只敢谋财不敢害命，筑彬华也从来不会乖乖给钱惯着他们。

“你知道什么！”另一个壮汉粗声粗气，听声音他应该就是之前出现在她房子里的男人。他往地上吐了一口口水，说，“你爸要是没把钱拿过来，我就直接把你扒光了丢在荒野里！”

筑清光打了个寒战。这还是她第一次被这样威胁。

没等她说话，中年男子把壮汉拉开，说：“她爸造的孽，你就是杀了她也没用！”

“我爸他……怎么了？”筑清光意识到这好像和上一次不太一样。

壮汉冷讽道：“姓筑的花着我们的血汗钱，现在却把你保护得这么好。筑彬华建的烂尾楼倒了，压死了我一个兄弟……”

他义愤难平，把事情简单说了一遍。

筑彬华是房产开发商，在Q市接了一个烂尾楼工程。工程师买了便宜工料，楼塌了，工程师移民澳洲。而签订合同的筑彬华要负责偿还贷款，补偿居民，要赔偿死去的那个工人，可能还要被起诉。

筑彬华两个月前恐怕就已经担心东窗事发，所以躲在美国许久未露面。

说曹操曹操就到，筑彬华的电话已经打了过来，通知他们已经把钱拿了一部分过去。

壮汉恶狠狠道：“剩下的钱什么时候能打进卡里？”

“我的资金已经被冻结，那已经是仅剩的现金了。”筑彬华讨饶道，“你们别伤害我女儿，我会回国，你们拿着这些钱已经够活好几辈子了。”

“我兄弟的命没这么容易偿还！找不到姓王的罪魁祸首，找你们这些高层也一样……”壮汉话没说完，大概是意识到先去拿钱比较重要，直接挂了电话。

他对着筑清光狞笑道：“我们拿了钱，你也别想走！”

他们卖了个乖，特地把放钱地点定在另一边的废弃工厂里。

两个人走后，筑清光谨慎地看了看门口，小声问一旁的男生：“你多大？”

“十六岁。”

“姐姐告诉你，你的人生还很长，不能和这些罪犯家人混在一起！”筑清光小心翼翼地诱导他，手拼命摩擦绳子。她看男生没什么反应，又开始哭，“我求你了，救救我吧，我家里还有人等我回去。”

男生收起试卷，看着她说：“我认识你。”

然后他打开手边的收音机，是她的电台节目。

“是你吧？我每天晚上熬夜写题的时候都听这个。”他小声嘀咕，“看来我同桌是骗我的，她说声音好听的人长得都很丑。”

筑清光没想到在这种情况下居然能碰见自己的粉丝。

男生又问：“你家里人不就你爸吗？我叔说了，你爸如果不回国，他会杀了你。”

小小年纪把这种话挂在嘴边，可见这种家庭的教育很失败。筑清光半真半假地说：“我不想死，我还想和一个人说声对不起，也想说声谢谢。”

“那个人对你很好？”

“好啊，我以前总是一生气就扯鞋带，他都会不厌其烦地蹲在地上给我绑。”

男生有些气愤，说：“你自己不会绑？”

筑清光被噎了一下，反应过来后说：“你凶什么凶！我就乐意他给我绑鞋带！”

男生沉默两秒，抬起头笑道：“你别想见到他了，我爸可能会放过你，但我叔和吉叔自小是穿同一条裤子长大的，他就是打算拿完钱就杀了你的。”

他的话没说完，壮汉冲了进来：“小言，你爸被警察抓了！快和

叔一起把这个女人弄到车上去！”

筑清光正好把绳子解开，还没来得及跑就被他们扔进后备厢里。

面包车开始沿着郊外的盘山高速公路行驶，身后跟着穷追不舍的警车。

“这车怎么开？”

“这个破刹车！”

摇摇晃晃的车里传出男人的叫骂声，面包车开始不受控制，速度直飙 130 迈，轮胎在公路上磨出火花。

身后的警车里，常琛惊呼道：“他们会不会开车，这是要自寻死路撞海里去？”

“下车。”顾漾舟脸色发白，踩下刹车停车，把常琛丢了下去。

“哎，你这是……”常琛站在路边，才恍然大悟他想做什么，立刻给上级打电话。

十几秒的生死追逐中，车上的传呼机里传来上级督查的声音：“顾漾舟，立刻把车停下！你这是私自行动，要挨处分的！”

“警员 01122 顾漾舟，我正式给你下达指令，停车！”

“顾漾舟！你给我冷静一点儿，停车！停车！”

顾漾舟抿紧嘴唇，把传呼机扯开，沿着车窗丢出去，风呼啸而进。

车速越来越快，前面那辆面包车东撞西撞，眼看就要冲过盘山公路的 U 型路口，冲下海崖！一辆警车倏地飞奔，挡在面包车前形成缓冲，警车被撞飞，直直坠入海里。

面包车堪堪停下，前轮掉下一半卡在崖边。

一道灿烂的白光闪过，筑清光疼得更厉害。

警笛和救护车声不断响起，有人在喊顾漾舟的名字，像很多年前那次一样。

筑清光嘴里被塞了布条，五脏六腑被震得几乎错位，她忽然落泪。

后备厢被打开，几个护士把她抬进救护车里。

筑清光第一次被绑架是读高二那年的五月下旬。她把日子记得这么清楚，一是因为几周后是高考，二是因为那天她看见了董琴和曲谷生在逛商场。

董琴和筑彬华感情的分崩离析在筑清光上初中时就有了端倪，筑清光那时候只以为他们之间不太和睦。但是那天她跑过去大声质问董琴为什么出轨时，董琴轻飘飘甩下一句话："我和你爸早就离婚了，不告诉你是你爸的意思，他怕你难过。你可以选择现在跟我搬进新家。"

筑清光被瞒了三四年，那天，她完整的家仿佛天降陨石，被砸得稀巴烂。什么爱情，什么家庭，都成了笑话！

她怄气逃课，负气甩开所有人跑到乡垣小路。她落了单，差点儿被人贩子抓去做童养媳。

最后她是怎么回到家的？

顾漾舟发现了那辆载着她的黑色面包车，他扒着车门，右胳膊划出一地血才引起路人注意。

可是筑清光把这段记忆封存在脑海深处。她受了惊吓，心理上建立起防御机制，只浅显地记得她被绑在车上，看见警察来救她。

她再睁眼，看到的是医院 VIP 病室里雪白的天花板，门口站着打着石膏的顾漾舟。

如今事件重演并且性质更恶劣，筑清光的那些记忆终于被唤醒。

筑清光艰难地掀开眼皮，看见了小助理苦巴巴快要哭出来的脸。

"清光姐！"小助理激动地转身，"我去喊医生！"

"等一下。"她的嗓子发了炎，睡了快一天一夜，说一句话都疼得难受，"顾漾舟呢？就是救我的那个警察。"

小助理支支吾吾地说："我听说车子撞到了礁石，顾警官出了很多血，手术时调了好多趟血包。医生说他的胸腔还是肺部什么的很严重，还在 ICU……哎，清光姐，你慢点儿！"

她叹了一口气，把被筑清光拔下的吊针放回桌上后，追了出去。

重症监护室需要保持无菌环境，筑清光换上了防护服，再戴上面罩后，连她都认不出自己，进去时脚步无比沉重。

所有情绪里，恐慌站在最高点。

床边有一个护士在贴身全天候看护顾漾舟，见她来了，往后退了几步，说："他的高烧退不下来，嘴里不知道在念些什么，家属可以试着和他说说话。"

筑清光第一次见到这样的顾漾舟，脸白得没有一点儿血色，一向鲜红的嘴唇也白得不行，在这么低温的环境下，他的额头却一直在冒汗。他的胸膛上贴满了正负极片，旁边的生命仪器嘀答嘀答响，响得人心发颤。

“顾漾舟，你能听见我的声音吗？”筑清光握着他的手指，眼泪顺着下巴流下来。

顾漾舟偶尔睁眼看她，又很快合上。他看见的像是泡沫幻影，抓不紧看不清。

筑清光压着哭腔，道：“顾漾舟，你不要这样不理我。我很害怕，我很害怕你会死。”

病房里安静得只剩下仪器声和抽泣声，筑清光六神无主，哀求似的说：“顾漾舟，你理一下我，好不好？我还有很多事情没跟你说，我不喜欢你不讲话的样子……”

半梦半醒间，顾漾舟突然攥紧了筑清光的手，他的血压猛地往上升。

护士大惊失色，立刻在一旁喊：“患者不能激动！家属先离开！”

筑清光甩不开顾漾舟的手，只能蹲在他床边小声问他：“你要说什么？我不走。”

顾漾舟呢喃她的名字，眼角流下泪水：“筑清光，我错了。”

筑清光一脸错愕，耳朵贴着他的脸问：“什么？”

“我错了。”

顾漾舟烧得糊里糊涂，记忆不知道停在了哪一年。筑清光甚至不知道他在为哪件事道歉，又或者是为哪个阶段的他道歉。

“筑清光……”

这些年的纠缠和单方面的打扰，都是他错了。

顾漾舟还在呢喃，手却慢慢地松开，滑至她尾指尖。

生命仪器发出警报，护士连忙按响床头的紧急铃，一群医护人员鱼贯而入，把筑清光挤到病床一旁。

筑清光呆愣愣地站着，屏着呼吸不敢喘气，她从来没有这么害怕过，她听着他说完那段话。

“筑清光，我错了。我不缠着你了。”

“筑清光，我有女朋友了。”

“我有女朋友了，你可以放心。”

骗子，他除了筑清光，没瞒住身边任何一个人。

她早该想到的，这才是顾漾舟本来的样子，执着虔诚，温柔长情，笑也是安安静静的，像是怕打扰到这个世界。

在这路遥马急的人世间，顾漾舟把偷偷爱筑清光这件事坚持了十多年。

筑清光一早回了顾漾舟的公寓拿换洗衣物，在那之前，她找律师一同去了警局，看望被关押的筑彬华，见到了来探监的董琴。

有些话她不当着筑彬华的面说，拉着董琴出去，过了十几分钟，她才神色无常地回来。

筑彬华也不问，毕竟他在里面，此刻什么也做不了。

烂尾楼项目已经喊停，因为这件事公司资金链断裂。这事原先就是手下人没办好，筑彬华没把工程继续下去，他做不了卷钱跑路的事。

工程款纠纷案再加上豆腐渣案件，筑彬华作为法人代表，出了人命就必须承担责任，律师给出的答案是可以争取在两年内出狱。

“我差点儿害了你。”筑彬华的头发都白了很多，语气不掩沧桑。

筑清光摇摇头，说：“你在里面会不会受委屈啊？”

“爸受不了多少委屈，就是短期内出不去。”

缓刑或取保候审都至少要在里边待上小半年，筑彬华一脸担心，交代了她一些事。

钱的问题不太方便谈，只是一笔略过，筑清光也知道他的意思。

筑彬华给她打的钱干干净净，但她大学毕业后就已经经济独立，那些钱其实一直都存在账户里。

“来短信了？”

筑清光看了看手机，眯起眼睛笑笑，松了一口气，说：“嗯，医院那边说他能出重症监护室了。”

说到顾漾舟，筑彬华又想到这两个孩子的事，说：“他对你好，我放心。你以前总喜欢把什么事都怪到你顾哥哥身上去，偏偏他好脾气照单全收，从来不解释不反驳。”

筑清光不太服气道：“本来他就老管我！”

筑彬华无奈道：“你初三时逃课去给偶像应援被偷了钱包，差点儿流浪街头，要不是他管你，你指不定就去讨饭了。每次你的作业抄

得那么明显，还好意思污蔑漾仔告状，你当老师是瞎的？还有高二时你和隔壁班那个小子去看电影，是你在客厅里掉下一封信，爸爸才知道的。”

筑清光：“……”

突然间，顾漾舟多年的告状精形象就洗白了。

“还有你顾叔走的那天，他说不想你回来影响你上班第一天的好心情。你是不是总觉得是他跟爸爸说了你们的事？其实他一个字也没说，就是那天下午我顺嘴一提，他哪是瞒得住感情的孩子。我也有私心，你们在一起很合适。”

说起往事，筑彬华这嘴更是停不下来。很多时候，他既是一个父亲，又是一个母亲。

“哪里合适了？”

“他了解你。”筑彬华敲敲桌子，是说正经话的语气，“清光，你到底怎么想的？”

可是这问题筑清光也不清楚。她愣了一下，说：“爸爸，我应该怎么想？我不知道是不是喜欢，在身边就感觉是理所当然，离开了又会难受。”

“我很抱歉，和你妈妈没有教会你这些。”筑彬华重重地叹了一口气，说道，“你不要因为感激去爱一个人，也不要因为愧疚就不去爱他。”

“清光，我到现在对你妈妈也有感情。”

筑清光从警局出来后，直接按常琛给的地址去了顾漾舟买的房子那儿。

顾漾舟的房子离警局很近，大概是为了省时间上班。

这附近的房价都不低，筑清光按密码的时候还在恍惚，顾漾舟都买房了。她读初中时总觉得没了顾明山，他会饿死，还想过偷筑彬华的钱来养他呢。

现在想想，这都是些什么蠢法子。

这房子比她想象的大，东西也多，像是把老房子的旧物都搬过来了，却没来得及整理。

老相册也摆在明面上，筑清光一眼就看见了他们的合照。这么多年，除了毕业照，他们在一起的照片也就那一张。

是筑彬华在她初三毕业典礼上拍的，顾漾舟站中间，左边是筑清光，右边是他的父亲顾明山。

“原来过了这么久了。”她看着照片里的少年喃喃。他眉眼清秀，穿着一尘不染的校服站在主席台上，没什么表情，却还是看得出来很高兴。

旁人不知道他的小习惯，但筑清光清楚，他开心时下唇总会往上收一点儿。

另一个箱子里的东西很眼熟，她多看了几眼。

印花剪纸、胶片机相片、可乐瓶、纸飞机、雪糕棍子、长耳兔发箍、小恐龙手机吊坠……

筑清光突然意识到这些是什么，都是她随手丢给顾漾舟的小玩意儿。而她拥有的另一半，早就不知道遗弃在哪个角落。

她的脑子里又全是刚刚董琴尖酸刻薄的声音——

“你有资格说我什么？你是我生的，你和我没什么区别！你从小到大没吃过苦头，所以会习惯别人的好。

“你身边来来去去这么多朋友和爱你的人，你难道都有心存过感激吗？

“你昏迷不醒的时候我去医院看过你，那个警察，你爸同学的儿子是吧？现在他还因为你躺在那儿半死不活，你比我好到哪儿去？”

她们是同一种人，董琴不会觉得对不起筑彬华，正如筑清光也不会真心对顾漾舟感到抱歉一样。

她已经很尽力不向董琴这样的人生靠拢了。她不谈恋爱，不轻易接受别人，也就不会伤害别人，可是最后她对董琴的指责还是哑口无言。

她无法辩驳的是，她确实愧对顾漾舟。

身边有异性的喜欢，作为女生可能多多少少能猜到。

因为不会有人无端地对另一个人这么好，但筑清光永远猜不到顾漾舟会喜欢她，毕竟他一直是对自己好的，好到自己已经习惯了他，把他的忍让、宠溺、屈服当成理所当然。

筑清光不是没想过在大学答应他，但是她太清楚自己三心二意、游戏人间的德行了，她给不了他想要的东西。

后来她听见他说有了女朋友，一切看上去都在朝很好的方向发展，

她松一口气的时候也感觉有点儿闷。

喜欢自己很多年的一个人突然说不喜欢自己了，那感觉就像针扎手心似的，不疼，只是微微痒，不足以拨动她的情绪。

她快忘记自己是从什么时候起执着地让顾漾舟死心的，一开始她只觉得谈恋爱对自己来说不算重要的事，后来和他之间只剩下尴尬。

他们怎么能在一起?

他们是家人、是好友，唯独不该是恋人，这太奇怪了。

她疏远过、躲闪过、拒绝过、逃离过，都没有用。

然后她看着这些东西，忽然觉得疲惫，累得想妥协。

筑清光，没有人生来是被你浪费的。

如果有，那个人只会是顾漾舟。

G 市开始下雨，天气转了凉。

筑清光受了惊没什么大碍，倒是不少听说了她的事的朋友都一个个发信息来问候，光是让这些人放心她就费了好大一阵工夫。

她提着衣服和刚买的粥食进病房时，好几个顾漾舟的同事都在病床边聊天，把床上的人挡得严严实实。

脸圆圆的护士长上了年纪，凶狠地瞪了她一眼，说话的语气像长辈：“你是患者家里人吧? 这么晚过来，你看隔壁床那对，就差上厕所都守着她男人了，你再看看你！”

筑清光第一次被骂得狗血淋头，虽然被误会成和顾漾舟是夫妻，此刻她也不敢反驳。

筑清光垂下头听训，瞟了一眼偷偷看热闹的几个人，他们好像在警局见过。

护士长边数落她的不贴心边推着小车出去，经过她身边时又补充一句：“床头的药要饭前吃。十分钟后，你男人还要去骨科室，别又让护士找不到你！”

显然是顾漾舟之前到过骨科室，护士长才会有此提醒，估计他还是一个人去的。

筑清光的亏欠感又深了一点儿。她总是不记得顾漾舟身边最亲的人只剩下她，她潇洒惯了，照顾起人来没有一点儿经验。

她把东西放好后，又和顾漾舟的同事寒暄了几句。

应付人际关系对她来说总是得心应手，不一会儿病房里就安静下来，闲杂人等都已经出去。

筑清光这才把视线投向那个没什么存在感的病患身上。他面色苍白，头上缠了一层纱布，左腿打了石膏，手上还吊着水，身上没一处是好的。

这都是因为她。

她知道顾漾舟一直在注视自己，她垂下眼睫毛，强迫自己别再去看他，把药掰出来，递过开水，说："给。"

顾漾舟抬手接过东西，无意间碰到她的指尖。

筑清光下意识避开缩手，两个人都没拿稳杯子，开水直接倒了一半在顾漾舟的腰间。

她毛毛躁躁，拍开水杯，拿起毛巾想擦干水，却按到顾漾舟的伤口，她一脸惊慌地说："对不起对不起！你是不是被我弄疼了？"

顾漾舟摇头，额头上却渗出汗来，肉眼可见多难受。

筑清光的睫毛眨了一下，眼泪啪嗒一下就掉在被子上。她慌慌张张想转身，说："我……我去喊护士来！"

她的话刚说完，就被他攥着手腕。

她不敢使劲，哽咽着问："你要干什么啊？别用力了，我不想你疼。"

"我也不想你哭。"

顾漾舟松开她的手腕，靠回床头，拿起一瓶矿泉水，仰着脖子把药吞了。

筑清光站在原地，除了哭也不知道该干什么。她没照顾过人，生疏地拿起纸巾，帮他把衣服上的水吸干点儿。她心里十分矛盾，突然说："顾漾舟，我们是什么关系啊？"

顾漾舟正放空着，蓦地听见这问题还有些恍惚。他原本还在想怎么圆女朋友的谎，有一瞬间他差点儿变得着急，差点儿又要压迫她。

他收回思绪，看向窗台上滴落的雨，淡淡回答："随你。"

现在像极了几年前筑清光要求他"我们不要刻意联系了"，他也是留下一句"随你"，他一直以来都没强求过什么。

很多人都会说筑清光好相处，可她实际上很自我。她不会在意其他人的感受，活得快乐也是因为没亏待过自己。她怕什么就远离什么，厌恶董琴、曲妙妙灌输的爱情观就索性封闭自己。

你看过火山爆发吗？你以为那是散落的玫瑰，没想到是滚烫的岩浆。

筑清光相信一生一世的爱情，只是不相信它会发生在自己身上。她知道一定会有和自己一样的人，在事情没发生前就想好最坏的结果，担心花的凋落，就索性不去栽花。

何况是顾漾舟，他太难甩开了。

如果是别人，顶多是好聚好散，可筑清光知道的，顾漾舟只会得寸进尺。他本来就是抓住一点儿希冀就能拼尽全力缠扰的人。

筑清光胆小自私，胸无大志，但她还是小声地问道：“顾漾舟，你要不要和我……在一起试试？”

顾漾舟：“……”

病房门口几个偷听的人悄悄地撤了回去，脚步轻得犹如害怕踩到地雷。

筑清光倒是对这事一无所知，没等顾漾舟开口回答，又急忙补充道：“我把丑话说在前头！我的脾气你也知道，对人对事都是三分钟热度，所以我喊停就必须停！我不会因为和你在一起了就改变，不会像别人的女朋友一样黏人撒娇、净手为你做羹汤，不会收敛个性，还是会一如既往地欺负你，对你耍赖，要你哄着……”

她叽叽喳喳说了一大堆自己的缺点，从来没有这么透彻地分析过自己。

她说着说着停滞几秒，疑惑地反问：“我是这么烂的人？我除了这张脸，是不是真的一无是处了？”

顾漾舟被她这呆软的样子逗得弯了弯嘴唇，轻声问：“还有吗？”

“还不够？”筑清光沉下脸，咬着红唇愤懑不已，“原来我在你心里比这还烂，那你眼光真差！”

顾漾舟很坦率地说：“习惯之后我就只看得见优点了。”

筑清光来了兴致，说：“那你说说我有什么优点。”

“很漂亮。”

筑清光：“……”

在这种关头，筑清光居然很想扯着顾漾舟的头发问：为什么你只看得见脸？肤浅！

“行吧。所以你要和我试试吗？”她很㞞，又加上一句，“当然了，你要是喜欢别人了就当我没说！”

“我没喜欢别人。”顾漾舟顿了顿，望进她清澈透亮的眼里，道，“你不是知道吗？我没你不行。”

不知道为什么，只是一句很平常的话，却让筑清光心里的愧疚更深了。

她垂下脑袋，说：“对不起，顾漾舟，我也不知道我能坚持当你的女朋友多久。你要是怕几天后就被我甩了，现在可以不答应我。”

说来有点儿好笑，她不爱说，但总希望他能懂。她总是迟钝，不想付出，只想平白享受别人对自己的好。

董琴和筑彬华结婚也不过十几年，就提出了离婚，奔向另一个人的怀里。

筑清光的爱情观受了董琴很大的影响，潜意识习惯别人对自己好，不想给出回应。她自私又霸道，连怎么去喜欢一个人都不知道，她把董琴那套不负责理论贯彻得很彻底。

筑清光有点儿自暴自弃，继续说：“如果你真的还想和我在一起，那我们说好了——我不知道会不会对你好，但你得对我好，我好了你肯定也好了。”

“好。”顾漾舟答应得很快，似乎这是一个不用花时间考虑的问题。

顾漾舟停顿了一下，掀起薄薄的眼皮，问：“筑清光，你现在这样，是因为可怜我吗？”

筑清光一愣，不懂要怎么解释，也不懂怎么分析这些情绪。她对顾漾舟的“喜欢”里面，包含了感激、同情、歉意……

筑清光清楚地知道顾漾舟对她的感情持续了多久，她好像只是在给自己一个机会。

顾漾舟抿抿嘴唇，读懂了她的沉默。他扬唇想笑，笑依旧没一点儿出息的自己，最终他只是低声道：“可怜我，也行。”

她在对他妥协，他何尝不是在为她让步。

她愿意陪在他身边，不躲他，就已经很好了。

顾漾舟对筑清光执着太久，反而没有什么别的想法。无非就是他喜欢她，但他运气差，没有被她以同样的感情对待。

一厢情愿值不值得、有没有用，本就是如人饮水，冷暖自知。

也不是每个人都能和最爱的那个人在一起，喜欢就够了，还能联系上就够了，在不在一起真的没那么重要。

一辈子很短，一个人守着另一个人也能过下去。

喜欢一个对自己没有感情的人就如在大海中险些溺毙，但重新来过，他也会反反复复下坠。

他不是没想过算了，只是爱了太久，他忘记怎么放弃了。

“神经病。”筑清光的脑袋垂得更低，骂完顺势坐在顾漾舟的床边，鼓了鼓腮帮子，“这么“丧权辱国”的条件你也愿意答应，你是不是爱我爱得快要死了？”

“嗯，快要死了。”他顺着她的话说，低沉的嗓音中带着笑意，面上看不出有多高兴。

“死了那可不行！”筑清光像是下了什么决心，攥紧了他放在被子下的手，“顾漾舟，你给我一点儿时间，慢慢来。”

那本泛黄的作业本上记了一些少年在自习课上无聊写下的东西，埋葬在顾漾舟的旧纸箱里——

1. 周六筑清光在我家吃饭，我把她拉起来，说吃完饭就躺着对身体不好。

周一回学校，她突然想起这件事，脚踩在我的脚背上，揪着我头发说不要我管。

她看上去好蠢，反射弧真长。

我下次还要说。

2. 体育课，筑清光坐在单杠上晃腿。

不知道她是在看我，还是看我身后的小卖部。

可那一刻，我依旧紧张得手心出汗。

3. 筑清光今天和我们班的学习委员说了五句话，笑了三次，那双笑眼眯起来很漂亮。

我本来打算一个下午不理她，但总对她生不起气来。

4. 除夕她陪我守岁了，明年大概会是很好的一年。

5. 我趁黑偷亲了她，因为她和她们说不喜欢我。
她真的不喜欢我，她可能一辈子都不会喜欢我。
可是我不会喜欢上别人了，我该怎么办？

6. 开水会烫死人，冰水会冷死人，温水最适合，最长久。

7. “为了寻找你，
我搬进鸟的眼睛里，
盯着路边的风。”

8. 又梦到你，我没救了。

9. 她总问我生日愿望，其实每年都一样。
我想让筑清光吻我。

# 第八章 得偿所愿

傍晚时分，病房里住进了一个老熟人，邓禄。

隔壁病床的病人已经出院，邓禄转进来时顾漾舟还在睡觉。他伤得不轻，吃过药，一直低烧着。

邓禄非常不做人，把他摇醒，促狭着笑道："顾 Sir，刚回国就这么拼？"

顾漾舟的鼻翼两侧出了薄汗，枕巾都是湿的。他猝不及防被吵醒，人还有点儿没清醒过来。他坐起来，靠在床头看了病房一圈，昨天说要努力做好他女朋友的人已经没了影。

他的湿发垂在额头，一言不发的样子让人感觉很压抑。

"哎，哎，你是老婆跑了还是怎么了？"邓禄好歹和他同事这么久，看他这表情也知道收敛点儿，却还是忍不住皮两下。邓禄看他不理人，又只好自顾自地说起工作的事。

"那个秃鹫，我们被诈了，他压根儿不在那辆车里！

"你知道新来的赵小杰吧，他是个人物啊，初生牛犊不怕虎的。还是你带出来的，结完案就开始买彩票玩，他总说想和你再并肩作战一次。"

顾漾舟沉默良久，仿佛是受不了他的聒噪，才转头看了他的大腿一眼，薄唇轻启："废了？"

"保住了。"邓禄自嘲般一笑，看向他快吊完的盐水，"你伤成这样，这是刚转部门就接了一个大案啊。”

“为了救个女人，当然要找个万无一失的办法。”潘卫民轻哼一声，从门口进来。

“潘局。”邓禄问了一声好，大概是知道他来是为了谁，立刻安安静静躺好了。

潘卫民看着顾漾舟这副惨样，也没半点儿同情心。开车做缓冲，拿命去刹车，但凡是个正常人也干不出这种事儿。

他后来调查了才知道，这车里坐的女人和顾漾舟是旧识，二人的关系外人多多少少也能猜到点儿。

“你才醒过来没两天吧？我连你的调任申请都拿到了。”潘卫民拖着椅子坐下，“说说吧，理由。”

对于顾漾舟来说，潘卫民不仅是领导，也是长辈。他之前是顾明山的下属，逢年过节去顾明山家做过几次客。

“她好像也有点儿喜欢我，我不想再回去了。我想和她谈恋爱。”顾漾舟说得直白坦诚，难得一见的顺从。他把话重复一遍，像是说给自己听的，“我想，和她谈恋爱。”

邓禄：“……”

潘卫民：“……”

病房里另外两个男人见鬼似的看着顾漾舟。他们第一次听他扯到感情问题，居然像只一根筋的蛮牛。

潘卫民被气笑了，他拿顾漾舟没辙。他本来也该把顾漾舟调回来的，他有私心，当年他承过顾明山的恩情，自然该回报在老上司儿子的身上。

“我几年前和你说那件事也不知道是对是错，但你好歹是平平安安回来了。”

那年顾明山的葬礼上，潘卫民向顾漾舟说明了一件事。当年确实是为了顾全大局，才没有及时冲进去救被毒贩捕获的顾明山。

顾漾舟知道内情后也没什么感触，顾明山热爱这片土地胜过爱自己，而他完全没有承接父亲的热情。

顾漾舟选择做警察，决定去前线缉毒也是因为没有牵挂。顾明山去世，筑清光一家搬离 G 市，他茕茕孑立，做什么都无所谓。不过这不妨碍他对自己的职业有着最崇高的敬意。这是光荣，也是他父亲愿意为之奉献一生的事业。

“你爸爸生是英雄，死是英烈。”潘卫民没有避讳旁人，拍拍顾漾舟的肩膀，说，“调任申请我给你批。你二十二岁毕业，没几个月就去了前线，这几年立下大大小小的功劳，也的确该考虑成家了。”

顾漾舟说：“谢谢潘局。”

潘卫民说完正要走，回头看了一眼邓禄，说：“辛苦了，公费给你换一间单人病房吧，”

“谢谢潘局！”邓禄美滋滋地收拾东西准备走，转病房时突然想到什么，对着房间里的人说了一句，“顾漾舟，你得承认，你现在确实比以前好很多了。”

在金三角执行任务期间，邓禄比其他人先到三周。上面下达命令说接一队新人，他以为是什么热血沸腾的同事，结果接到死气沉沉的顾漾舟。

那时候的顾漾舟比同期任何一个人都要拼命，中过枪流过血，好几个一起来的同事都以受伤为由申请调回去，只有他硬撑着。

每个人都在拼命，可每个人也都想回家。但顾漾舟不是，他更像是无家可归的旅人，把自己流放了。

顾漾舟没回头，目光淡然地看向窗口那瓶快枯死的向日葵，不知道是哪个同事送的。他工作时很严肃，没醒来的这几天，病房里来来回回挺多人，醒了之后反而没几个敢过来。

他醒来后三个小时，筑清光没来，没留下字条，也没发过信息。他打了一个电话，立刻被挂断，随即她发来一条短信：现在在忙哦，晚点儿我马上回你！

这短信官方又敷衍，像极了筑清光的风格。

她极少与人交恶，不仅是因为性格好，也是因为她不会当面给人难堪。就像这条被编辑的短信，这种亲近的语气，她可以用来应付任何人。

窗外下起了瓢泼大雨，砸在玻璃窗上有些吵。雨水顺着窗户往下滑落，顾漾舟开始想筑清光有没有带伞。

夜晚，医院的长廊尽头，一群大男人八卦地开着玩笑。

“我原以为是顾 Sir 爱而不得，看见昨天那场景，原来是女神先开口追求的！”

“队长可以啊，这样的美人在眼前还在那儿拿腔拿调，不赶紧答应，要是我早就扑上去了，这可能就是人家单身二十多年的运气吧。”

“你们这群人怎么神经这么粗啊，一看顾漾舟那样子就知道筑小姐和他早就认识了啊。”

…………

秦仰刚下班，身后还带着一个女警，叫谭棠，是新面孔。

谭棠问：“你们刚刚说顾 Sir 和谁啊？”

有人努努下巴，说：“你后面，来了啊。”

谭棠一愣，转身看见了提着袋子往他们这边走的筑清光。

筑清光穿得简单，上身卫衣下身牛仔裤，高跟鞋踩在地板上，脚步很轻，身姿无端妖娆。她本就皮肤白，脸上没化妆，却也是不可方物的美。对女人来说，这不是一张让人很有安全感的脸。

筑清光下巴微抬。她高傲惯了，没什么表情时总给人一种在放狠话的错觉。

谭棠的思绪被打断，她对着筑清光点点头，说：“你好，我刚被调到顾队手下，在局里没看见他，就先过来了。”

“什么刚被调来，”一旁的秦仰没想太多，解释说，“筑小姐，你别被骗了，这可是局里的巾帼英雄，跟了顾漾舟一年多才被调回来的。”

对待其他人，筑清光总能应付自如。她惊讶道：“你们警队的女警官也太漂亮了。大家都是刚下班过来的吧？”

警队下班都晚，几个人在走廊上聊了一会儿，此刻天都黑了。

“我在附近办点儿事，今天来晚了，你们进去吗？”筑清光握着病房门的把手。

“不了，不了，有点儿晚了，我们不打扰你们。”有人推辞。他们本就是来看望负伤的邓禄，都知道顾漾舟的脾气，他不爱热闹。

谭棠走上前，把花递过去，说：“麻烦筑小姐好好照顾我的上司了，我还等着和顾 Sir 像以前一样一起办案呢。”

听这语气，他们似乎十分熟稔。

那几个人耳朵都竖了起来，还以为能看场热闹。

筑清光接过花，夹在胳膊那儿，笑眯眯地说：“谢谢你的花。这几天他恢复得不错，我肯定还大家一个完好无损的顾警官。”

等人进去了，他们也往外走。

秦仰笑道："顾漾舟家这位心很大啊。"

"是吗？"谭棠侧身看他一眼，呢喃，"我倒觉得她很聪明，又无所畏惧。"

她刚刚故意说"我的上司"，偏偏筑清光不知道是真的不在意还是见招拆招，一句"还大家"就把顾漾舟和所有人都联系在一起。

如果她不是聪明的话，就是真的对异性没有一点儿危机感。

"聪明也好，不聪明也罢。"秦仰和谭棠走在最前面，放低声音说，"你可别忘记当初怎么被顾漾舟赶回来的，好好当差，别想那些有的没的。"

病房里没开灯，筑清光把买来的水果放在地上时，借着走廊上的光看见顾漾舟是躺着的。

"怎么这样睡了。"她嘟囔一句，走过去，突然灯被打开。

筑清光尖叫一声，半晌看着他说不出话来。

顾漾舟穿着单薄的病号服，长睫低垂着，落在眉骨间的侧影显得他更阴郁。而他的盐水已经吊完，左手血管正在回血，又红又醒目。

"你去哪儿了？"他哑着嗓子问。

若是平时筑清光肯定得害怕，但她强忍着，正打算按铃叫护士，又被顾漾舟拉着手。他有点儿执着地和她对视。

"去律师事务所了！"筑清光急得又想哭，看着他青紫的手背又气又烦。

顾漾舟察觉到她的眼神，一抬手把吊针拔了，应了一声躺回去，没再说话。

筑清光揉了揉手腕，下意识想走。她仿佛在心里把气压了一遍又一遍，拿起一边的湿巾给他擦拭手背的血痂。

"我找律师问我爸开庭的事，回来的时候手机没电了。因为我想着要买东西过来，就没来得及充电。"筑清光放下手，语气很冷淡很严肃，"顾漾舟，你再这样我就不理你了。"

她说话还是和以前一样，生气了就说一句"我不和你玩了，不理你了"，像一个孩子。但这话还是恐吓到他了，他的手指在她的掌心蜷了一下，他抿着唇，没出声。

“我开玩笑的。”她把话收回，反手握紧他的手指，安抚道，“你把手转过来，擦一下血印子。

他乖乖照做。

大冬天的，他还没有完全退烧，全身烫烫的，病服熨帖地衬出肩胛骨。

他又瘦了好多，筑清光叹了一口气，她忽然发觉自己已经很久没有和他这样安静又亲密地坐在一起说话了，尽管这个时候说的不是好话。

她想起顾漾舟那天在ICU病床上哭着说他错了，再也不缠着她了，心里还是不好受。

顾漾舟从来不会在清醒的时候说这些。大学那几年，他不收敛自己的感情，只会用告白把两个人的距离越拉越远。

筑清光是典型的吃软不吃硬，他越逼迫，她越想逃。可是那天听见他这么说了之后，她才发现他原来是知道的。他只是为了仅剩的自尊，不敢承认自己一直是在打扰她。

“我都答应你了，又不会跑。”筑清光把湿巾丢进垃圾桶里，蹲在他面前问，“顾漾舟，你能不能好好和我说话？我知道自己不好，可是也没这么坏，对不对？”

“你挺好的。”顾漾舟的眼睛有点儿红，带着血丝。他细长的手指突然绕到她的脖子后面，擦过她的皮肤时有点儿凉意。

筑清光的身体都绷起来，看见他俯身，额前的头发几乎贴在了她的脸上。

不要再躲了，没什么好躲的，你现在是他女朋友。

筑清光在心里默念一遍，轻轻地闭上了眼，红唇微启。

“你在做什么？”耳边传来顾漾舟温沉的嗓音，贴着她的耳朵，一秒后远离。

她睁开眼，看见了顾漾舟手上的空调遥控器——从她背后的柜子上拿的。

筑清光：“……”

顾漾舟面色柔和，浓黑眼睫毛垂下，不慌不忙地解释：“有点儿热，我把温度调低点儿。”

筑清光羞耻得从脖子红到耳尖。她在想什么？顾漾舟现在可是伤患！

顾漾舟直勾勾地盯着她。他太了解她打算撒谎前的小动作了，也就是说很难骗过，除非有其他动作让他乱了心神。

筑清光擅长把自己的尴尬用新话题掩盖，一双天生就上扬的狐狸眼眨了几下，卷翘的睫毛轻颤，凑近他，吐气如兰：“顾漾舟，我……最近去种了睫毛，你看看长不长。”

医院外面有车灯照进来，一瞬间有些刺眼。

筑清光下意识再次闭上眼睛，睫毛蓦地一湿，是顾漾舟的唇覆了上来，他的声音一同响起：“骗人，没味道。”

种睫毛为什么要有味道？他不会以为那是化妆吧？

筑清光还想反驳，往他那边看过去，突然心虚地往后移：“你干吗这样看我，是不是又想亲我？我跟你说，以前你偷亲我的事我就懒得计较了，但是以后你得问我。”

她的话刚说完，他已经从善如流地遵循规则，问道：“行吗？”

“不行！”筑清光气闷着，边说边吐舌头，一不留神却被他俯身亲了一下。

筑清光不是矜持的人，虽然她不想承认，但是她确实很喜欢这样的感觉。她有些羞赧，但更多的是紧张。

她又戳了一下他渐肿的手背，说：“回血了不会叫护士吗？给你找护工你又不要，你怎么这么难伺候！”

“那现在你去叫一下护士。”顾漾舟淡然开口。

筑清光一愣，听见他没什么情绪地补充道：“腰上的绷带被血渗透了。”

“患者刚出重症病房就折腾，他一个大男人不细心，你作为家属不能看着点儿啊？”凶巴巴的护士瞪着筑清光，包容了罪魁祸首。

筑清光敢怒不敢言，撇撇嘴坐在一边，手指被顾漾舟握在手心。她一脸烦躁，揪他掌心的软肉，却不舍得下重手。

护士注意到他们的小动作，心想现在的情侣真是如胶似漆。她清咳两声，说：“纱布用完了，我先出去拿。你们别再做剧烈动作了啊！”

门一关上，筑清光立刻挣脱他：“你以为流血好玩？你知不知道那天你做手术的时候……”

她说到一半顿住了。事实上她也不知道，那时候她还在昏睡状态，顾漾舟却在抢救中，那些细节都是她从小助理那儿听来的。

顾漾舟面色苍白，被人从海里救上来，中途休克过好几次，发出警报的呼吸机攥紧了手术室外每一个人的心。

病危通知下来的时候，医生甚至找不到人签字。

深夜，走廊上站着他的下属，同事，却唯独没有家人。唯一算得上和他最亲近的筑清光，在绑架的前一天还笑着把人推远。

她光是听助理描述那画面就难过得不行。

筑清光自私自利惯了，对所有追求者弃如敝履，没有一点儿愧疚感，就算有，顶多就那几分钟。

顾漾舟终归和别人是不一样的，他不仅仅是一个喜欢她的人。

这几年她都能用开心享乐的生活充实自己，可那一刻她心底深处的恐慌都涌了上来。她在面临死亡威胁时半开玩笑地说自己还没和他道谢，在进 ICU 看见全身插满管子的他后却是真的在害怕。

这个男人其实是让人上瘾的，明知道他习惯隐匿在黑暗里，会扯着你的双腿一起下坠，你却还是会重蹈覆辙般一次次扑上去。

他看向她的眼神里藏着千万个秘密，她一旦察觉，就无路可退，无处可逃。

“顾漾舟，我好像懂一点儿你的感受了。”筑清光有点儿僵硬地抱上去，脸贴在他的脖子上。

我不想你消失在我的生命里。

十多年的习惯也好，不是亲人胜似亲人的感情也好，由愧疚变成喜欢的爱情也好……都是应该缠绕在一起的。

筑清光的脸已经烧到耳根，其实平时她不是这么容易害羞的人，大概还是因为生涩。

病房内的两个人没再开口，顾漾舟缓缓地抬手，回抱过去，像是怕打碎这个梦。

门外有脚步声响起，护士在轻声交谈。

“陈护士，又往顾警官这儿跑了，好羡慕啊。”

“羡慕什么啊，给伤患换纱布。两个人估计刚谈恋爱没多久，黏糊着呢！”

“哎，我记得顾警官伤的是腰吧，上次他做手术我都没仔细看，

光是看见上半身的身材就真是不得了哦。”

“哈哈哈，你说什么呢。”

…………

许是工作枯燥无聊，两个人难以抑制地八卦，笑声越来越大。

筑清光听得面红耳赤，偏偏这个男人两耳不闻窗外事，凑过来慢慢地亲了一下她的脸。

“顾漾舟，你……你别亲了！”筑清光正好把人推开，护士也正好推门进来。

筑清光没再管顾漾舟，红着脸躲进厕所。

她出厕所时护士已经走了，顾漾舟正垂着眼看文件。他生得英气，专心致志做一件事的时候，周身都是让人无法抗拒的魅力。

莫名其妙地，筑清光的脑海里浮现他穿警服的模样。清冷的顾警官的确容易让人心驰神往。

筑清光晃晃脑袋，把这些乱七八糟的东西都丢了出去，走上前，拿过他手上的文件翻了翻，说：“你今天吃过东西了吗？都住院了还工作。”

顾漾舟拿回文件并合上，说：“吃过了，这是我之前没处理完的案子。”

“没处理完现在你也别管它！”她皱着眉，拿开他手上的文件，放到桌角一边，“你这么认真敬业干吗？伤要是没养好，你赔我一个男朋友啊？”

筑清光适应得很快，虽然她没正儿八经地谈过一次恋爱，但该有的娇羞都有，该有的期待也有。

顾漾舟垂眼道：“怎么赔？现有的你都……”

话终究没说完，不能让自己的卑微变成她的负担。

好在筑清光是不太关心别人、也不花心思考究别人的人，而且她现在面对的是除了感情方面向来都直来直去的顾漾舟，她更不会想这么多。她听见他的话只说了一半，也没什么好奇心。

经历过一次生死考验，她把事情看开很多。

顾漾舟真的很爱她，她找不到比顾漾舟还爱她的人了。受家庭影响也好，被十多年的情感打动也罢，她应该试试的，试试去全心全意爱一个人，不要只活在自己的享乐世界里。

“你该回去了。”顾漾舟看了看时间，很晚了。

他的精神看上去比刚才要好，皮肤本来就白，此刻脸色看上去更是惨白，唇色也淡。夜色深重，在白炽灯的照射下，他清俊的五官显出些许凌厉。

“嗯，我待会儿就回去。”筑清光故意逗他。她兀自脱了高跟鞋，从刚刚提来的袋子里找出一双拖鞋，看着他有些迷惑的眼神，觉得好笑。

她到底在顾漾舟心里有多没心没肺？这种时候，她怎么着也不能丢下他一个人在这儿吧。

“我不回去，陪床。”她指指另一张空的床。

顾漾舟的眉心放松了点儿，语调都显得懒散：“别睡隔壁床，今天上个病人刚转走，还没换床单。”

筑清光闻言，坐到顾漾舟的床上：“那我今天晚上怎么睡？”

顾漾舟把被子掀开一半，往旁边移了点儿，嘴角微扬。

筑清光看着他动来动去，都有些担心他腰上的伤，好像就是那儿伤得最重。她没避讳太多，乖乖地爬过去躺着，小心翼翼的，生怕碰到他的伤口。

他全身上下伤处实在太多，现在还很脆弱。

筑清光还不困，耷拉着眼皮跟他说话：“窗口的向日葵快死了，我明天再去换一瓶。”

“嗯。”

“你在这儿住完这周是不是能回家了？你们领导没催你上班吧？催了你也别去，还没养好身体呢。”

…………

她自顾自地说个不停，像是回到了没发生变化的以前。

走廊上传来查房护士的脚步声，又渐渐远离。

顾漾舟的指尖热了点儿，轻拍筑清光的后背，说：“你睡过来一点儿。”

“我怕撞到你。”筑清光慢吞吞地转身。

睡觉前，他偷偷吻了她的手腕，是她刚进门时他拽疼她的地方。

筑清光困得没睁眼，心却倏然一动。

他的抱歉，她感受到了。

陪顾漾舟养了几天病，筑清光的生活十分规律健康。

早上不过六点，床头柜的手机坚持不懈地响了又响。筑清光眯着眼睛伸手摸手机，她看到一列的未读消息和未接来电，大部分来自她的小助理，卢琳。

之前因为纵火事件，综艺节目暂停，筑清光已经准备交辞呈了。但后来又发生绑架的事，她把辞职的事往后推了推，把重心全部放在了筑彬华的官司上。

先前就定好的广播电台主持人大赛，她是台里受邀的评委代表之一。她还帮朋友接了商场开业的商演主持，活动就在两周后……而这些事情都需要回 Q 市处理。

电台主持人的工资不高，即使在 Q 市这种一线城市，待遇也只是勉勉强强的中上水平。筑清光这种专业人士的大部分薪资来自跑场子、配音和授课。她不缺钱，但在工作上向来认真，她替别人主持过几次综艺节目，口碑反响很好，业内人缘自然也不错。

筑清光觉得头疼，闭了闭眼，这才反应过来自己的睡姿。被子被她踢到腰那儿，连累顾漾舟一起着凉，而她的下半身几乎是被他夹在了腿间。

顾漾舟这几天低烧，昨天晚上看上去还行，但现在说不准是昏过去还是睡着没醒。他发热总是反复，医生说这是正常现象，可这么折腾人实在是太伤元气了。

她只知道这人肩背上的骨骼越来越明显，不知道瘦了多少。

顾漾舟几乎一个晚上没睡，所以现在睡得昏昏沉沉。一到深夜，伤口就疼得他难以合上眼。

筑清光翻来覆去没把他吵醒，只好小心翼翼地把腿往外伸，突然就被他抱紧。

无意识地，顾漾舟把脸往她的颈窝里蹭了蹭，像一只柔软的猫。

但显然筑清光没被他这难得的乖巧感动到，她只觉得黏腻，他们都这样黏在一起几个小时了。

可她又改不了自己颜控的本性，摸着他直挺的鼻子，微扬的眉峰，再到他淡红色的薄唇上，又做贼似的抿着嘴亲了一口。

“你怎么长成这样啊，刚好是我喜欢的样子。”最后筑清光对着他秀挺的鼻梁指指戳戳老半天才脱了身，往他怀里塞了一个枕头。

上早班的医生来查房，看顾漾舟拧眉睡着，疼得满头大汗，开了一剂止痛药。筑清光心疼他没睡好，又要了一剂镇静药给他助眠。

漱洗整齐后，她买了最早班的机票，临走前，她俯身在他耳边轻轻喊了几句："顾漾舟，顾漾舟。"

他迷迷糊糊地睁眼，反应比平时要慢点儿。他呆呆地盯着她，沙哑地应了一声。

筑清光指指自己："我走了啊！"

她衣服没换，也没认真折腾头发，只扎了高马尾。忽略脸上的妆容，还以为她是高中生。

顾漾舟缓慢地眨了一次眼睛，有些艰难地出声，却是没头没尾的一句："不能一个人。"

"说的什么东西啊，是不是还在发烧？"筑清光嘟囔了一句，摸上他的额头，有点儿烫，估计他又烧糊涂了。她没再问，交代了护士一声就出去了。

药效发作，顾漾舟眼皮合上之前是她幻觉般的轮廓，窈窕身影在门口勾成线。

他这一觉睡到下午三点多，还是被不速之客打扰才睁眼的。

那人帮他往上拉了拉被子，手停在那儿没动。

下一秒顾漾舟把她的手握住，直到她娇滴滴喊了声疼。

曲妙妙甩开他的手，开玩笑地说："这要是护士，你可就吓到别人了。"

顾漾舟冷淡地看过去，稍稍坐起来，说："有事？"

筑清光大一下学期转去新校区后，他们的关系其实还不错。当然，仅仅在外人看来，曲妙妙算是他唯一的异性朋友。

按道理说，顾漾舟可能还需要感谢她。

曲妙妙很早就提醒过他多注意顾明山的精神状态。她心思细腻，想得多，只和筑清光一起见过顾明山一次，就看出顾明山的不对劲。

曲妙妙把买来的水果放一边，慢条斯理地把围巾扯开了一点儿。她如今勉勉强强算是一线女星，但没什么大绯闻大爆点，公司给她的定位是人淡如菊。

他们同样很久没见，直到曲妙妙和筑清光在昨天聊天，才知道他的近况。

曲妙妙的语调轻飘飘的："顾漾舟，长久看不见希望地爱着一个人是什么感觉？"

她很久之前就放弃了，现在只剩下一点点不甘心。

顾漾舟淡然道："没什么感觉。"

这个问题由她来问，无疑把事情都说开了。

偷偷喜欢一个人是什么感觉，顾漾舟比任何人都清楚，自然也清楚曲妙妙对他的感情。

但作为成年人来说，有些事莫过于不说透。

顾漾舟也很少和筑清光说这几年的生活。大学分开那两年他最煎熬，工作后反倒慢慢习惯。猝不及防地梦到她时，他连醒都不敢醒。

都说电影太仁慈，总能让错过的人重新相遇，但生活不一样，有的人说过再见就再也不见了。

在筑清光心里，对自由的追求和对感情的不信任本就更胜他一筹。

曲妙妙有些心理不平衡，却又知道自己没有立场，她在这两个人的纠缠里甚至没起到一点儿作用。只是她也厌恶过筑清光，因为这个人的存在，让这么骄傲优秀的顾漾舟堕落进地狱。

她愤愤不平道："顾漾舟，她就是这样没有责任感、没有同情心的人，说放弃就会放弃你，你别作践自己了。"

她的话音刚落，床头柜上的手机振动一下，是筑清光发的信息：我要工作两周，你别赶走我找的护工阿姨哦！

顾漾舟的表情顿时柔和下来，垂眼低语："都没关系。"

因为是他先喜欢她的，一厢情愿的心动就活该等。

——可我只不过比她晚认识你几年。

这话曲妙妙没有说出来，她不想变成另一个悲哀的顾漾舟。

可她忘记了自己和筑清光终究不一样。她在年少爱而不得时，对他的一意孤行、只会以筑清光为目标的样子很鄙夷。而她在看见残疾的顾明山时，也动摇过。

可筑清光从来没有抱过那样纠结选择的心态看待顾漾舟。她俗气自私也好，任性妄为也罢，却永远有一颗赤子之心。

作为一个浪漫的理想主义者，她仿佛与这世俗社会是不接壤的。

在那样年幼又没有主见的年纪，大部分人都随大流远离顾漾舟，只有筑清光拯救了窘迫的少年。

曲妙妙忍住酸涩，把那句话问出口：“如果注定不是清光呢？”

顾漾舟沉默下来，把手机屏幕关上。

“你觉得她是合格的成年人吗？”曲妙妙不无讽刺地开口，她已经忘记说这些话的意义在哪里，“这么多年她没变过，还是任性生长，还是最爱自己，还是看不见别人对她的好！”

如果他们的父亲不相识，如果在那棵树上她没有掀开他的帽子，如果那天傍晚他没有偷走那张照片……

不会有如果，这个世界上只有这样一个筑清光，只会有一个筑清光。

顾漾舟望着被风吹动的白色窗帘出神。

筑清光读书时成绩不好，老师觉得她很爱打扮，所以不花时间在学习上，其实她不打扮就好看。她每次都被老师针对罚留堂，然后扯着他撒娇耍赖说旁人的坏话。

筑清光在他这儿什么都好，所以顾漾舟也听不得别人说她不好：“她可以很成熟也可以不懂事，但这些和你有什么关系？”

曲妙妙自嘲般点点头，说：“你还是没变，你这么温和的人，底线也就一个筑清光。”

她笑得勉强，没继续问下去，推开门时却转身说道：“要得偿所愿啊，顾漾舟。”

Q 市，晚上八点左右。

天空那块巨大的灰云一点儿一点儿裂开，一群不知名的鹭鸟从道路两边的乌桕木低低掠过，冬日的傍晚总是偏寂静些。

筑清光刚在商场开业典礼上致辞完，商场老板为了能多吸引人关注，特地请了当红女歌星驻唱，叫楚惊绝。

后台有些闷热，小助理卢琳八卦地问筑清光：“清光姐，你都回Q 市好几周了，我怎么没见你和男朋友打电话？”

“为什么要打电话啊？又不是大忙人，交代行程不觉得麻烦吗？”筑清光想了想，她好像都没和顾漾舟说自己这几天在做什么。毕竟她考虑到他的右手受了伤，打字聊天也不是很方便。

卢琳叹了一口气，说：“你这么恣意的性格到底是怎么形成的？”

筑清光脸一僵，矛盾地摸了摸耳垂上的珍珠耳钉。

她记得以前心血来潮要去哪里玩的时候，都是一个人去的，不喜

欢有牵挂和拖累的包袱桎梏她。

卢琳把筑清光的大衣取下来，确认般地问："那个，清光姐，我们现在说的你的男朋友应该是上次救你的顾Sir吧？你们是不是很久以前就在一起了？虽然这几年我没听你提过有男朋友，但你俩一看就很熟悉对方。"

筑清光敷衍地点点头，也没解释太多。

如果再说他们是最近在一起的，难免被人联想是因为救命之恩。

她突然想起顾漾舟那天早上说的那句话，估计那会儿他的记忆还停留在他们的学生时代。

"不能一个人"这句话的前面还省略了很多东西，跑到小巷子里喂猫、去隔壁省看演唱会、晚自习跑到小卖部买零食……

在以前的很多很多事情上，筑清光没脑子、太冲动、太善意，总会有意外发生，所以她的身后总是会出现帮她收拾烂摊子的顾漾舟，然后他无奈地补充："下次你要先告诉我。"

筑清光从不刻意维持和别人的关系，自小就光芒万丈，众星捧月，因此她不在乎很多东西，也没想过现在居然会对顾漾舟感到愧疚，更没想过会和看上去就对她有点儿偏执依恋的顾漾舟在一起。

没办法长久，就避免开始。逃避不想面对的事，是她随心所欲的生活理念。

筑清光总觉得这世上会一直有人爱她，可是不会有人一直爱她。但顾漾舟真的打败她了。

卢琳还在说："我们台里的人知道你被一个警察救了的事，大家都议论好久了呢。我真羡慕你有顾警官这样的爱人，你们是怎么在一起的啊？"

"就一起长大，自然而然。"她扣着手机壳喃喃，像是说给自己听的，"我想给自己一个机会，试试能不能别辜负爱我这么久的人。"何况她也不是一点儿都不喜欢。

商场开业酬宾活动，将近九点开始，是大部分人的下班时间。

场内气氛热烈喧哗，直至楚惊绝几曲唱完，拿着吉他在百千人此起彼伏的欢呼声中退场。

但内部保安系统没做好，人群涌动。筑清光恰好和楚惊绝穿了同色的裙子，有粉丝追上来要签名，推推搡搡之间，有人一把将她拽去了安全通道。

夜晚的寒风从门口吹进来，带着刺骨的冷意。

筑清光缩了缩脖子，认出旁边的男人是她的大学同学，陈醉。

“之前我看朋友圈就知道你来这儿了，没想到还真能碰见。”陈醉把西装脱下来披到她身上。

播音表演都是一个圈子，毕业后他们倒也碰过几次面，但各有各的工作，连打招呼都是匆匆忙忙的。筑清光之前看过新闻，说陈醉和圈里一个女孩在一起好几年了，也不知道是真是假。

他们这群校友毕业后就慢慢地成了朋友圈的“点赞之交”，即使是她的好闺密曲妙妙，现在事业如日中天，但两个人的关系也越来越淡。

暗处被抓拍比明处被抓拍更不利，筑清光顺着安全通道往外走，路灯的光倾泄而下。

“好久不见啊，大明星。”筑清光开玩笑，然后她给卢琳发了定位信息。

陈醉还戴着墨镜，打扮得很低调，显然是私底下出来的：“你可别打趣我了，好几年了还是小配角呢。”

“你这富二代还缺这点儿拍戏的钱？”

“哈哈哈，你还真是一点儿也没变！”陈醉笑着去揉她的脑袋。

筑清光躲开他的手，说：“别动手动脚啊，我男朋友会吃醋。”

陈醉一愣，倒是没想过她会有男朋友。毕竟大学好几年没见过她谈恋爱，她对那些追求者包括他都是彬彬有礼的。

他一脸诧异地说：“你还能找到男朋友？”

筑清光：“……”

像是配合似的，将近两周没联系的顾漾舟突然打来了电话。

陈醉看了看她的手机屏幕，了然道：“啧，还是他啊。”

筑清光有点儿尴尬，就听他继续问：“小清光，你说你以前是不是遛我们玩呢？”

“你爱怎么想怎么想吧。”她有点儿烦，看着屏幕上的来电。她仿佛在想要不要接电话，接了应该说什么。

人还没反应过来，突然被陈醉抱了一下。

发乎情止乎礼的一个拥抱，陈醉拍拍她的后背说：“唉，我的青春结束了。”

“陈醉，你怎么还跟大学时一个德行啊！”筑清光推开他，错愕间看见路边一辆白色轿车。

车灯打了双闪，熄火后一个人从驾驶室走了下来。

本应该躺在G市医院病床上的顾漾舟着一身黑色大衣，安安静静地站在夜色浓重的街口。他半张脸隐在黑暗里，虽然看不清他的目光，但他分明是望着他们这边的。

“那个，我得走了。”筑清光难得感觉到慌乱。她居然害怕被顾漾舟误会。

陈醉扯着她的手腕，往路边看了一眼：“我最后问一句，我要是等久一点儿，会不会就不是他了？”

“不会。”筑清光斩钉截铁地回答，速度快到自己都不敢信。她想了想，把肩上的衣服还给陈醉。

陈醉松了手，身后他的助理追了过来。

筑清光本来想跑过去，却又觉得这太不符合平时自己的形象。想到这儿，她又故作姿态，不在意地看着绿灯，反倒是顾漾舟大步走了过来。

他一靠近，筑清光就无端地想撒娇。

她穿的还是那套主持工作裙，一双白玉似的腿裸露在外，受着海风吹拂，膝盖以下冻得通红。

筑清光本来是能抗冷的，却还是讨好般扯开顾漾舟的外套钻进他怀里，冻僵的手搂住他的后背，娇声问：“好冷，你怎么突然来了，医生说了能出院吗？”

顾漾舟没说话，把她抱紧了点儿，掐住她腰的手越来越紧。

筑清光良心发现，开始解释：“那个陈醉，我听别人说他都有孩子了。刚刚我们就是不小心碰见，他找我叙叙旧，我和他大一之后就不在一个校区了，你不是——”

“筑清光。”顾漾舟冷硬地打断她的话，后退半步，垂下眼睫毛看着她的脸，缓缓凑近她动人的红唇。他吐出两个字，“亲我。”

月色带点儿灰，被乌云遮了一半。

顾漾舟面无表情地盯着筑清光。路灯下，他站得笔直，沉默的时间持续得有点儿久。

筑清光好说话的模样从来只在陌生人面前出现，在身边人面前，她娇纵过了头。何况是顾漾舟，何况是一直以来都对她逆来顺受的顾漾舟！

他这么拉下脸，气压低得让她非常不爽。

腰间镂空设计的裙子被冷风无孔不入地灌，筑清光忍着寒冷没发作，念着顾漾舟还是病患，又踮起脚顺着他的话去亲他。

两个人的身高差了二十多厘米，虽然她穿着高跟鞋，但还是有点儿费力。

加上工作站了一天，她已经很累了，顾漾舟却偏偏不低头。她来了脾气，转身想走："不亲就不亲，谁想啊！"

顾漾舟揽着她的腰，一只手放在她的后颈处，顺势吻下去。亲下去之前，她仿佛听见他说："我想。"

身后的安全通道里传来卢琳抱怨的声音："清光姐，我刚刚把楚惊绝认成你了，拉着她跑到休息室才反应过来，然后遇到陈醉，他告诉我你在这儿。没想到你和陈醉老师也认识，我大学时还迷过他一段时间呢！对了，你们关系怎么样，能不能——"

筑清光急忙想推开顾漾舟，却在卢琳问出她和陈醉关系怎么样时被他抱得更紧。

卢琳本来就有点儿夜盲症，又是近视眼，远远看见空旷的街道只有马路对面的一团黑影，下意识就觉得是筑清光站在那儿。一走近，她才发现是两个人抱在一起，惊得她顿时想和旁边的车一起隐入黑暗里。

顾漾舟把大衣脱下来包裹住筑清光，这才转过身。

"顾警官？"

按道理来说，顾漾舟和卢琳统共见过一两面，警局、医院，但他长相气质太出众，卢琳难免对他记忆深刻。

顾漾舟点头答应。

闷在衣服里的筑清光弱弱出声："小琳，活动结束了，今晚先送你回去吧。"

卢琳说："好啊，那麻烦你们了。"

趁着卢琳自觉地往后座钻，顾漾舟抬手摸了摸筑清光的耳垂，突然凑近说了一句：“她没看见。”

冬日里，男人呼出的气息都是热的，灼烫得她的脸越来越红。

筑清光反应过来，她凭什么害怕被看见，害羞不是她的风格啊！于是她立刻把情绪转移到驾驶座上的人身上。

顾漾舟余光扫见她恼怒的眼神，舒心地弯了唇。他打完方向盘，腾出手来，指腹擦过她含着水光的眼尾，亲昵地抚了抚。

筑清光：“……”

她拍开他的手，撇着嘴，把头扭向另一边。

后座的卢琳眼观鼻鼻观心，假装看不见这对小情侣互动。貌似他们还在吵架？都说小两口吵架，第三个人最遭殃！

她尝试着和筑清光搭话：“清光姐，你和楚惊绝是不是亲戚啊？长得真像，风格也像，都……好酷！”

筑清光恹恹地反驳道：“不认识，哪里像，她看上去比我凶。”

虽然两个人都是明艳长相，但筑清光内里是小娇娘，而楚惊绝光是身高就有一米七五，一看就是心有猛虎的人。

卢琳：“……”

卢琳只好把注意力转到一旁开车的顾漾舟身上，上次见他还是面无血色的样子，这次看已经好了很多，貌似还多了点儿人情味。

她猜测着问：“顾警官，您学生时代是不是成绩特好？”

筑清光抢过话茬：“你看出来了吧？他就是古板无趣的书呆子。”

“没有，没有！就是很正经绅士，给人一种优等生的感觉。”卢琳挠挠脸，不好意思地补充，“那天我在警局里看见这么多警察，就顾警官让人眼前一亮。”

哪里正经！刚刚他还和人搂搂抱抱！

筑清光不给面子地哧道：“你别拍他马屁了，这人是木头。”

被当面这么骂，顾漾舟也好脾气地照单全收。

卢琳在感叹筑清光能找到这么温柔的男朋友的同时，又小声问：“那清光姐，你喜欢顾警官什么呀？”

车正好停在红灯前，车内的空气仿佛都凝滞了，一点儿杂音都没有，两个人都在等她的答案。

顾漾舟紧抿着唇，面色如常，眼神定定地看着前方，搭在车窗旁的手微微收紧了点儿。

他很紧张。

他告诉自己一万次，她是因为躲不开、救命恩情、十多年认识的旧情……才勉为其难答应试一试的。

他们一直是不对等的关系，顾漾舟对她的感情已经到了偏执的地步。

如果真听她亲口承认她的云淡风轻，他怕是会觉得自己太卑鄙又太可悲，道德绑架般把她留在了身边。

“清光姐？”卢琳又试探地喊了一句。

副驾驶座上的女人缩成一团，毛毯搭在雪白的大腿上，把顾漾舟的大衣压得皱巴巴的。她毛茸茸的脑袋斜斜地倚在窗边，呼吸清浅。

顾漾舟看过去，只望到她的后脑勺。他别开头，调高了温度，轻声道：“她睡了。”

“哦……清光姐这几天是没怎么休息好，因为离职的事情。台长舍不得放人，就折腾她呢，工作安排得满满当当。”卢琳应下，声音放低了点儿，“顾警官，你在前面那个路口把我放下吧，谢谢。”

等停了车，车里就剩下他们，一种难以描述的气氛静静流淌在两人之间。

筑清光刚刚其实没睡着，她听见卢琳的问题时只想着给一个正确答案。

但思来想去，她也不知道怎么回答，最直接的想法就是她习惯顾漾舟的迁就和纵容，习惯他在身边。

他的优点也很多，长相身材对她胃口，脑子聪明，两个人一块儿长大，知根知底。

她没花时间去关注其他人，也想不到如果自己要经历恋爱必经阶段的话，除了顾漾舟，还能是谁。

她是喜欢他的吧？至少说想到共度余生的人选，她只会选择顾漾舟。

这话听上去矫情又酸牙齿，筑清光自诩是干脆利落的人，无心情情爱爱，更不想把这种话挂在嘴上，正好他的一句“睡了”帮她解了围。

“你醒了？”顾漾舟是警校高才生，当然知道她是真睡还是假睡，只是不揭穿而已。不揭穿，总归还能给自己留一点儿期待。

筑清光顺着他的话点点头，看着他轻车熟路地把车停在自己公寓楼下。

“那我上楼了。”她打开车门，一只脚已经踏下去。

顾漾舟默不作声，只轻轻点头，指骨压着方向盘，渐渐泛白。

他还是太着急了，一旦抓住机会就会奢求更多。从朋友到懵懂暗恋，然后是不堪的迷恋和寄托。

他明知道筑清光是什么样的人，不能对她要求太多东西。

筑清光看顾漾舟反应冷淡，心里也发堵。她好像明白他为什么冷漠，但又受不了他对自己冷漠。

关上车门后，她也没其他话，径直进了大楼。

和顾漾舟谈恋爱真的让人心烦，筑清光的第一个想法就是这个。他是闷油瓶，心里藏着话不说。而她耐心差，不可能花精力去猜他的心思。

她早就觉得他们不适合，不管是以前还是现在，从生活理念到价值观，没一个是匹配的。

筑清光洗完澡，今天商场的负责人打来电话，为安保问题道歉，客客气气的，但筑清光终归有点儿不爽快，敷衍几句就挂了电话。

“神经！”她骂了一句，也不知道是骂谁。

门铃响起，筑清光打开大灯，透过猫眼看见了隔壁那位大婶。她开了门，问：“这么晚了您是有什么事吗？”

“你往窗户那儿瞧一眼，有个男人一直盯着你屋子阳台这边！”大婶很热心，说，“他生得很俊俏，就是不知道是不是变态，要不要报警啊？”

筑清光一愣，好像想到了什么，她摆摆手，说：“没事，应该是我男朋友。”

顾漾舟确实没走。冬夜里寒风凛冽，连猫叫声都没有。他倚着车门抽烟，看着楼上那盏明灯出神。

筑清光下楼跑得急，没有穿外套，跑到他面前时已经打了好几个喷嚏。

“你在这儿干吗？订酒店了吗？”她往手心哈了一口气，话还没问完，顾漾舟眉心微蹙，把她塞进车里。顾漾舟眸光幽暗，不回答她的问题，压过去亲她。

筑清光有些局促地推他，道：“别亲了，顾漾舟，你滚不滚开？”

他闻言退开了点儿，呼吸粗重，站到了车外。

“回去吧。”他的嗓音很沙哑。

这算是没和好？

两个人这么多年来你追我躲，他们之间其实一直是不对等的。

有争执时，总是顾漾舟下意识让步认输。

他对她没有信任，总觉得下一刻她就不会陪他玩这场恋爱游戏。

筑清光还是在医院陪床那几天才有这个觉悟。只不过她的作风一贯如此，任何人都很难在她身上找到安全感，尤其是太过了解她的顾漾舟。

可这次她是真的没打算敷衍他，又找不到方法证明自己的一片丹心，她总不至于对着他立下山盟海誓吧？

顾不得那么多，她急忙伸腿勾人，语无伦次地解释：“我不是讨厌，也没嫌弃，就是……想说我们一起上楼吧，你在Q市也没地方住。”

电梯上的数字一层一层往上叠加，两个人牵着的手起了汗，分不清是谁的。

筑清光从来没觉得十七楼只需要一两秒就到了，她几乎是机械地打开了门，靠在玄关那儿，纠结地咬了咬下唇，说：“接下来我们做什么啊？”

顾漾舟难得闲散，坐到沙发上抬头看她：“你叫我上楼的，你说了算。”

筑清光：“……”

她看他随意坐在那儿，突然恶趣味想到了网上流传的那些总裁文的内容。

筑清光打了个寒战，甩开这段记忆，打开浴室门，说：“你洗洗睡吧。”

好在顾漾舟没继续为难她，换了鞋就进浴室了。

她刚松了一口气，又想到他受伤不能沾水，刚刚在车上她好像蹭到了他腰间的纱布。她不确定地敲敲门：“顾漾舟，你一个人能行吗？要不要我帮忙？我没别的意思啊，就是想到你的伤还没好。”

没有一声应答，水声潺潺，并不算吵。

筑清光确定顾漾舟是故意不理人，带着火气往门上踹两脚：“顾漾舟，你好不讲卫生，我都没看过你洗澡！”

她的话音刚落，浴室门打开了。

她被扯进他怀里，耳边传来他的声音：“那你就进来看。”

大概是自作孽不可活，筑清光才发现顾漾舟脱了上衣站着，漆黑柔软的头发被打湿，肌肉精瘦而漂亮。

她看得脸红，装作若无其事地说：“我说了伤口不能沾水啊……还好纱布没湿。这里有点儿热，我先出去了。”

毫无疑问地，她没走成，反倒被顾漾舟压在了洗手台上。他慢慢蹲下，视线投向她腰间那朵玫瑰文身上：“这是什么？”

“嗯……之前我学做饭的时候，穿的短衣服，被油溅到了，留疤不好看。”筑清光有些晕乎乎，完全是另一个脑子在思考。

之前是指大学毕业的那几年，他们对彼此了解空白的那几年。

筑清光那样十指不沾阳春水的人，慢慢学会独居、适应朝九晚五的生活，而他不在她身边。

顾漾舟低下头，亲她眼尾潮红的地方。

筑清光的一只手还搭在他的肩上，摸上他眉峰的手被攥着亲了又亲。

“你好重。”她赧着脸推他的胸膛，眼睫毛蒙上一层水雾。

“你再让我抱一会儿。”

寂静的夜里，窗外下了初雪，混着小冰雹敲在窗上和树梢上。

他的声音低得不行，像蒙上一层薄薄的沙砾。

早上，筑清光听见手机铃声响了好几次。

温热的吻落在她的脸颊上，她起床气重，推开他，迷迷糊糊道：“走开，让我再睡会儿。”

窗外是一片雪白的世界，叶尖上的雪水融化滴落下来。

顾漾舟被她推开也不恼，安静地在边上盯着她的睡颜，只是看着看着，他又情不自禁想靠近一点儿。仿佛在梦里一样，所以他需要反反复复地确认她是不是真的存在。

他觉得在梦里，筑清光同样不太清醒。

等她睡够了再睁眼，发觉自己躺在顾漾舟的臂弯里。

筑清光感受到他在那个文身处摩挲，低声说：“现在你知道要心疼我了？”

顾漾舟没说话，玫瑰文身下那个伤疤仿佛在提醒他什么。

即使是不同校区，他也一直看着她。她晚上和同学一起去唱歌，坐公交车坐过站，和哪些男生有过交集，参加了几次大学生主持、辩论大赛……他们认识这么多年，可唯独那几年最为陌生。

如果他没申请去前线缉毒，继续死皮赖脸地守在筑清光身边，她也拿他没办法，至少不用学着一个人长大。

顾漾舟想，她多怕疼的一个人，也不知道当时有没有哭。

“前几天妙妙跟我说，我妈妈和曲伯父离婚了，听说她又找了一个法国的小男友，只比我大十岁……”筑清光开口，声音有点儿闷。

不得不承认，董琴给她的感情观带来很大影响。

筑清光十几岁时，她嘲笑筑清光单纯梦幻的真爱论。筑清光二十几岁时，她讽刺筑清光和她是同一类人。

怎么会有灌输这种思想给自己孩子的母亲呢？

筑清光想让自己和董琴有彻底的区别。

董琴即使年过半百，也活得恣意，甚至肆意伤害那些爱她的人。

筑清光有点儿委屈，她想让顾漾舟知道，从她答应接受他那一刻起，她就是全心全意对待他的。

她温和地说：“我和她不一样的，你相信我。顾漾舟，我会对你很好的。”

顾漾舟把她的头往自己的肩颈处靠，手轻轻拍着她的肩胛骨：“我知道。”

两个人靠在床头闲聊，也算是难得的安静时光。

“我觉得爸爸好可怜，他都不想我去看他。”

“来Q市前我帮你看望过伯父了，他挺好的，没瘦没病。”

筑清光点点头。

筑彬华不想她去看他，一是怕她难受，二是想维持强大的父亲的尊严。

筑清光吸吸鼻子，趁着还在床上，开始诉说委屈：“顾漾舟，其实我这几年也过得不好，从大学转校区就很难受。”

天天吃喝玩乐没人管着，期末忙着抱佛脚求教授，免不了挂科重考，当然难受。

“后来毕业工作了，我就特别想你。”

其实她仅仅在逢年过节筑彬华谈论到他的时候会有这么点想念，还有留下烂摊子不会解决的时候。

筑清光说这些虽然是为了骗他，但是本质上也想减轻自己的歉疚感。她为她的薄情、娇纵、害怕和只会逃避找了面以后悔为名的屏障。

反正顾漾舟什么都信，就算不信，他也不会揭穿她。

筑清光零零碎碎说了一大堆洗白自己的话，口干舌燥后，戳了戳顾漾舟，问道：“你来Q市干吗？”

“送检。”之前的跨省贩毒案还没结束，这是他调回国内刑侦大队前接手的最后一个案子。

筑清光实则没听懂这个词的意思，“哦”了一声，说：“那你还去那里吗？那个叫D国还是W国的地方。”

“应该不用去了。”

从遇见筑清光的那天晚上起，他就写了转队的报告书。

床头柜上，顾漾舟的手机一直在振动。

筑清光猜到可能是工作，抱怨道：“你们这些单位怎么回事啊，哪有让一个伤患病没养好就开始工作的，伤筋动骨还要养一百天呢！”

顾漾舟安抚地拍拍她的头，把电话接通，然后走到衣柜前帮她拿出衣服。

屏幕显示是李青伟的号码，那边却是谭棠在说话：“顾Sir，你昨天晚上怎么没回酒店？Q市的领导也来了，G市那边还调了警力过来。上头怀疑这件案子和在境外的秃鹫有关，还得你和之前一起在那边执行任务的邓Sir收尾。”

顾漾舟拿出一件衬衫丢过去，问道：“邓禄的腿好了？”

谭棠笑道：“你都能出院了，他那小伤还敢叫唤吗？昨晚你没和大家一起回酒店……是自己订了房还是在朋友那儿啊？”

顾漾舟没回答这种过于私人的问题，皱眉说：“二十分钟后我会到局里。”

他挂断电话，抬头看向床上的人。

筑清光靠在床头盯着他，嘟囔：“你没换衣服，你同事会知道的。”

“知道什么？”

——知道你在女朋友家睡了一觉。

筑清光没好意思说出口，她当着他的面套上衬衫，伸手要他抱：“我要去刷牙。”

顾漾舟俯身把人搂着，在瓷砖上垫了一块毛巾，把人放在洗手台上，给她挤了牙膏：“张嘴。”

“你不是说二十分钟要回局里吗？”她含糊着把牙膏含进去，“你去吧，我自己可以！”

“嗯，晚上我们一起吃饭。”

想时时刻刻黏着她的心昭然若揭，顾漾舟总是把自己的热情和爱意表现得明显。

明明对待筑清光这种人，欲擒故纵是最容易得手的办法，可他偏不，直来直去，没有任何诡计。

筑清光晃着小腿，踢踢他的膝盖：“哎，你受伤了还这么忙，警局就没有长一点儿的假期吗？

顾漾舟低声道：“婚假长……点儿。”

他说完，两个人都愣了一下。

筑清光跳下来，权当没听见似的朝他摆摆手，说：“你上班去吧，晚上见！”

顾漾舟没再耽搁，顺手提了门口的垃圾下楼。

筑清光又想起顾漾舟刚刚没经过大脑思考就顺嘴说的话，婚假……他仿佛在暗示她什么。

她这样三分钟热度、无条件选择自由的人，能待在他身边就已经很不容易了，何况是结婚。

如果说董琴让她自高二过后就觉得真爱是一个笑话，那更不用说结婚了。

记得中学时代他们经过 G 市民政局时，筑清光就对婚姻没什么向往。

她的原话是：“两个人无可奈何地组成一个家庭，顺其自然生子老去，这样的生活简直是人间地狱！”

她会不会又觉得有压力了？会不会又跑远……

顾漾舟坐在副驾驶座上，望着指间那根未点燃的烟发了很久的呆。

一旁的邓禄拿着几张照片，把任务计划讲完后，推推他：“你听清了吗？”

顾漾舟别过头，收起烟，说：“知道了，你把帽子给我。”

这个集团以卖烟草产品为掩护，一路从西南地区向东南方向移动，大批毒品走私犯随之猖獗起来，算得上一股不小的势力。

此次行动需要顾漾舟和谭棠伪装买家情侣，谈判时顺便和团伙的卧底警察搭好线，约在下午五点半在体育城附近交易。

几个人又商讨了一下如何引蛇出洞，来个瓮中捉鳖。但他们在得知这个犯罪团伙有多少成员后，车内气氛紧张起来。

邓禄瞥了一眼后座四个各做各事的下属，问旁边的人：“你昨晚在‘喜马拉雅’那儿？够可以的啊。”

和顾漾舟一起在境外待了近四年，几乎整支队伍都知道他的习惯——为了收听到国内的电台节目，他时常拿着手机和收音机站在国界线边上录音。

这样寡淡冷情的男人，居然会在每个翻来覆去无法入睡的夜里反复听那个女人的电台节目。

大家都知道他有个挂念的人，就戏称那是顾 Sir 心中的“喜马拉雅”。那是电台，也是高不可攀、不可说的喜马拉雅山。

顾漾舟压低帽檐，说：“她有名字。”

邓禄说：“她叫什么？我听说后面那几个都见过她了。”

顾漾舟没回答，径直打开手机看有没有消息发过来。

“哎，你这就不够意思了吧，漾哥！”邓禄压低了嗓音，问，“之前那个说有女朋友的主意还是我给你想的呢，怎么样，你解释了吗？”

邓禄不说，顾漾舟都忘了这一茬。但他转念一想，筑清光怎么会搭理他那个所谓的女朋友。

和他完全相反，筑清光对他没有一点儿占有欲。她就是那样的性格，好坏随心情而定，不喜欢束缚或紧握东西。

顾漾舟摇头说：“不用解释。”

邓禄笑着拍拍他的肩膀，说：“女人醋劲儿很大的，你这个女朋友问题没解释清楚，以后有得闹。”

后座的谭棠默默听他们讲话，心里咯噔一响。顾 Sir 居然在有女朋友的情况下还和那位筑小姐在一起吗？

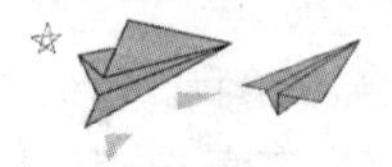

Nan man

# 第九章 挂念你

傍晚时分，天色暗得没了路灯就要看不清人脸。

昨天晚上下的雪还未完全消融，朝九晚五的上班族都在归家途中，一时间大广场上的人也多了起来。

筑清光躺在路边的车上，半眯着眼，肩膀塌着，没了半点儿精神气。

她刚主持完一场在Q市举办的模特秀，着一身黑色正装，穿上高跟鞋快一米八了，还被场外的国内外记者误以为是模特，拦着她拍了好久的照。

"等等，停车，你在这儿放我下去。"筑清光望着路边那个有点儿熟悉的背影，朝司机喊道。

司机问道："筑老师，不直接回台里吗？"

筑清光很不负责任地说："我下月底就能离职了，今天晚上还让我回去播节目？想得美！"

司机："……"

道路边的几辆车旁，站着几个人。

顾漾舟穿得很大众，帽子压过眼睛，只露出棱角分明的下颌角。小雪压弯路边松柏的树枝，在人群里面，他身高腿长，显得尤为出众。

筑清光没想这么多，小跑过去说："顾漾舟，你在干吗？"

顾漾舟身边几个人脸色一变，筑清光这才反应过来几个穿着便装的人都在警局见过。

下一秒，顾漾舟把她摁到自己胸口处，把她盘起的头发放下，低声在她耳边说：“你别回头，遮住脸，上路口那辆白色的车。”

筑清光这才意识到他们在执行任务，也不知道身后是什么亡命之徒。她强迫自己定住心神，埋下脑袋往前走。

身后传来响亮的巴掌声，还有女人的质问声，大概是把她当成了出轨对象。

半个小时后，筑清光坐在警局前厅的椅子上，头顶的白炽灯泡有些刺眼。

一个小女警给她端来了茶，解释说：“你是顾队长的家属吧？他们刚出完任务，可能还要等会儿才能下班。”

筑清光问：“那他现在哪儿啊？”

“在洗澡啊。”后头的邓禄走进来，打量似的看了看她，敲敲一旁的小跟班，“这样的大美女冲过来，你和老吴也没看见？”

他虽然是在训斥手下人，但筑清光也明白自己差点儿把人家的工作搞砸了。

她不好意思地道了歉，邓禄立刻挥挥手说：“别，顾 Sir 都没说话，我不敢开口抱怨啊。喏，你跟着她过去找人吧。”

他指指正往后勤警寝走的谭棠。

筑清光跟过去，看见她手上的手机，试探地问：“那是顾漾舟的手机吗？给我吧。”

谭棠把手往后放，说：“不用筑小姐费心，顾 Sir 的私密物品，我还是亲手给他比较好。”

筑清光礼貌地笑笑，伸回手作罢。

谭棠看了一眼身旁陪自己站着等人的女人，她化了精致的妆容，短裙从大腿那儿半开，显得妖娆多姿。

像是不经意的，谭棠晃了晃顾漾舟手机上的钥匙链，说：“顾 Sir 其实还挺可爱的，对吧？他只是面相冷，实际上还挺有童心的。”

筑清光：“……”

胡说八道，她都认识这男人多少年了。

曲妙妙就这样评价过她和顾漾舟——要说筑清光是只关心自己看不见别人的冷漠，那顾漾舟就是除了她，连自己都不在乎的冷漠，他们都是活在自己世界里的人。

他何止面相冷，心里也冷得很。

这条小恐龙手机链是好几年前筑清光买的。之前她没见顾漾舟戴，估计是这几天他从家里拿回来了。

筑清光慢悠悠地“嗯”了一声，随意地看着那条钥匙链，问：“更衣室就顾漾舟一个人吗？”

谭棠迟疑地点点头。

筑清光听完后直接上前拍门，抱怨加不满地问：“顾漾舟，你要我等你多久？”

门在几秒后被打开，室内外的温差让雾气弥漫整条走廊。

顾漾舟上衣都没穿，水珠顺着白玉的背和精瘦的腰肌往下滑。他低头和她对上视线，眼里蕴了点儿笑意：“你等很久了？”

顾漾舟洁癖重，刚刚穿了队里的衣服，自然要多洗几次澡。

筑清光本来应该嫌弃他一身水的，偏偏凑上去撒娇耍赖：“我今天很累啊，还等你这么久，腿都被冻僵了！”

身后的谭棠不避不让，看向顾漾舟，说：“队长。”

顾漾舟这才注意到还有一个人在，俯身亲了亲筑清光的嘴角：“我穿件衣服。”

他没再关门，直接套上 T 恤，外面穿上外套。

他系扣子时筑清光还温柔地搭了一把手，他觉得她的乖顺有些奇怪，无端有点儿心慌。

谭棠把手机递过去，开口：“顾 Sir，你的手机。”

顾漾舟蹙眉拿回手机，明明刚刚他把手机交给邓禄了。他点点头，牵着筑清光往前走。

谭棠喊住他：“我……我为刚刚扇你一巴掌道歉。”

“没事，工作需要。”他声音平淡，脚步没停，揽着筑清光的腰和她擦肩而过。

谭棠立在原地，看见筑清光把他的手机握在手里，她扯出手机链，将它丢进垃圾桶里，而他一句话也没说。

筑清光娇声娇气地把手伸进他的口袋取暖，抱怨道：“我又不是没送过你好东西，至于一条链子用这么多年吗？”

走至转弯口，她突然回过头，说：“对了，我忘记和你同事说再见了！”

谭棠对上她的眼睛，脸色有些发白。

筑清光粲然一笑，说：“再见啊，警官。”

刚进车里，筑清光立刻收起正牌女友温婉优雅的形象，嘴角沉下来，拽着顾漾舟的衣领凑上去。

顾漾舟一点儿脾气都没有，顺着她的力道靠了过去，问道：“怎么了？”

筑清光没好气地说：“我闻闻有没有那个女人的香水味！”

他沉默了两秒，说：“她不用香水。”

“你还会花时间想她不用香水？”

“因为你用。”

他不是花时间想别人，只是向来把身边的异性分为筑清光和不同于筑清光的人。

筑清光被顺了毛，却依旧嚣张跋扈：“我们先说好了，你别以为我现在很喜欢你了就放松警惕！你只能看我一个人，知不知道？”

顾漾舟被她的话取悦了，笑着说：“知道。”

他不会给山盟海誓的承诺，只想堵住她喋喋不休谈论别人的嘴。不会解释这些事情的时候，他突然想把心剜出来给她确认。

只有她，这么多年他心里只有她。

筑清光还想说话，却被吻得断断续续，只好恼怒地咬回去，说：“刚刚我……想帮你拿手机，那个女人还说‘不用筑小姐费心’……哼，明明手机和人都是筑小姐的私有物……凭什么不让拿啊。”

顾漾舟漫不经心地应着，他不太爱听她一直谈论别人。

似乎是不满意她脸上的粉底味，他又移过去亲她的耳骨，答她的话：“嗯，我是筑小姐的‘私有物’，麻烦筑小姐多多费心。”

夜色深重，道路安安静静。

白色轿车隐匿在一棵挂满彩灯的圣诞树下，车内外温差很大，玻璃窗上起了一层薄薄的白雾。

两个人厮磨了好一会儿，筑清光腿上盖着顾漾舟的外套，嘴却没停下，还在问他和谭棠是什么关系：“她是不是喜欢你啊？之前在医院，你同事也说你们在边境一起工作了很久。说实话，这么无聊的地方，孤男寡女的，肯定有点儿别的意外发生吧？

“你们接吻过吗？牵过手没有？就像今天这样执行任务，应该也有需要接吻的……

“你的脸还红着呢，有她的巴掌印。我想起来了，你还说过你有女朋友！”

筑清光越说越委屈，她凭什么要在这儿瞎猜！顾漾舟一点儿也不洁身自好，他身边有这么近距离的追求者，还好意思吃陈醉的醋！

她闭了嘴，抵触的情绪来得莫名其妙，打开车门往外走。

顾漾舟拉着她的手，她挣扎不开，又开始憋屈地装哭：“你还拽我，我的手都红了！”

他立刻松了手，想去抱她，却讷讷地把手垂下。他嗓音沉闷，一句一句解释：“她毕业那年安排在我手下待了一个月，什么都要我教，我嫌太麻烦，就调给一起在那儿的支队了。今天原本也是另一个人和她搭档，但是前天他受了伤。”

筑清光背对着车窗，高跟鞋踩在坐垫上，还皱着眉，不太相信地看他。

她今天女人味十足，细长媚人的眼线，花瓣似的红唇，把平素欢脱的稚气都遮掩起来。小黑裙衬得她的皮肤更白皙，长发松散绾在脑后，举手投足都散发迷人的魅力。

顾漾舟垂眼看她被自己咬破的嘴角，低头吻上去。说不清是什么在发颤，只有他低沉的声音格外明显：“筑清光，别生气。”

夜晚静谧，他无措笨拙的吻让筑清光停顿了一秒。

顾漾舟一点儿也不会哄人，和以前一样。

她耍脾气离家出走，他就一路默默跟着。她不穿鞋，他就重复给她穿上去的动作，像是在耗光她的耐心，耗到她妥协。

没人可以在这方面和顾漾舟比耐心，他早就对筑清光做足了一辈子的准备。

筑清光冷静下来，她好像是有点儿无理取闹，明知道顾漾舟不是那种乱搞暧昧的人。

他们也不能争吵，他在她面前向来是一败涂地的那个。

理智慢慢回笼，筑清光慢吞吞地抱怨：“我没生气，就是刚刚在那儿真的等你很久啊！谭棠还阴阳怪气地当着我的面想挖我的墙脚，

她是不是觉得我太好欺负了？她好像还不知道我们的关系……不行，你现在给她发条信息，让她离你远点儿！”

顾漾舟沉默了一会儿，开口：“我同她私下没联系方式。”

她果然是任性过头了。

筑清光试图找回面子，强词夺理道：“那我不管，一个巴掌拍不响，说不定你平时不注意给她什么错觉了！你得多说说话，让他们知道你有女朋友，不然人家还以为你单身呢。”

“好。”顾漾舟应下后，头埋在她的锁骨那儿蹭了蹭，抬头看着她说，“我还想亲你。”

筑清光没推拒，抻长脖子迎上去。

“顾漾舟，我以前怎么不知道你这么……喜欢亲人！难怪以前你总是偷偷亲我。”筑清光扯了扯他的头发，手指戳戳他脸上不太明显的酒窝。

顾漾舟本来也没打算否认，听见这句话却突然补充：“第一次是你先亲我的。“

“我才不是这么随便的人！”

说这话的筑清光有些心虚，毕竟她之前是出了名的爱玩，曾经因为大冒险游戏就按着一个从楼梯上下来的小学弟表白。后来人家秒答应，她又赶紧反悔。

她是一个不讲道理，却又人缘好的女孩子。

不过在她的印象里，她可没有亲过别人。

顾漾舟没再辩驳，想起刚刚的案子又交代几句：“今天不知道你露脸没有，最近少出门。”

“我明天就要回 G 市了啊，辞职报告都交完了。”

“明天？”

他一问，筑清光才想起什么事都没和他说过，更别说商量。她点点头，说：“你还要在 Q 市待多久啊？”

他没给出确定的时间，只说：“明天我陪你一起回去。”

临近年关，大家都回了老家，手机上有不少同学老友聚会的邀约。筑彬华出了事，这事大家都知道点儿，想安慰安慰筑清光。

筑清光回完洛佩佩和亲戚们的消息，又点进小群看还在发表情包的帅宏。

万子鑫：小清光今年该回 G 市过年了吧？来我家吧，保证热热闹闹的！

季其野：收留二十五岁单身貌美女孩，季家大门为你敞开。

帅宏：勾引 .jpg。

帅宏：老板，看我 .jpg。

帅宏：我爱你，你跑不掉了 .jpg。

筑清光牵着顾漾舟的手，正往他家走。

顾漾舟的家和菜市场、小卖部都在下面的居民区，她家的别墅就在他家往上走几百米的地方。她小时候常来他家，周边的便利店大叔都认得她。

她被他们逗得不行，发了一句：顾漾舟回来了啊，今年我和他一起过年。

帅宏：我的心好痛 .jpg。

万子鑫：丑宏，你是不是有病？发什么图，浪费我的手机内存！

帅宏：就喜欢你看不惯我又打不过我的样子 .jpg。

万子鑫：……

两个人在群里互相斗起了图，倒是季其野私聊了筑清光，问道：两个人过年，在谈恋爱？

筑清光：嗯。

季其野：挺好，你有困难就开口，懂？

筑清光：知道。”

筑清光想了想，问：你们要不要见一下？

季其野发了一条语音，大概是不想顾漾舟听懂，特意说的方言：“我和你男友见面？我是奸诈商人，他是正直警察，有什么好见的。下次宏仔过生日，你带他来就是了，反正大家都认识这么多年了。”

其实顾漾舟在一旁听得清清楚楚，他来 G 市这么多年，没理由听不懂他们讲话。

和熟人聊这个有点儿难为情，筑清光握着顾漾舟的手咬了一口，无厘头地笑了笑：“待会儿去墓地，看看顾叔吧。你好久没回来，过年过节都是我同我爸爸去的。”

老房子几十年如一日，顾漾舟回来后收拾过房子，东西都搬到新家了。他在厨房做饭食，筑清光闲得没事就在他房间里玩。

顾漾舟的房间没有什么少年气，别的男孩子房间的墙上可能有贴画、篮球海报什么的，他就很单调，整整齐齐的小书架，处处都干净整洁。

被子上的味道是顾漾舟为了缓和顾明山情绪而常年熏的檀木香，这成了顾漾舟身上一直有的味道。

她在床上翻滚了好几圈，感觉床板嘎吱响。她又爬进他的衣柜里，朝外面喊道："顾漾舟，你找找我！"

外头传来锅碗瓢盆交错的响声，接着脚步声越来越近。筑清光躲在衣柜上层，里头有个小盒子和几件校服。

她打开盒子，看见顾明山的遗书、一张银行卡，以及顾漾舟两年前在警队里的抑郁症证明。

顾漾舟循声进了房，没多想就打开了衣柜。他入目就见盘腿坐着、眼泪往下掉的筑清光，她的手上拿着他的病情证明文件。

筑清光张开手往下跳，她跳到他身上，腿夹着他的腰，哭出声音来："我怎么什么都不知道，顾漾舟，你都没告诉我，你生过病。"

她哽咽着要去亲他。

筑清光内疚的感觉让顾漾舟不太好受。缉毒警难免会有一些情绪问题，他只是比旁人严重一点儿。后来他在电台里听见她提起这个节目要被替代，突然就很害怕失去她的消息。

他没想过能这样抱着她。

顾漾舟把人放到床上，压下去边吻边哄："筑清光，别哭了。"

"我就要哭！"筑清光哭得头发黏着脸，瓮声瓮气地说，"你就是故意的，哪有人好几年不回一次家，你就是气我！你还偷偷在外面生病，为什么会得抑郁症啊……你有没有……"

她突然问不下去了。

筑清光太胆小了，不愿意承认是自己的原因。毕业那年，她毫不留情地拒绝顾漾舟，所以他一连几年没回来。

筑彬华每年念叨他，总以为是因为特殊任务。只有她知道，是因为她太恶劣，对别的追求者都客客气气，唯独在他面前耍足了脾气。

顾漾舟吻她的脸上的泪。她小时候也爱哭，一掉眼泪就能让很多事情都好办点儿，这是她的秘密武器。

但这次，她是真心愧疚后悔。

顾漾舟捻起她的发丝，嗓子喑哑地解释：“我没气你。”

他哪会气她，顶多是顺着她的意离她远点儿而已。顾明山一走，他成了彻头彻尾的孤家寡人，情绪低落也是情有可原。

医生给他开了药，检测报告诚实地反映他的身体没有任何问题，没到严重到要死要活的地步，他只是没理由地感到失落和痛苦。

他这二十多年一直在接受别人的歉意——母亲罗玉抛弃他时说的对不起，顾明山遗书里的抱歉。

他冷漠孤僻，甚至本能地排斥这世界上其余人的靠近。

很早之前，他甚至分不清自己对筑清光到底是什么感情，只知道没她的人生实在是无趣。

一到夏天他就开始情绪低落，也许是筑清光的原因。

他十几岁时看见她，根本意识不到自己的心。但他喜欢筑清光在身边时的风，斑驳树影和她洗发水的柑橙味。有她在，一切都变得美好。

夏天用来干吗？夏天该用来和她相爱，如果她不想，那他就永远单恋。

后来她让他别联系她，那些朦胧晦涩的念头一出现就变成了妒忌。

他忍不住，只能把自己弄远点儿。

顾漾舟在他乡久久失眠，听着每一声枪响，听筑清光的声音对他来说是摆脱抑郁情绪最快的办法。

他对筑清光的渴望渗入骨髓，在两个人分开的这几年里，他的负面情绪疯狂爆发。如果这几年他没有听她的电台节目，可能早就死在某个不为人知的夜里。

筑清光喜欢碎碎念，有时候光是听她说话，他的不安和恐惧都会减轻很多。

他没安全感，多疑焦虑，巴不得筑清光身边只有他一个人。

“筑清光，你能永远不离开我吗？”顾漾舟大部分时间都不敢表现出自己的占有欲，怕把人推远。如今只是这样温柔地问，都花光了他的勇气。

筑清光没回答他，她挺害怕许下承诺，也从来不觉得口头承诺有用。她咬了一口他的下唇瓣，说：“你能不能教我做饭？”

“不用，我来做饭。”

她又说："可是我不会做家务，不会买菜，不会打理一个家。"

"这些事都交给我办。"

"我觉得我有病，我一直不信任爱情。"筑清光开始犯老毛病，她抽抽噎噎，把眼泪蹭到他的脖子上，一脸担忧地说，"我害怕我不值得你把一辈子寄托在我身上。"

顾漾舟的脸贴着她的头发，他闭上眼睛，感受两个人的心跳，说："值不值得我说了算。"

大年三十的下午，按 G 市的习俗是要在这一天去扫墓祭祖。

顾漾舟对墓地其实很陌生，看见那几束菊花时还有点儿愣怔。

筑清光解释说："有顾叔以前的同事，还有……顾伯母。"

他的母亲，罗玉，那个在顾明山出事后就抛弃了他们的女人。

其实以顾漾舟的能力，找到她并不难。她生得美，嫁了邻市一个富商，听说过得不错。

他小时候顾明山经常不在家，家里水龙头坏了，罗玉都要等顾明山回来才能修。

顾漾舟对顾明山的感情比对罗玉的深很多，但他到了这个年纪，已经理解了所有人。

顾明山这么骄傲的人，如果不是为了他，估计早就不想拖着那副残破的身体活下去。而罗玉，她当时美丽又年轻，实在没必要为了这种家庭毁了自己一生，人人都有私心。

顾明山临死前反反复复说一句话："你命硬，好在你从小懂事稳重，我最忧心你没人要。"

而今他站在山上，看向墓碑上的黑白照片，轻声开口："有人要我了，很好的人。"

他爱了很久的人。

小卖部门口坐着老板的孙女和她的小同学，两个人在玩拍手游戏，嘴上说着网络流行语。

趁着顾漾舟进小卖部买饮料的空隙，筑清光侧耳听了听，等他出来又去抱他，用方言问道："顾漾舟，回答我一个问题！你知不知道你和星星有什么不同？"

顾漾舟摇头。他很少听筑清光说 G 市话，只觉得特别又好听。她之前怕影响自己的播音腔，很少说方言，他们这代年轻人在外面也很少讲方言。

筑清光笑眼弯弯，踮起脚亲他，小声在他耳边说：“天空挂着星星，而我挂着你啊。顾漾舟，我好挂念你。”

警队给顾漾舟放了五天年假，大年初二晚上，他就已经在收拾东西，准备回 Q 市把之前那个案子处理完。

刀口舔血也分等级，顾漾舟在缉毒大队待了四年，想转回国内要慢慢来。

筑清光没想过顾漾舟会突然变得这么忙，她除了交接工作和年后几个内场配音外，已经算是无事一身轻。

和顾漾舟一比，她顿时觉得自己是“咸鱼”。

她白天走走亲戚，探探老友，晚上就等着顾漾舟回家。她心血来潮时，还在网上找几个做饭的视频学习，一言不合“炸”厨房的本事也就她有。

送走七大姑八大姨后，筑清光被迫听一大群长辈数落筑彬华经营公司的事情，从他小时候说到现在蹲牢房。说完这些，几个上了年纪的老姑奶奶开始哭他跑了老婆又丢了大钱。

事实上筑彬华的官司在年后开庭，律师保守估计他会被判两年缓刑，现在顶多在牢里多待几个月。

海滩大桥那儿的烟花连续放了好几个晚上，大半个城区都亮了。

别墅区在山间，一到晚上气温骤降，何况是小雪天气，路边的野草都跟打了霜般惨白。

筑清光门也没关，穿着粉色的毛衣开衫就往下面的老房子走，她还给顾漾舟发信息。算算时间，他这两天都在 G 市警局值班，现在应该在下班的路上。

经过小卖部，她进去买了一束仙女棒。她想起大学时顾漾舟在水里给她放的焰火，就站在柜台前傻笑了一会儿。

老板问：“你又来找漾仔啊，你读书时可不喜欢黏着他。”

“那哪儿一样，现在他是我男朋友啊。”筑清光一点儿也不避讳和旁人说这些。

这都是从小看她长大的邻里，之前他们还总说晚上会听她的广播。

住别墅区的人都有内线专车，也就她从小爱走这条路，和下面的顾漾舟一起搭公交车去学校，自然和这里的居民关系不错。

隔壁卖水果的大婶笑着说：“清清，你别理汪老头，谁不知道你们在拍拖。昨天下午，他还偷看你们小两口牵手散步呢！”

“拍拖好啊，老顾 Sir 在天有灵都要笑得咧开嘴，他生前就最喜欢你！筑生也一样，不然以前怎么老撺掇你往这边跑！”

“是啊，是啊！之前你们读初中，有小女孩来找漾仔，老顾 Sir 就装聋作哑！每回清清来，他就巴不得把漾仔从屋里提出来，哈哈哈。”

人一多，大家聊得也热火朝天。

筑清光倒是没半点儿羞赧，礼貌地跟着笑了几分钟，然后悄悄撤离人群，往顾漾舟家跑。她在外人面前总是落落大方，装足了筑彬华家小千金的面子。

路灯虽然昏暗，但在冬夜里发出的光却很温暖。

她刚走到楼下，外面就下起了冰雨。晶莹微小的冰雹滴滴答答砸下，踩在地上都能听见清脆的声响。

狭窄的楼道下斜倚着一个欣长身影，暗黄的感应灯亮起。有一缕白烟飘出来，被冷风吹散在空中，刚把脚踏进来的筑清光打了一个喷嚏。

“你怎么都不回我的信息？”她不爽地想闹脾气，拽着顾漾舟的外套袖口说。

顾漾舟的嘴上还咬着点燃不久的烟，他取下后喷出一口烟雾。他的头发是黑的，肤色冷白，唇色鲜红，这不常在他身上见过的动作让他有点儿像被拍进电影里的古惑仔。

他正发着呆，听见她的声音，神情还有些迟缓，他拿出手机看了一眼，说：“关机了，你怎么下来了？”

“我……”筑清光差点儿说出想他，又觉得不能让他太得意忘形了。她把话收回去，气冲冲地说，“我下来买烟花啊，你怎么回来都不找我？你不找我还能找谁？”

她知道顾漾舟家在搬来 G 市后就没怎么走过亲戚，走得最近的就是她家。之前倒还有长者逢年过节来探望顾明山，但这几年渐渐没了联系。

她质问的声音有点儿大，在楼道里甚至有滞后几秒的回声。

顾漾舟不答话，含着一口没吐出的烟去吻她。

筑清光差点儿被烟味呛到，余光扫见他上下滑动的喉骨，觉得有点儿性感。她的手指往上摸了一下，被他握住，十指紧扣进指缝里。

两个人在楼道下抱得很紧，顾漾舟解开大衣扣子，把人搂进怀里。楼梯上能听见脚步声，那人渐行渐远。

“顾漾舟，你为什么在这里抽烟啊？”筑清光好像没打算听他回答，自言自语分享一天做的事情，“我学了这么久，也就会西红柿炒鸡蛋，今天炒得茄子都煳了！”

筑清光养尊处优惯了，手指间连个茧子都没有。她的手指纤细而白嫩，却因为这几天做不擅长的事而多了几道小口子。

顾漾舟垂眼看了一会儿，拿过她手上的烟花棒，用自己抽了一半的烟去点燃焰火。

在昏暗的光线下，女人双手哈气，仰头望着男人笑。

筑清光没接顾漾舟手上的烟花，突然凑近亲了一口他的嘴角，闹着玩似的亲出响声，一下一下的。

手上的焰火燃尽，顾漾舟被她的气息勾着，掐着她的下巴想吻她，却被她躲开。

“你又想亲我？那你以后别抽烟了，行不行？对身体不好。”筑清光捂着嘴，狐狸眼狡黠地眨了眨，慢悠悠地跟他讲条件。

她的话没说完，顾漾舟温凉的嘴唇已经贴在她捂着脸的手背上。

顾漾舟攥住她的手指往自己的口袋里放，声音低低的：“好，我听你的。”

筑清光听得开心，笑眯眯亲他嶙峋的喉结。

一对母子的交谈声从楼梯口传来。

筑清光因为职业关系，对声音一向敏感。她正觉得声音有点儿耳熟，下意识就抓紧了顾漾舟的手。

两个人走出去，正上阶梯的女人向后转身，视线投向顾漾舟身上：“今天我果然没认错，你长高了好多。”

就这么轻飘飘一句话，筑清光已经知道身边这男人情绪不高的原因了。

如果是董琴回来找自己，筑清光说不准是高兴多一点儿还是抗拒

心理多一点儿。

何况是罗玉，她好像离开顾家很多年了。

筑彬华倒是有查到她偷偷给顾明山的账户汇过几次钱。后来顾明山去世，他的祭日一到，都有一束花在他们父女俩到之前就放好在墓旁。

罗玉既是妻子，也是母亲。

和董琴不一样，筑清光没办法在这样的基础上评判罗玉的好坏。两个人都是原生家庭里的末等生，她也猜不到顾漾舟的心思，是讨厌还是欣喜。

和罗玉一起过来的，还有她八岁的儿子，叫曾帆，算起来是顾漾舟的弟弟。

筑清光为了给他们母子俩沟通的时间，特意带着曾帆去小卖部溜达了一圈。

他们回来时，罗玉正在厨房做饭。顾漾舟刚洗完澡，换了身居家服，在客厅看书，二人相处还算和谐。

筑清光坐在顾漾舟身边，小声抱怨道："现在的小孩不知道嘴甜一点儿才有糖吃吗？"

"怎么了？"顾漾舟看了一眼厨房里的两个人，握过她的手放在膝盖上。

"你弟弟居然喊我阿姨！"筑清光气愤不已。这小鬼伶牙俐齿得很，一路上她没少吃哑巴亏。

"我爸爸说的，化了妆的就可以喊阿姨！"曾帆站在厨房门口说，还嘚瑟地做了一个鬼脸。

筑清光第一次见到比她还嚣张的人，顿时鼓起腮帮子瞪他："你别以为躲你妈那儿我就不敢打你！"

厨房开了油烟机，客厅里三个人在肆无忌惮地聊天。确切地说，是顾漾舟和筑清光在欺负这个小朋友。

顾漾舟皱眉道："你喊我什么？"

曾帆弱弱地回答："哥哥。"

他对这个板着脸、帅气却严肃的哥哥本能地畏惧，也可能是因为知道他们的关系，气势上就矮人一截。

筑清光咋呼道："我是你哥女朋友，你还敢喊我阿姨！嘴不甜的人没糖吃！顾漾舟，把那些糖全给我！”

顾漾舟被她幼稚的发言逗笑，依着她的话把桌上的糖放进她的手心，别过脸问曾帆：“你听见了？”

曾帆憋屈道：“我还是小孩子。”

“她也是我家小孩子。”

“可是她的嘴也不甜！”

“她的嘴不甜我也给糖。”

曾帆：“……”

和顾漾舟这一来一回的对话实在太受伤，曾帆找不到话来反驳了。

厨房里，罗玉喊了一声筑清光，客厅里只余下他俩。

筑清光还没把人欺负回本，想起刚刚曾帆取笑她和顾漾舟在楼下接吻，又扳着顾漾舟的脸猛地亲了一口：“小屁孩！明天你就长针眼！”

曾帆看着她的背影，老气横秋地吐槽：“你女朋友好无聊！”

顾漾舟说：“没你无聊。”

曾帆：“……”

欢脱的气氛在筑清光离开后沉寂下来，曾帆拿着茶几上的橙子转来转去，试图让顾漾舟再和他说几句话。

但顾漾舟理也没理他，自顾自地看书。

曾帆拽了拽顾漾舟的衣角，突然说：“对不起，哥哥……我抢走了你的妈妈。”

顾漾舟听见这句话后愣了好一会儿。他不知道罗玉是怎么和曾帆形容他们的关系的，但这一声对不起怎么也不该由一个还没十岁的孩子来说。

而且，他发现自己真的很讨厌听见“对不起”。

沉默了很久，顾漾舟只说：“不关你的事。你好好长大，好好孝敬她。”

没有想象中的追悔莫及，痛哭流涕，成年人很难向晚辈低头认错。

何况还是没错，顾明山都不在了，顾漾舟也不会计较。

其实罗玉可以再绝情一点儿，索性别回来见他。但她还是回来了，像是知道他不可能把人赶走一样，甚至平和地和邻里打了招呼。

四个人坐一起吃饭，家常菜香味浓郁，在冬日里热气腾腾的，是难得的安静闲散时光。

世上最好吃的饭是妈妈做的饭，这句话还是有几分道理的。

筑清光无端觉得他们有一家人的感觉，老房子、新年夜、母亲、孩子，一切都很美好。她突然想起自己可能在异国的妈妈，鼻子有点儿发酸。

吃完饭后，顾漾舟避开所有能和罗玉交流的瞬间，收拾碗筷去了厨房。

曾帆好像很喜欢这个警察哥哥，小心翼翼地跟在他身后帮忙。

“他的性格没怎么变。”罗玉看着水槽那儿的背影开口。

他不爱说话，不会怨人，苦习惯了。

筑清光从小就听顾漾舟的邻居们这么评价他。他和顾明山其实很像，不擅交际，有点儿倔。

他们家移居到 G 市来，前几年都没找过筑彬华，直到筑彬华得知顾明山出了事，才自己找了过去，偷偷摸摸地帮忙，生怕让顾明山觉得恩惠太重。

筑彬华让筑清光经常往顾漾舟这儿跑，有什么好东西都送点儿下来。两个孩子走得近，那些帮助也给予得理直气壮。

罗玉看着筑清光瓷白的脸，语气平静地说：“你会留在漾仔身边多久？”

“什么？”

“你妈妈很出名，你看上去和她一模一样。”

筑清光很娇气，在顾漾舟面前从来不会收敛脾气。因为筑彬华和顾明山的关系，罗玉和董琴也是旧识，自然知道她那点儿破事。

筑清光沉默了一下。这种被人质问的感觉很不好受，像赶鸭子上架似的找她要一个承诺期限。

她嗫嚅两声：“我会陪他很久的，一直到他不要我。”

“他爸今年要带我们出国定居。”罗玉指了指那边的曾帆，抚了抚头发，“你也知道，我没什么资格管顾漾舟，但我想在走之前确认他能不能过得好。当然，他要是出意外，和他爸一样，我不会拦着你离开，你走前给我来封信就行了。我会回来照顾他。”

生死攸关的事被罗玉三言两语说出来，筑清光一时有点儿不知所措。

“我当年把他爸爸丢给他一个人，我……不想让他被人丢第二次。”罗玉眼眶微湿，看着这熟悉的房子站起身来，最后进了顾明山以前的房间，很久后才出来。

临走前，母子俩的对话如同陌生人。

罗玉问：“要钱吗？”

顾漾舟摇头。

“我走了，以后你记得常去看你爸。”

“您一路顺风。”

这一次，顾漾舟看见了她离开的样子，原来会带着点儿不舍，没自己想象中那么容易。

年假休完当天，顾漾舟买了晚上的票准备去Q市。

筑清光酷爱睡懒觉，从床上睁眼时已经是下午。她光着脚打哈欠，看见顾漾舟正在阳台上打电话。

男人下颌的线条流畅，从英气的眉骨到挺直的鼻梁，无一不是冷峻刚硬的。但他肤白唇软，脾气温和，给他添了一些秀气的感觉。

她盯着他发了一会儿呆，开始恼怒他在和谁打电话。

她隔着玻璃门喊了几句，见顾漾舟没回头，于是一个抱枕丢在门边：“顾漾舟，我找不到拖鞋了！”

筑清光气冲冲地拉开门，脚踩在他的脚背上，倒是没再胡闹，用唇语说：快挂掉电话！

电话那头的人还在说话，顾漾舟神色淡然，一只手揽着她的腰，对电话那头的人说：“好，回局里再细谈。”

通话一结束，筑清光就开始发脾气：“你怎么接这么久的电话？是谈工作吧？对面是谁在汇报，比我还啰唆！”

她刚睡醒，本就独特空灵的嗓音又带了些许倦懒和自身的随心所欲，声线比平时绵软，话语却咄咄逼人。

她见他不答话，只当是谭棠打来的电话，起床气更盛：“你明明知道我在睡觉，还一直和别的女人打电话，吵死了！我不要在你这儿住了，你出轨！我要回家！”

顾漾舟的脾气很好，对这些指控一言不发，就着这姿势把人带进屋里。他看着她被风吹红的脸蛋，不急不缓道：“我吵醒你了？可能这门隔音不好。”

这话说得倒是让筑清光心虚，她却还是不认输地扯着嗓子喊：“我看着烦，不行啊？”

顾漾舟无奈地弯了弯嘴唇，把她抱进卫生间，发现被她到处乱丢的拖鞋就在洗手台下方。

顾漾舟这不把自己的话当回事的表情让筑清光很不爽，她扯着他的脸说：“你还笑，笑这么好看干什么？小心我亲你！”

他唇边的弧度更深。

顾漾舟把牙膏给她挤好，语气柔和道：“你先刷牙洗脸，待会儿亲我。”

一拳打在棉花上似的，吵也吵不起来。

筑清光叹了一口气，嘟囔：“你这人真是没劲儿，得亏是遇到我这个见好就收的，不然你得被人欺负死。”

一句话说得冠冕堂皇，筑清光丝毫意识不到自己在顾漾舟面前脾气有多差劲。

在她心里，向来是跟谁亲近点儿就对谁恶劣点儿，反正最亲近的人永远不会嫌弃她不好的那一面，嫌弃也只能忍着。

她把牙刷塞进嘴里，含糊道：“我没找到皮筋，你帮我抓着头发。”

厕所里安静下来，只有电动牙刷嗡嗡响的声音。

镜子呈现两个人站在一起的样子，顾漾舟侧身稍微弓腰，靠在墙边，一只手捏着筑清光的头发，有点儿心不在焉。

筑清光盯着他清俊的脸好一会儿，漱完口，转身问：“你刚刚打电话表情就不对劲，工作不顺利？”

顾漾舟摇头，沉默半晌后道：“这几天我要去外地出差。”

“哪里啊？”

“之前那里。”

筑清光“哦”了一声，随手掬了一捧热水洗脸，沾了水的手就往他脸上泼，弄得他眼皮上都蒙了水珠。

顾漾舟短暂地闭上眼，又睁开，然后握住她的手说：“怎么了？”

“你说过不用回去的，骗子！”她撇嘴瞪眼，甩开他的手。

提到那个地方，筑清光的印象就是“不能联系、将近四年回不来、非常危险”。她和筑彬华一样，都不想顾漾舟再回去。

筑清光气闷道："明明你都回来转部门了，还去那枪林弹雨的地带做什么？万一出……我……我现在不上班，年还没过完，元宵节我还想和你一起包饺子呢！"

像是找到一个支撑点，她越说越气，甚至开始委屈："本来我现在就一个人在家，你还让我一个人包饺子，顾漾舟，你浑蛋！"

她真情实感地说着包饺子的事，要不是顾漾舟知道她只吃速冻饺子，还真要信了。他按了按她的眼角，低声哄道："这次不一样，是最后一次。你想我就给我发信息。"

"谁要想你呀！"筑清光嘴硬，一想到不确定的期限心里就堵得慌，忍不住问，"你到底要去多久啊？安排的任务危险吗？"

顾漾舟如实回答："还不清楚。"

"我不管，反正你得早点儿回来陪我！"

"好。"

吃过饭，筑清光躺在沙发上玩平板电脑。

顾漾舟收完碗筷，站在厨房门口提醒她："筑清光，刚吃完饭别躺下。"

筑清光头也没回，敷衍地"哦"了一声，举高平板电脑说："你看，妙妙的新剧！"

"你坐好一点儿。"他立在一旁，把人扶起来靠着沙发背，"今天你要去哪儿吗？"

"要，晚上有大学同学聚会。"

各地还在过年，外出其实也无聊。

顾漾舟蹲在筑清光身前交代："你穿件厚的外套，和熟人待一起，不要喝酒。"

"哎呀，你太夸张了！"

她现在酒量没这么差，而且工作时天天晚上有饭局，酒量早锻炼出来了。

筑清光的自理能力虽然不太行，但在筑彬华的照顾下，她还是健康地长大了，顶多比身边人娇气点儿。

筑清光敲敲屏幕，上面正好是曲妙妙的脸："你看妙妙好看吗？高中她转来的时候文文静静的，后来他们都说她被我带野了，其实我觉得她心里有一把火比我热烈啊。当时有很多人对她一见钟情呢，你呢，对她心动过吗？”

顾漾舟站起来垂眼看她，道：“没可能。”

一见钟情对他来说不可能，喜欢过别人更不可能。

有人想拉他的衣角，他下意识拒绝。可有人只是站在那儿，他就想上前拥抱。

“你那时候喜欢我什么呀？”

顾漾舟像想不到答案似的胡诌：“好看吧。”

筑清光显然不是很满意这个答案，仰着脑袋朝他勾勾手：“你头发上沾脏东西了。”

顾漾舟顺着她的话低头，突然她微微跳起，一只手扣着他的脖子往下压，两条腿也跟着夹上他的腰。

以前她语塞的时候就喜欢用这招发泄怒气，这么多年过去还是一样，不过两个人的关系可比之前亲密太多。

“顾漾舟你这个傻子，居然只贪图我的美色，我还很有钱，你不知道吗？”

顾漾舟轻笑一声。

筑清光穿着睡衣，及膝的衣摆被蹭着往上卷。嫩白的肌肤暴露在空气中，连带着露出半个圆润光滑的肩头，这个姿势让她的美好身材一览无余。

她戳戳他的脸，说：“警察哥哥，你们办案人员怎么能不清楚……越漂亮的女人，越会骗人呢？”

顾漾舟的手慢慢地往她的脊背摸去，用疑惑的语气说：“你好瘦，怎么养不胖的？”

哪有希望人变胖的！

筑清光仰着脖子，耳尖泛红，拍了拍他的背：“胖了我就会丑！丑了你就不要我了！”

她松开手，觉得有点儿迷茫：“顾漾舟，我不想朝九晚五地工作了。要不我买栋楼，天天躺在藤椅上收租吧？”

顾漾舟：“……”

她向来想一出是一出。

“那不然你养我吧，你的钱是我的，我的钱还是我的！”

“我养你。”

“嘁！”筑清光的心里冒着泡，嘴上却不表现，“我才没有这么颓废呢，你等着我搞番事业出来吧。”

顾漾舟把她往沙发上放，他压下去吻她。

“哎，上班啊，哥哥！”她别开头躲他，眼眸一眨一眨。

顾漾舟喉间有些发涩，他认真注视着她。

筑清光咯咯地笑，抬脚蹬他的胸膛，说：“你板着脸干什么呀？”

“没亲够。”少见的孩子气语气。

筑清光起身道：“等你回来，我让你亲个够。”

顾漾舟心神一动，说：“你说的。”

她被盯得心里一紧，梗着脖子道：“对，我说的。”说完，她赶紧往房间走，留下一句，“你出去把门带好，我睡觉去啦。”

她的话里没有一点儿他们要分开一小段时间的不舍，没心没肺的，让他失笑又叹气。

# 第十章 海上飞鸟

普遍的大学聚会都是看看谁过得好谁过得不好。筑清光的老同学，有的进娱乐圈，有的进电视台，有的寂寂无闻，早已改行，有的已经成为业界大佬。而她不差不强，在中上水平那条道路上走得十分平稳。

推杯换盏间，筑清光记着自家男友的话，滴酒未沾。和她玩得好的同学都知道她醉酒的德行，也没劝着她喝，倒是有人一个劲儿开玩笑说“G大女神美艳依旧”。

筑清光礼貌地笑着，在心里腹诽，也不看她出门前做了多久美容。

其实过年大家都一个样，只要不出门，筑清光邋遢得连面膜都不敷。她又被顾漾舟强制着一日三餐按时吃，脸都圆了点儿。

有些人一毕业就没再见过，其实关系都不太熟络，同学聚会说难听点儿也就是一个社交活动。

夏语和筑清光倒是常见面，两个人毕业后曾经在Q市的同一家新闻中心做过同事，后来筑清光有了自己的电台节目，也没忘记找她约饭。

“想什么呢，大美女？”夏语推推她，说，“对面和我们同一届的表演系本科班也在聚会，你之前不是有个好闺密读那个班吗，现在她可是大腕了。”

“妙妙啊？行，我去找找她。”

吵闹的人群里，筑清光头一次觉得空虚，她捧着手机去走廊上给顾漾舟发信息：你是晚上的机票吗？是不是已经到了？真的一个电话都不能打吗？

西南那边冷不冷啊？你不要感冒呀。

没有回应，对话框里空荡荡的。

筑清光“啧”了一声，还没推开对面的门，恰好曲妙妙给她发来信息：刚刚我看见你了，来外面亭子里坐坐？

筑清光一脸惊喜，发了一个表情包，打字道：好！

这两年筑清光和曲妙妙也见得不多，她有自己的演艺圈朋友，火了之后又不能抛头露面，但每年她生日筑清光还是会准点送上祝福。

曲妙妙坐在凉亭那儿，她穿着藕粉色旗袍。

过年她终于能停下工作歇歇，她下部戏是民国戏，为了身材一直在锻炼，身形比在荧幕上看清减不少。

筑清光在她身后“啊”了一声，她吓得抖了一下，反应过来后有些哭笑不得，说：“你怎么跟小孩子一样。”

“那你怎么跟老大人一样，我还是怀念当年在酒吧玩骰子的曲妙妙啊。”筑清光故作遗憾地摇摇头，笑起来说，“怎么样，大明星，同学聚会是不是风光死了？你们这一届熬出头的可就你和林绿歌。”

“熬出来也好几年了，年纪大了，下半年公司安排我转型，还是沉稳点儿好。”

曲妙妙少女气很足，但过了年龄红利期，确实要换风格才能走得更远。

手机振动一下，筑清光赶紧点开，是柜姐发来的帮她留下了新款包包的信息，她的脸色变得快，瞬间没了劲儿。

“不是想看的信息？”

“还行，我惦记这几款新包很久了。”筑清光咂巴咂巴嘴，丢了一颗糖给她，“我还以为是顾漾舟呢。”

曲妙妙拿着糖掂了掂：“哦，你和他在一起了。”

“是啊，我好像早就跟你说过？”

“嗯，我忘了。”她看着筑清光低头打字的样子，突然说，“其

实我也喜欢他，不对，是喜欢过他。”

筑清光觉得自己没喝酒，但是好像醉了。

筑清光的同性缘和异性缘都好，以前她和季其野、帅宏那群人走在一起时，几乎没人会在背后嚼她的舌根。一群痞里痞气的人里，她矮一个头，走得漫不经心，脸上又挂着无害的笑，没有一点儿和学校里的风云人物一块儿玩就装腔作势的讨人嫌模样。

曲妙妙刚转校来的时候就喜欢这个女孩子，是带点儿羡慕的喜欢，还特别想活成她的样子。

“清光，你都不会难过的。”曲妙妙不甘心地开口，“就算失去我这个好朋友，你顶多有些不适应。你好像一直过得很顺遂，即使在别人不快乐的前提上。”

筑清光有点儿愣怔。她很少让人因为自己不快乐，来来回回委屈的都是最亲近的人。但她忘记了，不是身边所有人都喜欢她万事不关心的性格。

“你是在替顾漾舟抱不平吗？”

“我在替曾经喜欢他的自己抱不平。”

曲妙妙羡慕她，学她肆意放纵，努力挤进她和帅宏他们的圈子，可是后来她才发现，他们有自己的小群。

有些活动要不是筑清光拉着她参加，他们根本没有把她放在眼里过。所以她在学生时代就一直无可奈何地喜欢又嫉妒这个女孩儿。

曲妙妙说得有点儿绕，筑清光没什么耐心了，说：“我也难过，在这段谈话之前，我依旧把你当好朋友。我和你不同，你觉得想做什么就能做什么是自由，我觉得不想做的就不去做才是自由。我比你心大，所以我不用小心翼翼，只管坦荡地做好自己就可以了。”

曲妙妙有点儿陌生地看着她，其很少见她正经说教。

“我过得也不算顺遂吧，你可能忘记了，大一时我就被人欺负过，那个时候多亏有你们这些朋友撑腰。我还有差劲的妈妈，坐牢的爸爸。”

筑清光活得潇洒，看事也透亮，实际上是大智若愚的人。她说：“我只是看上去过得舒坦，半夜也会做噩梦吓醒。但可能我忘性大，大大咧咧惯了，这个我改不了。”

今年的G市比往年冷很多，连雪也下得大、下得晚。

筑清光看向树枝上的雪松，漫不经心地补充："你和我的问题从来不是顾漾舟，你太拧巴了，知道吗？"

她没特意了解过曲妙妙的家庭，但在高中家长会上见过曲妙妙的母亲。

曲妙妙的母亲是大家闺秀，出身书香门第，教育方面可能思想有些陈腐，条条框框压抑孩子的天性。

在这点上，筑清光比任何人都清楚。

一直以来，她为了在董琴面前做优秀懂事的孩子，对外还算乖巧。也幸好对内她并没有拿腔拿调地委屈自己。

"其实我知道你可能对顾漾舟有点儿意思。"

曲妙妙愣住了，说："你知道？"

"我知道是因为之前大学同学说过，我转校区后，你一直在顾漾舟身边转悠。不过我那个时候确实没兴趣了解你们的事。"筑清光舔舔嘴唇，摸了摸耳钉，"我还知道你挺想硌硬我的。"

曲妙妙没说话。她了解筑清光，如果她说自己喜欢过顾漾舟，筑清光一定会有些在意。

但这次她失算了。

"没用，谁也不能从我身边抢走他。"筑清光笑笑。她以前不怎么相信爱情，现在却是头一次对感情的事这么笃定。

曲妙妙讽刺般勾唇，说："这话你和他说过吗？还是只是为了赢我，你在口头上说说？"

"我没和他说过。"

要是顾漾舟在，筑清光一定不会把这句话说出来。她根本不敢向别人暴露自己内心深处的情感，害怕被辜负、被嘲笑。

喜欢就代表认输，比那个人多一点儿喜欢就代表要一直让步。

她以前不愿意一下把心抛出去，但现在那个人是顾漾舟，就都可以破例。

"我不是一直在赢你吗？"筑清光把视线投向曲妙妙身上，语调轻松了一点儿，"你也见过我妈妈吧，她以前给我灌输的理念不对，我过了很久才发现。"

说到这儿，她轻声呢喃，像在认错："我在慢慢改了，我也怕有报应的。"

高二那年，她知道董琴和曲谷生的事，没有得到父母的道歉，反而面对的是董琴的冷嘲热讽。

“承诺算什么，自己才是最重要的。相信爱情、婚姻这种虚无缥缈的东西，你太无知了。家庭就是束缚，孩子会是约束。”

所以董琴一开始对女儿、对筑彬华，包括对曲谷生的深情，不过都是因为短暂的新鲜期。

曲妙妙心酸地开口：“那对我这个曾经的好友，你会怎么样？”

几分钟的沉默后，筑清光歪着脑袋，俏皮道：“大概是不发微博和朋友圈来安利你的戏了，也不看你的剧了，给你降低点儿收视率。”

她大步往回走，举起手，无所谓地挥挥，只留给身后人一个无情的倩影。

筑清光从来不知道，曲妙妙最羡慕也最讨厌她这样从容恣意的样子。

和曲妙妙聊完，筑清光没回包间，走在华灯初上的道路边，想着她刚刚说的话：“我喜欢顾漾舟的时候，谁也不知道。他喜欢你的时候，除了你，大家可能都能猜到了。

“我一有空就跟着他，而他就跟着你。在学校操场、G市的酒吧、长夜的大街小巷，你在和别人谈笑，他在远处默默看着。他看着你的时候，就像在看着他的整个世界。

“我都熬不下去了，你说他怎么就能没指望地爱你这么久？”

筑清光其实不爱听旁人说顾漾舟对她有多好，她不想产生内疚的情绪让自己不开心。一直以来她习惯了，觉得自己对他也不差。

但其实她以前对顾漾舟好，真的只是因为他好看，筑彬华又交代过她要多照顾这个内向的哥哥。

顾漾舟要真是报答她，这么多年早就还完恩情了。

这十几年走过来，回过头看——

初中时顾漾舟对人不理不睬，却记得筑清光早上爱喝甜牛奶。每次她起晚了，没时间吃早餐，都能从他口袋里搜到点儿东西。

高中筑清光不爱读书，天天跑出去玩。他们明明不是一个年级的，顾漾舟也没有记笔记的习惯。他却总在周末看筑清光这一届的教科书，把笔记写得很工整，然后拿给她看，半劝半哄着她学习。

大学她爱去酒吧街玩，两个人在不同校区后，他一闲下来就往她那儿走。他也不敢联系她，就站在校门口那棵树下，等着她出来。

筑清光有时能感觉他在。那些灯红酒绿的大街上，她的安全感来自身后的人。

但她装傻能力一流。对她好的人实在太多了。她自小就没有归属感，自由自在，也十分自我。

人一旦习惯高高在上，就不会有什么同情心。

不久前，顾漾舟从待了四年的边境回来，骗她说："我有女朋友了，你可以放心。"

她能放心什么呢？

他知道自己对她的感情有点儿执着，怕她又会躲闪、后退，甚至厌恶他的靠近。

顾漾舟多害怕失去她啊，他爱得卑微又怯懦。

他年少时一无所有，多看她一眼都觉得是奢求。

大学时他挑明那一句话，她就躲了他三年。事实告诉他，连陪着他很久的女生也不属于他。

毕业后近乎空白的四年，他过得怎么样？

虽然顾漾舟总说别回头看以前，但筑清光想起衣柜里藏的那份抑郁症证明，也知道他过得很差。

筑清光边想边掉眼泪。一被人提醒顾漾舟有多爱她，她就难受得不行。

身边很多人总和她说"和顾漾舟在一起试试吧，你们以前多要好啊"，可她恃宠生骄，天生反骨，大概知道一转身他就会在，羞辱的话、难听的话也没少说。

她心想：顾漾舟怎么这么蠢！

事实上筑清光喜欢骗人，撒个慌再可怜兮兮地卖个乖，再大的错误在很多人那儿都不算什么。也因为外在优势，她没少欺骗顾漾舟。

路边卖气球的小丑先生看见这个新年佳节却在街边痛哭流涕的女人，友好地递给她一只长耳兔氢气球。

筑清光错愕地接过气球，她还没来得及道谢，包里的手机响了又响。一个国际长途电话，来源地是法国。

她的妈妈声音慵懒，仿佛睡完午觉正在敷面膜：“我和奥韦尔月底办婚礼，机票我给你买好了。”

“我不去了。”筑清光吸吸鼻子，冷嘲热讽道，“您反正也不会在户口本上登记，‘有名无实’的婚礼，谁知道能维持多久？”

董琴像是习惯了她这些话，敏锐地捕捉到她的哭腔，说：“你大过年哭，是顾家那小子不靠谱？”

筑清光：“……”

筑清光不说话，董琴就当她默认，于是开始说教：“我早就说了别甘之如饴把自己的位置放低，全身心投入爱情是蠢蛋的做法。你赶紧踹开他吧，下一个更好。”

这话筑清光从小听到大，这是她头一次没听进去，自顾自地喃喃：“我离不开顾漾舟了，就像他离不开我一样。他拽着我的线呢。”

从学生时代开始，他管她，也看着她。他不让她变坏，不让她往歪路上走。带着她按部就班考上高中重点班、考上理想名校、顺利毕业到工作。

筑清光最大的幸运莫过于即使她一如既往任性又自私，顾漾舟也爱这样的她。

电话那端的董琴破天荒没立刻撂下手机，没来由地轻哼：“你和你爸一样，脑子坏了。”

筑清光才不管这么多，擦掉脸上的眼泪，说：“您以后不管和谁结婚，都别给我打电话了。奇怪的从来不是我们，是您自己！”

她狠心挂掉电话，顺便把这个号码拉进了黑名单，才舒了一口气，她好像没有想象中那么难过。

她想了半天补偿顾漾舟的办法，决定打开手机相机给自己录个视频。

筑清光接到电话时正准备着直播前的走台。她之前答应帮夏语的忙，主持一个大型颁奖典礼。

测好台步后，卢琳把手机给她递上去。

一看是顾漾舟打来的电话，筑清光忙给面前的摄影师做了一个暂停的手势。她踩着的高跟鞋都掉了一只，一只脚跳着躲去幕后，小声又带点儿期待地接通电话："喂？你怎么现在才回我——"

她撒娇发脾气的话还没说完，就听见邓禄语气悲壮道："是顾Sir 的家属吗？"

筑清光愣怔几秒，心跳突然变快，眼眶立刻红了，颤声答："是。"

"顾 Sir 于三日前酒驾发生车祸，现在……"

"现在怎么了？你说啊！"

"现在……"邓禄犹豫半天，还是用悲伤不已的语调说，"已送回家中，家属节哀。"

胸前的麦克风没夹紧，掉在了地上，筑清光无暇管这么多，她一脸麻木，拉住身边的卢琳说："让人把车开过来，送我回去。"

卢琳说："姐，那上台呢？"

筑清光没耐心解释，大吼："快点儿安排好！"

"好好好！姐，你别心急，别急。"

筑清光一路狂催，车上的司机和卢琳一句话都不敢说，安慰的话更是在看见她膝盖上的泪水时全吞进了肚子里。

下了车，筑清光连电梯都没按。她当然不信顾漾舟会酒驾，估摸着就是执行任务期间出了事，又必须保密才扯了谎，这和当年顾明山对外界的声明一模一样。

很多时候那些砥砺前行的人都不曾在人前留下姓名，但没有谁能否认他们的存在。

筑清光的鞋跟踩断，鞋子留在楼梯上。她按密码进门时，反倒停了下来，强逼自己冷静一点儿。

屋里安安静静的，仿佛没有人回来过。

直到她一身冷汗，面如死灰地推开卧室门，看见了床上躺着的人。

顾漾舟衣服也没换，呼吸绵长，睡得很沉。只是他的额头上有个很明显的伤口，一看就流了不少血。

脸都这样了，何况身体……

筑清光的脑子乱糟糟的，她想不到顾漾舟是腿没了还是发生了其他意外。她鼻子发酸，视线被眼泪模糊了。

她本来想轻手轻脚过去，但大大咧咧成了习惯，脚趾碰到床尾柱，她一不留神直接扑倒在床边。

被猝不及防压到手臂的顾漾舟闷哼一声，他闻到熟悉的味道，下意识就抱好了身上的女人。他缓缓地睁眼，还没开口，瞥见一脸悲戚的筑清光愣了一下。

他这一愣，让筑清光更慌乱了。

顾漾舟的手没问题，但是好像和顾明山一模一样，不能说话？

筑清光想装作若无其事，却还是没成功，一开口就是哭腔。

“顾漾舟，我之前说的话都不作数的。我不说分手，你得跟我一直在一块儿……”她眼眶里全是泪，憋着劲儿不让它掉下来，执拗得很，“不管你变成什么样，你都只能陪着我！”

她攥着他的手指，哽咽道：“我很害怕，我很害怕你丢下我，你不能丢下我……”

顾漾舟缓缓地抬手，摸了摸她的脸，问道：“筑清光，你又在胡说什么？”

她听到他这样问，迅速把被子掀开，上上下下把他检查了一遍，一脸奇怪地说：“你没事？可是你同事拿你手机打电话给我，说你……”

筑清光的眼睫上还挂着泪珠，她眨了一下眼睛，泪水从眼眶里涌出来，顺着脸颊滑到下巴。

顾漾舟探身吻过去，尝到咸味。他一边拍她的背，一边哄道：“我没事，你别哭了。”

饶是再愚钝，筑清光也知道自己被人耍了。

“有事，有事！我都想好给你挑什么颜色的轮椅了，呜呜呜！”筑清光连鼻涕泡都冒出来了，一屁股坐在床下，毫无形象，哭得着实有点儿惨。

她太害怕顾漾舟变成第二个顾明山，想着他的自尊心，会不会为了不拖累她而不告而别。

她哭上头就不容易停，呜咽声夹杂着打嗝声。

顾漾舟很多年没看她哭得这么伤心，上一次还是高二她发现董琴和筑彬华离婚的事。

他嘴笨，从前惹她不开心，想着凡事顺着她的意就好了，后来喜欢上她，就彻底没了办法。

他不会欲擒故纵，也不会步步为营。

爱意赤裸沉默，他见她笑就满心欢喜。

顾漾舟其实又累又困，撒网抓捕那几天几乎没怎么合过眼，一沾枕头就能睡到天昏地暗的地步。但听着她的哭声，他心里特别不是滋味，他很想回局里把邓禄这个罪魁祸首拎出来打一顿。

顾漾舟蹙眉坐起来，抽出纸巾给她擦脸。

“你睡了……多久？”筑清光断断续续地问。

顾漾舟下意识摸手机，反应过来手机被收走了，又去看钟表，说：“一个钟头。”

“那你肯定特别困。”

“嗯。”

筑清光声音轻轻的，善解人意道：“我不吵你了，我去……去客厅哭。”

顾漾舟：“……”

顾漾舟声音低哑，没什么精神，但他还是耐心地问：“你不能不哭吗？”

“可是我难受啊。”筑清光的委屈劲冲上来了。她在赶回家的路上，差点儿把一辈子在脑子里过完。

她想着怎么让顾漾舟别走顾明山的路，想着以后两个人该怎么生活下去。

也是那一下，筑清光意识到：她除了顾漾舟，不会再有别的人了。

说哭就要哭得尽兴，筑清光把被子给顾漾舟重新盖好，抽抽搭搭准备出去，突然就被揽住腰，整个人往后仰，倒在他怀里。

熟悉的味道包裹着她，她小声道：“干什么呀？”

“你就在这儿哭。”他是真困了，眼皮也没睁开。

“我会吵你睡觉……”

顾漾舟柔软的唇贴着她的耳尖，热气磨得她有些发痒，隐隐约约听见他说：“抱着你，我睡得更好。”

筑清光原先没打算睡觉，但躺在顾漾舟怀里不好把人吵醒，迷迷糊糊竟然也从天亮睡到晚上。

浴室的水声渐停，顾漾舟洗完澡拉开门出来，没穿上衣，精瘦的腰身上还沾着水汽。他的发根是湿的，眼神比之前清明不少。

“你怎么不多睡一会儿？”她拍拍床的另一半，示意他上来。

顾漾舟俯身过去，大掌揽过她的脖子让她贴近自己，嶙峋的喉结硌着她的胸口，嘴唇一点点往上移，声音有点沙哑：“你刚才是不是以为我——”

“不要说了！”筑清光抱紧他的腰，额头和他的相抵，“你这额角怎么回事啊？疼不疼？”

“不疼。”顾漾舟低声回道。

筑清光有一堆话想问，最后只是在洗完澡后又饿又累地靠在他的胸口上，轻轻地挠了挠他的手肘。

顾漾舟握着她的指尖，有一下没一下地摩挲。

“你同事是不是不喜欢我？”

“嗯？”

筑清光把脑袋往他的颈窝那儿蹭，委委屈屈地告状：“不然他干吗骗我？我真要吓死了。”

“不管他。”顾漾舟亲她泛红的耳尖。

像是想起什么，筑清光仰起头看他，说：“你给我讲讲你那四年怎么过的！”

顾漾舟敷衍道：“我忘了。”

她一爪子拍在他的手臂上，说：“可是我想听你多说说话呀。”

顾漾舟没法儿，顺着记忆的藤线回想过去。

在D国北部地区那几年日子过得最慢，像是人生中漫长的黑暗低谷期。

身边的队员换来换去，他也曾和死亡擦肩而过数次。没日没夜地蹲点，打起十二分精神，他稍不留神就会丧命。

他多无畏死亡，可他同样想拼了命地活下来。

他还想看着筑清光工作、嫁人、生孩子、变老，那些人生中的重大事件，他都想参与或做个旁观者。

她把他当哥哥也好，当好友也罢，他只要有个身份能远远地守着她就行。

没任务时顾漾舟就爬到树上躺着，野树林茂密繁盛，枝丫伸展，环境潮湿，大片大片的绿铺在他面前。

偶尔他运气好睡着了，还能梦见初中的筑清光穿着那条薄荷绿长裙，一双长腿又细又白净，笑弯了眼，掀开他的帽子。

他一睁眼，看到的却是高远的天，淤泥堆积的烂树叶。四处游荡的风，吹得他内心一片荒芜。

邓禄常笑他一个大男人还搞什么暗恋。都说表白失败就及时止损，退回原地才是最佳选择。

他也有点儿受不了这样痴念作祟的自己，优柔寡断放不下，又不敢贸然回去找她。

他怕她会嫌弃他，怕这十年友情越耗越少。

他想她想得不行了，就把那几年存下的录音反反复复听。

“筑清光，我刚刚做了一个梦，”顾漾舟声音低沉道，“梦见我们还在学校里。”

筑清光有点儿恍惚，想起学生时代的混账事，连忙拍拍他的肩膀，说：“你别想那么多，梦都是相反的！”

顾漾舟“嗯”了一声，声音轻轻的：“所以梦里你爱我。”

那个梦缓慢又艰辛，却是相反的方向——他们之间，默默守护的人变成了筑清光。

于是他后退一步，看见了偷偷爱着她的自己。

那几年刻意的见而不闻，却在梦里吻了千万遍。虽然一路上坎坷难行，但最后他还是抱紧了她。

筑清光永远体会不到那种隐忍地爱着一个人的心酸，追不到就放弃，不开心就跨过去，当断则断是她的人生态度。她听完他的话，还是忍不住唾弃之前的自己。

她把鞋子蹬开，慢腾腾地挪上去趴在他身上，抱着他亲了好几下。

“顾漾舟，我……”她把耳朵贴在顾漾舟的胸膛上，视线投向桌旁的鱼罐头上。

前话作罢，她舔舔唇说道：“秋刀鱼三个月后过期，梦醒了呀。”

——而我会一直爱你。

窗外下起霏霏小雪，G市进入凛冬，几日后便是暖春时节。

房内两个人依偎着，或许刚刚那段话应该更直白一点儿，尽管彼此都心照不宣地听懂了。

厨房有了烟火气，顾漾舟在给她熬粥，这是太普通而常见的场景。

筑彬华以前出差，董琴不喜欢家里有常驻保姆，又经常跑国外看秀，没人照顾的筑清光就被丢到顾漾舟家里。

而顾明山那时候要去戒毒所，一待就是好几天。

两个十三四岁的小大人假期就守在老房子里，筑清光喊饿了，顾漾舟就带她去老房子下面的菜市场买菜。他也不是会做饭的人，都是慢慢学慢慢练，也闹过不少厨艺上的笑话，后来他就变成了做饭做菜都按着筑清光的口味来。

十几年的友谊在什么时候变到冰点的？筑清光趴在岛台上，看着顾漾舟的背影，想起往事。

是表白，是那层窗户纸被戳破。

她没想过顾漾舟会喜欢自己，说喜欢甚至都有点儿轻。还有不合时宜让人拔腿就想跑的偷吻，她那时候只觉得怪恐怖的，毕竟是朝夕相处的人。

于是他站在她身后，继续看着她笨拙地在感情边缘试探，在友情和爱情间徘徊。

兜兜转转，跌跌撞撞，最后依然是他。

也幸好，还是他。

筑清光鬼迷心窍，跑到顾漾舟身后喊他。

顾漾舟转过身，他刚回过头就被她踮脚亲了一下。

她耍赖似的趴在他身上，搂着他的脖子说：“顾漾舟，你知不知道自己怎么长这么好看的？”

顾漾舟垂眸看她，笑了。

“你干吗不说话？”她坏心眼儿地捏他的脸。

“我在想先回答你还是先吻你。”

筑清光的脸微红，觉得这人好会讲话。

她凑上去亲他，声音故意很响亮，像小恶魔似的威胁道：“下次你不用想，直接亲这里！”

顾漾舟低声应好。他白皙修长的手指抚上她的眉眼，她的长睫在他的手心刷了几下。

筑清光在大三为了一雪在大学生朗诵比赛中未获得冠军的前

耻，特意挑了一首英国女诗人的诗。

“我曾经相信爱是至高无上的，现在也仍然保持这一信念。我并不指望自己会幸福，也不幻想我会找到爱。

“我曾经是一个不可救药的浪漫主义者，现在仍然是。

“我要快乐，不必正常。”

而如今，筑清光和顾漾舟在一起的这一年才明白：有人把她视若生命，她也曾是其他人的意难平，她并不糟糕透顶。

这世界热闹空荡，她爱他不经意时看向自己的目光。

——我一度不确定自己能找到矢志不渝的爱情，但我确定你清醒或昏沉地爱着我，无须辩驳，不假思索。

——这世界向我扣动扳机，而你予我玫瑰。

过完年，G 市的气温逐渐回升。

筑彬华的官司初审结果已经出来，二审开庭要到夏天。但律师对他被判缓刑把握很大，这件事尘埃落定，让他们都松了一口气。

顾漾舟闲了下来，他被筑清光逼着写了张病假条，以额头上的伤为理由。

于是上级把立了功的他暂时调往 Q 市的局里坐几周的办公室，平时备勤值班，朝九晚五的工作比之前在边防缉毒要轻松太多。

但这样一来，顾漾舟和筑清光开始了异地恋，一放假他又往 G 市跑。

工作族都已经开始上班，而筑清光最近不知道在做些什么。出门很早，在书房总是待到很晚。

顾漾舟这两天被母校邀请到犯罪学专业代授课，公费回了 G 市。他也没让筑清光闲着，上哪儿都带着她。

筑清光前一晚定了很早的闹钟，清晨醒来一睁眼，瞥见落地窗下一片狼藉，地上炽白的小暖灯还亮着，那是防止她晚上上厕所磕到用的。

筑清光的视线投向还在睡的顾漾舟脸上。他对光线其实很敏感，此刻用手臂覆盖着眼睛，呼吸平稳，另一只手还攥着她的手指。

筑清光丢开闹钟，扑到他身上，坏心眼地压着他，还拱了拱被子，存心要把人吵醒。

她的脑袋埋在他的锁骨处，不要命地蹭，嘴里不停喃喃：“顾漾舟，别睡啦！别睡啦！快醒快醒！”

闹钟响起时顾漾舟就听见了，但才凌晨五点左右，室外雾气未散，温差极大。他没睁眼，把人揽着，温凉的嘴唇贴着她的耳骨，说：“你起这么早，不累吗？”

刚睡醒，顾漾舟的声音沙哑，撩得筑清光晕乎乎。她吧唧亲了他几口，丝毫没有把人吵醒的自觉：“累死了，所以你对我好一点儿，帮我绑下头发！”

顾漾舟：“……”

在他的印象中，上一次筑清光说出这句话好像是在高一？

帮她绑头发也是很久之前的事情了。

顾漾舟眼睫上抬，眸光清澈透亮，人稍微坐起来点儿。他的指腹从她的眉眼滑过，渐渐移到她的两腮，然后——掐住。

筑清光的笑容逐渐消失，哼唧一声咬住他的手指，问：“干吗？”

“你要去哪儿？”

“要起床呀。”她把脑袋凑过去，微卷起的长发顺着肩线滑落下来，“绑个简单的马尾就行了。”

“好。”

顾漾舟的手并不巧，平时帮她卸妆也只是勉勉强强练出来的，何况他许多年没为她扎过头发。

给她绑了低马尾后，她又让他从衣柜里挑一套衣服给她，甚至在化妆时问他喜欢哪一支口红。

顾漾舟下意识想说那支浅色的，却拿起了另一支玫瑰深红的。他想到筑清光可能更喜欢大红唇，毕竟她五官艳丽，这样能更衬出她的美。

然后筑清光每做一件事之前都问顾漾舟的意见，依赖、听话得不行。

两个人洗漱完，筑清光像无尾熊一样挂在他身上刷微博，她眼底带着几分娇憨，任谁看她都是被保护得很好、永远拥有赤子之心的女人。

无论她如何任性骄纵，只要她愿意，依旧能让人无条件地去爱她。

顾漾舟隐隐约约感觉到她有事情要说，过了很久却没见她开口。他把粥舀到碗里，端起来提醒道："转过头，张嘴。"

筑清光听话地放下手机，张开嘴喝了一口粥，却咬着陶瓷勺子不放。

顾漾舟一脸无奈，手指捻过她嘴角的饭粒，问道："怎么了？"

筑清光被他这熟练的动作弄得有点儿脸红，明明两个人之间她更放得开些，她却总是被他一些无意识的行为撩拨到。她把他手上的粥端开，像小动物似的黏过去，贴着他的脸问："顾漾舟，你现在开不开心？"

顾漾舟点头，他自问没有什么时候比如今还快乐，日子像是到了幸福的饱和点。太过顺理成章的亲密感，他觉得很受用的同时又觉得有点儿奇怪。

顾漾舟知道自己对她的控制欲有点儿强，想让她只看着他。

而筑清光多多少少也能觉察到这一点。年少时他以筑彬华的名义看管她，成年后又试图拥有她。

等吃完饭，两人腻歪了一会儿，筑清光才准备出门，她问顾漾舟："今天你也要去 G 大吗？"

顾漾舟点头道："闻教授六十大寿在学校办。"

提起这位教授，筑清光倒是有印象，以前她没少蹭他的课。她"哦"了一声，说："那你什么时候回来啊？我得去给帅宏过生日，大家都在。"

"你不可以喝酒。"

筑清光："……"

筑清光一脸心虚，想起上一次信誓旦旦说自己酒量好了很多，结果某天晚上她和喝多的顾漾舟接吻超过五分钟，都差点儿把自己弄醉了。

她自知理亏，说："那我可以唱完 K 再去帅宏家里玩吗？万子鑫他们也会去。"

顾漾舟皱眉道："最好不要。"

又是这副哥哥管教妹妹的语气。筑清光倒是没恼，凑近他咬了一口："你再管得这么严，我就不理你了。"

他薄薄的眼皮低垂着，认真亲吻她，然后留下几个字：“这个更不行。”

筑清光到会所时，才发现帅宏过个生日不止请了几个好友。

在附近工作的七八个高中同学都被他找了过来，大概是想热闹点儿。

筑清光今天心情不错，和别人打招呼时都笑眯眯的。哪怕连一些人的名字都记不起，她也没半分不耐烦。

等大家互相吹捧完，她坐到一旁。

万子鑫看过去，拿了一盘果盘给她：“帅宏带了女朋友过来，这里面还有几个他女朋友的朋友……”

筑清光蒙了，她想起自己刚刚自来熟的样子。但她向来脸皮厚，漫不经心地耸耸肩，说：“老季呢？”

“他在门外打电话呢。”万子鑫从桌球台看到吧台，说，“我还以为你会叫曲妙妙。”

筑清光一脸奇怪，问道：“以前都是我求着你们带上她一块儿玩，你们之前不是说不爱和她玩吗？”

“她以前太害羞了，我说句调侃的话她就脸红，她还梗着脖子装胆大，这不是觉得委屈她吗。”一旁的帅宏边开了几瓶酒，说，“不过后来我觉得她还行，跟你越来越像，放开了就好了。”

筑清光不知道怎么说。

好友应该是盼着大家好，而不是像曲妙妙那样，喜欢她是真的，嫉妒她也是真的。她自幼就会处理人际关系，但此刻自私的劲儿上来了，干脆利落道：“以后别叫她了，我不想跟她玩，有她没我。”

两个大男人面面相觑，沉默几秒后点点头。

筑清光很少这么不留情面，都撕破小女神的脸皮这样开口了，他们自然是站在她这边的。

生日会进行到高潮，筑清光怕他们把蛋糕弄到自己身上，连忙跑了出去，她在走廊上看见了打完电话的季其野。

她挑眉问：“打这么久电话？”

他反问：“这种生日趴你居然不是玩得最嗨的？”

“我啊，还有三分钟，顾漾舟要来接我了。”筑清光的声音放低了点儿，好似有什么开心的事要宣布。

季其野歪歪头，打量她：“最近你没上班，打算做什么？”

“做老师。”

季其野：“……”

筑清光看他一脸不信，笑着解释：“我打算自己开个配音工作室。”

季其野示意她继续。

“但是我选中的店面被别人占了，估计要大半年才会搬走。”筑清光无所谓道，“正好一个朋友说高中缺化学老师，我过去代课一个学期。”

季其野用怀疑的眼神看她，问道：“在哪儿？”

“Q 市的一个重点高中。因为顾漾舟被调过去了，老让他两边赶实在太累了。”

“啧啧，以前的筑清光不会考虑这些，更不会为了一个人选择跟过去啊。”他调侃道。

筑清光没说话了，看着顾漾舟发过来的信息点点头。

是啊，以前她不这样。

可经历一场生死离别，一场受伤乌龙，都足以她认清自己的心。如果有一天这个世界上再也没有顾漾舟了，那她要怎么活下去？

她对爱情的恐惧，对自由的追求，都比不过顾漾舟。

筑清光打了声招呼准备走，K 歌房里还有人在撕心裂肺地唱歌。是 H 国一名歌手的歌，中文歌词倒映在酒桌上——

“You and me together it's just feel so right.

“讨厌偶尔会动摇的自己。

“就算我把你遗忘，你也不能忘记我。

“就算我偶尔没有联系你，偷偷跑去喝酒，就算我偶尔和别的人对上眼，也请你只能看着我。”

醉醺醺的寿星帅宏皱着脸在喊：“小清光！你的灵魂之歌，这就是你的心声！”

被他拉着的筑清光一脸无语：“你给我滚，我要回去了！”

“顾漾舟！又是这个男人！”帅宏不依不饶，坐在地上抱着她的腿“深情告白”，“小清光，昨天晚上我梦见你怀孕了！天杀的顾漾舟居然出轨！让哥哥带你走，离开这个让你伤心欲绝的地方！”

周边一群人笑成一团，并非所有人都知道她和顾漾舟在一起的事，但从学生时代起，就没人怀疑过他们的关系。

什么是友达以上，恋人未满？大概就是你们在一起了，全世界都不会吃惊。

筑清光好不容易把人甩开，从一堆乱七八糟的怀孕问候中逃出来，顾漾舟已经站在门外等了她两分钟。她急急忙忙跑过来，扑向他，急促地报了一个地址：“快点儿，还有半个小时！”

顾漾舟不解道：“奶茶店？”

筑清光“哼”了一声，说：“对，那家奶茶店快要关门了！”

顾漾舟没想太多，在她说的地点停了车，却是一个小巷子门口。

很熟悉的地方，他心神一荡。

筑清光说：“等一分钟后下车哦。”

顾漾舟突然拉住她，把她拥进自己怀里，另一只手打开副驾驶座前的储物格，摸出来一个小丝绒盒，然后拿出那枚戒指套在她的手指上。

一瞬间，很多回忆涌现。北角初中、九中，G大犯罪学系，G大播音主持系……

顾漾舟出了汗的手扣紧她的脖子，他低头贴近她的下巴和鼻尖，轻声笑道：“筑清光，你总让我等。”

所以这次他学乖了。

走了九十九步的人，要把最后一步也走完。

筑清光闭着眼睛靠着他的胸膛，憋着眼泪说：“你这个不算，再等我一下下。这辈子最后一次，好不好？”

顾漾舟松开手，凝视她：“好。”

他的话音刚落，她便解开安全带往一家便利店走，好像是存了什么东西在那儿。

狭窄的街巷，高大的青檀树下全是被风吹落的枯叶。

筑清光把两本户口本藏在身后，喊他的名字：“我的头发是你绑的，口红是你挑的，衣服鞋子也是你选的。今天的筑清光，完完全全属于顾漾舟，以后也是。”

她红唇弯弯，大声问：“所以顾漾舟，我嫁给你，好不好啊？”

顾漾舟望着她，思绪有些混乱，他仿佛待在很多个相似的梦里。

那是顾漾舟一生中无比普通的一天，普通到他多年以后甚至忽略了突如其来的暴雨，只记得那个他爱了十几年还将继续爱到生命尽头的女孩，穿着高跟鞋朝他迈开步子，走得很慢，很坚定。

他突然就想起十年前筑清光穿着校服，梳着高马尾，向他跑来的无数个放学后的傍晚。

那个娇俏的小女孩和眼前这个美丽动人的人慢慢重合，她神采飞扬，光彩夺目，双手却小心翼翼地捏紧裙边，等待着顾漾舟的答案。

有白鸟从树梢飞起，扑棱着翅膀躲雨。春寒料峭，惊雷响起，一切都变得杳然。

顾漾舟眼睫微垂，眸光温柔。

于是她听见他说：“好。”

——爱是暴风雨来临之际，飞鸟在亲吻海浪。

——爱是台风过境，你笑时雷声温柔，雨声安宁，我不撑伞来拥抱你。

“我抓到你了！”筑清光把手放在顾漾舟的腰带上，使劲将他往自己这边拉，她顺手把灯打开，皱眉看他，“你又去哪儿了？”

“我睡到一半就发现你不见了，你怎么总这样！”她心烦气躁，拿起手边的枕头就往他身上砸。

顾漾舟握住她的手腕，把她的睡裙扯好，半哄着她说：“临时出警。”

“那你不能跟我说一声啊？我又不拦着你工作！”她还是气得不行。

“太晚了，我不想吵醒你，给你发过信息。”顾漾舟把她扫到地毯上的闹钟捡起来，旁边还有张写了“在工作”的字条。

显然筑清光也看见了。她的脸微红，为刚刚的任性感到羞愧。

一睁眼就不见人，她向来脾气大，闷了半天不发作，哪还有耐心找手机和闹钟下压着的纸。

“不气了。”顾漾舟搂着她亲了亲，困乏劲儿都少了点儿。

筑清光刚才生气把自己圈进被子里，完全是作茧自缚。此刻她的手脚伸不出来，光露个脑袋在外面，被他咬着嘴唇也反抗不了。

“你别抱着我，让我出来！”她别开头，气喘吁吁地躲。

顾漾舟被她逗笑，捏捏她的鼻子，说：“蚕宝宝。”

“我刚刚做了一个好长的梦。”她贴着他说话，“我梦见高中去学艺术那年，你送我去机构。那天我往前走进校门，你站在后面看了我很久很久。”

顾漾舟看着她问：“然后呢？”

她呜咽着，还没把话讲出口，便被顾漾舟吻住，彼此的呼吸渐渐变重。

筑清光睁开眼偷看他，手指描摹他眼尾上扬的弧线。

沐浴后，筑清光躺在床上玩游戏，湿漉漉的脑袋枕在顾漾舟的腿上，享受他的吹头发服务。

热乎乎的风在耳边轻轻吹着，她这个角度正好俯视到顾漾舟精致流畅的下颌角，她又一次感叹这男人真是越来越帅！

筑清光放下手机，决定坑队友！

她无视帅宏他们几个在微信叫骂，慢吞吞地跪爬到顾漾舟的腿上，腿往后一伸，自然地圈住他的腰。她的下巴搁在男人的肩上，脸埋进他的脖颈处，深吸了两口气，鼻间都是他身上好闻的气味。

她像只慵懒撒娇的猫咪，哼唧两声，说：“顾漾舟。”

“嗯？”他抱紧了她的腰，很享受他们现在的亲昵姿势，也很享受被她需要的感觉。

筑清光挠挠他的腰，说：“下周国庆节，学校应该会放假，我想去芝加哥玩。”

顾漾舟愣了一会儿，难怪她突然过来撒娇。

他摇头道：“不行。”

“怎么又不行啊，我哭了，我的眼泪顺着我的天然卧蚕，我娇俏的鼻子，我饱满的苹果肌，一直流到我尖锐的下巴，然后啪嗒啪嗒地落了下来，没有一点点防备！”她噼里啪啦说了一通，不知道是她从哪里搬来的话。

“等寒假。”

“什么寒假？”

顾漾舟把灯关了，抱紧她说：“把爸爸的官司打完，然后上面给我批婚假，我们再一起去芝加哥。”

筑清光反应过来，手移到他的尾骨处，说：“那不去芝加哥了，我们就在国内转转。”

毕竟他的职业特殊，不方便办签证。

“我今天最后两节晚自习给他们放了电影，然后我趴在桌子上睡着了，醒来的时候还以为回到了高三。”筑清光鼓了鼓腮帮子，开玩笑说，“我真的差点儿忘了，原来都毕业这么多年了。”

深夜说到这些，总归容易感叹岁月如梭。

顾漾舟“嗯”了一声，轻声笑道：“我也差点儿忘了，我不是拿着练习册来叫你做题的，是来接你下班的。”

“你也没想到，以前那个总要你补课的大美女其实真的被你带得很优秀了吧？”筑清光哈哈大笑。

他捏着她的脸亲了一口，说：“是啊，筑清光老师。”

两个人又说了些无关紧要的家常事，直到筑清光犯困，眼皮打架：“周末我想……约会……”

后面两个字她说得有气无力，隐约“掉进”顾漾舟的耳朵里。他把她额前的碎发拨开，明知故问道：“和谁？”

“和你……和顾漾舟。”

公安局里，下午潘卫民和上头来的人例行检查。这群领导来的时候，重案组正好提了一份入室杀人案的档案上来。

本来几个小时就能完事，在这种情况下却只能按部就班，一条条笔录记下来，审讯结束时已经到了晚上十点多。

后面的收尾工作领导们没有参与，倒是累惨了顾漾舟。潘卫民有意带他在各位领导面前混个眼熟，光是后面几天的饭局就给他排了不少。

办公室外的警员堆了一天的工作，也只能加班补回来。

筑清光和顾漾舟就完全相反了，她在高中代课其实很闲散，顾漾舟的工作性质又决定了他总是大半夜才回家。

趁着自己的工作室还有两三个月才装修完，筑清光私下在某平

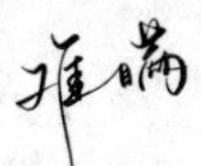

台上注册了一个不太正式的深夜电台，没事就和听众聊聊天。

没有人宣传，也不是独立的APP，听众来来回回不是深闺怨妇，就是过往旅人。

所以她不知道的是，在寥寥无几的听众里，也包括顾漾舟。她的音色一向独特，跳一次槽，就会有一批老听众跟着她走。

“接下来朗读一位听众朋友的来稿。没错，就是我自己，我有几句话想说。”筑清光把音乐关小，手指摩挲着戒指。

“我以前不太懂什么叫难过，总以为哭得撕心裂肺就是最难过了。后来我才知道，是某一个云淡风轻的日子，可能平淡地要接受一个最爱你的人，也是你最亲近的人会和你再无关系。

“所以关于爱你这件事，我决定不遗余力。”

悲情的氛围还没开始感染到别人，女孩的音调突然上扬，变得欢快：“所以对不起啦，主播今晚要提前下播，给我家宝贝过生日！大家早点儿睡！”

弹幕本来还比较平和，她这话一出来，大家立刻疯狂刷屏：

“深夜放粮可还行？凭什么大家熬夜，你却偷偷脱了单？”

“楼上的，因为主播是仙女，尔等凡人不要肖想了！”

“宝贝是谁啊？老粉丝实名表示嫉妒！”

“熬夜电台不熬夜了？呜呜呜，我的青春结束了！”

“主播过生日了是真的，我叫宝贝，我证明！”

…………

洗手间门口，误用了催泪瓦斯的新实习生温窈此刻泪眼汪汪，除了生理痛，主要原因还是刚刚受的打击太大。

顾Sir居然结婚了！

她来局里第一天就被顾漾舟吸引了。那天晚上，大家因为一起黑色收益产业案都在熬夜，有的要细查，有的要复查，所有人都焦头烂额，开始骂脏话。

隔着一块玻璃，她瞥到了办公室里的顾漾舟。男人扯开两颗纽扣，袖角折线平整，露出一截白净瘦削的手臂。

好像无论什么时候顾漾舟都是这个样子，沉稳冷静，温和有礼。

温窈怀了点儿希望地问：“说实话，顾Sir他太太除了漂亮点儿，你也想不出她的什么优点了吧？”

秦仰翻一个白眼，反驳道：“谁说的？她漂亮，有魅力，声音好听，名校毕业，审美好，人缘好，家里有钱——”

“算了算了，闭嘴！”温窈拿得起放得下，擦了擦眼泪，话还没说出口，就瞥见眼前的人，“顾……顾 Sir，你刚刚都听到……”

顾漾舟盯着秦仰说：“总结得不错。”他慢条斯理地补充，“不过，以后你少看我的人。”

秦仰朝他的背影竖起手指，问旁边的温窈：“死心了吧？你看，一提到他家那位，他就那副死德行！”

温窈眨着星星眼，全然没听他说的坏话：“我决定晚几分钟失恋！这样的顾 Sir 也好帅呀！”

秦仰说：“我服了。”

筑清光下播后从学校职工宿舍楼出来，高三教学楼那边正好下晚自习。她边回应给她问好的学生，边给顾漾舟发信息：**顾警官，今天晚上也要加班吗？你在做什么呀？**

顾漾舟：**我刚看完宝贝。**

这人怎么突然说这种话？

筑清光撇撇嘴，回道：**宝贝长宝贝短，宝贝想你，你又不管！**

顾漾舟凝眉看了几秒她发来的信息，诚实道：**筑清光，宝贝是队里警犬的名字。**

筑清光被噎了一下，正要打字，一抬头就看见了不远处背对着她发信息的人。

他穿着便服，肩宽腿长，站在那儿跟一个模特似的，旁边还有几个执勤的交警。

大概是注意到筑清光一直盯着这边，其中一个人拍了拍顾漾舟的肩膀，示意他回头看。

两个人目光交会，筑清光咬着下唇，无端有点儿羞涩感，她跳起来朝他招招手。

红灯刚过，她立刻把刚刚被直男气到的事情忘得一干二净，穿着高跟鞋就小跑起来，最后她几乎没站稳，直直地撞进他怀里。

几个交警识相地走了，顾漾舟把筑清光推进车里，手扣着她的后脑勺，二话不说就开始亲她。

两人深吻了好一会儿，筑清光在这逼仄的空间里蹬了蹬脚，把人推开一点儿。

“阿 Sir，你们警察执勤的时候能接吻吗？”她笑嘻嘻地问。

“理论上不行，所以我今天提前下班。”顾漾舟抓起她黏在嘴边的头发，低声说，“而且好像有人要给我惊喜。”

“你怎么什么都知道啊！”筑清光也没抱怨，凑上去小声在他耳边念了一个酒店的名字，让他开车过去。

他没多问，直到领了房卡到房门口。

顾漾舟拉住她的手肘，不解道：“你怎么总喜欢带我来酒店？”

“哈哈哈，你不敢进房间吗？”筑清光踮起脚，一只手攀着他的脖子，一只手挑起他的下巴，跟女流氓似的，“哎，帅哥，你是怕被女朋友发现你出来和我约会吗？”

“不怕。”顾漾舟咬着她的手指，说，“我老婆更凶。”

“我才不凶！”

筑清光给人过生日的方式依旧没有新意，好几年都是买个蛋糕配瓶酒。

点燃蜡烛时，她催促他赶紧许愿。

顾漾舟径直吹灭蜡烛，注视着她，说：“已经实现了。”

在她身边，她在身边，都实现了。

“你这么容易满足的人，可一定要过得平安顺遂啊。”筑清光吻了吻顾漾舟的嘴唇，止不住的高兴。

她往后退一点儿，指着蛋糕说：“你要把那朵玫瑰完整切下来，不能切坏哦！”

顾漾舟看出她存心刁难人，也不计较，低下头去认真地切蛋糕。

筑清光的双手支撑着脑袋，在一旁默默地看着他，她突然想起十四岁来初潮的事。

慌乱的感觉从凳子上和裤子上的一片红开始，董琴没教过她这些，生理课她又没好好听讲。

于是她藏着成长的秘密，坐在位置上很久很久。直到放学时顾漾舟给她买来卫生用品，把自己的校服外套绑在她腰上。

通往家里的那条路上，路边开了很多白色的、粉色的野花。夕阳下，飞鸟都在返巢，天际的云被 G 城的海风吹散。

金黄色的余晖浸染着少年温柔安静的眉眼，他一只手抓着绑筑清光腰部的校服袖子，拉着她往前走，另一只手拿着一包卫生巾，仔细地分析包装袋背面的使用说明。

那个年纪的孩子，做这些事都有些害羞。

筑清光走得慢吞吞的，把手上的蒲公英举高，朝他的背吹过去，红着脸问："顾漾舟，你怎么对我这么好呀？"

他停下脚步，想了一会儿。

可能是因为她哭起来太吵了，顺着她、让她笑，好像自己也能开心点儿。

但他没说出口。

少女靠近他，百褶裙裙摆被风吹得掀起来，卷翘的睫毛有一下没一下地眨动，扫过他的侧脸。她的手指还搭在他的头发上，把他头上沾到的蒲公英绒毛拿下来。

筑清光像鬼马精灵似的，自以为很聪明地在他耳边用气声说："那你是不是能一辈子都对我好啊？"

远处传来海鸥的叫声，炊烟恰恰升起，有只白鸟贴着海面飞过。

黄昏时的风吹起筑清光的发丝，轻轻拂过他的喉咙。

顾漾舟没有犹豫地点头。

没承想，这真的就是一辈子了。

# 番外一 青梅竹马

下午三点，G 市国际机场第三航站楼。

“乘坐飞往 Q 市的 NG0901 次航班的旅客请注意，您乘坐的航班马上就要起飞了……下面播送一则寻人启事。”

坐在贵宾休息室果饮台前的小女孩儿绑着高高的马尾，脸上的婴儿肥未褪尽，因为精致漂亮的五官，让周边人往她那儿多瞧了几眼。

女孩心无旁骛，拿着叉子戳桌上的慕斯蛋糕，口中念念有词：“身穿白色公主裙、绑着红色蝴蝶结发圈的筑清光小朋友，您的家人正在大厅焦急等待，请你立即前往机场大厅。”

一旁的服务员仔细一听，发现她是在重复播音员的话。她的专业腔学得有模有样，一副小大人的模样。

他正要收回视线，突然发觉有点儿不对劲，他上下看了看她，白色公主袖棉麻裙、红色蝴蝶结……看来这是广播站要找的人。

服务员弯下腰，敲了两下桌子：“小朋友，你叫筑清光吗？”

筑清光抬起头，看了他两秒后点点头，没有深入谈话的意思，她又低下头，和那块蛋糕较劲。

被漂亮的小姑娘忽视让年轻的服务员心里有点儿不是滋味，他不计前嫌，说：“你听见了吗？广播说你的家人在找你。”

“那又怎样？”

服务员：“……”

小哥愣了,他头一次见走丢了还这么平静的小孩。他拿起对讲机,正要向柜台报告。

筑清光看出他下一步的动作,觉得有些烦躁:“别告状了,不就是大厅吗?我去还不行吗。”

她边说边站起来,目光聚焦到饮品柜最上面的一罐可乐上。她退后几步,拉住服务员的袖子,舔舔嘴唇,说:“叔叔,你可以帮我拿一下那个吗?”

刚刚盛气凌人的娇蛮公主不见了,此刻她乖巧得不行。这是一个惯会见风使舵、圆滑世故的小姑娘。

“你这小姑娘还挺精明。”小哥笑了,把可乐拿下来递给她,然后拉着她的手往大厅的方向走。

筑清光拿到想要的东西就心满意足,才不管别人怎么说。她刚参加完两个月的秋令营活动,别的同学都有人接回家,只有她的爸爸没空!

妈妈就更不用说了,有空也只会让司机来。

所以她下了飞机告别老师后,就躲进了候机室里吃东西,存心和父母怄气。可谁能想到这次的司机这么没耐心,才让他等了半个小时,居然就在机场“通缉”她!

服务员有一搭没一搭地问她:“你今年几岁了?在读小学吗?”

“我开学后就读初二下学期了!还差几个月就满十三岁。”

“这样啊,那你怎么会走丢呢?”

“我才不是走丢!”

筑清光兴致缺乏,正慢吞吞地往前走,服务员小哥拍拍她的肩膀,问:“是那个人吗?”

她应了一声,抬头看过去。

瘦削高挺的男生在人来人往的机场大厅很显眼,他穿着干净修身的白衬衫,衣服下摆扎进黑色长裤里,周身气质冷冷淡淡的,有种不符合这个年龄的阴郁。

办理手续柜台边上,一个服务人员正在和他说话,他垂眼听得认真,像极了自律的三好学生在听老师讲课。

“他是你哥哥吗?长得很帅啊。”小哥朝那边挥手,喊了一句。

男生皮肤很白,闻声转过来看向筑清光这边。他是单眼皮,眸光清澈通透。干净整洁的少年很给人好感。

怎么是他呀……筑清光偷偷瞥了那人一眼，挠挠脸低下头，她还以为是新来的司机接她呢。

早知道是顾漾舟过来接她，她就不故意关机了。

服务员小哥把筑清光领过去，对坐在那儿的播音员说：“今天怎么是你代班啊，小胡呢？”

“她回去接孩子放学了。哎，小同学，这是你妹妹吧？”播音员指指站在那儿不动的筑清光。

顾漾舟点点头，道了声谢，他也没看筑清光，抬脚往机场出口走。

身后的小哥往前推了一把筑清光，叮嘱道：“你快跟上你哥哥，别再让他找不到你了。”

筑清光背着双肩包，跟在他后面，一只手拿着手机，另一只手拿着可乐，艰难地穿过大厅中央的一排旅游团长队。

顾漾舟的步子迈得大，完全没有停下来等等后面人的觉悟，她几乎是踉踉跄跄地跟着跑。

“顾漾……不是，顾哥哥！”筑清光没一会儿就喘着大气，拽住他的手，“我的东西掉了！书包拉链上的那个皮卡丘公仔掉了！”

“那你捡起来。”

筑清光：“……”

筑清光表示很为难，她往后张望了一会儿，说：“它丢啦！可能是我刚刚从那边过来太挤，就把它挤断了。”

顾漾舟神情寡淡，疏离地“哦”了一声。他继续往前走，但迈开的步子总算小了点儿。

筑清光小小年纪却很懂得趋利避害，擅长用好听的话哄人。她叽叽喳喳地在顾漾舟身旁说了一会儿秋令营的事，又表达了自己终于回到家的喜悦感。

她见顾漾舟没有理她的意思，就说：“你知道吗，是我叫我爸爸喊你过来接我的。”

这话没说错，她确实提了一句：“让司机来接还不如让顾哥哥来接呢。”

当时顾明山也在电话旁边，没想到他听见后还真让顾漾舟来了。

她厚着脸皮说：“你来接我，我也很高兴的！”

顾漾舟敛了敛眉眼，说："我不高兴。"

你不高兴又如何，难道耽误你这个优等生冲刺重点高中的宝贵时间了？

筑清光想是这样想，但万万不敢说出口。她和顾漾舟还不算特别熟，这个哥哥面无表情的样子虽然很酷，可是也有点儿吓人。

她装作一点儿也不在意他反应的样子，使劲抱上他的手臂。她像小朋友似的笑眯眯，说话却是恶作剧般的语气："你知道我为什么要你来吗？因为呀，我要和顾哥哥天下第一好啊！"

两个人的距离极近，男生发育晚，今年个头才一米七，但他比还没开始长个子的筑清光高了十多厘米，所以筑清光一个劲儿踮脚攀着他的肩膀。

顾漾舟推不开她，鬼使神差地掐了一下她的脸，软乎乎的，手感挺好。

筑清光没少因为婴儿肥被人掐过腮帮子，就连同桌都老爱掐她的脸。

她碰瓷成性，"哎哟"一声，跳开几步说："你打我！"

顾漾舟松开手，欲言又止，不知道怎么解释，索性不开口。

筑清光还想继续抓住机会欺负老实人，手里的电话突然响了起来，是筑彬华打来的。她接通电话，一句一句应答："爸爸！嗯，我在机场呀。

"接到了，待会儿坐大巴回去吗？

"我有点儿累，下次你不要给我报这种活动了，好不好啊？"

她这边还没挂电话，顾漾舟已经往前走了，她只好边接电话边跟紧他的步伐。

筑彬华显然很忙，敷衍地说："爸爸还要开会，没什么事回去再说？"

"没什么事，就是顾……"嘟嘟——

她的话还没说完，通话结束声传来。

筑清光撇撇嘴，没放下手机。她装模作样地对着空气抱怨："唉，就是顾哥哥……好凶啊。"

不远处的少年闻言，停下脚步，立在那儿一会儿，等人慢腾腾地拖着脚步赶上来。

他转过身，把她背上几斤重的书包取下来放在自己肩上，又把她手上的易拉罐打开递给她。整套动作行云流水，一气呵成，倒真有几分兄长照顾人的样子。

筑清光看着他线条流畅的下颌角，受宠若惊地站在原地，有些蒙。

少年醇厚清冽的声音在上方响起，他轻声反驳她的话："筑清光，我不凶。"

小姑娘因为刚刚斤斤计较的行为红了脸，支支吾吾应道："好吧，你是不太凶。"

经过公交站时，路口有辆小推车在卖奶茶。

筑清光立刻猛喝几口可乐，将易拉罐丢进垃圾桶后，又兴冲冲地跑过来："顾哥哥！"

顾漾舟刚买完票，就看见她像小白鸟似的飞扑过来，抱住他的胳膊。

他掀起眼皮，看向小推车说："你想喝？"

"嗯嗯。"筑清光点头，她有点儿纠结，指着招牌上的菜单说，"我想喝芒果味的。"

顾漾舟正要给她买，又听她说："我还想喝草莓味的。"

"你喝得完？"他看了一眼她的肚子，里头已经装了小半罐可乐了。

筑清光十分无辜地摇头，说："我喝不完。"

顾漾舟："……"

她厚颜无耻地请求道："所以你可以喝我剩下的吗？"

顾漾舟："……"

奶茶店长看着顾漾舟生无可恋的表情，扑哧一声笑了，用方言说："哎呀，喝妹妹剩下的奶茶有什么关系啊，我弟弟就经常吃我剩下的东西。帅哥过来付一下钱，妹妹要常温的还是热的？"

筑清光喜笑颜开，从买单的顾漾舟身后探出头："芒果常温，草莓要热的。谢谢！"

拿着两杯奶茶坐在公交车上的筑清光打了一个嗝，她把其中一杯放在顾漾舟手上，毫无形象地摸了摸自己圆滚滚的肚子。

顾漾舟以拒绝的眼神看了一眼手上的奶茶，却没看见车上的垃圾篓，只好僵着手不动。

“你是不是嫌弃我？”筑清光咬着吸管，小心翼翼地问。

她是真的很会卖萌扮傻，细白的手指卷着裙角，说：“我不脏的，刚刚没有吐口水在里面。”

顾漾舟：“……”

“而且老师说了，不能浪费粮食！”她拍拍自己的肚子，“我刚才是把可乐喝完才扔掉罐子的。”

顾漾舟闭了闭眼，碰着吸管边缘喝了一口奶茶。

筑清光一脸期待地看着他，问道：“好喝吗？”

顾漾舟没说话，奶茶倒也没有他想象中那么不能接受。他妥协似的继续喝，直到奶茶见底。

目的达到，筑清光狡黠地笑起来，说：“我会加油长大点儿的，这样以后胃里可以装多一点儿东西！”

顾漾舟看了她一眼，依旧没答话，他转过头，看向窗外。

半晌后，顾漾舟感觉到身边人窸窸窣窣一通折腾，空了的奶茶杯被塞进他腿上的书包里。他的肩膀一沉，多了一个毛茸茸的脑袋。

清浅细长的呼吸近在耳畔，顾漾舟垂眸望着女孩软糯的脸蛋，刚刚他掐得有点儿重，留在上面的手指印还是红的。

他看着看着，忽然想笑。他别扭地嘀咕：“你长不长大，和我有什么关系。”

秋末初冬时节的早晨，下过一场雨，空气湿漉漉的，凉意袭人人的心扉。

昨天晚上空调温度调得太低，筑清光被闹钟吵醒时发现有点儿鼻塞。她开嗓说了几句话，发现声音比平时还娇气。

她在衣帽间选了好久的衣服，头发也没来得及绑。她慌慌张张洗漱完，下楼时才发现桌上没有早餐。

筑清光看了看挂钟上的时间，不情愿地抓起单肩书包准备出门。

董琴正好从一楼的洗手间卸完妆出来，还穿着黑色吊带裙。快四十岁的人一点儿也不守旧，显然是从哪个酒吧刚回来。

她略微诧异地望了一眼筑清光，语气懒散道：“你起这么早，吃完早饭了？”

筑清光抬起手背，擦擦蒙眬睡眼，说：“没有，妈妈，那个保姆阿姨好像不在。”

董琴愣了一下，似乎在回忆：“哦，那个阿姨嘴巴碎得很，前几天被我辞退了。我早就说了这些住家保姆不好用，改天我还是让你爸去找找小时工，陌生人住家里多不方便啊……”

她吐槽得正起劲，筑清光不得已小声打断她：“妈妈，我上学要迟到了。”

“快去啊，傻孩子。”董琴招招手，示意她走。

筑清光闷着脑袋往大门跑，隐约又听见董琴说：“头发这么长不会梳的话，还是剪短的好。”

筑清光抓了一下自己的长发，有些不开心。妈妈已经很久没给她做过早餐了，何况是梳头发。

最后一个路口的红灯变绿灯，单车打着铃铛驶过白色的人行道。

公交车停在路边，筑清光正看着飘飘荡到马路上的榕树叶子发呆。

一只有力的大手突然拉着她上车，挎包上的银饰品发生碰撞。随着公交卡“嘀”的一声响，两个人坐在了同一排位置上。

身侧是熟悉的皂角味，掺杂着浸染已久的檀木香，筑清光都不用抬头就知道这人是谁，她摸了摸鼻子，说：“我还以为你走了呢。”

“你又起晚了？”顾漾舟看着她歪歪扭扭的校服外套开口。

“没有！闹钟一响我就起床了，就是开学第一天，我不知道穿什么衣服。”

“不是穿校服？”

“这你就不懂了吧。”筑清光整理好心情，往他那边看过去，“我是说校服里面！谁和你们一样啊，美少女可是从内到外，从脚指头到头发丝都要给人焕然一新的感觉！”

顾漾舟不置可否，看到她胸前空荡荡的，问道：“你的校牌呢？”

“在口袋里。”筑清光低下头，口袋里乱七八糟的小玩意儿比较多，她费劲地摸出一块刻着自己名字和班级的铭牌，“给。”

“戴好。”

筑清光点头，一副理所当然的样子：“所以给你啊。”

顾漾舟：“……”

顾漾舟抿唇没反抗，弯腰给她戴上去。

公交车正好到站，前面一辆自行车横穿马路，司机急忙踩下刹车。车上的人都因为惯性往前倾了一下，包括正拿出 MP3 准备听歌的筑清光。

而给她戴好校牌，正要直起身的顾漾舟后脑勺磕到了前排的椅背。同时，他的嘴角被什么柔软的东西凶狠地撞了撞，伴随着清冽的呼吸，一碰即分的触感，他愣怔了几秒。

周围嘈杂的人声逐渐变小，夹杂着几句方言骂声，车上的乘客陆陆续续下车。

筑清光站起来准备下去，捂着鼻尖夸张地喊疼："怎么开的车啊！顾漾舟，你的脸好硬，撞碎我的鼻梁骨了！"

没人在意刚刚那件事，也没人记得。

顾漾舟背着书包走在她身后，摸到口袋里的牛奶和饼干，喊了她一声。

"啊？这个司机大叔是不是新来的，改天我得和他好好唠唠。我的鼻子好像真的撞歪了。"筑清光拿着小镜子念叨，一路走到校门口，推推顾漾舟的手肘，"要不我们下次别坐公交车了，骑自行车吧。"

北角初中离他们家都不远，等明年顾漾舟上了高中，那就真的是没机会骑自行车上学了。

顾漾舟也不知道她这想法是不是一时兴起，不太认真地回道："歪了就歪了。"

筑清光一听，立刻生气地说："什么叫歪了就歪了！你知不知道，美貌是可以当饭吃的。"

她话音刚落，饥肠辘辘的肚子配合地叫了一声。

顾漾舟平静地注视她，不言不语的表情像在嘲讽她：引以为豪的美貌，看来也没让你吃饱。

筑清光此刻感觉非常没面子，脸颊发烫，倔强道："我是说真的！学校里很多男生经常给我送早餐。我现在回教室，桌子上肯定摆满早餐了。"

顾漾舟扯住她书包的肩带，问道："那这个你还要吗？"

少年眉骨立体，眼眸微垂，睫毛眨动两下，定定地看着她，干干净净的手掌上放了一瓶甜牛奶和一块巧克力饼。

“要啊，要啊。”筑清光嘟囔着，从他手上拿完东西就跑回教学楼里，“中午你记得等我一起吃饭！”

她的声音很大，在空旷的一楼大厅里还有回声。

她没再看顾漾舟，身边已经围了几个同学。

顾漾舟看见几个人簇拥着她走过楼梯拐角，才把手收回来。他稍稍握紧拳头，手心仿佛还有她的温度。

他用手背抵了抵嘴角，恰好遮掩了上扬的弧度。

筑清光是脑热的行动派，说要买自行车第二天就贡献出自己的小钱包，一买还买了两辆。

顾漾舟知道这事的时候是在放学路上，他也没问筑清光是怎么把两辆车弄到学校车库的。直到两个人一起走到车库，孤零零的两辆车锁在一起……

嗯？锁在一起？

顾漾舟侧过身，安静地看着筑清光，她眨了眨大眼睛，说：“怎么啦？”

“开锁。”他言简意赅。

筑清光不慌不忙，大力拍了拍自己的代步车小坐垫：“顾漾舟，你知道我为什么要把它们锁一块儿吗？”

“担心被偷？”

她摇摇头，老神在在地说：“NO，NO，NO，我怕下课你不等我，这样我们可以一起回家啦。”

顾漾舟说：“你的想法不错，开锁吧。”

筑清光对他的反应很不满意，慢吞吞地伸出手，去找背包外层里的钥匙。

虽然是大冷天，但爱美的女孩向来穿得少。她找了一会儿，没摸到钥匙，难以置信地抬起头：“糟糕！”

顾漾舟眉心一跳。

她哭丧着脸说：“我忘记把它从教室里带出来了。”

顾漾舟：“……”

他正想安慰她几句，远处一个戴着墨镜的男生耍酷似的对着他们吹口哨，喊道：“小清光！”

筑清光抬头看过去，那人是和顾漾舟同年级的学长。

她礼貌地鞠了一个躬，说："你好呀。"

男生不认识顾漾舟，却也熟络得很，自来熟地走过来说："你和你哥在这儿干吗，再不回家连公交车都没了。"

没等他们回答，他看了看那边的车，对情况有了了解，问："要不我送你回去？"

现在回家的话，确实没有回他们家那边的公交车了。

筑清光犹豫了一下，又想到身旁的顾漾舟，坚定地摇摇头，说："不用了，学长，我和哥哥一起走回家。"

"那行吧。"男生看了看顾漾舟，他冷着脸让人有些忌惮，但其还是说道，"周末出来玩吗？都是认识的，在我家附近的游戏厅。"

"好啊！"筑清光一口答应。她本来就是喜欢出去玩的人，听见能去游戏厅更高兴了点儿。

筑清光无视了身边人晦暗的眸子，兴高采烈地和男生告别，然后抬脚往家的方向走。

她拿出包里的可乐喝了一口，想了想开始解释："对不起啊，顾漾舟，我的记性不太好，可能是拿东西的时候把钥匙放在桌子上了。"

顾漾舟一言不发，继续往前走。

"你为什么不理我？生气了？不就是忘记带钥匙了吗。"

她问了好几句都碰壁，顿时没了耐心，气道："好，你不理我，一辈子也别理我了，我们绝交！"

筑清光自知有罪，又觉得"罪不至死"，更觉得顾漾舟因为一辆自行车就对她冷着一张脸，实在是太小气了！

两个人互不搭理，一直走了大半段路。

眼看过完前面那个公园就要到顾漾舟家楼下了，筑清光看见凉亭里有几个抗冻的大爷在下棋。

她坐在石墩上看了一会儿，留意到一旁鬼鬼祟祟扬长而去的男人，冷静地推了推其中一位大爷，说："大爷，你的车没了。"

大爷笑呵呵，手指点了点棋盘："小姑娘，这你就不懂了吧，这叫'jū'！"

筑清光从善如流道："好的，大爷，你旁边的电动jū没了。"

大爷立刻惊慌失措地站起来，看了看原本停放电动车的位置，赶忙问周边人有没有看见他的车。

筑清光在他身后默默来了一句："没关系的，我也没有 jū。"

站在一旁的顾漾舟表情没能绷住，嘴角一弯，又无奈地别开头，像极了互相赌气却又没忍住被逗乐的人。

筑清光的余光扫见他笑了，站起身看向地面，黄昏下，两个长影重叠在一起。

她蛮横无理地说："别踩到我的影子。"

顾漾舟没跟她计较，迈开腿绕过她。

筑清光追上去，拉着他的书包一角，说："你踩我的影子是不是想引起我的注意？"

"不是。"

"那你是不是也觉得绝交有点儿严重？失去筑清光这么可爱美丽、大方动人的朋友是不是很可怕？"

顾漾舟："……"

"好吧，我们暂时和好，我原谅你。"

顾漾舟："……"

强行挽尊这种事只有她做得这么得心应手。

顾漾舟没理她，脚步放慢了点儿，安静地往前走，目光投向远处的港口。

很平常的一个黄昏，满是风，海平面上是下沉的夕阳，身边是叽叽喳喳的少女。

行至老房子对面的十字路口，顾漾舟突然转过身。

"哎，哎！"筑清光急忙站好，差点儿又一头猛地撞上去，她仰起脖子，不解地问，"你干吗停下，对我刚刚说的话有意见？"

顾漾舟拽了拽她的头发，露出难得一见的淘气表情。他做了一个握手言和的姿势："和好吧，筑清光。"

突如其来的正式感。

筑清光鼓鼓腮帮子，像大人似的两只手握上去，还颇有仪式感地晃了晃："和好吧，顾漾舟。"

周末在家，顾漾舟熬夜写完作业，一如既往地早起做饭，洗衣服。

做完家务后，他看了一眼躺在床上疼得翻来覆去的顾明山，垂下眸子，从房间走了出来。

他轻手轻脚关上大门，坐在光线不充沛的老房子的楼道口。

他坐的这个地方其实不算隐蔽，平时顾明山毒瘾发作，母亲罗玉就会让他躲在这儿。罗玉走后，他倒也不常躲，有时候被顾明山打一顿，反倒能让他快点儿消停。

后来被筑清光发现了这个地方，她就经常跳出来蒙住他的眼睛，换着腔调问："猜猜我是谁。"

又或者她把他头上的鸭舌帽摘掉，老气横秋道："你不要老戴帽子，把好看的脸都遮住了！"

筑清光，一个很简单、稚气未脱的人，一眼就能望见她的内里：她喜欢他的皮相，喜欢他一直对她好。她的脾气其实不太好，任性跋扈，却又想在别人面前展现自己最完美的一面。

当然，他不是"别人"，所以和她待在一起也挺放松。

顾漾舟在学校里是内敛安静的优等生，在家里是沉稳懂事的孩子，在筑清光面前是呆板无趣的哥哥。独处时，他颓然放纵，又对这些标签都感到无所谓。

远处的斜阳慢慢下降，顾漾舟的老式诺基亚手机收到一条短信，是筑清光发来的："记得等我回来，晚点儿我给你带烤豆腐！"

筑清光不爱让他跟着她去游戏厅玩，他向来不太喜欢这些喧嚣场所，去了那儿也只是跟在她身后帮她拿包。

试想一下，一群人欢声笑语，只有他在一旁平静地看着，这场面实在是不太和谐。

于是顾漾舟回去后快速地冲了凉，又囫囵吃了几口晚饭。

他站在别墅区和老房子那条路的交叉口许久，直到邻居家补完课的小学生背着书包回来，他倚着的路灯开始亮起，面前第一百零九个行人路过，筑清光也没有如约而至。

夜晚的风吹得人有点儿冷，顾漾舟蹲下身继续等，终于一双白色帆布鞋出现在自己面前。

顾漾舟抬头仰望她，她今天为了出去玩，穿了漂亮的小裙子，还特地擦了唇蜜。她身上有不知道从哪儿沾染的香水味，眼尾黑糊糊的，貌似是别人给她画的眼线。

筑清光不太好意思，愧疚地吐吐舌头，说：“我们在电玩城把钱都花完了，赵斌学长骑摩托车，一个个把人送回来的，我是最后一个，就有点儿晚了……”

她把人使劲拔起来，顾漾舟顺着她的力道起身，整个人都靠了过去。

他的额头抵着她的肩膀，她可以闻到他身上的肥皂味，清冽干净。

“顾漾舟，你……”筑清光结结巴巴说不出个所以然来，她吃力地撑住他，后退好几步，最后脚跟抵着电线杆才勉强站稳。

顾漾舟丝毫没有快要压垮她的觉悟，秀挺的鼻梁挨着她的脖子。他看到她耳尖上攀爬上一抹红，才冷冷清清地开口：“我等你太久，腿麻了。”

听他云淡风轻的语气，筑清光松了一口气，说：“好吧，你没生气就行。”

但她是第一次和男生靠这么近，颇有些手足无措。她只好站在原地不动，等他慢慢缓过来。

四周安安静静，草丛里能听见蛐蛐叫。

瓦片房的屋顶上趴着一只野猫，它的毛发在路灯下呈现橘棕色，眼睛倒是绿得耀眼。

筑清光和它对视良久，最后它认输般摇摇尾巴，从屋顶跳到墙根底下，发出挫败的“喵呜”声。

“顾漾舟，你好了没有？”筑清光没了吸引注意力的东西，总保持着这个姿势有点儿不适应。

顾漾舟“嗯”了一声，放开手，说：“走吧，我送你回去。”

他看见筑清光两手空空，也就没有问她给他带的烧烤在哪里。也许她自己吃掉了，也许忘记要买，也许那压根儿就是哄他的话。

他确实对筑清光的承诺太认真，才会一次次被骗。

筑清光心虚地拂过头发，也没提烤豆腐的事。她拿起耳机打算听歌，把另一只耳塞递过去，说：“给，今天是我周董出新歌的日子！”

“我不想听。”顾漾舟今晚十分直白，表情也冷淡。

“那好吧。”筑清光吞了吞口水，舔舔干涩的下唇，“那你听我唱吧。”

顾漾舟还没来得及拒绝，她已经旁若无人地唱了起来：“小燕子，穿花衣，年年春天来这里，我问燕子你为啥来，燕子说：小清光真可爱，不爱我就拉倒！”

顾漾舟：“……”

“筑清光。”他垂下眼睛喊她。

“啊？你是不是想夸我唱歌好听，无缝连接我周董的新曲？”

“你最好闭嘴。”

“哦。”

筑清光突然凑上前，把他额头上的碎发往两边扫开，惊讶地说：“哇，我发现你的睫毛好长，眼睛也很亮！”

顾漾舟皱眉要躲开，却被她使了蛮力按住。她瓷白纤细的手指摸上他的眼尾，往上推成一条线，好好一双眼睛被她扯得奇丑无比。

“你笑一下呀！哈哈哈，顾漾舟，你这个样子真的好难看啊！”她嘴上说着让他笑，结果自己先笑出眼泪来。

顾漾舟没再挣扎，从狭缝中看着她，她的侧脸在昏黄的路灯下显得格外柔和。

筑清光良心发现，一根手指压在自己唇前，做了一个嘘声的动作：“我不吵了，你抬头看看。”

他乖乖仰起头，下颌线条干净利落。

虽然错过了落日余晖，但是他看见了璀璨星空。

从老房子到坡上的别墅区只消几分钟，到了筑清光家大门口，她按完大门密码就打开了灯。

顾漾舟拉住她的手腕，问道：“就这么进去没关系吗？”

筑清光一脸不解，眨了眨眼。

“这个。”他微凉的指尖从眼线滑到她的嘴角。

“哦，今天家里没人呀。新找的保姆又被我妈妈气走了。”她找了找手机，把筑彬华发的信息给顾漾舟看，筑彬华让她今晚去离家不远的大伯家睡。

“你怎么不去？”

筑清光皱着鼻子说：“大伯的儿子每次见到我都抢我的手机玩，还老拔我的头发，好烦的。”

顾漾舟的眉头蹙起，说：“那你一个人在家，我走后就不要打开门了。”

这一块郊区都是独栋别墅，胜在离港口近，空气也好，但并没有安保服务。到了晚上，下面的老房子又有闹市区，他担心她也无可厚非。

“知道啦。”筑清光挥挥手。

两个人在门口告别，顾漾舟站着没动，大半张脸隐进混沌幽深的夜里。

筑清光把脑袋探出来，说：“你怎么还不下去？”

“我等你上了楼就走。”

顾漾舟孤零零地站在那儿的模样，突然让筑清光想起一年前的某一天。差不多的晚上，他敲响了自己家的门，问他母亲罗玉在不在这儿。

那位平日看起来文静温和的阿姨，挑了冬日一个平凡干冷的夜晚，出去后就再也没有回来。

筑清光已经走到楼上的房门口，她把灯打开后，又噔噔噔地跑下来。她按完大门的开关，眼巴巴地往屋外的路灯柱下看。

顾漾舟被这动静吵到，盯着脚尖的视线移过来，他叹了一口气，说：“我不是说过，我走之后就不要再开门吗？”

筑清光平复了一下情绪，抓住顾漾舟的手指说：“我……我害怕一个人睡！”

顾漾舟无声地回望她，指尖擦过她的掌心。

“要不你陪着我吧？”筑清光顿了顿，拿起手机补充道，“而且你是不是没有吃晚饭呀？我点了外卖。”

过了一会儿，顾漾舟点点头，走了进去。

印象中，这不是他第一次在筑清光家过夜。

之前顾明山进戒毒所，一去就是好几天，筑彬华就会把他领到家里来。

可是现在，偌大的房子里只有他们。不大不小的年纪，即使是独处，也说不上太尴尬。

筑清光快速洗完澡，穿着连体的毛绒睡衣出来。少女眼尾上扬，鼻尖下巴翘，面部骨骼走势已经初现冷艳美人的雏形。偏偏她平日里灵动又娇憨，时常让人觉得她是可爱的小姑娘。

太好相处就容易让人忽视长相上的优势，这句话用在筑清光身上一点儿也不违和。

顾漾舟已经轻车熟路地坐在客厅的沙发上，检查她的作业，余光瞥见她下楼，说："过来。"

筑清光抻长脖子，看了一眼他手下压着的数学卷子，立刻没了欢脱劲，抱怨道："哎呀，又是写题写题！"

顾漾舟一脸无奈，说："你出去玩了一整天，就这样把作业敷衍完了？"

"我没有敷衍啊，这不是全写完了吗！"

顾漾舟道："十五道选择题，你全选C。"

筑清光小声哼唧："那不是帅宏教我的……不会就选C吗。"

"你是不会还是没看？"

她诚实回答："没看……"

顾漾舟没有一点儿脾气，迁就她道："那你现在看题，不会就问我。"

筑清光不情愿地拿起笔，做了几道题。她的成绩其实还行，在班上是中等偏上的水平。不过躁动不安的青春期，女孩子都是爱美的，平时在课堂上摸鱼照照镜子，看看小说，都是常有的事。

认认真真做完半页题，筑清光抱着公仔靠垫倒在沙发上，脑袋正好磕到顾漾舟的膝盖上。

她懒得挪开，就着这姿势哀号："已经很晚了，在灯下写作业会得近视眼的。"

顾漾舟："……"

真是为了偷懒，什么理由都想得出来。

他坐得笔直，大腿那儿尤其绷得很紧，像一只惊弓鸟。他只觉得周围的空气都被筑清光头发上的洗发水味同化了。

听见外卖员按响门铃，筑清光松了一口气。

顾漾舟亦是松了一口气，小心地把她的头挪开，站起来说："我去拿。"

筑清光立刻爬起来，把桌上的卷子收好。

门口的外卖员提着两份车仔面，怀疑地看了看顾漾舟："你点的外卖？"

顾漾舟点头。

“那好吧，给你，麻烦给个好评。”外卖小哥把面递给他，又一言难尽地看了他几眼。

顾漾舟不明所以，提着东西往回走。他看了看订单上的字，订餐人那一栏写着——性感美眉。

顾漾舟：“……”

小年夜，老房子里飘出饭菜香。

顾家来了几个顾明山的同事，筑彬华正好也在。几个中年男人不拘小节，炒了几个小菜，把木桌摆在阳台那儿，两两坐下。

“清光？”筑彬华朝筑清光招招手，往客厅看了看，“我让你顾哥哥去楼下买箱酒上来，他怎么还没回？你下去找找他，他这是上哪儿去了啊。”

“哦，好。”筑清光应道，她转过身时顾漾舟正好抱着酒回来。

顾漾舟把酒放下，几个长辈边酌着小酒，边开起了玩笑：“顾队长，你家顾漾舟今年比去年长高了不少啊。”

“他快赶上你了，这模样也生得俊朗。想当年，顾队长也是我们警队的警草啊，哈哈哈哈哈。”

顾明山笑笑，摆摆手给人倒了酒。

筑彬华接过话茬：“漾仔读高中了，到了长身体的年龄了。漾仔的成绩很好，听说九中校长来拉人，奖学金还给了不少呢！”

“那老筑，你家清清呢？”

“她就算了吧，不好好听课，前两天还被找家长了。”

那人听后乐了，说：“要我说，不好好听课也不怕，将来小顾家这个儿子多努努力，把你女儿娶了不就成啦！”

筑彬华长叹一声，拍拍顾明山的肩膀，说：“我是没有意见的，就怕清清没有这个福气咯。”

大人们笑得肆无忌惮，筑清光却头也没抬，窝在沙发上，拿着手机和别人聊天。

顾漾舟面朝电视机，余光看向她，又轻轻移开，正好撞上父亲顾明山的视线。

顾明山憔悴苍老，一双眼却如同鹰隼般锋利，像极了那晚被他发现自己手机上给筑清光备注的名字一样。

少年的在意被发现过不止一次，某天他在作业本上写下筑清光的名字，也被同学调侃了。

顾漾舟自小就和其他人不一样，因为身无长物，变得酸涩窘迫。他对现状无能为力，只能把心思藏进心底。

而此刻顾明山欲言又止的模样像是在喝止他，不该有这种想法。

心事被看穿，顾漾舟欲盖弥彰般站起来。

身前的人倏地站起，筑清光把注意力从手机上移开，抬起头问道："你要干吗？"

"我……出去一下。"

"那我也一起出去吧，在这儿好无聊，万子鑫他们都不约我出去玩。"

他本就是要躲开她才出去的，没料到她要跟着他一起出去。

那几个大人喝得正高兴，也无暇顾及他们这里。顾漾舟犹豫不决，又坐回去，说："那你出去吧。"

筑清光一脸奇怪地问："你不陪我啊？"

"嗯。"

"顾漾舟，你现在都不陪我出去聊天了！"她瞪大眼睛，一副难以置信的表情。

顾漾舟确定地点点头，说："嗯，不聊。"

筑清光："……"

他向来能把气死人的本领发挥到极致，筑清光气愤不已。可气又能气几分钟，她从来不算有耐心的人，包括冷战吵架这件事。

顾漾舟坐回去，心不在焉地看着新年小品全集。

电视机上还是大家熟悉的冯巩，他说着让人捧腹大笑的话。

而少年表面上不动声色，私下却忍不住看一眼重重坐回他身边的少女，像是憋着一肚子闷气。

约莫是顾忌还有大人在，筑清光不敢把脾气发得太明显，她开始阴阳怪气："好哇，上了高中就是不一样了，看不起初中生了！等着吧，读完下学期我就毕业了。"

顾漾舟沉默了一会儿，站起来，居高临下地看她，说："走吧。"

说完，他已经迈着大步出了门。

筑清光把手机塞进口袋，扭捏了好几分钟，终是跟着他下了楼。

顾漾舟是真的长高了，筑清光发现这件事是上次他回北角初中，在校门口等她的时候。

他上的九中是半寄宿高中，一个月才回来一次。某次放月假见到顾漾舟时，筑清光才认真地打量了一下他。

比起初中刚见面时，他要平易近人很多，不再每天戴着黑色帽子，低着头一声不吭。

少年的个头一下蹿到一米八几，站在初中生里异常惹眼。他的五官愈加清晰立体，眼睛幽深有神。他的皮肤相比同龄男孩要白上许多，显得透亮干净。虽然他还是独来独往，但似乎在新学校里生活得还不错。

两人在夜晚的街上慢慢走着，筑清光朝滑落在自己鼻尖的头发丝吹了一口气，说："顾漾舟，就算你在新学校交了新朋友，我也是你最好的朋友哦！"

顾漾舟别过头，嘴角扬起，手掌轻轻覆盖她的头顶，聊胜于无地挡些雨滴。

G 市的冬季其实不怎么下雪，偏南方的城市下雪都是罕见的，不像顾漾舟以前待的城市 Q 市。

夜色下，两个人面对面站得很近，少年眉目俊秀，眼神温柔得像是能滴出水来。

远处的咖啡厅里传出一首老歌："我是雨，下在你的身上，失去了自己的形状……"

而此刻筑清光没看他，他也没看雨。

书里写的那些案例，悲伤决绝有梁祝，浪漫自由有朱罗，可鲜少有故事能让自己借鉴。

大抵是因为一个人的故事只能叫靠近。

小心翼翼怕惊扰，表面上不动声色，心里却已震耳欲聋。

考上九中对于筑清光来说其实有点儿吃力，好在她基础不错，又让顾漾舟这个免费家教给她补了两个月的课。

其实他们家都不在市中心，九中离家里是有些远的。筑彬华知道她考上九中后，连在家里摆了两桌酒，阵仗跟她考上了名牌大学似的。

“和某些人就不一样了，我啊，可是堂堂正正考了六百一十七分呢！”筑清光抛了抛刚领的校服，没好气儿地望了一眼旁边的两个人。

她暑假在家算是把中考费的心神全养了回来，哪儿也没去，光在家里吃了睡，睡了吃。筑彬华和董琴也由着她，此刻她自然有点儿得意忘形。

被内涵的帅宏立刻跳脚：“嘿，我说小清光，你是不是就嫉妒哥几个能靠体育加分，而你不行啊？”

万子鑫接过话茬：“就是！我们加特长分的也不比你考进去的差。”

“看筑小公主现在狂得，当初她被顾漾舟拖着去图书馆补习可不是这么说的啊！”

“哈哈哈，她一到放月假周末的那个惨样哟，天天想着怎么编理由躲开她哥，笑死人啦。”

筑清光说：“你们给我闭嘴！”

“恼羞成怒了啊？太可爱了吧，哎哟。”那人说完就被她踹了一脚。

“你生气怎么也这么好看啊，这还得了！”

他们身边跟着几个男生，也一唱一和和筑清光斗起嘴来。

正是开学第一天，还能碰上不少以前学校的老同学。几个女孩子往他们这边的高个子人堆里看了一眼，也不敢多看，唯恐被找了麻烦。

毕竟这群人里有的衣服不好好穿，要不就是走路没个正行。乖学生们见到他们，大都退避三舍。

筑清光跟娇矜的小孔雀一样，穿得花枝招展，昂着头，高马尾用红发绳绑着。

她穿着无袖雪纺背心裙，两条细细的胳膊在阳光下又白又嫩。出门前，她还特臭美地偷用了董琴的口红，更是美得招眼。

有高年级的冷眼看着，这时她们还和筑清光素不相识。一行男生簇拥着一个女生，不免让人多瞧几眼。

开学分班，谁也不认识谁。

筑清光正抱怨没看见一个女生，随意一瞥，瞥到一个身影，眼睛立刻笑成月牙，她朝那人喊道：“小语，你也考到九中啦？”

简小语在几个新同学之间抬头，错愕地看着她，没立刻反应过来。

后面的帅宏笑得很大声：“哈哈哈，筑清光，你丢人吗？人家压根儿不记得你！你快回来哥哥们的怀抱！”

一旁的冯葵和孙珈打量了一眼筑清光，颇有一较高低的意思。

“谁说不记得啊！”筑清光一点儿也不怕冷场，亲昵地攀过去说，“小语，你在哪个班呀？”

简小语回过神来，小声回道：“（11）班。”

“啊？我在（9）班，隔了一个教室呢。”

女生之间一打上招呼就聊个没完，帅宏他们没耐心，喊她：“清光，我们几个先去接老季，待会儿校门口甜品店见。”

筑清光正要说话，帅宏立刻抢答：“知道，帮你点杯杨枝甘露！”

她喊住人，补充道：“还有顾漾舟，去隔壁给他点杯……嗯……豆奶摩卡吧。”

他们这边正交代着，对面的冯葵推推简小语，说：“你和她很熟吗？我听我表哥说，她刚进九中就被人拍了照片，发到学校的论坛上了。”

冯葵的表哥是高三的“扛把子”，类似于年级大佬的地位。

她这样一说，可见筑清光的影响力有多大。

其实简小语在初中非常没有存在感，包括现在也是。她戴着厚厚方方的眼镜，穿得规规矩矩。要不是她妈妈和孙珈的妈妈认识，她也不会和她们走到一块儿。

所以筑清光这样众星捧月的人居然记得她，实在是让人惊讶。

筑清光这样人缘好的女生，可能觉得班上的人都和她关系很好吧。

女孩都是有点儿虚荣心的，简小语也不例外。

“算熟吧，我们一个班的。”简小语支吾着，看了一眼还在和男生挥手告别的筑清光。

她下定决心般重复一遍：“我和清光玩得挺不错的，她的性格很好。”

“性格很好吗？我看出来了。”不声不响的孙珈突然开口，看着筑清光头上和自己头上C家同款的头绳若有所思。

筑清光转过头来，薄唇翘起，说："这两个人是你同学吗？你这么快就认识新朋友了。"

"是啊。"简小语简单地互相介绍了一番。

孙珈和冯葵不冷不热地点点头，示意问好。

"你这个头绳和我的是同款，太有缘啦！"筑清光的笑容一向灿烂，友好得让人招架不住。

她连夸了孙珈好几句："你的发质也太好了吧！肤色和这个发绳也很配啊！"

孙珈被夸得有些飘飘然，礼尚往来道："你也很好看。"

筑清光很快找到话题跟她们聊了起来，要不是手机响了好几次，她估计还能继续侃下去。

"那我们说好了啊，周五晚上一起去时代广场玩，我对那儿可熟了。"她接通电话，又和简小语眨眨眼，转身往教学楼那边走。

"确实挺好玩的。"孙珈看着筑清光的背影轻声开口，顿了一会儿，她看向冯葵，问，"你在干吗？"

冯葵皱起眉，发信息："我得让我哥离清光远点儿，这么好的女孩子可不能结交他那种朋友。"

孙珈："……"

"不过她对你倒还挺好的，刚刚还让我们照顾你。"冯葵推推简小语，八卦地问，"清光有没有谈恋爱啊？"

"没……没有吧，我们还小。"简小语红着脸摆手。

冯葵说："哈哈哈，你太搞笑了吧，这么正经干吗？书呆子！"

"不是，因为清光她爸爸好像对她要求挺严格的，而且她哥哥经常在她身边看着她。"

孙珈不解地问："哥哥？她不是独生女啊？"

简小语也不是很清楚，她在开家长会的时候看见过筑清光的爸爸，他经常是帮顾漾舟开完会又跑来她们班上开会，可能是家里的远方亲戚或者……娃娃亲？

孙珈见简小语支支吾吾，也没再追问，毕竟是别人的私事。她带头往前走，说："管她几个哥哥呢，反正今天托你的福，我交了一个好说话的小女神做朋友，不亏。"

“是吧……她在我们初中就是女神。”

简小语朝后面看了一眼，她还以为像筑清光这样家庭好又过得比较顺遂的人，不会花时间去处理人际关系，毕竟这种人都有点儿傲气。

当然，给她这种错觉的原因是有一次午休，筑清光被老师骂了，在教室发脾气不去吃饭。她那个素来冷漠的竹马哥哥居然不厌其烦地哄她。

那种温柔的语气，是个女孩子都会羡慕的。

刚上高中，筑清光在年级里混得如鱼得水。她新交的朋友一大堆，这段时间压根儿就不知道学习为何物。

到了周五，周考最后一门是英语。

还剩下十分钟交卷，筑清光提前交完卷，然后小声对同桌范婷说：“刘西彦在校门口等我！下周回来我给你带零食！”

她说完也没等范婷反应，立刻猫着腰提起书包，趁老师不注意时溜了出去。

刘西彦是隔壁班的体育委员。一般体育委员都是高高瘦瘦的阳光男孩，刘西彦也不例外。他身后一堆女孩子跟着，每次打篮球都有一群人给他送水。

两个人一来二去熟悉了，就经常在课间聊天。

周边风言风语没停过，都说他们关系好。

实则筑清光还没有这方面的认知，只觉得刘西彦挺好玩的。他带她去游乐场，带她去打保龄球……带她玩游戏还不嫌弃她水平低，比帅宏他们好多了！

筑清光的心思一分散，学习自然有点儿力不从心。

顾漾舟来找她那会儿，正好是高一年级考试铃打响的时候。

帅宏往楼下那棵梧桐树那儿一看，立刻喊了声惨，赶紧推推万子鑫，让他给人通风报信。

好在筑清光机灵，看了一眼还在某网红奶茶店门口排队的刘西彦，立刻打了声招呼跑回去。

刚放学，课代表仇厘和几个女生要收卷子，走得最慢。

“哎，你说刚刚清光和刘西彦出去了？速度够快的啊，我都没听见一点儿动静。”

答话的是筑清光的同桌，她点点头说：“每次她都因为刘西彦抛下我们，我都给她补好几次作业了！”

顾漾舟正要转身，脚步一顿，回头望过去，说：“你们刚刚说的是筑清光？”

几个女生以为教学楼里没了人，乍起的男声吓了她们一跳。

高二年级和高一年级的校服颜色不一样，她们立刻规规矩矩站好，喊了声：“学长。”

仇厘认识顾漾舟，她替筑清光跑过好几次腿，都是去高二年级给他送笔记本。

她犹豫了一下，还是说了实话：“是说筑清光，她最近总和隔壁班的同学一起出去玩。”

“她刚才没有考试吗？”顾漾舟问，视线投向仇厘手上的卷子。

第一张就是筑清光的卷子，名字写得又大又飘逸。

女生诚实回答：“考是考了的……”

“但是”两个字她没说出口，顾漾舟已经把手伸了过来：“耽误半分钟，我看一下她的卷子。”

他很认真地看起来，几个女生都是乖学生，迫于学长的压力，站在楼梯间一动也不敢动。

仇厘和她们对完眼色，发现谁也看不懂对方的意思，干脆把目光投向眼前人的脸上。

少年穿着一尘不染的白色校服，领口的两颗纽扣一丝不苟地扣着。和班上那些耍酷的男孩相比，他是典型的三好学长。

之前到顾漾舟班上那几次，仇厘都没认真看过他的脸。往常她都是战战兢兢地走到后门，悄悄问一句：“顾漾舟学长在不在？”

有人指指他的背影。

他大多时候在低头做题，偶尔抬头教别人做题。他接过她手上的东西时也是半垂着眼，一副礼貌又疏远的姿态。

少年高高瘦瘦，站得很直。他长相周正，浓黑的睫毛微垂，嘴角轻抿着。他骨相优越，漆黑的头发在夕阳的余晖下显得异常柔软。他拿着卷子的手很修长，指甲剪得平直，白玉的手背上可见青筋。

仇厘想，如果他们只是兄妹关系，那筑清光也太吃亏了吧。

不是所有女生在高中时向往的人是篮球场上挥汗如雨的男生，顾漾舟这种就是典型的白月光。

很奇怪，安安静静的楼道口，这一幕缓慢如电影序幕般从仇厘的脑子里过渡。

直到一旁的女生大喊她的名字：“仇厘，发什么呆呢！老杨还等你交卷子呢！”

“啊？”她如梦初醒，反应过来，“顾漾……学长呢？”

“他走了啊，喏，卷子还给你了。”女生拍拍她的肩膀，眨眼道，“你刚刚都看得走神儿了，想什么呢？”

仇厘心虚地摇摇头，抱着卷子往楼下走。

“吓死我了，仇厘，你干吗什么都说啊！”

“我也没想这么多啊。”仇厘转过头，纳闷地问，“再说了，有什么好吓到的，这个学长难道很凶神恶煞吗？”

“也不是。”

几个女生里，其中一个绞尽脑汁地想理由：“就是他长得太正了！我没见过这么正的男生，你们懂我的意思吗？”

几个人煞有介事地点头。

顾漾舟也不是学校里长得最帅的那个，他唯一的特点就是长得温润正气。他往那儿一站，光风霁月，又有种不怒自威的气质。

“不过这个学长好温柔啊，我看过好几次他在主席台上演讲，他长得比我上次遇到的喊我捡球还不道谢的顺眼多了！”

“其实他也挺出名的啊，就是太高冷了。”

顾漾舟上高中后没缺少过关注度，筑清光的哥哥、年级学霸、帅气长相，不管哪一个，都足以吸引旁人的眼光。

但这个年纪，大家都会下意识被一些痞帅的男生吸引，对严谨规矩的学霸反倒有点儿敬而远之。

仇厘在这叽叽喳喳的氛围里没再讲一句话，她一直往前走，心里无端感到不快。

她刚才看见顾漾舟校牌的边角上贴了一个黄色的动漫小贴画，那分明是筑清光常买的美少女战士。

筑清光往回走到教学楼下，大门已经关了。她想了想，今天周五，顾漾舟应该有带手机。她立刻打了辆车回去，还给他发了信息。

下了公交车，顾漾舟收到了信息。

小清光：“你现在是不是到七仔便利店门口了？”

顾漾舟远远地走过她说的地点，呆滞一秒，又退回两百米，站在便利店门口，答道：“嗯。”

筑清光翘起嘴角，发来消息：“这都让我猜对了，我怎么这么厉害！”

“是啊，你好厉害。”

他等了她大约五六分钟。

筑清光小跑过来，一个大步跳到顾漾舟面前，说：“我速度快吧？我让司机走的小路！”

“你到哪儿去了？”顾漾舟把刚买的酸奶递过去。

“我就和老季他们到广场那边逛了一下。”筑清光正好把包里的书拿出来给他，得意扬扬道，“上次我听你说了陀思妥耶夫斯基，正好路过书店就给你买了他的书！”

顾漾舟接过书，粗略地翻了翻。

“我没买错吧？”筑清光看他不说话，联想到自己没等他提前溜了，心里有点儿发毛，猛吸了一口酸奶。

“没有。”

“下月底你们年级是不是有奥数比赛啊？我听说是公开的八校联赛，你肯定是学校代表吧。”

“嗯。”

“那我那天肯定去给你加油！”筑清光听出他兴致不高，弱弱地问，“你怎么了？”

顾漾舟的语气冷冰冰的，又问了一遍：“筑清光，刚才你到哪儿去了？”

“和老季他们去了广场啊。”

顾漾舟没开口了，抿着唇往家的方向走。他不想承认，他是被气成这样的。

筑清光摸不着头脑，问道：“你干吗？好端端的怎么又不理人？”

“顾漾舟！”她拽住他的胳膊，蛮横道，“你看见那个栏杆了吗？

你再不理我，信不信我撞死在这儿？”

顾溓舟这会儿不想惯着她，使劲把手抽出来前，突然定定地看了她一眼，说：“你是不是瘦了？”

“没吧，我以前很胖？”

“你这里的肉……没了。”他指指自己的腮帮子，示意她自己摸摸。

筑清光秒懂他的意思，说：“那是婴儿肥，我长大了呀！”

不少老同学都说她越来越好看，褪了婴儿肥，少女五官的明艳度立刻提升了一个层次。

长大了……

顾溓舟不知道在想什么，冷淡回应道：“你玩归玩，月考成绩要是退步了，自己看着办。”

筑清光撇撇嘴，一本正经地点点头，说：“知道了。”

筑清光本来以为这件事到这儿就告一段落，周一回学校，到早操后的课间时间，班主任把她喊了过去。

筑清光一整天都被人围观，丢人得要命，还被筑彬华和刘西彦家长互相约谈一番。

她被各科老师盯了一整天，都没办法逃课。她还得好声好气地应付那些来安慰她的同学，她憋着一肚子气，就差爆发了。

下了晚自习，她还没等铃响，就冲去高二年级的教学楼下。

顾溓舟今天值日，负责关灯关门，走得最晚。他刚把门锁上，还没转过身，就被人推了一把，脑袋撞上门。

他抬头看见来人，闷声问：“你怎么了？”

“告状精！”筑清光恶狠狠地瞪他。

走廊上的灯光投射在两个人的发顶，半个身子都在阴影下的顾溓舟脸色有点儿难看，问道：“你胡说什么？”

“你还装！”筑清光被他无辜的样子气得快要冒火。她向来不是生闷气的人，风风火火只想把话全说出来。

筑清光见他心不在焉，拍落他拿着的两本书，怒道：“昨天你跟着我和刘西彦去看电影我就觉得不对劲，我和谁一起玩关你什么事？你还告诉我爸，你谁啊，我喊过你几声哥哥，你就真以为是我哥哥了？读你自己的书，考你自己的大学啊，能不能别管我了？”

她噼里啪啦说了一些话，好歹是让人听懂了。

顾漾舟沉默半晌，低声说：“筑清光，你做得不对。”

虽然他也不知道筑彬华是怎么知道的，但正好省得他想办法了。

事情果然是他做的，他居然还不向她道歉！

筑清光被气得不行，口不择言地放狠话：“你有病！你怎么不去管别人？你以为自己是教导主任吗？我们绝交！”

她说完也不理人，立刻气冲冲地跑了。

“说话不算话。”顾漾舟自嘲地扯了扯嘴角，弓下腰去捡地上的书。

他半蹲下身良久，整个人被覆在黑暗下。光亮照不到他，他看上去格外孤独。

那天吵了一架后，两个人再没有搭理过对方。放月假回家，顾漾舟坐公交车，筑清光和帅宏他们玩完一圈才慢吞吞地回去。

本来他们吵架对筑清光也没什么影响，多一个朋友或者少一个朋友于她而言都无所谓。

倒是顾漾舟，在学校更加安静低调。

“今天高一年级的筑清光翘课，又被老杨抓了。”

“筑清光做早操偷懒，被副校长教育了一番，她求放过的表情好可爱啊！”

…………

那些人的声音都传进顾漾舟的耳朵里，没人发现他有什么不对劲。

他自小就讨厌热闹，因为热闹之后的冷清只会让他觉得更孤独。

午休时间，筑清光又和同桌去小卖部买饮料了。她一副鬼精灵的模样，似乎没为两个人的冷战烦心。

顾漾舟站在礼堂阶梯那儿看着，有点儿想道歉。

如果要以他们绝交作为代价的话，那不如随她吧。想和谁一起玩就和谁一起玩，他没立场也没有资格管她。

他没筑清光那么干脆，没她那么有好人缘。

顾漾舟很可怜，没了筑清光不行。

“顾漾舟，干什么呢，颁奖仪式快开始了。”奥数老师朝他招招手。

下午刚上完一节数学课，班上人倒下一片，都趴在课桌上补觉。

仇匣小声问：“清光，你最近怎么没记笔记了啊？你们还在吵架吗？”

“什么吵架？”筑清光头也不抬，正在补落下的作业。

“就是和顾学长啊，你不是因为刘西彦对他发脾气了吗……”

他们吵架实在是太明显，以前筑清光翻墙出去买杯奶茶都要给顾漾舟带一杯，可这些天两个人连眼神交流都没有。

“我又不是故意的。”筑清光强词夺理地说，“谁让他害我被骂，还这么丢人地念检讨！”

仇匣忽略她服软的语气，羡慕地说：“可是顾学长看上去很正直啊，而且他对你很有耐心，不然你和他是怎么处这么久的？”

筑清光心烦意乱，从后桌上拿了一包辣条。

“待会儿是体育课，我们去不去礼堂？”仇匣问得很没底气。

筑清光把辣条吃完，知道她在说什么，过了好一会儿才回答：“班上同学都去了，那我们也去看看热闹吧。”

以季其野和帅宏为领队的男生正往外走。

季其野听见她这话哧笑一声：“啧，一起去吧，大小姐，还等谁抬轿子来呢？”

仇匣和筑清光不一样，和那些吊儿郎当的男孩子玩不到一块儿。她看见他们过来，赶紧拉着同桌先走了。

筑清光没好气道：“你收敛点儿行吗，把我小姐妹都吓跑了。”

“你才该收敛点儿，这都快两个月了吧？”季其野不吃她那套，说，“你再不去求和，你们这关系肯定要变陌路人。”

筑清光收拾书本的动作一顿，忍不住反驳：“他才不会。”

这话说得很笃定，忘了是多久之前，筑清光把顾漾舟带进他们圈子一起玩。

在地下电玩城的时候，两个人走散了。顾漾舟又没有手机，等筑清光想起他时已经是几小时以后。

她往回走到一开始进来的广场西街路口，看见顾漾舟的肩上还背着她的包，他站在原地等她回来的样子特别乖。

以至于筑清光现在也无比清楚：顾漾舟很怕被人丢掉，也真的很怕被她丢掉。

本来她觉得和刘西彦的事已经这样了，也有点儿后悔当时骂得太凶。虽说面子很重要，但她和顾漾舟实在太熟了，可以不用面子这个东西。

那时候她还不知道，自己只对顾漾舟心软过这么多次。

礼堂里。

好几个学校的优等生和本年级的人拥挤地坐着，台下甚至站了不少看热闹的。

筑清光一眼就看见了那个拿着一等奖奖杯的人。好一段时间没见，他校服里面是深色毛衣，衬得他更清瘦了点儿。

颁奖仪式的主持人是学校播音室的高三学姐，她看见筑清光过来，仿佛看见救星："快来，快来，我的肚子疼死了，你帮我顶一下。"

筑清光前不久才面试了广播室的课间播音职位，这会儿猝不及防被推了上去，直接照本宣科般把收尾的话念了一遍。

过来顶位置的老师看筑清光口齿清晰又没有怯场，自然没再往前走。

倒是顾漾舟，本来低敛的眼皮稍稍掀开，没什么情绪地看向她。

二人隔着几个人对视几秒后，顾漾舟先移开了视线。

摄像老师过来拍照，几个学校的获奖选手加起来也有十几个。顾漾舟个子高，被其他人挤在了后面。

他旁边正好是幕布后的筑清光，筑清光骂道："有些人笨死了，抢中间位都不会！"

顾漾舟："……"

"看什么看？"筑清光理了理自己额前的碎发，眼尾一挑，说，"我教你拍照。"

前方的摄像老师在调焦距，这个位置，台下的人只以为顾漾舟在盯着幕布后面发呆。

顾漾舟也不说话，就这么别过头看着她。颇有种人间嘈杂，他只活在筑清光眼里的感觉。

"你听见没有？"筑清光急了，在一旁下命令，"首先，右手握拳。”

两人目光交会，顾漾舟看她下一秒就要踹过来的动作，明知道她是不怀好意，却还是跟着做了。

筑清光满意地笑道：“然后把拇指的第一个关节放在你食指的第二个关节上。”

他依旧照做，只不过动作稍显笨拙，以至于不解的表情也有点儿滑稽。

“你快看镜头，把手举到胸前！”

摄影师按下快门，“咔嚓”一声，闪光灯闪过。

筑清光自己配音：“叮——比心！”

她看见顾漾舟的傻样被拍下，恶作剧成功，哈哈哈地笑出声来。

颁奖仪式举行完，礼堂的人陆陆续续出去。

顾漾舟的手里还拿着沉甸甸的奖杯，后面的筑清光一脸纠结地跟着他，嘴巴没停下：“你生气了？生气了吗？”

也不知道她是问哪件事。

他停在小树林前，转过身看她。

筑清光强装镇定，和无数次吵架后一样伸出手，说：“我知道这段时间你也不好过，我给你一个机会和好。”

顾漾舟似乎有点儿出神，脸上没有一点儿表情。他看起来一如既往温和，却又有点儿不一样。

筑清光被他盯得扛不住，正要把手收回去，反倒被他紧紧握住。

“顾……顾漾舟？”她迟疑地喊他。

顾漾舟伸出另一只手，冰凉的指腹抚过她的脸，而后点了点她耳朵里的耳机，问：“你在听什么？”

“《银河》。”

他把手收回去，迟缓地点点头，又变成好接近的样子。

两个人都闭口不谈之前的事，走在学校的石板路上聊天，大部分时间是筑清光在讲话，顾漾舟时不时应几句。

“我要听话点儿了。”她嘟囔一句，像在骂人，“大早上的，又听见他们在谈离婚……”

顾漾舟知道“他们”是指谁，他不擅长安慰人，只说：“明天不一定比今天更好，但今天不会是最糟的。”

筑清光觉得无语：“你说的是人话吗？小心我把你挂在电风扇上转！”

顾漾舟被她夸张的语气逗笑，嘴角扬起。

“其实我也有一点点难受……所以我就回来找你啦！”她难为情，把嘴上的唇彩抹淡了点儿，说，“等你这个人低头，我怕是等不到了。”

顾漾舟：“……”

其实能等到的，每次就差这么一丁点儿，他就要勉强自己去妥协。

有时候他又在想：他们其实很合适，很有默契。

想到之前刘西彦的事，筑清光还是避重就轻地说：“现在都没有男生敢找我了，你知道为什么吗？”

顾漾舟摇头。

“因为他们知道我有个会扔支票的爸爸，让他们离开他女儿！”她话里带着自嘲，叹了一口气，“你这样，我没人敢要，你也别想有机会和别人玩！”

放学铃打响，他们这块地方更显得安静。

筑清光得不到回应，恼羞成怒道：“喂！你有没有听我说话？你怎么总看着我笑？”

顾漾舟唇边的笑意收敛了点儿，声音很平淡，说：“那也挺好。”

“算了！你这个只知道好好学习天天向上的木头！”筑清光又扯到自己的事情上，俏皮地嘟嘟嘴，说，“对了，我想高二去学艺术，就是播音主持。学艺术的话，也不用特别高的文化分，之前有机构的老师说我的音色很好……”

她絮絮叨叨地讲，转身的时候，百褶裙的裙边擦过他的膝盖。

顾漾舟看着她小巧白皙的脸蛋，只觉得她真的很漂亮。

火烧云下，燃烧的裙摆沦为自由与热爱的寄托。

“筑清光，你要记得我。”

她正低头玩手机，给人回信息：“啊，你说什么？”

“明年你去学艺术了，”顾漾舟把她头发上被风刮落的枯叶摘下，眼神温柔地说，“也要开心。”

筑清光上的艺术机构在本市的另一个区，离九中说远不远，说近不近。

临走的前一天晚上，不少人给她办了告别仪式。闹到快凌晨，这场派对才结束。

筑清光正出门把一个个人送走，走回来时，一抬头就看见了坐在门外长椅上的顾漾舟。

他没穿校服，靠在椅背上休息。他的手背覆盖着眼睛，高挺的鼻梁被路灯光照亮，好看的嘴唇微微开合。

“你怎么来了,高三了也不用上晚自习？”筑清光觉得不可思议，一巴掌拍到他的肩膀上。

顾漾舟把手放下，闻到她身上有酒味，稍皱眉，问道：“你喝酒了？”

“没没没！就帅宏他们买了箱菠萝啤助兴，我一口没碰！”她化了点儿淡妆，脸上还挂着笑，显然刚刚和他们玩得不亦乐乎。

顾漾舟站起身，低着头看她，说：“我也来送你。”

筑清光恍惚了一会儿，也许是还没从刚刚聒噪的环境里跳脱出来。

说要去学艺术的时候，很多人都对她不舍，毕竟以后就不是同一个班和同一所学校了。可她下意识没把顾漾舟也算进去，他们和那些人又不一样。

“可是都结束了。”筑清光有点儿尴尬，想了想客厅里一片狼籍，仰起头看他，说，“要不，我们去看场电影？”

这个时间，电影院只有午夜场。

筑清光的胆子很小，不敢看恐怖片，顾漾舟只好买了两张小众的文艺片的票。

午夜场加上他们也只有六个人，顾漾舟正襟危坐，而身边人刚大闹了一场，对这种片子又不感兴趣，此刻已经受不住困靠在了他身上。

顾漾舟紧绷的神经放松下来，甚至闲散地往后靠了靠，手顺势揽住了女孩儿的肩。

筑清光被顾漾舟喊醒时，电影已经放完。

筑清光还在犯迷糊，擦了擦口水，问他：“结局是好的吗？”

顾漾舟顿了顿，回答：“是好的。”

“那就行了。”

“嗯。”

其实电影顾漾舟没怎么看，他只顾着光明正大地看她了。

他不知道电影的结局怎么样，就像他不知道他和筑清光的结局会怎么样。

他心里只想着：希望今天时间长一点儿，和她待久一点儿。

他常记起学生时代一路跟着筑清光，然后止步在路灯下，看着女孩和其他人欢笑打闹。

灼灼焰火绽放在他们眼前，而光充斥了他的所有昼夜。青春本就是会有遗憾的，那些热闹纷扰都与他无关。

顾漾舟的十几岁，安静平淡，只剩下看书做题。闲下来时，他抬头看向窗外的筑清光，又或者听着广播里筑清光的声音。

走到顾漾舟家附近，筑清光说要去他家睡。

偌大的房子里筑彬华和董琴都不在，此刻一地狼藉也只能等第二天钟点阿姨来清扫。

何况，筑清光还有事要求他——

“你写不写啊？”

“不写。”顾漾舟把客房的被子铺开，又把窗户打开通风。

和他同班的一个女同学临时转校，要回本省参加高考，就买了同学录回来，让班上的一些同学写。

但顾漾舟对这个女生没什么印象，就婉拒了。

于是那个女生找到筑清光求情。

女生大概是有点儿仰慕顾漾舟，筑清光不管这么多，收了别人的好处，自然要把事情办好。

她坐在床上，低头看给她脱袜子的顾漾舟，一脚蹬在他的肩膀上，说：“好歹她跟你同班三年，你随便写几句啊！”

“写什么？”顾漾舟握住她的脚腕，蹙起眉警告她别乱动。

筑清光顾忌主卧里还有熟睡的顾明山，声音小了点儿：“随便写几句祝福就好了。”

“写了祝福会成真吗？”

她斩钉截铁地回答：“不会。”

顾漾舟坐到床边，看着她，语气平静道：“那写了也毫无意义。”

筑清光把外套脱了丢到床尾，躺在床上转了一圈，把脚搁在墙上，不太在意地说：“人生本来就是如此啊，一生中要做很多毫无意义的事，才可能会有意想不到的惊喜！”

顾漾舟望着窗外黑沉沉的夜，问：“会有惊喜吗？”

“会，我保证。”她打了一个哈欠，泪眼婆娑。

顾漾舟笑了，把她缩到肚脐上的保暖衣下摆扯下来。也不知道他是信了还是没信，白净的脸上少见地浮现小酒窝。

他什么都懂，却依旧深陷其中。

顾漾舟一直觉得自己对筑清光的在意让人难堪又自卑，他幼时来到这座城市，谁也不认识，但内向的性格也有内向的过法。

后来顾明山出事，别人给他的标签就变成了“可怜的孩子”，在学校成了“贫困补助生”“特别关照生”。

其实这个社会，对和自己不一样的人平等以待，就是最好的关照了。

可这个道理，从来没人懂。

慢慢地，同情和好奇的眼神越来越多。

顾漾舟从内向变得轻微自闭，戴着帽子躲在人群最后面，不合群不显眼。

直到筑清光，这个父亲朋友的女儿突然闯进他的世界，和学校里风头盛大的人常待在一起，他也渐渐被人注意到。

原来那个沉默寡言的优等生正儿八经抬起头来这么好看。他的五官清秀立体，气质冷冽，就连不善言辞也被高冷二字代替。

顾漾舟常想，他于筑清光来说好像是不一样的。也可能时间太久，是他记错了。

后来那个要转学的同学收到顾漾舟写的同学录，不到十个字，满满都是筑清光。

祝：清风朗月，光焰万丈。

第二天是周六，也是筑清光要去艺术机构报名的日子。

一大早白雾未消，南方郊区的冬天尤其冰冷些。

顾明山起来后把顾漾舟喊醒，对他做手势道："司机在下面等清光，你赶紧把她喊醒吃早饭。第一天去新学校，你送送她。"

"昨天晚上，我们吵醒您了？"顾漾舟很快把自己整理好，问这话时有些紧张。

顾明山笑笑不说话，拍拍他的头，佝偻着身子回厨房，把菜端出来。

顾漾舟在原地站了好一会儿，闷着头舔了舔干涩的嘴唇。

他敲了好几次门，筑清光没出半点儿声。

顾漾舟无奈地推开门进去，推了推蒙在被子里的人，喊道："筑清光，清光？"

"好吵。"筑清光哼唧半天，鼻音很重。

顾漾舟一听就听出不对劲，把被子往下掀开点儿，手放在她的额头上，说："昨天晚上你又踢被子了？好像有点儿低烧。"

一换季，筑清光就容易得流行性感冒，好在家里常备这些药。

房外顾明山敲了敲餐桌，顾漾舟回应了几句。

筑清光头晕晕的，什么也听不清，只知道身边人在她头上频繁敷毛巾。

她热得难受，迷蒙中看见房间里进进出出的身影，从被子里伸出手，想拉住那个人。

端药进来的顾漾舟看见被子被她踢开一半，无奈地把她垂到床沿的手放回去。

顾明山在门口咳了一声，带上了门。

顾漾舟有些愣怔，仓皇失措地正要松开手，却反被拉住。

筑清光睁开眼，略显苍白的笑唇一弯，说："哎，我抓到你了。"

# 番外二
# 婚后

周六下午，筑清光夫妇在筑父那儿蹭饭。

老头上了年纪，又从里头走了一遭出来，总觉得人生也就这样了。

以前他打下的家业到了老年早就够用，孤家寡人一个，末了唯二的牵挂就是女儿和女婿。

但如今孩子们都吃穿不愁，家产殷实，除了顾漾舟这刑警岗位让人提心吊胆，倒没其他可操心的事。

他常盼望小两口到周末了，来他这老人家里坐坐。

顾漾舟把老丈人卧房坏了的灯换好，出门就瞧见筑清光猫着腰挨着厨房门帘，偷偷摸摸地把脑袋伸进去一半。

她姣丽明艳的脸未施粉黛，在橙黄的壁灯下添上了一点儿暖色。她一脸严肃，跟偷看什么机密似的。

“你在干吗？”他从她身后绕过去，才出声就被眼前的人跳起来捂住嘴。

筑清光身高不够，手势来凑，做了一个嘘声的动作，说：“你小点儿声！”

她拖鞋也没穿，顺势踩在男人的鞋背上，一只手臂勾着他的脖颈。

顾漾舟担心她这姿势太费力，稍稍欠身配合，回搂住她的腰。

筑清光和他咬耳朵，悄声道：“你看我爸，鬼鬼祟祟地在厨房干什么？”

顾漾舟别过头，往里面看了一眼，说：“在煲汤。”

筑清光瞪眼，说：“你没瞧见他在和谁打电话吗？”

她指指客厅的沙发，示意他把自己抱过去，小嘴碎碎念个不停：“我刚刚听见电话对面的人的声音，好像是女人。你说我爸会不会找老年对象了？

“我心里五味杂陈的。但感觉他这年纪找个伴也挺好，好歹我们不在的时候，他还有人陪着……”

顾漾舟对这些家长里短向来不太聊得来，他把她放在沙发上，任由她自顾自地说。他边给她穿袜子，边象征性地点点头。

“你去问问吧。”筑清光抬腿，脚尖俏皮地蹭蹭他的胸口。

顾漾舟握住她的纤瘦脚踝，摩挲几下，略显错愕：“我问？”

“我问，他肯定支支吾吾不好意思说实话啊！”她理所当然道。

顾漾舟一眼看穿她：“你是刚才被他骂了，拉不下脸问。”

还真被他说中了，筑清光鼓鼓腮帮子。

谁能想到她都二十好几的人了，还要因为在吃饭时间打游戏被老爸训啊！

他话音刚落，厨房里的筑父就往外喊道：“漾仔，进来帮我把汤装食盒里。”

筑清光推搡他起身，用嘴型提醒：你记得搞清楚他刚在和谁打电话。

顾漾舟：“……”

厨房里，一锅热汤香味浓郁。

筑父把手机放一边，招呼他先把锅里的汤装在保温壶里，说：“这个你们拿回去当宵夜吃，你和清光都要喝，年轻小夫妻最适合喝这个。”

顾漾舟还记挂着老婆的命令，往岛台上未灭的手机屏幕那儿瞟了一眼，没留神听，疑惑地“嗯”了一声。

筑父压低了声音，说：“你没听明白？这可是我特意找人要的独门好方子，喝了对怀孩子好。”

这会儿顾漾舟听懂了，但他仍旧有点儿蒙，问道：“怀孩子？”

筑父恨铁不成钢地说：“你们这都结婚两年多了，可别告诉我还没这个打算。”

这个年纪的中老年人都一个样，孩子没结婚就催相亲，结婚了就催生娃，总想着现在还能帮着带带小孩。

筑父又指指那锅汤，说：“我刚还特意和小区里的吴婶聊了一下，她说她儿媳妇怀上双胞胎前，喝这汤喝了一个多月。”

顾漾舟敛下眼说：“我回去问问清光。”

“你问她？就是你这种唯她是从的态度把她惯坏的。刚才她还跟隔壁老刘家的高中生一块儿打游戏，哪有个大人样！”

顾漾舟没说话，无声地看着他。

筑父在女婿这眼神里看出反驳的意思：您也没少惯她。

那确实没错。

不过中年男人到这把年纪，脸皮厚着呢。

筑父佯装看不出他这意思，又怕被外面那位小祖宗听见，音量一压再压：“我是管不住她了，她从小就爬到我头上作威作福。我刚说她几句吃完饭再玩游戏，她还给我闹脾气。”

顾漾舟安静地装着汤，又听着想抱外孙的老丈人在他耳边怂恿：“你结了婚不能一味顺从老婆，清光就那副没心没肺样，哪会考虑这些事！一个家里，天塌下来得男人顶，所以有些事上，你该强势点儿拿主意。”

“爸，您要闲着没事干就下楼去跳跳广场舞好吗？”在门口偷听了半天的筑清光抱着手臂，斜斜地倚着门框看向他们。

刚还在侃侃而谈的筑父一噎，立刻闭了嘴。

厨房里的两个男人，一个“女儿奴”，一个“妻管严”，一时之间都没敢出声。

筑清光其实也才过来听了他们这段谈话的后半部分，前情提要没听到，光听见她亲爹跟顾漾舟吐槽她没心没肺了。

这口气一直到回了家她也没咽下去。

“到底我是不是他亲生的啊？从小到大他就夸你，这都结婚了，还偏心你！”筑清光把包丢在茶几上，胡乱撒气，“他还让你强势点儿，你哪里不强势了？”

给养了三个月的猫咪喂过猫粮，顾漾舟才闲下来脱了大衣，听到她这句话回过头，问她：“我强势吗？”

筑清光：“……”

熟悉他们的人都知道，筑清光这种恃宠而骄的人，不知道顾漾舟在她面前做了多少让步。

筑父当然也是了解自己女儿的性情，才会这么说。

筑清光平时就认了，但这会儿在气头上，仰头怒视他，说："难道你昨晚有什么不满意吗？"

顾漾舟语塞，晚上他确实强势。

筑清光的脾气来得快去得也快。她先是翻旧账，不满地嚷嚷了半晌，而后在顾漾舟温和地递上一杯水后消停下来。

筑清光闻到厨房那锅鲜汤的香味，才记起来那件事，问道："我爸刚才是和他新女友打电话吗？"

"不是，小区区委会的吴婶。"

"他们有什么好聊的？"

顾漾舟捻了一颗洗好的草莓喂到她嘴边，说："他想抱外孙，问经验去了。"

"咯咯……"果不其然，筑清光被呛了。

顾漾舟拍拍她的背脊，把她咬了一半的草莓丢到自己嘴里，嶙峋的喉结动了动："我说生不生，得问你。"

落地窗外的暮色顺着高楼大厦的霓虹灯泄了一地毯，男人的下唇上沾了点儿草莓汁，本就白皙的肤色被这丁点儿鲜红衬得有些妖冶。

筑清光本能地靠过去，指腹往那儿抹了一下。

他们结婚之前倒提过一两次这事儿，后来二人世界过得太安逸，筑清光都没想过要生小孩。顾漾舟事事都太顺着她，以至于她忽略了大部分恋人的人生顺序是结婚生子。

偌大的房子里有些安静，没开电视，也没人碰手机。

筑清光在顾漾舟身边唠叨时，他几乎不做别的事，只把专心两个字用在她身上。

男人没出声，似乎是在等她缓过神。

他这么多年都没变，专注望着她时，眼眸干净温柔，给人一种破碎的执着感。

筑清光仿佛明白为什么老筑总觉得她在欺负顾漾舟了。她拖着尾音说："我早两年就说过了，明明是你不想要。"

顾漾舟确实表现得对要小孩这事不热衷，坦诚道："嗯。"

筑清光觉得生个孩子也挺好，想了想说："我反正挺喜欢小孩，现在我的配音工作室也稳定运营，不怎么忙了……你什么时候想要孩子啊？"

他什么时候都不想要。

顾漾舟没有繁衍后代的心思。在他的世界里，有筑清光就足够丰富，连家里新养的那只猫都多余。

但这话说出来会被她骂不正常，他选择闭嘴。

筑清光看他没个准话，终于认真道："我看网上说，夏天出生的孩子更聪明。"

"也不对啊。你就是冬天出生的，可聪明了。"她盘着腿坐好，还真琢磨起来了，"有没有什么办法控制一下孩子和你同一天出生？"

顾漾舟："……"

察觉到自己太强人所难，饶是对她有求必应的顾漾舟也无能为力，她拧着眉头又问："你想生男孩还是女孩啊？"

顾漾舟："……"

男人十几秒的沉默让筑清光没了耐心。

她跨开腿爬到他身上去，把脸埋到他温度偏冷的脖颈处，克制地咬了一口，用凶狠的语气说："顾漾舟，我在问你话呢。"

顾漾舟往后靠去，清冷幽深的眼睛难得有点儿懒散劲。他闲闲地捏着她的手指，说："你问些我能回答的问题。"

"这怎么不能回答了？"

"孩子的性别由性染色体决定，我不能未卜先知，所以不存在我想生什么就能生什么。"

他真是一如既往死板又严格。

这事本来不提也就算了，但苗头一旦出现，筑清光也惦记上了，提议道："那我们从现在开始备孕！"

顾漾舟长指微动。

筑清光也许知道他为什么不愿意考虑这件事。她慢吞吞的语速像在哄他："顾漾舟，你放心吧，我们肯定会是特别好的爸爸妈妈。"

他们会把彼此从完整家庭缺失的关爱，全部都补齐在自己的孩子身上。

他们是恩爱的夫妻，也会是开明、有责任心的父母。

顾漾舟“嗯”了一声，手掌抽出来，握着她的后脑勺。下一刻，他清冽的气息覆住她的嘴角，再一点点深入她的齿间。

筑清光被亲得迷迷糊糊，舒服地哼了几声。

许久后，她用湿漉漉的眼睛望着他，手捧着他的脸佯装惆怅：“可是我亲爱的顾 Sir，现在你美丽的老婆发现了一个严峻的问题！”

他扬眉道：“嗯？”

筑清光苦恼道：“要是我们的小孩跟你一样不爱说话，那我岂不是要被你们轮流冷暴力？”

顾漾舟的嘴角往内收了点儿，笑意清浅，他又去吻她的下颌：“你乐观点儿，他也可能遗传我美丽老婆的话痨。”

筑清光：“……”

（全文完）